W0303761

SARAH SAXX

DON'T *kiss* your BOSS

Playlist

Lost in the Fire – Gesaffelstein, The Weekend
Sex and Candy – Unions
What You Do – James Gillespie
SexyBack (feat. Timbaland) – Justin Timberlake, Timbaland
Call Out My Name – The Weeknd
Changes – anders
Born for This – Royal Deluxe
Sexy Lady – Jessie J
Sinners – Barns Courtney
Closer – Nine Inch Nails
I'm Gonna Do My Thing – Royal Deluxe
Take Our Time – TLC
I Got You (I Feel Good) – Jessie J
Lollipop – Lil Wayne, Static Major

Diese Playlist findest du auf Spotify unter
Don't kiss your Boss – by Sarah Saxx
und verspricht dir eine prickelnde musikalische
Untermalung deiner Lesestunden.

Vorsicht – lesen auf eigene Gefahr!

Kann zu Herzrasen, Schweißausbrüchen und feuchten Schlüppis führen.

1

Joleen

»Warte, ich fahre mit!« So schnell ich konnte, eilte ich mit den drei schweren Ordnern in meinen Händen auf den Aufzug zu, dessen Türen sich gerade schlossen. Gott, war mir heiß! Dabei trug ich doch einen luftigen Rock und die Bluse mit den kurzen Ärmeln bis zu den Ellenbogen. Doch es war Mitte Mai und trotzdem fühlte es sich an wie Hochsommer.

Thomas lächelte leicht genervt, drückte aber die Taste, die sie wieder öffnete, damit ich noch einsteigen konnte. »Danke!«

»Kein Ding.« Thomas arbeitete in der Programmierung. Er war vielleicht Mitte dreißig und schon seit fünf Jahren oder sogar länger bei *Cunningham Solutions Inc.*, dem Softwareentwicklungsunternehmen, bei dem auch ich seit über zwei Jahren angestellt war. Ich liebte meinen Job als Assistentin der Geschäftsleitung. Jeder Tag war eine neue Herausforderung für mich. Abwechslungsreich und interessant.

Kurz bevor sich die Türen schlossen, sah ich, wie *er* am Fahrstuhl vorbeiging: Mein Boss, Mason Collins. Der vielleicht attraktivste Mann, dem ich je begegnet war. Er hätte auch aus einer dieser Männerparfumwerbungen entsprungen sein können, so unfassbar gut sah er aus.

Sofort schlug mein Herz schneller, als er in meine Richtung schaute. Nicht, weil er ein strenger Boss war, bei Gott. Er war fair, freundlich, besaß eine beachtliche Portion Humor und trug dazu bei, dass ich wirklich gerne zur Arbeit ging. Was gut war, denn von meinen Freundinnen wusste ich, dass das nicht selbstverständlich war. Zu seiner ganzen Art kam noch hinzu, dass er unverschämt gut aussah – groß, schlank, blaue Augen, aus denen der Schalk nur so blitzte. Mit einer Hand fuhr er sich durch seine dunkelblonden Haare, die immer perfekt gestylt waren – hinten und an den Seiten kurz, dafür oben etwas länger und lässig in Form geföhnt. Nur zu gern würde ich selbst einmal meine Finger darin vergraben und daran ziehen.

Oh, und dann hatte er noch dieses kantige Kinn und diese überaus sinnlichen Lippen. Gott, seine Lippen, die mich in so manchen Träumen die heißesten Dinge haben erleben lassen. In Kombination mit seinem Charakter hatte sein Äußeres dafür gesorgt, dass ich mich schleichend – und ohne es anfangs zu bemerken! – in ihn verliebt hatte. Was schlecht war. Denn er sah zwar die gute Arbeitskraft in mir, nahm mich jedoch nicht als *Frau* wahr. Auch jetzt hatte er mir nur kurz zugenickt. Kein Lächeln, kein zweiter Blick … Ich war für ihn einfach seine Assistentin, mehr nicht.

Ich schob es darauf, dass ich vermutlich einfach nicht sein Typ war. Mister Collins war einer der Sorte Männer, die so gut aussahen, dass an ihre Seite nur diese perfekten Supermodels passten – aber keine Durchschnittsfrau wie ich, die aus der Masse nicht herausstach.

Bestimmt war es besser, mit meinen Gefühlen für ihn abzuschließen. Ich sollte akzeptieren, dass ich etwas für ihn empfand, er jedoch nichts davon wusste.

Meine beste Freundin Georgia war da anderer Meinung. Sie war eine der wenigen, denen ich von dem Chaos in meinem Herzen erzählt hatte, und die seither regelmäßig versuchte, mich zu überreden, mit meinem Boss zu flirten. Dazu fehlte mir bisher jedoch der Mut. Mir war aber auch klar, dass ich diesen

Schritt endlich wagen sollte, wenn ich herausfinden wollte, ob er überhaupt Interesse an mir hätte. Ob ihm bewusst war, dass ich eine *Frau* war, oder ob er nie mehr als seine Angestellte in mir sehen würde?

Seit vor etwas über drei Monaten Harper als Assistentin von Adrian Price, einem der anderen drei Geschäftsführer, für das Unternehmen eingestellt worden war, hatte sich etwas in mir verändert. Zumindest hatte mich ihr Verhalten zum Nachdenken gebracht. Im Gegensatz zu mir hatte sie nämlich die Initiative ergriffen und mit all ihrer weiblichen Überzeugungskraft und heftigen Flirts ihren Boss für sich gewonnen. Die beiden waren nun ein Paar und immer, wenn ich die zwei dabei beobachtete, wie verliebt sie waren, verspürte ich dieses Ziehen in der Brust. Der Wunsch, es möge sich bei mir und Mister Collins auch so entwickeln, war dann besonders groß.

Wenn ich ihn also auf mich aufmerksam machen wollte, musste ich endlich etwas dafür tun. Mit ihm zu flirten, wäre also vielleicht wirklich ein guter Anfang – wenn ich bedachte, wohin es Harper gebracht hatte. Nämlich in die Arme ihres Adrian …

»Welcher Stock?«, fragte Thomas so, als hätte er mir diese Frage nicht zum ersten Mal gestellt – was sicher daran lag, dass ich mit meinen Gedanken abgeschweift bin. Seine Hand schwebte vor dem Bedienfeld und er sah mich abwartend an, als könnte es ihm nicht schnell genug gehen, dass sich der Fahrstuhl in Bewegung setzte.

»Sechsunddreißigster«, sagte ich, weil ich noch in den Vertrieb musste.

Kurz nachdem er die Taste gedrückt hatte, glitten die Türen auch schon zu. *Cunningham Solutions Inc.* breitete sich von Etage vierunddreißig bis siebenunddreißig aus. Diese vier Geschosse waren zwar durch die großen Hauptaufzüge erreichbar, die von ganz unten bis zur obersten Etage reichten. Jedoch war es besser, diese für interne Fahrten zu meiden. Sie waren meistens voll und es dauerte manchmal ewig, bis man das gewünschte Stockwerk erreicht hatte. Zum Glück waren die firmeninternen Ebenen durch einen separaten Fahrstuhl verbunden. Hier traf man auch immer wieder auf Kollegen aus den anderen Abteilungen, die man sonst nur selten zu Gesicht bekam.

»Wie geht es dir?«, wandte ich mich für kurzen Small Talk an Thomas.

»Gut, dir ebenfalls?«

»Ja, alles bestens«, antwortete ich, dann stoppte der Aufzug.

Er war nur eine Etage nach oben gefahren. Für diese Strecke hätte er auch die Treppe benutzen können. Bestimmt wäre er so schneller gewesen.

Bevor sich die Aufzugtüren jedoch öffneten, ertönte ein seltsam brummender, fast pfeifender Laut. Im ersten Moment dachte ich, es käme vom Fahrstuhl. Irgendwie hatte ich immer diese leise Angst im Hinterkopf, ich würde irgendwann in einem Lift stecken bleiben oder gar mit einem abstürzen. Doch dann wurde mir klar, dass dieses Geräusch nicht von der Kabine oder der Technik stammte, sondern von Thomas.

Der Kerl hatte eben gefurzt.

Neben mir.

In diesem Fahrstuhl.

Mein Blick schnellte zu ihm, doch er tat, als wäre nichts passiert, und eilte in den Flur, kaum dass die Türen sich weit genug geöffnet hatten.

Völlig sprachlos blickte ich ihm hinterher, während sich die Aufzugtüren wieder schlossen und mir gleichzeitig einfiel, dass Thomas eine große Vorliebe für scharfes Essen hatte. Gott, vermutlich sollte ich zusehen, so schnell wie möglich aus diesem engen Raum zu verschwinden.

Gerade in dem Moment, als ich diese Entscheidung traf, schob sich eine Hand in den noch kleinen Spalt der sich schließenden Türen und zwang sie dadurch dazu, sich wieder zu öffnen.

Und nein, oh, du böses Schicksal, nein! Nicht Mason Collins! Nicht mein Boss. Nicht der Mann, der mich endlich als *Frau* wahrnehmen sollte, betrat in dem Moment den Aufzug und tauchte zu mir in die noch sehr verhaltene Wolke von Thomas ein. Wo, zur Hölle, kam der jetzt so schnell her? War er über die Treppe gelaufen? Das konnte nicht sein, das *durfte* nicht sein! Nicht jetzt, nicht nachdem Thomas …

»Ah, Joleen, gut, dass du da bist, hast du die Auswertungen schon fertig?«

Die Türen schlossen sich und versiegelten jede Chance auf Frischluftzufuhr, während sich der bestialische Gestank gleichzeitig in voller Intensität ausbreitete. Mein Gott, keine Ahnung, was der Mann gegessen hatte, aber ein totes, verfaulendes Tier konnte nicht mehr stinken als dieser Furz.

Tränen traten mir in die Augen, als ich ein »Sicher, schicke ich Ihnen gleich« hervorpresste. Tränen vor Scham, weil Mister Collins bestimmt dachte, dass *ich* gepupst haben musste. Tränen aus Wut, weil Thomas mich in diese Situation gebracht hatte. Und Tränen, weil dieser Mief einfach unfassbar ekelhaft war.

Ich spürte Mister Collins' Blick auf mir, doch wagte es nicht, meinen Kopf zu drehen und ihn anzuschauen. Fast konnte ich seine Gedanken hören. Sie waren so laut, so unangenehm. So *peinlich*.

Die Fahrt nach oben war die reinste Qual. Als der Aufzug hielt und sich die Türen öffneten, hetzte ich hinaus und sog erst mal tief frische Luft ein. Völlig aufgelöst stolperte ich davon, konnte keinen klaren Gedanken fassen.

»Joleen?« Mister Collins' Stimme klang näher, als sie sein sollte. Und verdammt, er wirkte ziemlich belustigt. Dass er mir gefolgt war, konnte ich ihm bei dem Gestank nicht einmal verübeln. Niemand, der bei Verstand war, würde länger als nötig freiwillig in dieser Kabine bleiben wollen.

Doch ich konnte ihm jetzt unmöglich unter die Augen treten. »Ich bin in fünfzehn Minuten an meinem Schreibtisch, dann schicke ich Ihnen alles!«, rief ich ihm über die Schulter zu und ließ ihn einfach stehen.

Zwar hätte ich zu Carol gehen sollen, peilte jedoch erst die Toilette an, um mich zu sammeln. Vermutlich bestätigte ihn diese Kurzschlussreaktion auch noch in der Überzeugung, dass ich diejenige war, die gefurzt hatte. Aber für eine Planänderung war es jetzt auch zu spät.

Schwer atmend legte ich die Ordner auf der Marmorplatte ab, in die das Waschbecken eingelassen war, und schaute in den Spiegel. Geschockte grüne Augen starrten mir entgegen, deren Wimpern von Tränen feucht waren. Meine Wangen waren von roten Flecken übersät. Eine für mich typische Reaktion, wann immer ich in extreme Stresssituationen geriet.

Kopfschüttelnd ließ ich Revue passieren, was eben passiert war. Vielleicht hatte Mister Collins ja den wahren Übeltäter aus dem Aufzug verschwinden sehen und selbst seine Schlüsse gezogen.

Würde ein Mann wie er einer Frau wie mir zutrauen, im Lift auf der Arbeit derartig bestialische Gase abzulassen? Ich wusste es nicht … Die Frauen, die er datete, furzten sicher niemals. Nie. Überhaupt hatten sie vermutlich offiziell nicht mal eine Verdauung.

Aber ich war keines dieser perfekten Püppchen. Demnach *durfte* ich auch furzen können.

Gott, ich hatte keine Ahnung, wie ich Mister Collins je wieder gegenübertreten sollte. Für immer würde ich jetzt an diesen Gestank denken müssen. Ja, ich konnte ihn sogar noch riechen, als hätte er sich in der kurzen Zeit in meine Nasenhaare eingenistet.

Schnell schnüffelte ich an meiner Bluse, doch sie roch nach Weichspüler und dem leichten Parfum, das ich heute Morgen aufgetragen hatte. Bestimmt existierte Thomas' Geruch nur noch in meiner Erinnerung, aber von dort würde ich ihn ganz sicher nie wieder verdrängen können.

Ich wusch mir die Hände und kühlte meine Wangen mit den nassen Fingern, ehe ich mich auf zu Carol machte.

Ihre Reaktion deutete nicht darauf hin, dass ihr etwas an mir auffiel, was ich als positiv wertete. Solange man mir nicht ansehen konnte, dass ich völlig von der Rolle war, würde ich den Tag vielleicht doch noch irgendwie überstehen.

Vorausgesetzt, Mister Collins hatte nicht vor, mich in sein Büro zu zitieren.

Um nach dem kurzen Gespräch über einen Sonderwunsch einer unserer Großkunden mit Carol zurück in die oberste Etage zu gelangen, benutzte ich diesmal die Treppe. Überhaupt beschloss ich, den Fahrstuhl zwischen den Stockwerken für sehr lange Zeit nicht mehr zu nutzen. Und schon gar nicht würde ich mich noch einmal in Thomas' Nähe wagen, wenn es sich irgendwie vermeiden ließ.

Zurück am Arbeitsplatz verbot ich es mir, durch die Glaswand zu meinem Boss ins Büro zu schauen. Ich verstaute mit vermutlich tomatenrotem Kopf die Ordner im Schrank hinter mir und setzte mich an den Schreibtisch, wo ich die versprochenen Unterlagen auf dem Computer suchte. Ein letztes Mal checkte ich alle Daten und leitete sie schließlich an Mister Collins weiter.

Es war, als spürte ich seinen Blick auf mir. Heiß. Brennend.

Doch unmöglich konnte ich zu ihm schauen. Würden auch nur seine Mundwinkel nach oben zucken, müsste ich vermutlich heulend aus dem Gebäude laufen und morgen meine Kündigung per Mail schicken. Aber ich brauchte diesen Job – mal abgesehen davon, dass ich ihn liebte. Geliebt hatte? Ich wusste es nicht. Ihn jedoch wegen unkontrollierter Flatulenzen eines Kollegen hinzuwerfen, war die wohl bescheuertste Idee, die ich haben könnte. Demnach zog ich den Kopf ein und machte mir eine große Tasse Kaffee mit Hafermilch, in der Hoffnung, der Duft der dunklen Bohnen würde die letzten Reste des Gestanks in meiner Nase neutralisieren.

Zum Glück war heute Freitag und bis Montag sah die Welt bestimmt wieder anders aus. Vor allem aber würde sie besser riechen …

2

Mason

Immer wieder blickte ich aus meinem Büro zu Joleen, die sich heute besonders kleinmachte. Fast so, als würde sie sich wünschen, unsichtbar zu sein. Wobei ich mich am Riemen reißen musste, nicht laut loszulachen, weil die Situation so scheißkomisch war.

Keine Ahnung, wer da aus dem Fahrstuhl und ins Büro nebenan geeilt war – ich hatte nur am Rande die Bewegung mitbekommen und dem keine Aufmerksamkeit geschenkt. Aber dass Joleen dermaßen rot angelaufen war, war zum Brüllen gewesen. Als sie ausstieg, wollte ich ihr noch nach, um … Keine Ahnung. Ihr zu sagen, dass ich es lustig fand? Es nicht schlimm war? Okay, das war die Untertreibung des Jahrhunderts, denn eine sieben Tage alte Leiche roch vermutlich besser als dieser Furz. Bestimmt hatten einige meiner Nasenhaare Selbstmord begangen, als ich die erste Welle eingeatmet hatte. Aber hey, ich konnte eins und eins zusammenzählen. Sie arbeitete schon lange genug für mich, als dass ich ihr so etwas zutraute. Überhaupt kannte ich keine Frau, die in einem Fahrstuhl furzen würde. Die gingen dazu auf die Toilette oder hatten sonstige Tricks drauf, sodass es keiner merkte. Kerle hingegen hatten damit kein Problem. Einige Exemplare ließen einen fahren, wann immer sie das Bedürfnis danach hatten.

Ich würde alles verwetten, dass es Miguel war oder Charles. Aber auch Thomas oder Pete kamen dafür infrage. Völlig egal, wer es war, ich verfluchte denjenigen, Joleen in so eine Situation gebracht zu haben. Doch je mehr Zeit verging, desto aufrechter saß sie an ihrem Platz und arbeitete ihre Aufgaben in gewohntem Tempo ab. Deshalb ging ich davon aus, dass sich die Sache für sie schon wieder erledigt hatte.

Am späten Nachmittag war es ziemlich ruhig geworden. Logan, einer meiner drei besten Kumpels und der jüngere der beiden Cunningham-Brüder, die ebenfalls Geschäftsführer waren, hatte sich vor einer halben Stunde in den Feierabend verabschiedet. Soweit ich wusste, wollte er mehr Zeit mit Helene verbringen. Deshalb verließ er regelmäßig pünktlich das Büro, auch wenn mir klar war, dass er Arbeit mit nach Hause nahm, um von dort aus weiterzuarbeiten, sobald seine Freundin schlief. Er war der Projektleiter von *Cunningham Solutions Inc.*, sein etwas älterer Bruder Kilian war wiederum für den Vertrieb und fürs Marketing zuständig. Er hatte vor etwas über sieben Jahren das Unternehmen gemeinsam mit uns gegründet und diese Firma bedeutete ihm alles. Mir natürlich auch, und ich war mehr als stolz, dass die Jungs ohne mich aufgeschmissen wären. Mein Part war und ist nämlich die Softwareentwicklung, und somit galt ich als das Genie hinter allem.

Eigenlob stinkt ja bekanntlich, dachte ich, aber hey, ich sprach nur Tatsachen aus.

Vor einem knappen halben Jahr hatte Kil es dann endlich geschafft, Adrian Price als firmeninternen Anwalt mit ins Boot zu holen. Wir vier waren in der Nachbarschaft miteinander aufgewachsen und der Traum, irgendwann gemeinsam eine Firma zu gründen, hatte sich schon sehr früh in uns festgesetzt. Dass wir es wirklich realisieren konnten, fühlte sich auch heute noch immer grenzgenial an.

Nachdem es Freitag und ich frei war und keine Verpflichtungen hatte, drängte alles in mir, mich wie jedes Wochenende unters Partyvolk zu mischen. Logan war schon früher schwer dazu zu bewegen gewesen, doch seit Helene ihn wieder unter Druck setzte, sahen wir ihn fast ausschließlich im Büro. Okay, nein, sie machte ihm nicht die Hölle heiß, hatte er uns kürzlich erklärt. Er selbst wollte an der Partnerschaft arbeiten, denn sie war seine große Liebe. Behauptete er zumindest. Mir war es schleierhaft, wie man sich an eine Frau binden konnte, die einen dermaßen einengte. Überhaupt war die Vorstellung einer Beziehung nichts, was ich zu oft durchdenken wollte. Es war meine heimliche Leidenschaft, Ladys kennenzulernen, zu flirten und heiße Nächte mit ihnen zu verbringen. Mehr jedoch war für mich nicht drin. Dafür liebte ich dieses aufregende Gefühl zu sehr, eine Frau zum ersten Mal zu küssen. Sie zum ersten Mal auszuziehen und ihren Körper zu erkunden. Sie zum ersten Mal zu ficken.

Manche würden mir vielleicht unterstellen, ein Arschloch zu sein, das die Frauen ausnutzte. Doch ich spielte immer mit offenen Karten. Und ich war nun mal ein Genießer. Ich probierte mich gerne durch die gesamte Speisekarte und hatte selten ein Gericht mehr als zweimal gekostet.

Hin und wieder zog ich auch allein um die Häuser, aber mehr Spaß machte es definitiv, wenn ich mit den Jungs unterwegs war. Da Adrian jedoch ebenfalls seit Kurzem seine Abende lieber mit seiner Assistentin im Bett verbrachte – oder hinter den Milchglasscheiben seines Büros, wie ich bereits des Öfteren feststellen musste –, blieb nur Kilian.

Auf direktem Weg steuerte ich sein Büro an, winkte seiner rechten Hand Summer zu, die gerade ihre Sachen packte, um ihren Feierabend zu genießen, und trat nach kurzem Klopfen durch die offen stehende Glastür ein. Wie immer schloss ich sie hinter mir – egal, was wir besprachen, meistens ging es niemanden sonst was an.

Kil saß an seinem Schreibtisch und sah müde aus.

Fuck, das waren keine guten Voraussetzungen, ihn dazu zu bewegen, heute mit mir die Bars unsicher zu machen.

»Du siehst scheiße aus, Mann«, sagte ich statt einer Begrüßung.

Er zeigte mir den Mittelfinger, schielte dabei aber in den Flur hinaus, um sicherzugehen, dass ihn niemand beobachtete. Dazu war er dann doch zu korrekt – zumindest nach außen hin. »Mein Kopf … Dieser verdammte Wetterumschwung macht mir zu schaffen.« Wie zum Beweis rieb er sich über seine Schläfen.

Autsch, das war nie gut. Er litt nicht oft unter Kopfschmerzen, aber wenn, dann kam es schon vor, dass sie so stark waren, dass der Tag für ihn gelaufen war. Oder in diesem Fall: der Abend.

»Gute Besserung. Dann erübrigt sich meine Frage vermutlich«, begann ich und ließ mich auf den Stuhl ihm gegenüber sacken. »Ich hab nämlich Bock, heute Nacht eine Pussy zu lecken und wollte dazu durch die Bars ziehen. Wie du weißt, fallen Logan und Adrian flach und du warst meine einzige Hoffnung.«

Kil lachte und stöhnte gleich darauf. »Tut mir leid, Mann, ich muss dich echt hängen lassen. Ich war gerade dabei, mir ein Uber zu bestellen. Das abgedunkelte Schlafzimmer ruft – und eine Frau wird sich heute nicht dorthin verirren, ich bin durch.«

Resigniert nickte ich. »Alles gut. Kopfschmerzen sind scheiße. Melde dich morgen mal bei mir, vielleicht passt es ja dann.«

Doch er schüttelte leicht den Kopf, während er sich aus seinem Schreibtischsessel erhob und den Laptop in seine Tasche schob. »Morgen hat Mom Geburtstag. Dad hat einen Tisch im *Le Bernardin* reserviert.«

Ah, stimmt, den hatte ich nicht mehr auf dem Schirm gehabt …

Ich pfiff durch die Zähne, denn das Restaurant war aktuell das beste, das New York zu bieten hatte. »Nicht übel. Dann wünsch ich euch viel Spaß und … sag Elizabeth liebe Grüße und alles Gute von mir. Beziehungsweise werde ich sie im Laufe des Tages mal anrufen, um ihr persönlich zu gratulieren.«

Schwerfällig steuerte er die Tür an. »Mach das. Sie wird sich sicher freuen.«

Ich erhob mich und verließ mit ihm sein Büro, das er hinter sich abschloss.

»Solltest du trotzdem heute allein losziehen, wünsche ich dir viel Spaß und … viel Erfolg.« Er rang sich ein Lächeln ab, nickte mir noch einmal kurz zu, ehe er die Aufzüge ansteuerte.

Sofort musste ich wieder an diesen bestialischen Furz von heute Vormittag denken, doch Kil war offensichtlich nicht in der Verfassung, sich jetzt die Geschichte anzuhören, geschweige denn, mit mir darüber zu lachen. Ganz davon abgesehen, dass Joleen noch an ihrem Platz saß. Als sie bemerkte, dass ich grinsend von den Fahrstühlen aus zu ihr schaute, machte sie sich wieder klein hinter ihrem Monitor, weshalb ich beschloss, mir jeglichen Kommentar zu verkneifen. Verdammt, auch wenn es so lustig wäre, mit jemandem darüber zu lachen. *Am liebsten mit ihr selbst*, dachte ich für eine Sekunde, verwarf den Gedanken jedoch gleich wieder schulterzuckend …

3

Joleen

Egal, wie sehr ich mich bemühte, nicht an den Fahrstuhlfurz zu denken, ich schaffte es nicht. Nicht, wenn ich Mister Collins' verschmitztes Grinsen sah. Oder überhaupt in sein Büro schaute, wo er gerade seine Sachen packte. Ein schneller Blick auf die Uhr verriet mir, dass ich schon vor einer Weile hätte nach Hause gehen können. Aber ich hatte so krampfhaft versucht, mich durch Arbeit abzulenken, dass ich doch tatsächlich die Zeit übersehen hatte. Dabei wollte ich keine Sekunde länger als nötig hierbleiben müssen.

Schnell gab ich mein Handy in die Handtasche, schaltete den Computer aus und rief Mister Collins ein »Schönes Wochenende!« durch die Glastür zu, bevor er sein Büro verlassen und mit mir im Aufzug landen konnte. Überhaupt stand ich jetzt vor dem Problem, dass ich unmöglich noch einmal mit ihm einen Fahrstuhl betreten können würde. Selbst dann nicht, wenn es einer der Hauptaufzüge war. Eher würde ich tot umfallen.

Vielleicht hätte ich einfach warten sollen, bis er sich auf den Nachhauseweg gemacht hatte. Da bestand jedoch nach wie vor die Gefahr, dass er zu meinem Schreibtisch kommen und mit mir doch noch über das peinliche Erlebnis sprechen wollen würde. Also bog ich kurz entschlossen vor dem Aufzug zu den Toiletten ab – jedoch nicht, ohne einen Blick über die Schulter zu werfen, um mich zu vergewissern, dass der Flur hinter mir leer war. In meiner Paranoia sah ich nämlich Mister Collins schon vor der Toilettentür auf mich warten.

Hier in meinem Versteck wurde mir leider bewusst, wie lächerlich das war. Vor allem, wie lange sollte ich ausharren? Fünf Minuten? Dann würden wir uns vielleicht erst recht einen Fahrstuhl teilen müssen, weil er zum Beispiel noch kurz mit Mister Price gesprochen hatte. Oder sollte ich länger warten? Bis die ganze Etage leer war und ich womöglich mitbekommen würde, wie sich Mister Price und Harper in dessen Büro vergnügten? Nicht, dass ich das nicht schon einmal erlebt hatte – zum Glück hatte Mister Price den Knopf betätigt, der die durchsichtigen Glasscheiben automatisch in undurchsichtiges Milchglas verwandelt und mir wurde der Anblick erspart –, doch ich brauchte ganz sicher keine Wiederholung. Ich freute mich ja für andere, wenn sie Sex hatten, aber Zeuge davon zu werden, stand nicht auf meiner Prioritätenliste.

Also nickte ich entschlossen meinem Spiegelbild zu, reckte das Kinn und verließ die Toilette. Als ich mich den Aufzügen näherte und einen Blick über die Schulter zurück zum Büro warf, erkannte ich, dass mein Boss es gerade abschloss und tatsächlich noch jenes von Mister Price ansteuerte.

Ich drückte den Aufzugknopf und wartete angespannt, alle Sinne auf den Flur hinter mir gerichtet. Doch ich nahm keine Regung wahr und als sich der Fahrstuhl öffnete und ich in die halb volle Kabine huschte, war von Mister Collins nichts zu sehen. Puh, Glück gehabt!

Draußen auf der Straße atmete ich erleichtert durch. Erst jetzt wurde mir klar, wie angespannt ich die ganze Zeit gewesen war. Schnell kramte ich in meiner Handtasche nach dem Handy und wählte die Nummer von Georgia. Gleich nach dem ersten Klingeln ging sie ran.

»Bist du zu Hause?«, fragte ich statt einer Begrüßung.

»Ja, bin ich. Ist alles in Ordnung? Du klingst … aufgebracht.«

»Darf ich vorbeikommen? Ich brauche heute ganz viel Beistand.«

»Sicher. Was ist passiert?«, wollte sie wissen. Sorge schwang in ihrer Stimme mit.

»Nichts Schlimmes. Also … nicht wirklich. Ich erzähle es dir, wenn ich bei dir bin.«

»Soll ich uns was zu essen bestellen?«, schlug sie vor.

Wie auf Kommando meldete sich mein Magen. »Ja, einen dieser Salate mit den Pizzastangen, die wir das letzte Mal hatten. Mit Mais und Thunfisch oder so.«

Sie war einverstanden und wir verabschiedeten uns voneinander.

Auf dem Weg zu ihr kaufte ich noch zwei Flaschen Wein. Die würden wir – oder zumindest ich – brauchen. Dringend. Schon seit Jahren hatte ich eine Zahnbürste bei ihr gebunkert und sie eine bei mir, falls wir spontan beschlossen, nicht mehr nach Hause fahren zu wollen. Heute würde mit ziemlicher Sicherheit so ein Tag werden.

Eine gute halbe Stunde später klingelte ich bei meiner besten Freundin. Sie öffnete, und ich erkannte Virginia, ihre Cousine, hinter ihr auf dem Sofa, die ich im Laufe der Jahre auch in mein Herz geschlossen hatte und inzwischen zu einer meiner engsten Freundinnen zählte. Dass die Vorliebe ihrer Mütter für die Namen der Bundesstaaten ziemlich verrückt war, darüber brauchte man nicht zu diskutieren. Nichtsdestotrotz waren die beiden unglaublich herzensgute und lustige Frauen, die in jeder Notsituation für einen da waren.

»O nein, wenn ich gewusst hätte, dass du auch hier bist, hätte ich eine dritte Flasche Wein mitgebracht«, sagte ich zur Begrüßung und umarmte erst Georgia, dann Virginia herzlich.

»Kein Problem, ich hatte die gleiche Idee wie du«, meinte diese belustigt und zeigte auf zwei Sektflaschen auf dem Couchtisch.

»Mit dem Unterschied, dass es bei dir nichts zu feiern gibt, hab ich recht?«, fragte Georgia beunruhigt und führte mich zum Sofa, wo ich Platz nahm.

»Nein, im Gegenteil.«

»Du musst unbedingt alles erzählen, was passiert ist.« Sie sah mich mitleidig an und ging in die Küche, um Gläser für uns zu holen.

In dem Moment klingelte es an der Tür.

»Das muss das Essen sein.« Virginia sprang auf, um den Lieferservice zu bezahlen und eine Tüte mit dem Essen entgegenzunehmen. Sofort duftete es herrlich nach Pizzabrot in der Wohnung.

Während ich damit anfing, von meinem Erlebnis heute Vormittag zu erzählen, schenkte ich uns Wein in die Gläser. Zum Glück hatte ich diese Arbeit übernommen, denn die beiden hatten wohl den Lachflash ihres Lebens. Ich konnte ihnen nicht mal böse sein, denn es war wirklich lustig – wäre es nicht mir passiert.

»O Gott, ich stelle mir das alles bildlich vor, wie dein Kollege einen fahren und dich in seiner Wolke stehen lässt. Was für ein Schwein!« Virginia wischte sich prustend Tränen von ihren Wangen.

»Und dann dein Boss! Du hast echt ein Pech, wenn ich das so sagen darf.« Japsend begoss Georgia ihre Worte gleich mit einem großen Schluck Wein.

»Gerade jetzt, wo ich endlich den Mut beisammenhatte, mit ihm zu flirten und zu versuchen, ihm auf diese Weise klarzumachen, dass ich nicht nur eine Arbeitsbiene bin.«

»Sondern eine wunderschöne Blume, die endlich mal wieder bestäubt werden will«, brachte Virginia belustigt ein und spießte ein Salatblatt auf.

»Word!« Georgia gab ihr ein *High five*, während ich mich nicht wirklich besser fühlte.

»Mädels, ich finde es ja schön und gut, dass ihr euch auf meine Kosten amüsiert, aber ich kann meinem Boss nie wieder unter die Augen treten. Geschweige denn, dass er mich je begehrenswert finden wird! Stellt euch vor, er glaubt doch jetzt, dass ich diejenige war, die so ekelhaft gefurzt hat … Ich meine, wer will schon eine Frau daten, die dermaßen üble Duftnoten in die Welt setzt.« Okay, nun musste ich doch schmunzeln, auch wenn mir nach wie vor nicht zum Lachen, sondern eher zum Weinen war. Den leichten Stich, den ich immer noch in meinem Inneren verspürte, versuchte ich, mit einem Bissen Pizzabrot hinunterzuschlucken – was jedoch nicht wirklich funktionierte.

»Egal, vergiss ihn. Wenn er bis jetzt nicht verstanden hat, was für eine großartige, und vor allem attraktive Frau du bist, hat er dich sowieso nicht verdient.«

»Sehe ich auch so«, stimmte Georgia ihrer Cousine zu. »Deshalb bin ich stark dafür, dass wir heute noch ausgehen. Du solltest feiern, tanzen, flirten, Joleen. Und vielleicht sogar einen Mann kennenlernen, der es dir mal wieder so richtig besorgt, damit du dir deinen Boss aus dem Kopf vögeln kannst. So ein toller Hecht kann der nämlich gar nicht sein.«

Bestimmt würde sie anders darüber denken, wenn sie ihn kennen würde.

»Hast du ein Foto von ihm?«, wollte Virginia wissen.

Ich nickte und kramte mein Handy aus der Handtasche hervor, um ihn auf der Firmenwebsite zu suchen. Als ich ihr das Telefon entgegenhielt, neigte sie unschlüssig den Kopf. »Okay, ja, er sieht gut aus. Zumindest auf diesem Foto. Aber trotzdem. Du bist viel zu gut für ihn, wenn er nicht von sich aus inzwischen bemerkt hat, dass du scharf auf ihn bist.«

»Ich würde mal eher sagen, dass ich mich in ihn verschossen habe«, gab ich ihr zu verstehen und merkte, wie meine Wangen heiß wurden.

»Okay, vielleicht ist er auch zu sehr Gentleman, um dein Interesse an ihm auszunutzen«, schlug sie nun besänftigend vor.

Selbstverständlich hatte ich mir mehr als einmal ausgemalt, wie es wäre, Sex mit ihm zu haben. Aber nachdem er nicht einen Funken Interesse an mir gezeigt hatte, was über unser dienstliches Verhältnis hinausging, war diese Vorstellung genau das: fiktiv.

»Aber wetten, du träumst davon, wie er es dir besorgt, wie er dich leckt und dich durchvögelt, bis du seinen Namen schreiend kommst?« Virginia wackelte mit ihren Augenbrauen.

Lachend trank ich einen großen Schluck. »Geh aus meinem Kopf!«

Das brachte beide zum Prusten.

Wir aßen den Salat auf, leerten auch die zweite Flasche Wein und als Virginia die erste Sektflasche öffnete, war ich schon ziemlich angeheitert.

»Jetzt pimpen wir dich ordentlich auf und dann gehen wir auf Beutezug. Und falls du einen Kerl kennenlernst, den du heiß findest, solltest du heute mit ihm nach Hause fahren.« Entschlossen stand Virginia auf und verschwand in Georgias Schlafzimmer – vermutlich, um den Kleiderschrank ihrer Cousine zu plündern.

»Ich werde garantiert nicht mit einem Kerl nach Hause fahren«, raunte ich Georgia zu.

»Musst du ja auch nicht. Aber du solltest Spaß haben und den Mist von heute vergessen.«

Nickend stimmte ich ihr zu. Das war immerhin der Grund, weshalb ich zu ihr gefahren war – weil sie gute Laune versprühte und sie mich damit bisher noch immer angesteckt hatte. Und in Kombination mit Partygirl Virginia war der Abend sowieso gerettet.

Die zwei scheuchten mich ins Bad mit der strikten Anordnung, mich zu duschen und zu rasieren. Überall. Falls sich doch heute noch was ergeben würde – was ich zwar bezweifelte, aber ich wollte ihre Euphorie nicht schmälern, also tat ich, was sie mir auftrugen. Georgia versorgte mich mit Handtüchern, Rasierschaum und einem Einwegrasierer. Und während ich im Bad zugange war, zogen sich die beiden um und begannen schon mal mit ihrem Styling.

Als ich frisch geduscht zu ihnen kam, lag ein dunkelgrünes Minikleid bereit, das mit unzähligen Pailletten bestickt war. Es passte gut zu meinen schwarzen Riemchenpumps, und die Farbe des Kleides würde bestimmt die meiner Augen unterstreichen. Zudem verlieh Grün meinen mahagonifarbenen Haaren einen noch rötlicheren Stich, was ich sehr mochte. Auch wenn das Farbspiel im Dunkeln der Nacht vermutlich eh von niemandem bemerkt würde, fühlte ich mich tatsächlich unglaublich sexy, als ich mich in dem Neckholderkleid im Spiegel betrachtete.

»Wow, wer ist diese heiße Braut und wo ist Joleen hin verschwunden?«, meinte Virginia scherzhaft und zwinkerte mir zu, während sie meine Haare kämmte. Ich hatte extra die Anweisung erhalten, sie nicht zu waschen, damit die Locken, die sie mit dem Glätteisen hineindrehen wollte, besser hielten.

Georgia kümmerte sich währenddessen um das Make-up und ich fühlte mich langsam, aber sicher wie bei einem Stylisten.

Dieser Eindruck bestätigte sich, als ich endlich wieder freie Sicht auf mein Spiegelbild bekam und mir eine Sexbombe entgegenblickte.

»Krass«, hauchte Virginia ehrfurchtsvoll. »*So* solltest du mal ins Büro gehen. Deinem Boss würden bestimmt die Augen aus dem Kopf fallen, wenn er dich so sieht.«

»Das wird garantiert nicht passieren. Ich hab jahrelang daran gearbeitet, dass den Leuten allein schon durch mein optisches Auftreten klar ist, dass ich für meinen Job qualifiziert bin.«

»Aber das hast du ja inzwischen mehr als nachdrücklich bewiesen. Jetzt ist es an der Zeit, die hochgeschlossenen Blusen und grauen Röcke gegen etwas figurbetontere Kleidung zu tauschen. Ich meine, sieh dich mal an, wie heiß du bist!« Virginia war immer noch völlig aus dem Häuschen.

Schweigend presste ich die Lippen aufeinander. Ganz sicher würde ich jetzt nicht mit ihr zu diskutieren anfangen.

Aus dem Augenwinkel bemerkte ich Georgia, die ihre Augenbrauen zusammengeschoben hatte. Sie schüttelte unmerklich den Kopf und gab mir so zu verstehen, dass ich schon alles richtig machte. Immerhin trug ich die hochgeschlossenen Blusen und langen Röcke nicht ohne Grund, aber davon wusste Virginia nichts. Und dass Georgia offenbar dichtgehalten hatte, bewies ihre Loyalität.

Wir leerten auch noch beide Sektflaschen, ehe wir in ein Uber stiegen, das uns zum *LAVO* brachte. Eine lange Schlange an Leuten stand an, aber das störte uns nicht. Der Alkohol sorgte dafür, dass wir die Kühle der Mainacht nicht spürten. Zudem schnatterten wir gut gelaunt über den Lärm des Verkehrs hinweg und schneller, als wir dachten, waren wir am Eingang angelangt.

Als wir endlich an den Türstehern vorbei waren, sog ich die Atmosphäre des Clubs in mich auf. Laute Dancemusic hüllte uns ein, ebenso wie die gute Laune der Gäste. Wir peilten die erstbeste Bar an, an der Virginia Getränke für uns bestellte. Der Barkeeper schob Virginia eine Flasche Wodka sowie mehrere Energydrinks und eine große Schale mit Eis über den Tresen, an dessen Rand sich die Gläser mit den Dosen abwechselten.

»Bist du verrückt? Wer soll denn das alles trinken?« Geschockt schaute ich sie an.

»Na wir! Du musst vergessen und ich muss feiern. Ich hab heute nämlich die Zusage für den Job in der Redaktion bei dem Modemagazin bekommen, für den ich mich beworben habe.«

»Aaah! Und damit rückst du erst jetzt heraus? Tut mir leid, dass ich nicht nachgefragt habe, warum du auch Alkohol zu

Georgia mitgebracht hast.« Ich fiel ihr um den Hals und drückte sie. »Herzlichen Glückwunsch!«

»Schon gut und danke.« Lachend erwiderte sie meine Umarmung. »Erst mal war es wichtig, dass du nicht mehr so traurig bist. Aber jetzt bist du ja wieder fröhlich und wir können auf uns beide anstoßen.«

Als ich mich umsah, entdeckte ich Georgia ein Stück von uns entfernt, die einen Stehtisch beschlagnahmen konnte, um den wir uns nur einen Augenblick später stellten. Virginia schenkte ein und wir prosteten uns zu.

»Auf neue Chancen!«, rief Georgia uns über die laute Musik hinweg zu.

Unsere Gläser stießen gegeneinander, dann trank ich von dem gekühlten Getränk, das scharf und süß zugleich meine Kehle hinabfloss. Und ja, vielleicht musste ich wirklich auf einen Neuanfang setzen.

Eine gute Stunde später hatten wir schon etwas über ein Drittel der Flasche getrunken. Ich fühlte mich beschwingt und sexy und genoss es, mit meinen beiden Freundinnen Spaß zu haben. Die Stimmung hier war ausgelassen, die Leute tranken und tanzten und flirteten und steckten mich mit ihrer Laune an. Meine Sorgen von heute Vormittag schienen unter einem dichten Nebel begraben, der hier in dieser erhitzten Luft des Clubs kein Bestehen hatte.

»Lass uns auf die Tanzfläche gehen!«, rief Georgia mir zu und packte mich am Arm, um mich mitzuziehen. Kurz warf ich noch mal einen Blick über meine Schulter, doch dann sah ich, dass Virginia mit einem großen, breitschultrigen Kerl flirtete. Bestimmt wollte Georgia den beiden etwas Freiraum lassen, aber mir war das nur recht. Ich hatte schon beim Tisch nicht stillhalten können und mich zur Musik bewegt. Auf der Tanzfläche, wo die wogende Masse der anderen Menschen mich zusätzlich in Tanzlaune versetzte, gab es jedoch kein Halten mehr. Mit kreisenden Hüften warf ich die Arme in die Höhe und ließ mich vom Beat und vom Alkohol treiben. Aufreizend rieb ich mich an Georgia, was sie damit beantwortete, dass ihre Hand an meiner Taille nach unten und wieder hinaufglitt.

Dass wir den umstehenden Leuten eine Show boten, war mir egal. Mehr noch, ich genoss es, im Zentrum der Aufmerksamkeit zu stehen – etwas, was ich sonst nie tat. Beschwingt ließ ich meinen Blick über die Menschenmenge gleiten und … hielt mitten im Tanzen inne.

Taumelte, weil der Alkohol schon zu sehr die Kontrolle übernommen hatte. Vielleicht spielte mir gerade dieser auch einen Streich, weshalb ich blinzelte und die Augen zusammenkniff, um über die blinkend violetten Lichter hinweg sicherzugehen, dass ich mich nicht irrte.

Doch das tat ich nicht.

Denn nur wenige Schritte von mir entfernt stand Mason Collins, mein Boss, der mich aus großen Augen ansah.

4

Mason

Holy shit! Ich musste betrunken sein – was jedoch nicht möglich war, da ich mir nur einen einzigen Scotch genehmigt hatte. Aber diese Frau vor mir auf der Tanzfläche in diesem supersexy Kleid war tatsächlich Joleen Turner. Meine Assistentin. Diejenige, die ich sonst nur zugeknöpft und äußerst korrekt, um nicht zu sagen langweilig kannte.

Sie war es ganz sicher, denn als sie mich entdeckt hatte, hielt sie mitten in ihrer Bewegung inne und schaute mich an, als hätte sie einen Geist gesehen. Dann kam sie auf mich zu und blieb kurz vor mir stehen.

»Das ist jetzt ein fieser Scherz, oder?«, fragte sie über den Lärm hinweg und war mir dabei so nahe wie … noch nie zuvor. Ein süßlicher Duft nach Vanille und irgendwelchen Früchten drang in meine Nase und verwirrte mich. Dass diese Frau, die jeden Tag vor meinem Büro saß und für mich arbeitete, so verführerisch roch, passte einfach nicht zu dem Bild, das ich sonst von ihr hatte. Auch nicht, dass ihre Zunge etwas schwer zu sein schien.

Herrje, wie viel hatte diese Frau getrunken?

Keine Ahnung, worauf sie anspielte, aber ich bekam nicht einmal die Chance, wirklich nachzufragen, denn sie packte mich bereits am Hemd und bohrte den Zeigefinger der anderen Hand in meine Brust. »Dass Sie hier einfach auftauchen, wo ich doch genau deshalb hier bin … um zu vergessen!«

Ich hob eine Augenbraue und konnte mir, so sehr ich mich auch bemühte, ein Grinsen nicht verkneifen. Wenn Joleen betrunken war, war sie irgendwie niedlich. »Du willst *mich* vergessen?«

»Nein, nicht Sie …« Sie schüttelte Hilfe suchend den Kopf. »Wie könnte ich Sie vergessen? Sie sind *immer* in meinen Gedanken.« Nun tippte sie sich gegen ihre Schläfe. »Jeden Tag, jede Nacht …«

Überrascht schaute ich sie an, doch ihr war offensichtlich nicht bewusst, was sie da eben gesagt hatte.

»Sie sollten wissen, dass das heute im Fahrstuhl nicht ich war.«

Ein Lachen schob sich nach oben, ich riss mich jedoch zusammen und spielte den weiterhin Unwissenden. Dieses Spiel begann mir Spaß zu machen.

»Ich verstehe nicht …«

»Der bestialische Gestank. Das war nicht ich. Einer der Kollegen war mit mir im Aufzug und hat … nun, er hat …«

»Gefurzt?«, half ich ihr, weil sie wohl trotz des Alkohols nicht die richtigen Worte fand.

Sie schlug sich die Hände vor das Gesicht. »Ich hätte nie gedacht, dass ich mal mit Ihnen über so ein Thema reden würde.«

Nun brach das Lachen doch aus mir hervor. Sanft nahm ich ihre Handgelenke und zwang sie dazu, mich wieder anzuschauen. »Joleen? Ich weiß, dass du das nicht warst.«

»Ja?« Nun blinzelte sie mich aus großen Augen an.

»Natürlich.«

»Gott, bin ich erleichtert!«, rief sie aus und warf sich dabei an meine Brust. Oder sie torkelte dagegen, ich war mir nicht so sicher. Aber diese unerwartete Berührung machte mir bewusst, wie schlank und zierlich sie war. Erneut drang ein Hauch ihres Duftes zu mir hoch und verdammt, ich wollte mehr davon.

Irritiert schüttelte ich diesen Gedanken ab und konzentrierte mich auf unsere Unterhaltung, was mir zum Glück wieder leichter fiel, als sie etwas Abstand zwischen uns brachte.

»Ich dachte wirklich, Sie würden denken, dass ich zu so was fähig wäre. Dabei war das … O Gott, keine Ahnung, was man essen muss, um so zu stinken.« Sie riss die Augen weit auf, was mich nur noch mehr amüsierte, aber sie wandte den Kopf verlegen ab. »Dabei will ich doch nur, dass Sie mich als Frau sehen. So lange schon wünsche ich mir das. Ich hab wirklich mit mir gerungen, wollte flirten, um es herauszufinden, und dann … macht mir Thomas das alles zunichte.« Gedankenverloren schaute sie an mir vorbei. Womöglich war ihr nicht einmal bewusst, was sie da gerade erzählte. Dass sie es *mir* anvertraute …

Was sie sagte, war aber auf jeden Fall interessant … und verwirrend. Vor allem aber überraschend. »Du wolltest flirten? Mit mir?« Gott, sie war voller als vermutet. Ich sollte gehen oder sie heimbringen oder was weiß ich. Sicher sollte ich jetzt nicht hier stehen und mir ihre Antwort anhören. Dennoch tue ich genau das.

»Ja, ich muss ja herausfinden, ob Mister Collins mehr in mir sieht als seine Assistentin.«

Okay, ja, sie *hatte* vergessen, dass sie gerade mit mir sprach. Ihr Blick war in die Ferne gerichtet, auch wenn sie immer noch viel zu nah vor mir stand.

»Wieso das?«, fragte ich, mehr als gespannt, wie ihre Antwort ausfallen würde.

Sie lachte auf. »Na, weil ich … verrückt nach dir bin, Mason.« Bei den letzten Worten sah sie mich wieder an, und auch wenn ihr Blick ganz eindeutig glasig war, musste ihr doch bewusst sein, dass sie mir gerade tatsächlich dieses Geständnis machte. Selbst wenn sie mit einem Mal zum Du gewechselt hatte – oder war das beabsichtigt gewesen?

»Okay …«, war das Einzige, was ich auf ihre Aussage erwidern konnte, denn darüber – also über uns – hatte ich mir noch nie Gedanken gemacht. Immerhin arbeitete sie für mich und erledigte ihren Job wirklich gut. Aber sie hatte bisher auch nie sexuelle Signale gesendet, und falls doch, dann waren die durch ihre eher schlichte Kleidung, um es nett auszudrücken, nicht bei mir angekommen. Mal davon abgesehen, dass ich nicht vorhatte, meine Assistentin ins Bett zu kriegen. Genügte ja schon, wenn sich Adrian seine gekrallt hatte. Davon abgesehen, was sagte das über eine Firma aus, wenn es zur Gewohnheit wurde, dass die Geschäftsführer was mit ihren Sekretärinnen am Laufen hatten …?

Wenn ich eine Frau nahm, war das eine zeitlich begrenzte Angelegenheit, was im Anschluss zudem bedeutete, dass ich ihr nicht mehr über den Weg laufen wollte, weil ich ja mit ihr abgeschlossen hatte. Bei ihr wäre das jedoch schlecht machbar – immerhin hatte ich im Büro immer noch mit ihr zu tun. Ich konnte mir schließlich nicht nach einer Nacht wildem Sex eine neue Angestellte suchen.

Moment mal … wieso dachte ich überhaupt über Sex mit ihr nach? Und warum ging ich davon aus, dass er heiß sein würde? Doch allein die kurze Erinnerung daran, wie sie eben getanzt und sich in diesem scharfen Fummel zur Musik bewegt hatte, genügte, um meinen Schwanz zucken zu lassen.

»Okay?«, fasste sie meine Antwort auf und wirkte für einen Moment klarer als zuvor. »Dann findest du das also okay? Weil ich … das wissen muss. Ich bekomme dich nämlich nicht aus dem Kopf und …« Irgendein Idiot rempelte sie von hinten an, sodass sie nach vorne direkt in meine Arme stolperte. Sie erneut so nah an meinen Körper gepresst zu spüren, in Kombination mit den Gedanken, die ich eben hatte, und vermischt mit ihren Worten, das verwirrte mich. Noch mehr, als sie ihre Hand an meine Brust legte und mich streichelte.

Verlegen lachte ich auf. »Joleen, du solltest wirklich …«

»Was? Was kann ich für dich tun … Boss?«

Fuck, mir war klar, dass sie gerade in eine andere Rolle geschlüpft war. Vielleicht hatte Harper in letzter Zeit zu viel Einfluss auf sie ausgeübt. Denn ihr Augenaufschlag, ihre Berührungen, ihr Duft und vor allem das Bild, das sie mit dem verführerisch gesprochenen *Boss* in meinem Kopf hervorrief, sorgten für ein Verlangen, das eindeutig nicht in mir aufsteigen sollte. Nicht mit ihr. Aber verdammt, ich hatte diese Frau unterschätzt. Nie hätte ich gedacht, dass sie *so* sein konnte. So sexy, so forsch … Und scheiße, das machte mich mehr an als erwartet. Ich fragte mich, welche unerwarteten Seiten sonst noch in ihr schlummerten – getreu dem Motto, dass stille Wasser tief sind.

War sie auch im Bett ein versautes Luder, während sie tagsüber diese Eigenschaften mit ihrem unauffälligen Auftreten verschleiern wollte? Egal, sie war nach wie vor meine Angestellte und ich brauchte sie noch länger. »Joleen, du hast zu viel getrunken und … ich weiß nicht, ob …«

»… ob es richtig wäre, wenn …«

Noch bevor ihre Worte richtig zu mir durchgedrungen waren und ich darauf reagieren konnte, landete ihr Mund auf meinem. Zart. Weich. Verlockend. Dazu ihr süßer Duft, bei dem ich mich unweigerlich fragte, ob sie auch so schmecken würde. Ob sich dieser intensivieren würde, je mehr ich mich ihrer Pussy nähern würde …

Ohne es steuern zu können, öffnete ich meine Lippen.

Joleen nutzte diese Gelegenheit und drang mit ihrer Zunge in meinen Mund. Und ab diesem Moment war es um mich geschehen. Scheißegal, ob es falsch war oder richtig, ich musste sie enger an mich ziehen und das Spiel unserer Zungen genießen. Ich legte meine Arme um sie, und als ich sie berührte, seufzte sie erleichtert. Mehr sogar noch, als ich ihren Kuss erwiderte. Und, fuck, diese Frau hatte es drauf … Ich hatte sie eindeutig falsch eingeschätzt. Sie schmeckte süß und nach Alkohol, aber definitiv verboten gut. Nach mehr. Unsere Zungen rieben sich aneinander und ließen Bilder in meinem Kopf entstehen, die ich dort noch nie zuvor mit ihr gesehen hatte.

Meine Hände glitten über ihre Taille, ihren schmalen Rücken nach oben, bis ich ihren Nacken erreichte und meine Finger in ihren Haaren vergrub. Justin Timberlakes *SexyBack* drang in dem Moment durch die Boxen und heizte der Masse ein. Und ganz offensichtlich auch ihr.

Sie wurde noch mutiger, schob eine Hand an meinen Rücken, während die andere über meine Brust tiefer glitt.

Holy shit …

Ein Stöhnen löste sich aus meiner Kehle, als sie neckend in meine Unterlippe biss und gleich darauf mit ihrer Zunge über die Stelle strich, um den leichten Schmerz zu besänftigen.

Scheiße, ich hielt das nicht aus. Wenn ich auch nur für eine Sekunde geglaubt hatte, das Ganze doch noch unter Kontrolle zu bringen … dann … Ich weiß auch nicht. Das Verlangen in mir wurde mit jeder Sekunde größer, brachte all meine Grundsätze ins Wanken. Denn dass sich Arbeit und Sex vereinbaren ließen, kannte ich ja schon von Adrian und Harper. Okay, die beiden waren ein Paar, doch es hatte auch bei ihnen mit sexueller Anziehung angefangen.

Nicht, dass ich eine Beziehung wollte, aber die Vorstellung, Joleen in diesem Kleid über meinen Schreibtisch zu beugen, formte sich zu einem mehr als verlockenden Bild. Und immerhin war ich heute hergekommen, um eine Frau zu vögeln. Warum also nicht sie? Schon bei meiner Arbeit half es mir hin und wieder, die Perspektive zu wechseln und einfach mal alles von völlig unerwarteten Blickwinkeln aus anzugehen. Vielleicht sollte ich diesen Grundsatz auch bei ihr anwenden …? Selbst mein Schwanz hielt das für eine gute Idee, denn er richtete sich mehr und mehr auf und drängte gegen ihren Bauch.

Ihr Mund löste sich von mir. Heftig atmend hob und senkte sich ihr Brustkorb, als sie mich ansah. Klarer als zuvor. »Oh, verdammt …«, drang es über ihre Lippen, ehe sie Abstand zu mir suchte.

Sie warf mir einen letzten Blick zu, in dem Entsetzen stand. Noch bevor ich reagieren und sie zurückhalten konnte, drehte sie sich auf dem Absatz um und verschwand in der wogenden Menge auf der Tanzfläche.

»Fuck!«, fluchte ich und fuhr mir mit beiden Händen durch die Haare. Hatte ich es übertrieben? Hatte sie sich nicht unter Kontrolle gehabt und ich hatte ihre Situation schamlos ausgenutzt? Aber *sie* hatte eindeutig *mich* mit dem Kuss überfallen und nicht umgekehrt. *Sie* hatte die Führung übernommen, ich hatte bis vor einigen Minuten doch nicht mal geahnt, dass sie auf mich stand. Geschweige denn, dass ich solche Bilder im Kopf haben würde, wie jene, die sich jetzt dort ausbreiteten und mir zeigten, welche Möglichkeiten wir haben könnten, wenn sie sich nicht zurückgezogen hätte.

Mit einem Mal war ich wieder zurück in diesem lauten Club mit viel zu vielen Menschen, und meine Stimmung sank aus mir unerklärlichen Gründen auf den Gefrierpunkt. Ich hatte genug für heute, und unter den Klängen von *Lollipop* von Lil Wayne verließ ich den Laden. Allein, dafür mit zu wirren Gedanken in meinem Kopf, die dort noch nie waren.

Endlich zu Hause stellte ich mich unter die kalte Dusche, doch die Bilder mit ihr ließen sich nicht wegspülen. Nicht nur das, sie hielten mich die halbe Nacht wach. Ruhelos und aufgeheizt wälzte ich mich von einer Seite auf die andere, bis es mir irgendwann zu dumm wurde. Ich beschloss, Druck abzubauen, um einschlafen zu können … Nur blöd, dass ich dabei ein ganz spezielles Gesicht vor meinem inneren Auge hatte: das von Joleen Turner.

5

Joleen

Meine Mom sagte immer, dass der liebe Gott kleine Sünden sofort bestrafen würde. Oh, und *wie* ich dafür büßen musste, dass ich mich letzte Nacht nicht unter Kontrolle hatte. Heute früh hatten mich die Kopfschmerzen meines Lebens heimgesucht und mir war unglaublich schwindelig. Alles drehte sich, was nur zusätzlich dazu beitrug, dass es mir hundeelend ging. Zudem hatte ich mich seitdem schon dreimal übergeben müssen. Inzwischen würgte ich nur noch Galle hoch – und ganz ehrlich? Ich hatte mich dem Tod nie näher gefühlt.

Nur dunkel konnte ich mich daran erinnern, wie ich mich von Georgia und Virginia verabschiedete, nachdem ich Mason Collins geküsst hatte.

Das musste man sich mal auf der Zunge zergehen lassen: Ich, Joleen Turner, hatte mit meinem Boss geknutscht. In einem Club, vor vielen Leuten! Und das in einem viel zu knappen Kleid und völlig betrunken. Gut, der Alkohol entschuldigte mein Handeln nicht, auch wenn er der Grund für meinen Aussetzer gewesen war. Oder der Auslöser. Oder der Faktor, der dafür gesorgt hatte, dass sich sämtliche Hemmungen aufgelöst hatten.

Verdammt, ich hatte mich Mister Collins regelrecht an den Hals geworfen, das traf es wohl eher.

Tief seufzend drückte ich mein Gesicht ins Kissen, als mein Handy vibrierte. Es war eine Textnachricht von Georgia, die sich nach meinem Wohlergehen erkundigte.

Georgia: Schläfst du noch, oder lebst du schon?

Joleen: Von ›leben‹ kann keine Rede sein …

Sie schickte einen verlegen lachenden Smiley.

Georgia: So schlimm?

Joleen: Schlimmer. Hab ich gestern noch erzählt, weshalb ich nach Hause wollte?

Die beiden hatten darauf bestanden, mich zu begleiten, obwohl ich durch mein Verabschieden nicht im Sinn gehabt hatte, ihren Abend viel zu abrupt zu beenden.

Das Schreiben wurde mir zu anstrengend, weshalb ich sie kurzerhand anrief, auf Lautsprecher stellte und den Ton so leise wie möglich drehte.

»Hey … na?« Georgia klang um einiges fitter, als ich mich fühlte. Die Welt konnte so gemein sein.

»Hey«, krächzte ich und sie lachte prompt – zu meinem Leidwesen. Wieder dröhnte mein Kopf.

»Oje, du klingst übel.«

»So fühle ich mich auch«, sagte ich leise, weil das Sprechen echt wehtat. Was hatte ich nur getrunken? Das konnte unmöglich alles dem Wodka geschuldet sein, oder?

»Ich dachte, du wolltest nach Hause, weil du zu viel getrunken hast. Du warst ziemlich bedient. Du hast ja nur den Salat gegessen und bei mir schon mehr getrunken als wir. Und dann haben wir dich auch noch mit Wodka abgefüllt …«

Ich ging gar nicht auf das ein, was sie gesagt hatte. Ja, es stimmte, aber darüber wollte ich gerade nicht reden, vor allem, da bei der Erinnerung an Alkohol und Essen mein Magen rumorte.

»Als wir beide gestern getanzt haben, bin ich ja von der Tanzfläche runter – du erinnerst dich?«

»Ja, du hast mit einem Kerl geflirtet. Ich hab zwar im Dunkeln nicht wirklich was von ihm erkennen können, weil ihr etwas abseits des Lichtes gestanden habt, aber er hat auf mich einen ganz passablen Eindruck gemacht. Ich war echt stolz auf dich. Erzähl mal! Ehrlich gesagt dachte ich, dass du mit ihm nach Hause fahren würdest.« Sie kicherte leise in sich hinein.

»Georgia?«

»Ja?«

»Dieser Mann war Mason Collins …« Ich machte eine kurze Pause, in der sie schwieg. Ich wusste nicht, ob ihr klar war, was ich da eben gesagt hatte, deshalb hängte ich noch an: »Mein Boss.«

»Shit. Moment … Warte … Willst du mir etwa sagen …«

»Genau«, brachte ich gequält hervor.

Zur selben Zeit rief Georgia: »Endlich! Moment …« Nun verstand sie sicher, dass das keine gute Nachricht war. »Das wolltest du doch, oder?«

»Ja, schon. Grundsätzlich. Aber nicht so. Gott, ich war betrunken und hab ihn quasi dazu genötigt, mich zu küssen. Das ging nicht von ihm aus.«

»Du hast ihn damit überfallen?«

»Ja!« Es klang wie ein Jammern.

»Hat er sich denn gewehrt?«

Ich rief mir den Kuss in Erinnerung, soweit mich mein Gedächtnis nicht im Stich ließ. »Nein, ich … glaube nicht.«

»Hat er dich auch geküsst?«

Sein genüssliches Stöhnen hallte mit einem Mal in meinem Kopf wider – oder war das nur Wunschdenken gewesen? Dazu seine weichen Lippen, wie sie die meinen liebkost haben, seine Zunge, die meine massiert hatte, als würde sie nach mehr verlangen …

»Hat er, aber …«

»Nichts *aber*, Joleen. Schlimmer wäre es, wenn er dich von

sich geschoben hätte. *Dann* hättest du jetzt ein Problem. Wie seid ihr denn auseinandergegangen? Habt ihr noch darüber geredet? Oder wie es mit euch weitergeht? Seid ihr denn zusammen weg? Ist er noch mit zu dir? Moment, habt ihr etwa miteinander geschlafen …?«

Stöhnend wischte ich über mein Gesicht und rieb mir die Schläfen. »Gott, nein! Mir ist irgendwann klar geworden, was ich da mache, und dann bin ich ihm davongelaufen. Verstehst du denn nicht? Ich bin in den Club, um diese Furzgeschichte zu vergessen. Um am Montag wieder erhobenen Hauptes im Büro zu erscheinen. Aber jetzt … ich kann unmöglich je wieder einen Fuß in dieses Gebäude setzen, Georgia! Das ist … das absolut Schlimmste, was mir je passieren konnte!«

Darauf wusste sie zunächst nichts mehr zu sagen – außer: »Tut mir so leid für dich, Joleen. Falls ich was für dich tun kann, lass es mich wissen, okay? Und … lass mal das Wochenende vorübergehen. Du wirst sehen, bis Montag sieht die Sache schon wieder ganz anders aus. Du kannst schließlich nicht wegen so einer Kleinigkeit den Job wechseln. Ich meine, es wäre was anderes, wenn du einen großen Fehler bei deiner Arbeit begangen oder dir neben deinen Kollegen in die Hose gemacht hättest oder … was weiß ich.«

O Gott, das fehlte gerade noch auf meiner Liste der Peinlichkeiten …

»Aber diese Sache betrifft nur dich und ihn. Er hat dich zurückgeküsst, somit ist er dir ja vielleicht gar nicht abgeneigt. Hey, sieh es doch mal so: Der Alkohol hat dir möglicherweise eine Antwort auf deine Frage geliefert, ohne dass du sie stellen musstest.«

In gewisser Weise klang es sogar logisch, was sie sagte. Also irgendwo außerhalb dieses Schleiers der Übelkeit und der Scham, die mich fest im Griff hatten. »Ich denke mal darüber nach«, murmelte ich deshalb. »Danke fürs Zuhören.«

»Jederzeit, Liebes.«

»Dein Kleid bringe ich dir natürlich bei der nächsten Gelegenheit zurück. Soll ich es vorher noch in die Reinigung geben?«

»Ach, mach dir keine Umstände. Es sei denn, du hast es vollgekotzt«, schoss sie dann doch hinterher.

»Nein, ich habs schon ausgezogen, als ich mich das erste Mal übergeben musste.«

Georgia stöhnte verhalten auf. »Ach, Süße ... bleib heute mal im Bett und erhol dich. Und morgen sieht die Welt bestimmt schon wieder besser aus.«

Ich brummte zustimmend, auch wenn ich mir das gerade nicht wirklich vorstellen konnte. Dann verabschiedete ich mich von ihr und fiel kurz darauf in einen unruhigen Schlaf.

Tatsächlich ging es mir am Sonntag auch noch nicht besser. Meine Mom war vorbeigekommen und hatte mir eine kräftige Hühnersuppe gebracht, nachdem ich ihr gesagt hatte, dass ich es mit dem Trinken übertrieben hatte. Die Suppe hatte gutgetan und das Salz und die Nährstoffe wurden gierig von meinem Körper aufgesogen, aber das flaue Gefühl im Magen wollte einfach nicht verschwinden.

Als es mir am Abend immer noch nicht gut ging und die Übelkeit mich weiter fest im Griff hatte, sobald ich auch nur daran dachte, am Montag zur Arbeit zu müssen, beschloss ich, mich krankzumelden. Unmöglich konnte ich ins Büro gehen und mich der Realität stellen.

Mir war klar, dass das keine Flucht auf Dauer war, aber ich musste mir erst noch eine Strategie überlegen, wie ich meinem Boss wieder gegenübertreten konnte. Oder – was der eigentliche Grund war – ich suchte nach Ausreden, um das Unvermeidliche noch länger hinauszuzögern.

Die Furzgeschichte war ein sprichwörtlicher Pups im Vergleich zu dem Kuss. Wer kam schon auf die Idee, seinen Vorgesetzten einfach so und völlig ungefragt zu küssen? Das Blöde war, dass ich nicht damit aufhören konnte, die Sache in meinem Kopf durchzukauen. Nicht nur, wie unsagbar peinlich mir das Ganze im nüchternen Zustand war, sondern auch, wie unfassbar gut der Kuss sich angefühlt hatte. Denn im ersten Moment der geistigen Umnachtung hätte ich vermutlich sofort zugestimmt, wenn er mehr gewollt hätte. Klar waren das Gedanken, die schon viel zu lange meine Fantasie beflügelten und für heiße Augenblicke sorgten, wenn ich mit der Hand unter die Bettdecke glitt. Aber dass sie tatsächlich wahr werden könnten, damit hätte ich nicht gerechnet. Zumindest nicht auf diesem Weg.

Je länger ich wach lag und darüber nachgrübelte, desto öfter rief ich mir den Kuss in Erinnerung – was dafür sorgte, dass mir heiß wurde. Ich musste an seine Lippen denken, an seine Zunge, die mit meiner gespielt hatte. An seine starken Arme, an seine Hände auf meinem Körper, die sich in meiner Fantasie verselbstständigten. Wir standen nicht mehr auf der Tanzfläche, sondern in einem Schlafzimmer. Allein, nur Mason Collins und ich …

In meiner Fantasie sah er mich an, so, wie ich es mir schon immer wünschte, während ich meine Hände auf Wanderschaft schickte und mich streichelte. Mir dabei vorstellte, es wäre *er*, der mich berührte und dafür sorgte, dass dieses brennende Verlangen in mir mehr und mehr anstieg.

Ich kreiste mit den Fingern um meine Perle, massierte mein Zentrum, bis sich die Energie in mir noch weiter hochschraubte. Bis alles in mir zu pulsieren begann und ich über die Klippe stürzte, hinein in die Wellen, die mich verschluckten und mich endlich in einen traumlosen Schlaf stürzten.

Mit schlechtem Gewissen meldete ich mich am Montag krank. In der ganzen Zeit, in der ich schon für *Cunningham Solutions Inc.* arbeitete, hatte ich noch nie aus gesundheitlichen Gründen einen Arbeitstag ausfallen lassen. Mir war klar, dass nun entweder Summer, Donna oder Harper meine Arbeit übernehmen mussten. Und auch wenn ich ein paar Wochen für Adrian Price als seine Assistentin ausgeholfen hatte, bevor Harper bei ihm anfangen konnte, fühlte ich mich schlecht dabei, ihr jetzt dieses Paket aufzuladen. Selbst wenn sie meinen Teil mitmachte, ohne mit der Wimper zu zucken, dessen war ich mir sicher.

Dieses üble Gefühl trug natürlich nicht dazu bei, dass es mir besser ging. Und noch schlimmer ging es mir, als ich auch am Dienstag zu Hause blieb, mich einigelte und den Kontakt zur Außenwelt weitestgehend vermied.

Und am Mittwoch ebenfalls. Da beschloss ich, sogar ausnahmsweise meine Zumbastunde ausfallen zu lassen.

An diesem Tag klingelte jedoch mein Telefon. Es war Mister Collins. Im ersten Moment stockte mein Herz, dann stiegen mir Tränen in die Augen, weil ich damit rechnete, dass er mein Verhalten nicht länger dulden würde und mich womöglich mit einer Entlassung überraschen wollte. Zwar war er grundsätzlich nicht der Typ für solch herzlose Aktionen, aber ich hatte mich in den letzten Tagen mehr als weit aus dem Fenster gelehnt. Ich hatte ja nicht mal ein ärztliches Attest vorzuweisen. Wie auch? Für Peinlicheritis wurde keines ausgestellt.

Mit zitternden Fingern nahm ich das Gespräch an und hatte damit zu kämpfen, ihn nicht an meiner Stimme erkennen zu lassen, wie es in mir drinnen aussah.

»Hallo?«

»Joleen?«

»Ja?« Kurz lauschte ich seinem Schweigen und warf einen Blick auf das Display, weil ich dachte, die Leitung wäre unterbrochen worden oder ich hätte unabsichtlich den Stummmodus aktiviert.

»Wie geht es dir?«

Gott, mein Herz raste. Das war sicher nicht gesund, vor allem nicht, nachdem ich mich in den letzten Tagen kaum bewegt und mich feige in meinem Selbstmitleid gesuhlt hatte.

»Gut. Also … auf dem Weg der Besserung.«

Wieder war es ruhig auf der anderen Seite. »Bist du zu Hause?«, wollte er schließlich wissen.

»Natürlich. Ich liege auf der Couch und … schone mich«, sagte ich unsicher, weil ich nicht wusste, was ich sagen konnte, damit er keinen Verdacht schöpfte, dass ich nur blaumachte, um ihm nicht unter die Augen treten zu müssen.

»Es ist doch nichts Schlimmes, oder?«

Erleichterung breitete sich in mir aus. Das klag nicht so, als würde er mich nicht mehr im Büro sehen wollen. Im Gegenteil, er wirkte besorgt, was mein schlechtes Gewissen nur weiter anheizte. »Nein, nur eine … Magenverstimmung. Wird bestimmt wieder.«

»Okay. Dann schone dich und … werde gesund.«

»Mache ich«, sagte ich und biss mir auf die Wangeninnenseite, weil ich mich so mies fühlte.

Doch statt noch irgendwas zu sagen, zu fragen oder was von mir wissen zu wollen, verabschiedete er sich und legte auf. Irritiert starrte ich das Display an, unsicher, was ich von seinem Anruf halten sollte. Wollte er nur kontrollieren, ob ich wirklich krank war? Ahnte er etwas? Machte er sich vielleicht sogar Sorgen? Vermisste er mich? Also, wenn, dann sicher nur im Büro als seine Assistentin, alles andere wäre reines Wunschdenken …

Nachdenklich holte ich mir eine Kirschcola aus dem Kühlschrank und mummelte mich auf der Couch bequem in meine Kuscheldecke ein, die Fernbedienung in der Hand, eine neue Serie suchend. Eine ganze Weile switchte ich durch das Angebot, schaute mir ein paar Trailer an, aber nichts konnte mich so wirklich begeistern.

Ein Klopfen an der Tür ließ mich schließlich zusammenzucken. Kurz warf ich einen Blick auf die Wanduhr, doch es war gerade erst drei Uhr nachmittags vorbei. Alle Leute, die ich kannte und die mich sonst besuchten, waren noch auf der Arbeit. Pakete oder Essen hatte ich nicht bestellt und auch sonst wüsste ich nicht, wer es sein konnte, da ich zu dieser Uhrzeit ja normalerweise nicht zu Hause war. Unsicher schaute ich durch den Türspion und zuckte zurück.

Verdammter Mist, dort draußen stand Mason Collins.

Mein Herz setzte mindestens einen Schlag aus und ich spürte, wie mir die Hitze ins Gesicht schoss. Ich hielt den Atem an und überlegte, leise zurück zur Couch zu schleichen und so zu tun, als sei ich gar nicht da – was aus zweierlei Gründen blöd wäre. Erstens hatte er bestimmt den Fernseher gehört und zweitens hatte ich ihm gerade noch im Telefonat versichert, ich wäre zu Hause und würde mich schonen.

War er hergekommen, um zu überprüfen, ob ich wirklich in meiner Wohnung war? Ich wusste es nicht. Aber nicht zu öffnen, war keine Option. Da musste ich jetzt durch, auch wenn ich bloß Jogginghose und Schlabbershirt ohne BH trug. Meine Haare waren vom Liegen bestimmt ebenfalls zerzaust. Hektisch fuhr ich mir mit den Fingern hindurch, dann öffnete ich die Tür einen Spaltbreit.

»Mister Collins, ich … hab nicht mit Ihnen gerechnet …«, stammelte ich und kam mir lächerlich dabei vor. Wann besuchte ein Boss schon mal seine Angestellten? Nie. Also konnte wirklich niemand damit rechnen.

Stirnrunzelnd sah er mich an und fast bildete ich mir ein, Sorge in seinem Gesicht zu erkennen. »Darf ich trotzdem kurz reinkommen?«

Ach herrje …

Mit weichen Knien kam ich seiner Bitte nach und öffnete die Tür weiter, damit er eintreten konnte. Er sah sich einen

Moment in meiner Wohnung um, dann wandte er sich wieder mir zu. »Tut mir leid, dass ich einfach so hier reinplatze, aber nach unserem Telefonat war ich mir nicht sicher, ob es dir wirklich gut geht. Deshalb musste ich mich selbst davon überzeugen.«

Nun war ich diejenige, die die Stirn runzelte. »Gehört das neuerdings zu Ihren Aufgaben? Ich kann mich nämlich nicht erinnern, dass Sie das bisher schon einmal gemacht hätten, wenn einer der Angestellten krank war.«

Seine Mundwinkel zuckten. »Die anderen haben mich aber auch noch nie geküsst.«

O Gott. O Gott, o Gott!

Ich schlug meine Hände vors Gesicht und wandte mich von ihm ab. »Das hätte nicht passieren sollen. Ich weiß, Alkohol ist keine Ausrede, aber … er hat dafür gesorgt, dass ich … die Kontrolle verloren habe und … es tut mir leid.«

»Mir aber nicht.« Seine tiefe Stimme, die mich mit einem Schaudern erfüllte, und eine Berührung an der Schulter stoppte meinen Redefluss. »Schau mich an, Joleen.«

Immer noch wünschte ich, ich würde mich einfach in Luft auflösen. Oder er. Dennoch nahm ich all meinen Mut zusammen und begegnete seinem Blick.

Mein Gesicht war bestimmt knallrot, so sehr glühten meine Wangen in diesem Moment. Abwartend blickte ich ihn an und stellte abermals fest, wie unfassbar gut er aussah. Ein leichter Bartschatten lag auf seinem kantigen Kinn, der mir vorher nie aufgefallen war, und der Anzug betonte seine breiten Schultern und seine schlanke Taille. Sein Blick fuhr tief in mein Inneres und sorgte dort für ein kleines Erdbeben, während seine Lippen dermaßen verlockend waren, dass es mir für einen kurzen Augenblick völlig logisch erschien, ihn geküsst zu haben.

»Kann es sein, dass du gar nicht wirklich krank bist, sondern wegen des Kusses nicht zur Arbeit kommst?«

Er wusste es! Natürlich durchschaute er mich – der Mann war immerhin nicht nur gut aussehend, sondern auch intelligent.

»Ja«, brachte ich mühsam hervor – so leise, dass er das Wort sicher nur anhand meiner Lippenbewegung entziffern konnte. Schnell senkte ich den Blick, weil ich seinem nicht länger standhalten konnte. Gott, ich schämte mich so sehr – für alles.

Er kam einen Schritt auf mich zu und stand nun so nah vor mir, dass ich sein holziges Parfum mit der leichten Zitrusnote einatmen konnte. Und herrje, sofort katapultierte mich dieser Geruch zurück zu letztem Freitag im *LAVO*. Zurück zu diesem Kuss.

Sofort kribbelten meine Lippen und ich leckte darüber, um das Gefühl zu verscheuchen – heizte es aber nur noch mehr an. Und Mister Collins ebenfalls, denn ich bildete mir ein, ein kaum hörbares Stöhnen aus seiner Richtung wahrzunehmen.

Weil er jedoch nichts auf mein *Ja* erwiderte und weil die Erinnerung dermaßen intensiv war, schaute ich ihn wieder an. Ich musste den Kopf leicht in den Nacken legen, um in seine Augen blicken zu können. Blaue Augen, um die sich kleine Lachfältchen kräuselten und die mir unter anderen Umständen ein leises Seufzen entlockt hätten.

»Zugegeben, ich war noch nie in einer Situation wie dieser«, begann er schließlich und wirkte tatsächlich ein wenig verunsichert, was mich überraschte. »Deshalb bin ich mir nicht sicher, wie ich dieses Gespräch am besten beginne. Aber … vielleicht sollte ich erst mal nachfragen, ob du dich noch an alles erinnern kannst.«

Ein leises Lachen kam über meine Lippen und ich stieg von einem Fuß auf den anderen. »O ja … leider kann ich mich noch an alles erinnern, auch wenn es mir lieber wäre, alles zu vergessen.«

»War der Kuss denn so schlecht?«, fragte er bestürzt, fast ein wenig gekränkt, was mich wiederum traf. Dass ein Mann wie er an seinen Kussqualitäten zweifelte, überraschte mich. Mein Gott, vermutlich gab es keinen in New York, der nur annähernd so gut küssen konnte wie er …!

»Das wollte ich damit nicht andeuten … sondern … dass ich überhaupt das alles gesagt und getan habe. Das hätte ich nicht tun sollen, weil es nicht …«

»Aber du hast es so gemeint?«, fiel er mir ins Wort.

Nahmen diese Qualen denn nie ein Ende? »Ja«, brachte ich kraftlos über die Lippen und wollte den Kopf abwenden, doch diesmal hielt er mich sanft am Kinn und zwang mich, ihn weiter anzusehen. Ich konnte keinen klaren Gedanken mehr fassen, verstand nicht, was er von mir wollte. Was er hören wollte … Ich hatte mich doch schon entschuldigt. Konnte das Ganze nicht endlich aufhören?

Doch sein Blick war weder empört noch unverständlich, sondern … weich, fast zärtlich. Und ich verstand gar nichts mehr. Noch weniger, dass mein Körper mit einem heftigen Flattern in der Magengegend auf seinen intensiven Blick reagierte.

Ich starrte auf seinen Mund, dann in seine Augen, doch er schwieg und ich wusste nicht, ob er meine Antwort überhört hatte.

Endlich regte er sich, atmete geräuschvoll aus und schloss für einen Moment die Augen. »Dann würdest du mich also wieder küssen wollen, wenn … ich dich darum bitte?«

6

Mason

Verdammt, mein Besuch hier lief ganz anders, als ich es mir vorgenommen hatte. Doch noch ehe ich meine letzten Worte erklären konnte, schnellte ihr Blick zu mir hoch und Schock sowie Unglauben standen ihr ins Gesicht geschrieben. »Was genau meinen Sie? Wollen … also … Ich verstehe nicht.«

Fuck, das waren die falschen Worte gewesen! Keine Ahnung, wie ich noch die Kurve kriegen sollte, aber … egal, nun hatte ich damit angefangen und sollte es fairerweise auch zu Ende bringen. Verzweifelt lachte ich auf. »Scheiße, Adrian würde mich jetzt vermutlich am Kragen packen und aus deiner Wohnung schleifen, Joleen. Garantiert verstoße ich gerade gegen zig Gesetze oder so, aber … ich will dich nicht bedrängen. Du sollst dich meinetwegen auch nicht unwohl fühlen. Trotzdem bin ich dafür, dass wir für klare Verhältnisse sorgen. Immerhin arbeiten wir zusammen und sollten wissen, was der andere denkt.«

Okay, das war nichts … Dass sich Joleen auf der Stelle an einen fernen Ort wünschte, war ihr nämlich mehr als deutlich anzusehen. Keine Ahnung, wie ich auf die bescheuerte Idee gekommen war, mir ihre Adresse aus den Unterlagen der Personalabteilung zu besorgen und einfach hier aufzukreuzen. Doch nachdem sie nun schon den dritten Tag in Folge von der Arbeit fernblieb – meinetwegen! –, musste ich auf diese Weise das Gespräch mit ihr suchen. Anderenfalls hätte ich es gestern, spätestens heute im Büro getan, aber bis morgen oder womöglich sogar länger hielt ich es nicht aus. Jedoch war ich gerade dabei, alles an die Wand zu fahren. Deshalb redete ich weiter, in der Hoffnung, es nicht völlig zu versauen …

»Wenn du also willst, dass ich den Mund halte und wieder verschwinde, sag es mir, bitte. Ich bin nicht als dein Boss hier, sondern …« Ja, als was eigentlich?

Überrascht runzelte sie die Stirn, während ich um Worte rang und keine Ahnung hatte, wie ich den Satz beenden sollte.

Das lief ja prima. Aber Reden war bekanntlich Kilians Stärke, nicht meine.

»Also, was ich damit sagen will, ist, dass ich dir diesen Kuss nicht vorhalte. Ja, du hast mich damit überrascht. Völlig. Ich meine … Fuck, ich hatte das überhaupt nicht auf dem Schirm. Aber du in diesem Club … in diesem Kleid … Wie du getanzt hast und … Ach, keine Ahnung. Das, was du gesagt hast … dann der Kuss …« Gott, ich stammelte wie ein Teenager bei der Frage nach einem ersten Date! Und genau so fühlte ich mich auch irgendwie. Ich, der Geschäftsmann, der sonst noch alles auf die Kette bekam.

Joleen blinzelte irritiert. »Tut mir leid, ich verstehe noch immer nicht …«

»Vielleicht ist es verrückt und falsch und … verwerflich – ganz bestimmt sogar! –, aber ich kann den Kuss nicht vergessen.« Geräuschvoll holte ich Luft. So schwer war das ja gar nicht, warum stellte ich mich dann derart an? Immerhin war es nicht das erste Mal, dass ich meine Intentionen einer Frau klarmachen wollte. Nur dass es diesmal … anders war. Denn noch nie stand ein Dienstverhältnis auf dem Spiel.

»Mister Collins, worauf wollen Sie hinaus?« Mir fiel auf, wie heftig sich ihr Brustkorb hob und senkte, und ich schaffte es nicht, *nicht* hinzusehen.

Scheiße, sie trug keinen BH! Ich konnte eindeutig ihre Nippel darunter erkennen, und wie sie sich bei meinen Worten aufgerichtet hatten.

Räuspernd hob ich den Blick. Das Herumgestammel brachte mich auch nicht weiter. Im Gegenteil, ich hatte den Eindruck, als würde mich das nur noch mehr von ihr wegtreiben. Ich wusste, worin ich gut war, was meine Stärken waren. Wie ich bei Frauen landen konnte, und verdammt, Joleen Turner *war* eine Frau. Und was für eine …

Ich musste umdenken, ausblenden, dass sie unter der Woche im biederen Kostüm vor meinem Büro saß und mir assistierte. Ich befeuchtete meine Lippen, erinnerte mich daran, wie ausgelassen ich sie am Freitag erlebt hatte. »Ich will den Kuss wiederholen. Darauf will ich hinaus«, sagte ich schließlich und unterstrich meine Worte, indem ich meine Hand an ihre Wange legte.

Sie fühlte sich warm und zart an. Ihre Haare kitzelten meinen Handrücken, als ich weiter nach hinten an ihren Nacken glitt.

»Sie … wollen …«

»… eine Wiederholung. Nie hätte ich damit gerechnet, dich so zu erleben. Dass ich dich die ganzen Jahre über nicht *so* wahrgenommen habe, verstehe ich selbst nicht. Ich muss blind gewesen sein. Scheiße, du hast etwas mit mir gemacht, Joleen, ich bekomme dich seit Freitag nicht aus dem Kopf. Ich kann nur noch daran denken …« Mit diesen Worten verringerte ich den Abstand zwischen uns auf ein Minimum und beugte mich nach vorn.

Als meine Lippen die ihren berührten, keuchte sie kurz auf. Haltsuchend krallten sich ihre Hände in den Kragen meines Jacketts.

Ich legte einen Arm um ihre Taille, zog sie noch enger an mich. Ließ sie spüren, dass sich mein Schwanz in meiner Hose für sie regte.

Sie öffnete den Mund, und ich nutzte die Gelegenheit, mit

meiner Zunge nach ihrer zu tasten. Und fuck, sie schmeckte so gut, nach Kirsche und irgendwie verlockend nach mehr.

Ein zufriedenes Brummen löste sich aus meiner Kehle. Ihre Haare flossen zwischen meinen Fingern hindurch, während ich mit der anderen Hand tiefer glitt und ihr Shirt nach oben schob, um ihre Haut zu spüren.

Leise stöhnte sie in meinen Mund. Ein Geräusch, das mir nur noch mehr einheizte. Doch die kalte Dusche folgte sofort, als sie mich völlig unvorbereitet von sich stieß. Heftig atmend sah sie mich an, während ich zu verstehen versuchte, was ich falsch gemacht hatte.

Verdammt, ich hatte sie einfach überrumpelt! *Das* hatte ich falsch gemacht! Wir waren nicht in einem Club, wo es völlig selbstverständlich war, miteinander zu flirten. Wir standen in ihrer Wohnung, wo sie sich seit Tagen verschanzte, weil sie unseren Kuss vom Freitag *vergessen* wollte! Und ich Idiot kreuzte hier auf – mit einer Überheblichkeit sondergleichen, davon überzeugt, wir könnten einfach noch eine Runde knutschen und danach vielleicht sogar in ihrem Schlafzimmer landen. Und anschließend ganz normal weiterarbeiten.

Am liebsten hätte ich mich selbst dafür geohrfeigt.

Doch das übernahm Joleen für mich.

Ihre Hand landete mitten in meinem Gesicht. Nicht fest, aber trotzdem hart genug, um mir zu verdeutlichen, dass ich mehr als eine Grenze überschritten hatte.

»O Gott, das tut mir leid …«, stammelte sie, die Augen weit aufgerissen, und wich einen Schritt zurück.

Sie entschuldigte sich bei *mir*, was die Sache nur noch absurder machte.

Ich rieb mir über die erhitzte Wange. Aber nicht, weil es wehtat, sondern weil es eine Stelle war, die sie berührt hatte. Und weil mir imponierte, dass sie sich gewehrt hatte. Das zeugte von großer Stärke.

»Fuck, nein, Joleen, *mir* tut es leid. Ich hab mehr als eine Grenze überschritten. Ich hätte dich erst fragen sollen, ob es für dich okay ist, dich zu küssen.«

»Aber das haben Sie ja getan.«

»Okay, aber ich hab jedoch nicht deine Antwort abgewartet, sondern bin in völliger Selbstüberschätzung davon ausgegangen, dass sie Ja lautet.«

Verlegen grub sie ihre Zähne in die Unterlippe, und prompt wurde es in meinem Schritt unpassenderweise noch enger. »Das wäre auch meine Antwort gewesen. Aber ... irgendwie hat es mich trotzdem überrumpelt. Und ... keine Ahnung. Wie soll es danach weitergehen? Ich meine ... bleibt es bei dem Kuss? Was soll sich daraus entwickeln? Soll sich überhaupt was daraus entwickeln? Was ist morgen im Büro? Ich bin überfordert mit dem allen. Ja, wir sollten darüber *reden*. Ihre Worte, Mister Collins.«

Grinsend nickte ich und fuhr mir mit beiden Händen durch die Haare. »Du hast recht. Das sollten wir. Aber nicht jetzt. Nicht, wenn ich im Anzug in deiner Wohnung stehe und immer noch wie dein Boss aussehe. Und du dieses ...« Ich schielte zu ihrem T-Shirt und sog scharf die Luft zwischen den Zähnen ein. »... Oberteil anhast, das mich mich nicht konzentrieren lässt.«

Als wären ihr meine Worte und mein Blick peinlich, verschränkte Joleen die Arme vor der Brust.

Fluchend machte ich einen Schritt zurück. »Jede andere Frau, die ich bisher geküsst habe, hätte sich spätestens jetzt das T-Shirt ausgezogen. Du bist ... anders. Aber das ist gut. Das ... gefällt mir.«

Sie blinzelte mich perplex an. »Es macht Sie an, wenn ich mich für meine hässliche Kleidung schäme?«

Ein leises Lachen drang über meine Lippen. »Du hast eine viel zu schlechte Meinung von dir. Dieses T-Shirt überlässt nur wenig der Fantasie. Ja, es ist verwaschen und alt, aber das ist vermutlich auch der Grund, weshalb es sich so ... gut an deine

Haut schmiegt.« Ich schluckte kräftig. »Okay, ich verliere schon wieder die Kontrolle.« Entschuldigend lächelte ich sie an.

»Sie sollten jetzt gehen, Mister Collins.« Dass ihre Mundwinkel dabei nach oben zuckten, entging mir nicht – und es beruhigte mich. Unter Umständen zeigte sie mich ja doch nicht wegen sexueller Belästigung an. Vielleicht wollte sie das hier ja wirklich auch, was auch immer es war.

»Oh, und wie ich darauf stehe, wenn du Mister Collins zu mir sagst«, raunte ich ihr noch zu, dann drehte ich mich auf dem Absatz um und war bereit, genau jetzt zu gehen. Bevor ich jedoch die Wohnung verließ, wandte ich mich ein letztes Mal zu ihr um. »Bis morgen im Büro«, sagte ich mit einem Zwinkern. Danach zog ich die Tür hinter mir zu. Doch die ganze Zeit hatte ich noch ihren erstaunt geöffneten Mund vor Augen, ebenso wie ich ihren süßen Geschmack nicht vergessen konnte.

»Ich brauche dringend deinen Rat.« Harper ignorierend stürmte ich direkt in Adrians Büro und schloss die Tür hinter mir. Seine Stirn lag in Falten und sein Blick sagte mir, dass es ihm jetzt gerade gar nicht passte, aber das war mir egal. Er lehnte sich nach vorn, um den Knopf zu drücken, der die Scheiben seines Büros zum Flur in Milchglas verwandelte, damit wir völlig ungestört und ohne Ablenkung von draußen waren. Waren die Scheiben undurchsichtig, betrat auch keiner das Büro – ein ungeschriebenes Gesetz hier in unserer Firma. Über dieses Gimmick war ich wirklich dankbar.

»Muss ich *deinen* Arsch aus der Schlinge ziehen, oder geht es um den von *Cunningham Solutions Inc.*?«

»Wie kommst du darauf, dass ich in der Scheiße sitze?«, fragte ich lachend und setzte mich – dieser Mistkerl kannte mich einfach zu gut.

Er zuckte mit den Schultern. »Lebenserfahrung.«

Stöhnend wischte ich mir mit beiden Händen über das Gesicht. »Inwieweit kennst du dich mit sexueller Belästigung aus?«

Okay, jetzt hatte ich zu einhundert Prozent seine Aufmerksamkeit, das erkannte ich an seinem Blick und daran, wie er sich nun ganz mit dem Oberkörper zu mir drehte. »Was ist passiert?«, fragte er in ernstem Ton, der dafür sorgte, dass mir der Arsch auf Grundeis ging.

Ich atmete tief durch, ehe ich ihn in alles einweihte. Angefangen bei dem Moment, als ich am Freitag Joleen in diesem heißen Fummel im *LAVO* erkannt hatte, bis hin zu dem Kuss, der mir eben eine Ohrfeige eingebracht hatte.

Als ich fertig war, lachte Adrian auf. »Oh, das könnte noch interessant werden.«

»Was genau meinst du damit?«

»Joleen gefällt mir. Hätte ihr gar nicht zugetraut, dass sie dermaßen die Zügel in den Händen hat.«

»Hä?« Ich verstand nur Bahnhof.

»Vielleicht ist sie ja diejenige, die dich endlich von deinem hohen Ross holt.«

»Hohes Ross? Du hast einen an der Waffel, Adrian.«

Grinsend lehnte er sich in seinem Bürostuhl zurück und verschränkte die Hände hinter dem Kopf. »Halte mich auf dem Laufenden, da will ich nichts verpassen.«

»Was? Denkst du, dass sie mich anzeigen wird?« Ein ungutes Gefühl stieg in mir hoch, das ich nach unten zu kämpfen versuchte. Seine seltsamen Aussagen sorgten nicht gerade dafür, dass ich mich besser fühlte.

»Wer weiß … Ich glaube, dass du deine Assistentin auf jeden Fall in vielen Dingen unterschätzt hast. Aber beruhig dich, Alter, immerhin ging der erste Kuss von ihr aus.«

Langsam, aber sicher regte er mich auf. »Wirst du mir wenigstens helfen, sollte es so weit kommen?«

»Möglicherweise.« Wieder grinste er so bescheuert, dass ich verärgert aufstand. »Na gut, weil du es bist …«, fügte er dann hinzu, als er wohl merkte, dass ich wirklich nicht zu Scherzen aufgelegt war.

Am liebsten hätte ich ihm jetzt den Mittelfinger gezeigt, unterließ es jedoch, weil ich schließlich im schlimmsten Fall auf seine Hilfe angewiesen war – da wollte ich es mir nicht mit ihm vermiesen. Auch wenn er vermutlich eh nur darüber gelacht hätte. Trotzdem schob ich eine Hand in die Hosentasche, um mich zu zügeln, während ich mit der anderen die Tür öffnete und ihm einen letzten wütenden Blick zuwarf, bevor ich sein Büro verließ.

7

Joleen

Es war völlig normal, dass ich am Donnerstagmorgen viel früher als sonst aufstand. Ich war ja auch gar nicht nervös, heute wieder ins Büro zu müssen. Abgesehen davon hatte ich kein bisschen schlecht geschlafen, wurde nicht ständig in den Träumen von meinem Boss verführt. Oder unserem Kuss – ähm … Küssen – heimgesucht.

Nein, überhaupt nicht.

Eine große Tasse Kaffee mit Hafermilch stand in meinem Badezimmer vor mir auf dem Waschbeckenrand und ich überschminkte die Augenringe, die sonst allen verrieten, dass die Nacht nicht die beste war. Also … genau genommen war sie ziemlich aufregend gewesen. Allein, wenn ich daran dachte, wie Mister Collins mich gegen die Glaswand in seinem Büro gedrückt hatte, um mich zu küssen und mit seiner Hand unter meinen Rock zu gleiten, wurde mir wieder heiß. Doch es war nur eine nächtliche Fantasie, die sich so *nie* verwirklichen würde – schon deshalb nicht, weil ich nicht wollen würde, dass mir andere beim Fummeln oder gar beim Sex zusehen konnten. Aber so schätzte ich ihn auch nicht ein. Trotzdem war der Traum heiß gewesen, schließlich hatte ich aus unerklärlichen Gründen gewusst, dass keine Arbeitskollegen anwesend waren.

Dass ich nun in weniger als einer Stunde im Büro sein würde und meinem Boss gegenübertreten musste, nachdem er *mich* gestern geküsst hatte, sorgte dafür, dass ich aufgeregter war als vor wichtigen Prüfungen auf dem College. Oder ich vor Hunderten von Leuten eine Rede halten müsste. Keine Ahnung, wie es gleich werden würde, wenn ich ihn wiedersah. Hatte er vor, so zu tun, als sei nie etwas passiert? Oder würde er nun auch auf der Arbeit die bisherigen Grenzen überschreiten und Körperkontakt zu mir suchen – selbst wenn er mich nicht küssen würde, was ich mir im Übrigen nicht vorstellen konnte. Nicht im Büro. Nicht heute. Aber eine unbedachte Berührung hier, ein vorsichtiges Streifen meines Armes da, ein zu intensiver Blick, um unschuldig zu sein? Das wäre doch möglich, oder? Wollte ich das?

Gott, allein schon, wenn ich an gestern dachte, an diesen Kuss, der sich nüchtern noch viel besser angefühlt hatte als betrunken, wurden meine Knie weich und im Bauch begann es wild zu flattern. Das war schlecht und ich sollte ganz dringend an meiner Selbstbeherrschung arbeiten. Immerhin war nichts zwischen uns geklärt.

Wollte er das heute machen? Wann? Im Büro? Danach? Oder würden wir uns fürs Wochenende verabreden? Irgendwas an oder mit seinem Anzug hatte ihn gestört, was unser Boss-Angestellten-Verhältnis nur unterstrichen hatte. Vielleicht wollte er, dass wir uns auf neutralem Boden in privater Kleidung unterhielten … Das bedeutete zudem, dass wir heute *nicht* darüber reden würden. Dieser Gedanke sorgte dafür, dass Enttäuschung in mir hochstieg, denn das hieße auch, dass ich noch länger nicht wusste, wie ich bei ihm dran war. Ob das mit uns überhaupt eine Zukunft haben würde, oder ob er mich schnell wieder zurück auf den Boden der Tatsachen bringen und mir erklären würde, dass wir trotz allem nur dienstlich miteinander zu tun haben würden.

Die Aufregung blieb trotzdem bestehen und wurde auch nicht weniger, als ich die siebenunddreißigste Etage erreichte. Denn Mister Collins war nicht da. Noch nicht. Gut, es war erst zwanzig nach sieben in der Früh, aber nachdem ich so zeitig aufgestanden war, hatte mich nichts mehr zu Hause gehalten.

Ich startete den Computer und ging im Anschluss in die Teeküche, um meine große Tasse mit Muntermacher zu füllen und um Teewasser aufzusetzen. Dort lief ich Harper über den Weg, die lächelte, als sie mich sah. »Joleen, wie schön, du bist wieder da. Wie geht es dir? Bist du wieder gesund? Was hattest du denn?«

Sie klang erleichtert und irgendwie zugleich auch ein kleines bisschen besorgt.

Überhaupt war sie so eine Liebe und ich hatte schon in ihren ersten Tagen das Gefühl verspürt, ihr in jeglicher Hinsicht vertrauen zu können, weshalb ich ihr schon damals anvertraut hatte, dass ich für Mister Collins schwärmte.

Ich schloss die Glastür, um mögliche Mithörer auszuschließen, und war bereit, ihr erneut mein Herz auszuschütten. »Ich war nicht krank. Nicht wirklich.«

»Oh, hattest du deine Periode? Ich hab ja echt Glück, bei mir ist es nach vier Tagen schon wieder überstanden und ich hab auch kaum Schmerzen. Aber meine beste Freundin ist da auch immer wieder für eine Woche wie ausgeknockt …«

Kopfschüttelnd öffnete ich die Thermoskanne, in die ich das heiße Wasser goss. »Nein, keine Menstruationsbeschwerden, sondern …« Ich atmete tief durch, sah mich noch einmal im Raum um, in dem wir ganz allein waren, und beugte mich trotzdem zu ihr vor, um ihr leise zuzuraunen: »Ich habe meinen Boss geküsst.«

Harpers Augen weiteten sich. »Was? Wann? Wo? Und vor allem: Wie war es? Und wie hat er darauf reagiert? O Gott, warte … Er war nicht begeistert und deshalb bist du ihm aus dem Weg gegangen? Ihr könnt das doch klären, oder? Falls er dich rausschmeißen will, dann …«

Nun sah ich sie geschockt an. »Ich hoffe ja nicht, dass es dazu kommen wird.« In wenigen Worten erzählte ich von meinem Alkoholexzess von letztem Freitag und seinen Folgen.

»Warte, er hat dich zurückgeküsst?«

»Er war gestern bei mir in der Wohnung, um nach mir zu sehen. Und diesmal hat er den ersten Schritt gewagt.«

Dass Harper mir dabei um den Hals fiel, damit hatte ich nicht gerechnet. »Oh, Joleen, ich freu mich so sehr für dich! Für euch! Dann gibt es ja bei euch auch ein Happy End, und das nach so langer Zeit des Schwärmens für ihn.«

»Na ja, so sicher bin ich mir da nicht. Nach dem Kuss hab ich ihm nämlich eine geknallt und jetzt weiß ich nicht, wie es mit uns weitergeht. Also, ich glaube zwar nicht, dass ich ihn damit wütend gemacht hab oder so, aber … Mein Gott, ich hab meinem Boss eine Ohrfeige verpasst.« Es auszusprechen, machte es nur noch schlimmer, als es sich eh schon anfühlte.

Harpers Hand vor dem Mund sorgte nicht dafür, dass es besser wurde. »Ist es verrückt, wenn ich dich für diese Aktion feiere?«

Nun musste ich doch lachen. »Ein bisschen, ja. Mal sehen, ob du mich immer noch feierst, wenn er und ich über alles gesprochen haben. Ich weiß zwar noch nicht, wann er es vorhat, aber der Vorschlag stammt immerhin von ihm.«

Erneut umarmte sie mich. »Ich drücke dir die Daumen, dass sich die Sache so entwickelt, wie du es dir wünschst und vor allem verdient hast. Mason ist wirklich ein großartiger Mensch, auch wenn er, soweit ich weiß, bisher lieber auf lockere Affären aus war. Aber das muss ja nichts bedeuten. Bei dir würde er sich bestimmt nicht in ein unüberlegtes Abenteuer stürzen, immerhin arbeitet ihr zusammen.«

Ich nickte nur, dann ging die Tür auf. Kilian Cunningham

betrat den Raum und wünschte uns einen guten Morgen, während wir gezwungenermaßen das Gesprächsthema wechselten.

Wenig später zurück an meinem Schreibtisch arbeitete ich mich durch die neuen Nachrichten im E-Mail-Postfach, um das sich Donna und Harper in der Zwischenzeit gekümmert hatten und koordinierte die Termine meines Bosses. Summer hatte meine Anrufe entgegengenommen und mir Notizen dazu auf einen Block geschrieben. Es gab so viel zu tun, dass ich richtiggehend in Arbeit versank, weshalb ich meinen Boss erst bemerkte, als er vor mir stehen blieb.

Mein Herz machte einen gewaltigen Satz und brannte in meiner Brust, als es in gefühlt doppeltem Tempo weiterschlug. »Guten Morgen, Mister Collins«, brachte ich atemlos hervor.

»Joleen …« Er schenkte mir ein freches Grinsen, was mich an seine Worte erinnerte, dass es ihm seit Neuestem gefiel, wie ich ihn ansprach.

Gott, sollte ich ihn jetzt besser nicht mehr so nennen? Oder sollte ich es genau deshalb so oft wie möglich tun? Ich wusste nichts mehr, war völlig durch den Wind.

»Komm in mein Büro, wenn du hier fertig bist. Wir haben was zu besprechen.« Er sagte es in neutralem, fast strengem Ton und sorgte damit für ein mulmiges Gefühl im Magen und für weiche Knie.

»Okay.« Meine Stimme brach beinahe weg und ich fühlte mich wie kurz vor einem Kreislaufzusammenbruch, wenn sich alles so weit entfernt anhörte und anfühlte …

Natürlich konnte ich mich jetzt überhaupt nicht mehr auf die Arbeit konzentrieren, weshalb ich wenige Minuten später aufgab und mich mit etwas zum Schreiben zu ihm ins Büro begab. Die Tür schloss ich vorsichtshalber hinter mir – ich wollte nicht, dass jemand mitbekam, was immer er mir zu sagen hatte.

Er sah auch heute unverschämt gut aus und als er mich anlächelte, schmolz ich dahin, während das Flattern in meinem

Bauch wieder stärker wurde. Dieses Gefühl kannte ich schon so lange, und doch hatte es jetzt nach unseren Küssen einen anderen Tenor bekommen.

»Sie wollten mich sprechen?«, fragte ich, da irgendetwas von mir kommen musste. Ihn einfach nur wie ein verschrecktes Reh anzuschauen, war keine Option.

»Setz dich.« Er deutete auf den Stuhl ihm gegenüber, auf den ich mich langsam sinken ließ.

Sitzen war eine gute Idee, wie ich feststellen durfte. Meine Wackelpuddingknie hätten mich vermutlich nicht mehr lange getragen.

»Schön, dass du wieder hier bist. Die letzten drei Tage waren nicht leicht für mich und haben mir bewusst gemacht, wie sehr ich dich brauche, ja von dir abhängig bin.«

Mein dummes Herz machte einen euphorischen Hüpfer, auch wenn mir klar war, dass er mich als seine Assistentin und meine damit verbundene Arbeit meinte, und nicht von mir als Person sprach.

»Wenn etwas unklar ist bei den Dingen, die du in deinem Postfach findest, sag bitte Bescheid. Ich hab heute Vormittag bis zehn Uhr und am Nachmittag ab drei Zeit, wo wir alles durchsprechen können.«

Ich nickte nur, den Blick auf seine Lippen gerichtet. Als würde er bemerken, wo ich hinstarrte, benetzte er sie mit seiner Zunge. Räuspernd sah ich ihm wieder in die Augen, was ihn schelmisch grinsen ließ.

Mist, irgendwie fühlte ich mich ertappt …

»Was mich zur nächsten Sache bringt …« Er machte eine Pause, die gefühlte Minuten dauerte und mich in den Wahnsinn trieb. »… hast du heute Abend schon was vor?«

»Heute … Abend? Nein. Nein, ich glaube, ich hab noch nichts geplant«, stammelte ich, wohl wissend, dass in meinem Kalender gähnende Leere herrschte. Zwar wollte ich Dad diese

Woche mal besuchen, weil er Hilfe mit seinen Zimmerpflanzen brauchte, aber das konnte ich genauso gut am Wochenende erledigen.

»Sehr gut. Dann würde ich dich gegen halb acht abholen. Ich reserviere uns einen Tisch, dann können wir über gestern und letzten Freitag sprechen.«

Das klang definitiv nicht positiv. Im Gegenteil, er sagte das sehr sachlich, was mich beunruhigte. Das musste er mir wohl auch von meinem Gesicht ablesen können, denn seine Augen weiteten sich, ehe er kurz auflachte. »Gott, nein, das kam jetzt vielleicht falsch rüber. Es ist kein Date, aber auch kein beruflicher Termin. Sagen wir, wir treffen uns einfach auf neutralem Boden. Das ist doch in Ordnung für dich?«

Dass der angehaltene Atem geräuschvoll über meine Lippen kam, konnte ich nicht verhindern. »Ja, okay.« Tatsächlich hoben sich meine Mundwinkel sogar zu einem Lächeln. »Gibt es einen Dresscode, den ich beachten sollte?«

Mister Collins' Blick glitt nach unten zu meiner Bluse, ehe er mir wieder direkt in die Augen sah. Er beugte sich zu mir vor und ich kam ihm automatisch entgegen. »Wenn du etwas ähnlich Heißes anziehen könntest wie am Freitag …« Er stockte mitten im Satz, dann schüttelte er den Kopf. »Scheiße, das war bestimmt nicht das, was ich in so einem Moment sagen sollte, oder? War das sexistisch? Übergriffig? Fühlst du dich von mir belästigt? Wenn ja, vergiss es. Zieh an, in was auch immer du dich wohlfühlst. Es ist kein exquisites Restaurant, aber auch kein Burgerladen. Vielleicht kennst du ja das *K Rico Steakhouse*? Es ist vom Ambiente her ähnlich wie *Tony's Di Napoli*. Du magst doch Fleisch und Fisch, oder? Wobei du ja nur Hafermilch trinkst … Verdammt, ich mache echt alles falsch, oder? Aber wenn ich mich nicht irre, haben die auch vegetarische Speisen auf der Karte. Ich hoffe, das geht in Ordnung?«

Dass ihm das mit der Hafermilch nicht entgangen war, überraschte mich und gefiel mir. »Fisch und Meeresfrüchte sind okay für mich«, sagte ich nicht weniger nervös.

Die Tatsache, dass er mir zuvor klargemacht hatte, dass es kein Date war, enttäuschte und erleichterte mich gleichermaßen. Und dass ich heute Abend nur mit ihm allein essen würde, löste eigenartige Gefühle in mir aus, die ich noch nicht richtig deuten konnte. Sie verwirrten mich – und seine Aussage, dass er mich in etwas *Heißem* sehen wollte, verunsicherte mich zusätzlich.

Für Mister Collins schien dieses Thema damit erledigt zu sein, denn er nickte und schwenkte zum Tagesgeschäft über, nur um mich kurz darauf aus seinem Büro zu entlassen.

»Notfall, Georgia, ich brauche deine Hilfe!«

Als ich endlich weit genug vom Gebäude von *Cunningham Solutions Inc.* entfernt war und mich vergewissert hatte, dass sich keiner meiner Kollegen in Hörweite befand, hatte ich meine beste Freundin angerufen.

»Gott, Joleen, was ist passiert?«

»Ich hab heute kein Date, aber ein Abendessen mit meinem Boss, der gestern bei mir war, um zuerst mit mir zu reden und mich anschließend zu küssen. Jetzt weiß ich nicht, was ich anziehen soll, weil er noch dazu erst gesagt hat, er würde mich gern in einem sexy Fummel wie am Freitag sehen. Aber du weißt, ich bin nicht der Typ, mich solchen Aussagen von Männern zu beugen.«

»Woah, Moment mal. Dein Boss war bei dir und hat dich geküsst? Wieso erfahre ich erst jetzt davon?«

»Weil ich gestern zu durcheinander gewesen bin.« In wenigen Worten brachte ich sie auf den neuesten Stand in Sachen Mister Collins.

»Okay, ich komme vorbei und bringe Klamotten mit. Du kannst ja in der Zwischenzeit duschen und dich zurechtmachen. Den Rest übernehme ich.«

Ich verdrehte die Augen. »Ich will nicht wieder so ein kurzes Kleid anziehen wie im Club. Überhaupt möchte ich mich nicht verkleidet fühlen, und dass du so euphorisch bist, macht mir ehrlich gesagt gerade Angst.«

»Du wolltest meine Hilfe. Deshalb hast du mich doch angerufen, oder?«

»Ja schon, aber …«

»Dann vertrau mir. Ich mache mich gleich auf den Weg.«

Als ich ihr wenig später in einen flauschigen Frotteemantel gewickelt die Tür öffnete, war ich mindestens so nervös wie heute Morgen. Georgia umarmte mich schnuppernd. »Du riechst gut. Was ist das? Mango?«

»Mit Papaya, ja. Eine neue Lotion, die ich mir vor zwei Wochen oder so gekauft habe.«

Sie deutete mit dem Daumen nach oben und ging, einen kleinen Rollkoffer hinter sich herziehend, voraus in mein Schlafzimmer. Ich folgte ihr und staunte nicht schlecht, als sie ihn öffnete. »Das sind Klamotten, die ich eigentlich schon beiseitegelegt hatte, um sie auszusortieren. Ich ziehe sie nicht mehr an, aber sie sind weder alt noch abgetragen oder unmodern.«

Stirnrunzelnd sah ich ihr zu, wie sie alles auf meinem Bett drapierte. »Du verdienst als Make-up-Artist einfach zu viel Geld.«

»Oder ich hab einen zu großen Vogel, was Klamotten angeht«, konterte sie grinsend. »Und einen zu kleinen Kleiderschrank für meine Leidenschaft. Also … bedien dich. Wenn du willst, kannst du behalten, was dir gefällt.«

»Nicht dein Ernst, oder?« Ich griff nach einer cremefarbenen Bluse, die auf den ersten Blick aussah wie all jene, die in meinem Schrank hingen. Doch ich kannte dieses Teil an Georgia und wusste, dass es tiefer ausgeschnitten war und ihre Oberweite in

Szene setzte. Sie betonte im Gegensatz zu mir ihre Figur – etwas, was ich seit Jahren weitestgehend zu vermeiden versuchte.

Ein weicher Blick tauchte auf ihrem Gesicht auf. »Du *musst* das nicht anziehen, wenn du dich dabei nicht wohlfühlst. Überhaupt musst du nichts tun, was du nicht willst, das weißt du, oder?«

Ich nickte nur.

»Fühlt es sich denn nicht gut an, wenn du an das Treffen mit deinem Boss denkst? Oder erinnert es dich an …«

»Nein, überhaupt nicht. Hat es noch nie, also die Vorstellung. Auch jetzt nicht, wo alles … realer wird.«

»Dann bleib dir selbst treu. Höre auf deinen Bauch und mach das, was dir ein gutes Gefühl gibt.«

Unschlüssig griff ich nach dem Oberteil und hielt es mir probehalber vor die Brust. Georgia beobachtete mich dabei.

»Ich hab auch einen Plisseerock eingepackt, der kurz über den Knien endet. Der würde nicht nur gut zur Bluse passen, sondern auch zu dir.«

Sie reichte mir den dunkelblauen Rock, der mich stark an meinen viel längeren schwarzen Plisseerock erinnerte. Aber hey, am Freitag hatte ich ein Kleid getragen, das kürzer war als die T-Shirts so mancher Leute …

»Ich probiere es auf jeden Fall.«

Georgia lächelte mir zu und nickte. »Und wenn du dich gut fühlst, kümmere ich mich noch um dein Make-up.«

8

Mason

Zugegeben, ich war gleichermaßen aufgeregt wie neugierig auf Joleen. Eine Frau zu einem Essen abzuholen, das zwar wie ein Date aussah, ich jedoch bewusst nicht als solches betitelt hatte, war ungewöhnlich und neu für mich. Noch dazu, da es sich dabei um meine Assistentin handelte. Ehrlich gesagt fragte ich mich wirklich, wo ich in den letzten Jahren meine Augen hatte. Joleen war attraktiv, auf ihre eigene natürliche Weise, ganz anders wie die meisten Frauen, mit denen ich normalerweise ausging. Sie war selten geschminkt, und wenn doch, dann eher nur dezent. Doch sie hatte das gar nicht nötig. Ihre Haut war rein und ebenmäßig, ihre Augen groß und ihre Wimpern dicht und dunkel, genau wie ihre Augenbrauen. Ihre Haare trug sie meistens offen, und im Laufe des Tages verloren sie ein wenig an Form, vermutlich, weil sie immer wieder die Hände darin vergrub, wenn sie in Gedanken versunken war. Zudem war mir schon mehrfach aufgefallen, dass sie Haarsträhnen um ihre Finger wickelte, wenn sie telefonierte. Doch dieser etwas zerzauste Look hatte, wie ich heute feststellen durfte, auch einen leicht postkoitalen Touch, wie ich fand. Außerdem ertappte ich mich immer wieder dabei, wie ich auf ihre Lippen starrte, die voll und rosa und weich waren und seit Neuestem meine Fantasie anregten. Nicht nur einmal ertappte ich mich dabei, dass ich mich fragte, was sie wohl sonst noch damit anstellen konnte …

Sie war schlank und kurvig zugleich, hatte volle Brüste, und allein die Erinnerung an den Abend im Club, als sie dieses knappe Kleid getragen hatte, genügte, dass Hitze in mir aufstieg.

Deshalb wartete ich gespannt vor ihrer Tür, nachdem ich geklopft hatte – und war verwirrt, als mir nicht sie, sondern eine mir fremde Frau öffnete. Im ersten Moment dachte ich, ich hätte mich in der Wohnungstür geirrt.

»Oh, hallo!« Sie checkte mich von oben bis unten ab und grinste frivol, drehte sich schließlich von mir weg und umarmte Joleen, die neben ihr aufgetaucht war. »Viel Spaß, Süße, und bis bald. Ruf mich an!«, sagte die Fremde an meine Angestellte gewandt, dann verließ sie die Wohnung samt Koffer, der mir bis eben entgangen war.

Hatte sie hier Urlaub gemacht?

»Behandeln Sie sie ja gut!«, drohte sie mir noch mit erhobenem Zeigefinger, reckte dabei den Kopf in die Höhe, ehe sie an mir vorbei Richtung Aufzug stolzierte.

Belustigt und irritiert zugleich sah ich ihr hinterher, bevor ich meinen Blick endlich wieder auf Joleen richtete – die umwerfend aussah. Sie sah immer noch aus wie die Frau, die jeden Tag für mich arbeitete. Doch etwas war anders. Die Bluse zeigte mehr Dekolleté, der Rock mehr Bein und ihre Augen wirkten größer als sonst, da sie Make-up aufgelegt hatte. Ihre Haare fielen in weichen Wellen über ihre Schultern und ihre Lippen waren zu einem nervösen Lächeln verzogen. »Hallo, Joleen.«

»Hi, Mister … Collins.«

»Können wir los, oder brauchst du noch etwas?«

»Nein, ich bin fertig.« Sie holte einen dünnen Mantel hinter der Tür hervor, griff nach einer kleinen Tasche und einem Schlüssel. Dann schloss sie ab und wandte sich mir wieder zu.

Ich bedeutete ihr, ein Stück vorzugehen, und folgte ihr zum Aufzug. »Wer war denn die Frau, die eben deine Wohnung verlassen hat?«

»Georgia, meine beste Freundin. Sie war letzten Freitag mit mir im Club.«

Dunkel erinnerte ich mich daran, dass Joleen mit einer Frau getanzt hatte, und ja, es könnte tatsächlich diese gewesen sein, doch ich hatte sie nicht weiter beachtet. »Ich hatte nur Augen für dich«, gestand ich wahrheitsgemäß.

Joleen lachte auf. »Klar!«

Wir hielten vor dem Fahrstuhl. »Das ist wirklich so. Als ich dich auf der Tanzfläche entdeckt hatte, konnte ich die ganze Zeit nur noch dich ansehen, Joleen.« Ich schaute ihr dabei direkt in die Augen.

Verlegen blinzelte sie ein paarmal und wandte den Blick ab. »Das sagen Sie nur so …«

Sanft griff ich nach ihrem Kinn und bat sie dadurch stumm, mich anzusehen. »Ich sage die Wahrheit. Warum sollte ich lügen?«

Sie zuckte mit den Schultern. Die Aufzugtüren glitten auf und wir betraten die Kabine. »Keine Ahnung. Es klingt nur nicht … richtig.«

Ich drückte die Taste für das Erdgeschoss und trat einen Schritt auf sie zu. »Wenn es darum geht, sage ich immer die Wahrheit. Oder ich sage gar nichts. Aber warum sollte ich etwas behaupten, was nicht stimmt?«

»Ich weiß es nicht«, murmelte sie und mir entging dabei nicht, wie ihre Wangen rot wurden.

Gerade wollte ich das Thema wechseln, als es rund um uns herum dunkel wurde und der Aufzug ruckartig stoppte.

Joleen keuchte auf und auch mein Herzschlag erhöhte sich, wenn auch aus vollkommen anderen Gründen.

»Was ist da gerade passiert?«, fragte sie in dem Moment, als sich die Notbeleuchtung einschaltete. Sie wirkte leicht panisch, sah mich aus großen Augen an.

»Ich weiß es nicht. Sieht nach einem Stromausfall aus«, antwortete ich mit ruhiger Stimme, um sie zu besänftigen.

»O Gott, aber wir stürzen jetzt nicht ab, oder?« Sie klang wirklich ängstlich.

»Nein, davon gehe ich nicht aus. Es ist zwar ein alter Fahrstuhl, aber garantiert sicher. Wir müssen einfach warten, bis sich der Aufzug wieder in Bewegung setzt.« In dem schwachen Licht inspizierte ich das Tastenfeld und entdeckte einen Knopf mit einer Glocke drauf, den ich drückte. Es schrillte unangenehm, doch nichts geschah.

Joleen war wohl auch ungeduldig, denn sie presste erneut den Finger gegen die Taste, als ich gerade das Gleiche vorgehabt hatte.

Endlich drang ein Rauschen durch den kleinen Lautsprecher und eine Stimme meldete sich. Doch was derjenige sagte, war kaum zu verstehen.

»Hallo? Wir sitzen im Aufzug fest, kann uns jemand rausholen?«, rief Joleen zu den Lautsprecherschlitzen hinabgebeugt.

»... Stunden ... Leitung durchtrennt ... keine Ahnung ...«, waren die einzigen Wortfetzen, die nicht vom Rauschen verschluckt wurden.

»Was hat er gesagt? Dass wir hier ein bis zwei Stunden festsitzen?«

»Die Dauer hab ich nicht verstanden, aber irgendwas von wegen, dass jemand eine Leitung gekappt hätte oder so.«

»Gott, nein, bitte nicht!«

Mir fiel auf, dass ihre Atmung schneller wurde. Sie wandte sich wieder dem Tastenfeld zu und drückte mehrfach auf den Knopf, der die Türen öffnen sollte, doch natürlich tat sich nichts.

»Hey ...« Beruhigend legte ich meine Hände an ihre Oberarme. »Es ist nicht schlimm, hier passiert uns nichts, okay?«

»Aber was, wenn es zu brennen beginnt? Niemand wird uns hier rausholen, wenn alles in Flammen steht. Stell dir nur vor, wir werden bei lebendigem Leib gegrillt!« Sie steigerte sich immer mehr in diese Sache hinein.

Keine Ahnung, ob sie schlechte Erfahrungen gemacht hatte – vielleicht hatte sie auch nur zu viele Horrorgeschichten dazu gehört, von denen vermutlich die meisten erfunden waren. Aber dass sie sich jetzt selbst hochschaukelte, half uns nicht weiter. Deshalb legte ich beide Hände um ihr Gesicht und sah ihr durch das schwache Licht in die Augen. »Alles wird gut, Joleen. Die holen uns hier raus und dann gehen wir mit leichter Verspätung ins Restaurant, wo wir einen schönen Abend verbringen werden. Sieh es einfach als Chance, uns schon vorher unterhalten zu können. Ganz ungestört.«

Nach wie vor wirkte sie völlig durch den Wind, weshalb ich nur noch eine Möglichkeit sah, sie von ihrer Angst abzulenken. »Es gibt da nur eine Sache, die du hier drin auf gar keinen Fall tun solltest.«

»Was?« Sie hatte ihre Hände auf meine Handgelenke gelegt, ihr Blick huschte panisch hin und her.

»Du solltest jetzt wirklich nicht furzen, Joleen«, sagte ich so ernst wie nur irgendwie möglich.

Für einen Moment herrschte Schweigen, dann lachte sie, während ich gleichzeitig in dem blassen Licht der Notbeleuchtung eine Träne über ihre Wange rollen sah. »Das ist *nicht* lustig!«, beschwerte sie sich und schlug mir gegen die Brust.

Schmunzelnd und zugleich betroffen, weil sie weinte, zog ich sie an mich und rieb ihr beruhigend über den Rücken. »Scht«, machte ich, keine Ahnung, was ich jetzt noch sagen konnte.

Im ersten Moment versteifte sie sich unter meiner Berührung, doch dann merkte ich, wie die Anspannung aus ihr wich und sie ihre Hände unter meine Jacke schob.

Sie so nah zu spüren, ihren süßen Duft einzuatmen und ihren

Herzschlag zu fühlen, ließ mich vergessen, wo wir waren. Ich vergrub meine Finger in ihren Haaren und genoss, wie sie sich an mich drückte.

Langsam hob sie den Kopf, um mir ins Gesicht zu schauen. Ich wollte etwas sagen, etwas wie, ob es ihr wieder gut ging, oder dass sie keine Angst zu haben brauchte, doch in ihren Augen erkannte ich ein Funkeln, das völlig unerwartet mein Verlangen anheizte.

Keine Ahnung, wie es passieren konnte, dass die Stimmung von Panik und Verunsicherung in Leidenschaft umschlug, aber mit einem Mal war es, als würde es nur noch uns beide geben – abseits des Aufzugs. Nach wie vor atmete sie viel zu hektisch, obwohl sie ihre Lippen leicht geöffnet und ihren Blick auf meine gerichtet hatte.

Probehalber senkte ich den Kopf ein Stück, stoppte jedoch, weil ich mir nicht sicher war, ob ich die Situation nicht doch fehlinterpretiert hatte. Aber noch bevor ich etwas dazu sagen konnte, reckte sie sich mir entgegen und ihr Mund landete auf meinem. Von ihrer Spontaneität wohl selbst überrascht, schnappte sie hörbar nach Luft und wartete, fast in Schockstarre verfallen, ab, wie ich auf diesen Überfall reagierte.

In dem Moment jedoch, als ich ihre unwiderstehlichen Lippen spürte, war mir klar, dass es für mich nur eine Möglichkeit gab: Ich musste diese Frau küssen. Leise seufzend drang ich mit meiner Zunge in ihren Mund und rieb sie an ihrer – aber ich hatte nicht mit ihrer Reaktion gerechnet.

Joleen stöhnte auf und drängte mich zurück, bis ich mit dem Rücken gegen die Kabinenwand stieß. Ihre Hände glitten über mein Poloshirt und ihre forsche Art und Direktheit überraschten mich. Und verdammt, mir gefiel, wie sie die Führung übernahm.

Ich zog sie an mich, ließ meine Finger über ihren Rücken nach unten gleiten. Sie drängte sich mit dem Becken an meines, hob ein Bein leicht an. Das nahm ich als Aufforderung und zog es an der Kniekehle noch höher.

Ein Stöhnen drang aus ihr hervor, als ich sanft in ihre Unterlippe biss, gefolgt von einem gemurmelten »O Gott, was machen wir hier?«, woraufhin sie mich leicht überfordert von der Situation anschaute.

»Scht«, machte ich und drehte mich mit ihr, bis nun sie mit dem Rücken zur Wand stand. »Nicht nachdenken, einfach tun.«

Als hätte sie nicht mehr gebraucht, küsste sie mich wieder, und – fuck, ich liebte es, wie sie mit ihrer Zunge meine neckte. Ihre Hände glitten tastend über meinen Oberkörper – erst unter der Jacke den Rücken hinab, dann nach vorne zum Bauch und tiefer.

Meine Atmung beschleunigte sich, mein Schwanz wurde hart.

Als sie die Finger unter das Shirt schob und meine nackte Haut oberhalb des Hosenbundes berührte, zuckten meine Muskeln vor Verlangen.

»Joleen, du machst mich so an … Wären wir jetzt nicht hier in diesem Aufzug, würde ich dir die Kleider vom Leib reißen und jede einzelne Stelle deines Körpers erkunden. Ich würde dich lecken, dich schmecken und herausfinden wollen, wie ich dich dazu bringen kann, für mich zu kommen.«

Ihre Antwort bestand aus einem heiseren Seufzen und noch intensiveren Küssen.

Mein Schwanz war inzwischen so hart, dass er schmerzte.

»So lange stelle ich mir schon vor, wie es wäre, wenn wir …« Schwer atmend unterbrach sie sich, sah mich unter halb geschlossenen Lidern an.

Zu gern wollte ich ihr mit den Worten aushelfen, doch ich war mir nicht sicher, ob ich nicht die falschen wählen würde. Umso mehr überraschte sie mich, als sie fortfuhr.

»Wenn wir es tun.« Sofort grub sie ihre Zähne in die Unterlippe, ein süßes Lächeln verbergend, und senkte den Blick.

Gottverdammt, dieser Widerspruch machte mich an. Zum einen ihre forsche, fast schon dominante Ader und dann direkt wieder dieses In-sich-Zurückziehen machte mich wahnsinnig.

»Lass es uns herausfinden«, raunte ich heiser und voller Lust.

Leise lachte sie und lehnte dabei ihr Gesicht an meine Schulter. »Ich weiß nicht, ob das so eine gute Idee ist. Ich meine … wollten wir nicht reden? Überhaupt, was machen wir, wenn sich der Aufzug währenddessen in Bewegung setzt und …« Sie stockte abermals.

»Niemals würde ich dich in so eine Verlegenheit bringen«, sagte ich ehrlich. »Auch wenn die Vorstellung reizvoll ist, dich hier und jetzt zu ficken. Aber wenn wir es zum ersten Mal tun, will ich das nicht in so einer Umgebung machen.«

»Dann … möchtest du mehr als einen One-Night-Stand? Mehr als einmal Sex mit mir? Oder wie stellst du dir das mit uns vor, Mason?«

Dass sie mich – diesmal in nüchternem Zustand – mit Vornamen ansprach, gefiel mir mindestens genauso gut, wie wenn sie mich Mister Collins nannte. Geräuschvoll atmete ich ein und aus, überlegte mir meine Antwort genau. Jetzt etwas Falsches zu sagen, wäre fatal. Und da ich nicht wusste, wie sie über diese Sache dachte, machte es die Angelegenheit nicht leichter für mich.

»Ich gebe ehrlich zu, dass ich nicht weiß, wo es uns hinführen wird, Joleen. Dass ich dich will, kann ich nicht abstreiten.« Kurz rieb ich mein Becken an ihr, um sie daran zu erinnern, welche Wirkung sie auf mich hatte. »Und ich will dich nicht für eine Nacht. Nicht nur, weil wir zusammen arbeiten …« Sondern auch, weil sie mit ihrer so anderen, schüchternen und doch forschen Art einen neuen, ja besonderen Reiz auf mich ausübte. Aber das sprach ich nicht aus.

Sie nickte und starrte gebannt auf meine Lippen.

»Lass uns gemeinsam herausfinden, wohin uns das alles führt. Vielleicht … findest du ja, dass ich schlecht im Bett bin?«

Sie kicherte.
»Was?«
»Nichts, das … kann ich mir nur nicht vorstellen. Oder hat sich schon mal eine Frau bei dir beschwert?«
»Bisher nicht, aber wer weiß, vielleicht haben die sich einfach nicht getraut.« Grinsend zwinkerte ich ihr zu.
Sanft schlug sie mir gegen die Brust. »Du machst dich über mich lustig.«
»Das würde ich nie wagen«, sagte ich ehrlich.
Den Blick noch immer auf meinen Mund gerichtet, lächelte sie. »Und … wie soll das im Büro laufen? So wie bei Harper und Mister Price?«
»Du willst warten, bis alle den Stock verlassen haben, und dann treiben wir es auf meinem Schreibtisch?« Ich war mir sicher, ihre Wangen wurden gerade wieder rot.
»Nein, das …«
»Stelle ich mir heiß vor«, fiel ich ihr ins Wort. Tatsächlich hatte ich mir heute mehrfach ausgemalt, wie es wäre, sie in meinem Büro zu nehmen. Und ich musste gestehen, dass ich dem nicht abgeneigt war.
»So meinte ich das nicht, sondern … Sollen es die anderen wissen? Ich meine … wie geht man mit so was um? Ich hab keine Ahnung …«
»Ich auch nicht. Aber ich würde sagen, wir hängen es erst mal nicht an die große Glocke. Muss ja nicht sein, dass sich alle das Maul über uns zerreißen, wo wir selbst noch nicht wissen, wie sich das mit uns entwickelt, oder?«
Sie nickte. Zögerte. »Und was ist, wenn es nicht mehr mit uns beiden funktioniert? Ganz ehrlich, ich will mir keinen neuen Job suchen müssen, aber ich glaube auch nicht, dass ich weiter für dich arbeiten könnte, wenn …«
»Ich bin mir sicher, in dem Fall findet sich intern eine Lösung. Bestimmt kannst du in eine andere Abteilung wechseln, doch

ich gehe jetzt mal davon aus, dass das nicht nötig sein wird.« Hatte ich ihr gerade Treue und eine langjährige Beziehung versprochen? Das war doch verrückt …!

Immer noch wirkte sie zurückhaltend. Vielleicht standen mir meine eigenen Zweifel zu sehr ins Gesicht geschrieben, denn ich war nicht der Typ für Monogamie und lange Bindungen.

»Hey …« Ich sah ihr in die Augen. »Mach dir keine zu großen Gedanken. Wir sind erwachsen und können auch wie Erwachsene miteinander umgehen, oder?«

Ein zustimmendes Geräusch drang über ihre süßen Lippen.

»Muss ich dich weiter überzeugen?«

»Ja«, hauchte sie und öffnete leicht den Mund.

Natürlich dachte ich dadurch sofort daran, ihren Mund erneut in Besitz zu nehmen.

Ihr Stöhnen, ihre Hände, die sich wieder unter mein Shirt schoben, und das Becken, das sie mir entgegendrängte, zeigten mir, dass ich auf dem besten Weg war, all ihre Zweifel auszulöschen.

9

Joleen

Ich war verloren.

Ihm willenlos ausgeliefert.

Konnte keinen klaren Gedanken mehr fassen.

Es war verrückt, weil wir hier in diesem engen dunklen Aufzug festsaßen. Weil wir uns küssten, aber vor allem, weil ich einfach *alles* um mich herum vergaß.

Mason Collins hatte eine Wirkung auf mich, wie ich sie noch nie erlebt hatte. Er machte ab der ersten Kostprobe süchtig und steigerte das Verlangen mit jeder Dosis, die ich von ihm bekam.

Hitze stieg in mir auf, sobald sich unsere Lippen berührten und die Zungen sich aneinander rieben. O Gott, und dann seine Hände, die über meinen Oberkörper streichelten, ohne meine Haut zu berühren … Dazu sein Becken, das sich gegen meines presste. Sein Oberschenkel, der sich zwischen meine Beine schob und an genau der richtigen Stelle Druck ausübte und dafür sorgte, dass Erregung durch meinen Körper fegte.

Würde er doch seine Meinung ändern und mich hier und jetzt nehmen wollen, ich könnte nicht widersprechen. Vermutlich würde ich es nicht einmal bemerken, wenn sich der Aufzug währenddessen in Bewegung setzte und die Türen sich öffneten.

Mit einer Hand raffte er meinen Rock hoch, und als seine Finger über meinen Oberschenkel glitten, keuchte ich in seinen

Mund. Es fühlte sich an, als würde er mit dieser Berührung alles elektrisieren, eine Energie in mir freisetzen, die mich völlig aus dem Konzept brachte. Noch mehr, als er sich meinem Slip näherte und fest meinen Hintern packte.

Genüsslich stöhnte er, presste sein Becken gegen meines und ließ mich spüren, wie sehr er mich wollte. Schamlos tastete er sich weiter vor, bis er mit den Fingerknöcheln über meine Mitte rieb.

»O Gott!« Wimmernd legte ich den Kopf in den Nacken, während ich mit den Händen über seine Bauchmuskeln glitt, die sich unter meiner Berührung anspannten.

»Es gibt nichts Heißeres, als zu hören, wie sehr es dir gefällt, wenn ich dich anfasse«, raunte er mir zu. »Wobei ich zugeben muss, dass ich darauf stehe, wie du die Führung übernimmst. Dass du mich erneut ohne Vorwarnung geküsst hast, war verdammt sexy.«

»Also soll ich das öfter machen?«

Er knurrte und biss mir überraschend in den Hals.

Hitze schoss in meinen Schoß und ich keuchte.

»Unbedingt.«

Als hätte er verstanden, dass er eine empfindliche Stelle getroffen hatte, leckte und küsste er mich dort erneut. Er setzte seine Zähne ein und peitschte mein Verlangen damit nur noch weiter nach oben. Gleichzeitig erhöhte er den Druck auf meine Mitte, rieb sie, massierte mich durch den Stoff meines Slips, der inzwischen klatschnass vor Erregung war.

Ich keuchte, spürte, wie die Anspannung in mir anstieg.

Grelles Licht brachte mich dazu, die Augen zuzukneifen und frustriert aufzustöhnen, als sich der Aufzug mit einem heftigen Ruck in Bewegung setzte.

»Das darf jetzt nicht wahr sein«, jammerte ich und lehnte mein Gesicht an seine Brust.

Leise lachend löste er sich von mir und half mir, meine Kleidung in Ordnung zu bringen. »Warst du so kurz davor?«

»Ja«, gab ich zu und wandte den Kopf ab. Immerhin hätte mir gerade mein Boss beinahe einen Orgasmus verschafft – und zudem war ich irgendwann im Laufe der letzten Minuten dazu übergegangen, ihn zu duzen.

»Dann lass uns das später fortsetzen. Oder willst du unser Essen verschieben?«

Mit großen Augen schaute ich ihn an, während sich die Aufzugtüren öffneten, die uns zurück aus unserer Blase in die Zivilisation katapultierten. Der Hausmeister erwartete uns, der vermutlich auch vorhin durch die Sprechanlage zu hören gewesen war. Unmöglich konnte ich Mister Collins ... Mason ... jetzt antworten. Weil ich keine Ahnung hatte, was ich wirklich wollte – denn so verlockend es klang, es ging mir zu schnell. Wir sollten immerhin heute erst einmal darüber reden, was da gerade zwischen uns beiden passiert war.

»Ein Stück weiter die Straße rauf ist ja gerade diese Baustelle. Die haben wohl die Stromversorgung des ganzen Blocks gekappt. Zum Glück wurde der Schaden schnell behoben. Ihnen geht es doch gut, oder?«, erkundigte sich der Hausmeister, vermutlich, weil ich derangierter aussah als gedacht.

»Ja, alles bestens, danke. Es war nur der Schock ...«

Ein letztes Mal musterte er uns beide, bevor er nickte und schließlich durch den Flur verschwand.

Gerade als ich den Ausgang ansteuern wollte, hielt mich Mason zurück. »Geht es dir wirklich gut?« Als ich ihn ansah, entdeckte ich Sorge in seinem Blick.

»Ich ... ja ... keine Ahnung. Das entwickelt sich einfach alles so schnell. Ich weiß nicht, was ich will. Ich meine, bisher waren es nur zwei Küsse, aber das eben ...« Ich schüttelte den Kopf. »Tut mir leid, du musst denken, dass ich eine total wankelmütige Person bin«, stammelte ich verlegen. Es fühlte sich einfach nicht mehr richtig an, ihn zu siezen, nach allem, was wir getan hatten ... und vermutlich noch tun würden. »Einerseits falle ich dir um den Hals und küsse dich, dann ziehe ich mich wieder zurück wie ein scheues Reh. Dabei hat mich das alles gerade einfach nur überfordert. Überrumpelt und … ich weiß auch nicht …« Ich hab vorhin völlig die Kontrolle über mich selbst verloren. Etwas, was mir bisher noch nie passiert war.

Seine Mundwinkel zuckten nach oben, als er mich an beiden Schultern packte und mir eindringlich ins Gesicht sah. »Ich möchte, dass du weißt, dass *du* das Sagen hast, Joleen. Auch wenn ich wie eben im Fahrstuhl die Geschwindigkeit vorgebe, bist du immer noch diejenige, die die Zügel in der Hand hält, okay? Wenn dir was zu schnell geht, darfst du mir das ganz klar mitteilen. Ich werde das respektieren. Und wenn ich dir zu langsam bin, wenn du mehr willst, bin ich der Letzte, der dich bremsen wird.«

Ich merkte, wie eine innere Anspannung von mir abfiel, als hätte ich seine Worte gebraucht. Das Wissen, selbst zu bestimmen, wann ich was zulassen konnte, tat gut. Vor allem nach dem, was ich vor einigen Jahren erleben musste …

Ich nickte, was zur Folge hatte, dass auch er sich wieder entspannte.

»Wollen wir jetzt noch essen gehen? Oder soll ich dich nach oben begleiten und wir sehen uns morgen im Büro? Oder willst du was anderes machen?«

»Essen wäre gut. Ich hab riesigen Hunger.« Tatsächlich grummelte schon die ganze Zeit mein Magen und es wunderte mich, dass er es nicht bemerkt hatte.

»Sehr gut. Na, dann komm.« Er bedeutete mir, vorauszugehen, und öffnete mir die Tür nach draußen, wo uns die milde Frühlingsluft empfing. Sofort hatte uns die Stadt eingehüllt in den Lärm der Autos, in die Gerüche der Lebensmittelläden in meiner Straße und der Trubel erinnerte mich wieder daran, warum ich New York so liebte.

Als wir eine gute halbe Stunde später im *K Rico Steakhouse* ankamen, war das seltsame Gefühl, das ich vorhin verspürt hatte, weil sich im Aufzug die Grenzen zwischen Mason und mir massiv verschoben hatten, weitestgehend verflogen. Wir hatten uns auf der Fahrt gut unterhalten – über Musicals und Theater – und ich war ganz überrascht gewesen, als er mir gestanden hatte, dass er mindestens zwei Musicalaufführungen pro Jahr besuchte. Etwas, was ich von ihm überhaupt nicht vermutet hätte, was mich jedoch positiv überraschte.

Auch jetzt, als wir an unserem Tisch saßen und nachdem wir die Bestellung aufgegeben hatten, gefiel mir, dass wir locker über alles Mögliche reden konnten, ohne dass ich mich unwohl oder seltsam fühlte. Dass ich seine Assistentin war, rückte so weit in den Hintergrund, dass ich es mit der Zeit völlig ausblendete. Es war für mich nicht mehr relevant. Stattdessen stellte ich fest, dass dieser Mann noch interessanter war als bisher angenommen.

Zudem war es heute das erst Mal, dass ich ihn, seit ich für ihn arbeitete, in lässiger Stoffhose und Poloshirt zu sehen bekam. Die legere Kleidung stand ihm verdammt gut und zeigte mir eine neue Seite von ihm, die ich nicht weniger attraktiv fand. Im Büro war er immerhin ausschließlich im Anzug unterwegs.

»Deine Klamotten, die du heute trägst, stehen dir übrigens mindestens genauso gut wie der Anzug«, gestand ich nach einer kurzen Gesprächspause.

Schmunzelnd beugte sich Mason vor. »Ja? Danke für das Kompliment.«

»Wieso kommst du nicht mal so ins Büro?« Ich glaubte nicht, dass sich wer daran stören würde, und solange kein Termin mit Kunden oder Geschäftspartnern anstand …

»Weil der Kleidungsstil zu meiner Strategie gehört.«

»Die da wäre?«

»Leute in der Firma nicht nur mit meiner Intelligenz und meinem Charme, sondern auch mit meinem Auftreten zu überzeugen. Im Anzug macht man einfach einen ganz anderen Eindruck, das habe ich schon sehr früh gelernt. Käme ich in Jeans und T-Shirt in die Firma, würden mich die Leute nicht in dem Ausmaß respektieren, wie sie es jetzt tun. Sie würden mir auf der Ebene der anderen Programmierer begegnen. Ich wäre der Kumpeltyp für sie. Ist leider so. Und würde ich täglich so wie heute angezogen sein, würden sie in mir nur den reichen, verwöhnten Sohn sehen. Nicht den Mann, der mit seinen Freunden mithilfe der Finanzspritzen ihrer Eltern ein Unternehmen aufgebaut hat. Wobei wir übrigens schon lange jeden Cent wieder zurückgezahlt haben – nur so am Rande. Aber die Leute stempeln schnell mal einen jungen erfolgreichen Mann als jemanden ab, dem alles in den Schoß fällt, ohne dafür etwas tun zu müssen. Diese Erfahrung haben wir alle vier schon machen müssen. Seltsamerweise verschwindet der Eindruck, wenn wir Anzüge tragen, bei den meisten voreingenommenen Kunden und Geschäftspartner – und es verschafft auch mehr Distanz zu den Angestellten. Wir sind nicht deren Kollegen, wir sind ihre Vorgesetzten.«

Nachdenklich neigte ich den Kopf zur Seite. »Kleider machen Leute.«

Er nickte. »Das bringt mich zur Frage, warum du dich nicht öfter … so kleidest wie jetzt. Nicht falsch auffassen, bitte – jeder darf tragen, was er will –, aber … du bist nicht nur intelligent und geschickt auf deinem Gebiet, du bist attraktiv und hast Kurven, die …« Kopfschüttelnd schloss er kurz die Augen. »… für echt heiße Fantasien sorgen. Oder ist es genau das, was du vermeiden möchtest?«

Verlegen atmete ich tief durch. Jetzt war wohl der Moment gekommen, ihm von meinem eher unschönen Erlebnis zu erzählen, das dafür verantwortlich war, dass ich meinen Kleidungsstil verändert hatte. »Bevor ich bei *Cunningham Solutions Inc.* anfing, war ich für wenige Monate in einem großen Baukonzern als Assistentin der Geschäftsleitung tätig. Mein dortiger Boss war um die fünfzig und … nett. Seine Blicke waren jedoch sehr anzüglich, um nicht zu sagen unangenehm gewesen. Das wäre ja noch irgendwie zu ertragen gewesen. Doch eines Tages ist er mir in der Teeküche zu nahe gekommen. Er hat mir den Weg versperrt, ohne mich zu berühren, sich zu beiden Seiten von mir abgestützt und mich vollgesülzt, wie toll er mich fände. Und dabei hat er ganz sicher nicht meine Arbeit gemeint. Meine Bitte, Abstand zu halten, hat er ignoriert. Erst als ein Kollege dazukam, hat er mich in Ruhe gelassen. Nur dass es damit nicht vorbei war, sondern erst so richtig angefangen hat. Hinter meinem Rücken wurde gemunkelt, dass ich die Stelle nur bekommen hatte, weil ich meinen Körper einzusetzen wusste.«

»Man hat dir vorgeworfen, du hättest dir deine Position erschlafen?« Mason wirkte bestürzt.

Nickend fuhr ich fort. »Was ich selbstverständlich dementiert habe. Doch ich war dort vielen ein Dorn im Auge und hatte keine richtigen Freunde oder Verbündete. Das Ganze hat mich schlussendlich so belastet, dass ich damit angefangen habe, längere Röcke und hochgeschlossenere Blusen zu tragen. Als das nach wie vor nicht dazu beitrug, dass das Reden hinter meinem Rücken und die anzüglichen Blicke meines Bosses aufhörten und ich mich wohler fühle, habe ich mich nach einer neuen Stelle umgesehen und bin so bei euch gelandet.«

Mason schaute mich bestürzt an. »Das tut mir leid, das wusste ich nicht. Hast du denn was gegen ihn unternommen?«

Schnaubend schüttelte ich den Kopf. »Was hätte ich denn tun sollen? Ihn anzeigen, weil er mich ansieht? Er hat mich nie angefasst, für die Szene in der Teeküche gibt es nur einen Zeugen. Einen, der mich nicht ausstehen konnte. Es hätte Aussage gegen Aussage gestanden. Vielleicht hätte mein damaliger Boss gemeint, er würde mich genauso anschauen wie jeden anderen auch. Meine Kollegen – egal ob Kerle oder Frauen – waren alle neidisch auf meine Stelle, keiner hätte mir beigestanden. Zum damaligen Zeitpunkt war ich davon überzeugt, nichts gegen ihn ausrichten zu können – mal abgesehen vom Jobwechsel.«

Mason schaute mich geschockt an und fuhr sich durch die Haare. »Gottverdammt, wenn ich das gewusst hätte …Ich hätte so vieles nicht gesagt, nicht getan, ich … wäre nicht in deiner Wohnung aufgekreuzt und hätte auch nicht im Fahrstuhl …«

»Mach dir keine Vorwürfe, Mason. Bei dir hab ich mich noch nie unwohl gefühlt. Du bist in keiner Weise mit meinem ehemaligen Boss zu vergleichen. Weder optisch noch charakterlich oder von der ganzen Art her, geschweige denn, was das Alter betrifft. Der andere wirkte wie ein schmieriger Onkel auf mich. Du hingegen … Ich hab dich das erste Mal gesehen und von da an nur gebetet, dass ich für dich arbeiten darf.«

Seine Mundwinkel zuckten, dennoch wischte er sich mit beiden Händen über das Gesicht. »Wow, trotzdem … Mit diesem Hintergrundwissen wird mir so einiges klar. Du hast dich mit deiner zurückhaltenden Art die ganze Zeit geschützt. Ich dachte immer, dass du durch und durch schüchtern seist. Dabei bist du …«

»… nur vorsichtig«, beendete ich den Satz für ihn.

»Gibt es irgendwen im Unternehmen, den ich an den Ohren packen und hochkant hinausbefördern soll, weil er dich belästigt? Und wenn es nur mit Blicken ist …«

Kopfschüttelnd wich ich zurück, als die Bedienung mir den Kabeljau in Kokos-Limetten-Butter servierte. »Nein, bei *Cunningham Solutions Inc.* ist die gesamte Grundstimmung anders als in der vorherigen Firma.« Ich seufzte. »Tut mir leid, dass ich mit diesem Thema die Stimmung gedämpft habe.«

»Das hast du nicht, Joleen. Es hat mich nur nachdenklich gemacht.«

»Wird sich mit diesem neuen Wissen etwas ändern? Ich meine … zwischen uns.«

»Das kann ich gerade noch nicht sagen. Vermutlich werde ich … vorsichtiger sein.«

»Nein, bitte … bleib, wie du bist«, sagte ich in fast flehendem Tonfall.

Seine Antwort bestand nur aus einem Stirnrunzeln.

»Ich hab es dir nicht erzählt, weil ich irgendwas schlecht finde, wie es gerade ist, Mason. Du hast mich nach dem Grund für meine Kleidung gefragt und ich hab ihn dir anvertraut. Aber nicht, weil ich wollte, dass du dich zurückziehst. Die Sache liegt Jahre zurück und hat mich verunsichert. Damals habe ich mich unwohl gefühlt und deshalb den Job gewechselt. Jedoch will ich nicht, dass sich durch mein Geständnis wieder etwas zwischen uns ändert. Ich will keinen Rückschritt, ich …« Einen Moment musste ich innehalten, um den Mut aufzubringen, die nächsten Worte zu sagen: »Ich will dich. Schon viel zu lange.«

10

Mason

Was Joleen mir da eben gestanden hatte, war ein starkes Stück. Wut brodelte in mir hoch und ich nahm mir vor, auf jeden Fall mit Adrian zu sprechen, ob und wie man etwas gegen diesen Dreckskerl unternehmen konnte, wenn es denn nach all der Zeit überhaupt möglich war.

Was aber mindestens genauso in mir nachhallte, waren ihre letzten Worte. Sie wollte mich und hatte mir das ganz klar gesagt.

Ja, ihre Körpersprache im Fahrstuhl war eindeutig gewesen, von ihrem betrunkenen Geplapper im Club mal abgesehen. Doch nun wusste ich von ihrer Vergangenheit. Vom Grund für ihre Kleidung *und* sie hatte mir in nüchternem Zustand gesagt, dass sie scharf auf mich war. Immer noch.

Keine Ahnung, wie ich damit umgehen sollte. Also nicht mit der Tatsache, dass sie Dinge von mir wollte, die eindeutig über das normale Boss-Angestellten-Verhältnis hinausgingen. Sondern damit, dass sie keine Frau für einen One-Night-Stand war. Jetzt, wo ich wusste, was sie in der alten Firma hatte durchmachen müssen und was sie bis heute prägte, lag es noch mehr in meiner Verantwortung, auf keinen Fall mit ihren Gefühlen zu spielen. Und die waren da – immerhin hatte sie mir gesagt, dass sie schon ganz lange auf mich abfuhr. Ich wagte mal zu behaupten, dass es dabei nicht nur um Sex ging.

Aber ich wusste nicht, ob das, was sie sich vorstellte, sich mit dem deckte, was ich mir erhoffte. Zudem war ich gerne ungebunden und liebte es, den Körper einer Frau zum ersten Mal zu entdecken – weshalb ich auch regelmäßig durch die Clubs zog: auf der Suche nach neuen Abenteuern.

Doch das konnte ich mit ihr nicht bringen. Ich wusste es, und trotzdem schrillten meine Alarmglocken nicht wie erwartet los. Nicht so, wie ich es schon das ein oder andere Mal erlebt hatte, wenn Frauen in Richtung einer Beziehung oder Monogamie drängten.

Wobei ich beides nach wie vor so weit wie möglich aus meinem Kopf verdrängen wollte. Weil ich einfach nicht der Typ für sowas war. Ich liebte meine Freiheit und Ungebundenheit. Keine Ahnung, ob ich es je schaffen würde, für eine Frau das alles hinter mir zu lassen und aufzugeben …

Und doch wollte ich diesmal nicht alles versauen.

Nicht nur, weil Joleen und ich ein eingespieltes Team waren. Mit keiner der Assistentinnen vor ihr hatte der Ablauf so reibungslos funktioniert. Sie erledigte Dinge schon im Voraus, von denen ich nicht einmal wusste, dass ich sie brauchte und hatte mich gelehrt, viel organisierter und strukturierter zu arbeiten. Vielleicht unbewusst, aber ich vermutete auch, dass ich mit einer anderen Assistenz wieder in mein altes, chaotisches Schema zurückrutschen würde … Mal ganz davon abgesehen, dass die neuen Perspektiven mit ihr durchaus seinen Reiz hatten. Aber sie schien auch ein von Grund auf ehrlicher Mensch zu sein. Verletzlich und … besonders.

»Ich bin ebenfalls scharf auf dich, Joleen. Ich will dich in meinem Bett haben, das hab ich dir ja vorhin im Aufzug schon gesagt. Ich muss aber auch sagen, dass ich keine Erfahrung mit Beziehungen habe. Überhaupt mit dieser ganzen Pärchensache. Bisher hatte ich mit Frauen nur Sex – einmalig, manchmal gab es eine Wiederholung für eine Nacht. Aber das war es.«

Zwar nickte sie, doch ich merkte ihr an, dass sie enttäuscht war, weshalb ich schnell weitersprach: »Wir warten einfach ab, wie es sich entwickelt. Das ist alles noch so frisch zwischen uns. Ich kenne das selbst nicht so intensiv. Dann können wir immer noch entscheiden, wie wir weitermachen. In Ordnung?«

Zaghaft stimmte sie zu und ich spürte, dass ihre Zweifel nicht verschwunden waren.

»Wir reden über alles, was uns bewegt, okay? Wenn sich was ändern sollte, wenn wir mit der Gesamtsituation nicht zufrieden sind, dann sagen wir uns das. Wenn wir was vermissen oder wenn was zu viel ist.«

Endlich wirkte sie erleichtert. »Für mich ist das auf diese Weise auch neu. Ich hatte bisher nur ganz normale Beziehungen.«

»Keine One-Night-Stands oder welche, die nur auf Sex basierten?«

Sie verneinte. »Stört dich das?«

»Keineswegs. Vielleicht kann ich ja auch noch was von dir lernen«, sagte ich zwinkernd und schob mir ein Stück Steak zwischen die Zähne.

Schmunzelnd tunkte sie etwas Gemüse in die Soße. »Ich denke eher, dass es umgekehrt sein wird.«

»Was? Dass du von mir lernst?«

Der Blick, den sie mir statt einer Antwort zuwarf, schoss mir direkt in die Eier. Heilige Scheiße, in dieser Frau schlummerte ein Feuer, und ich war mir nicht sicher, ob sie sich dessen überhaupt bewusst war.

»Wir werden es schon bald herausfinden«, sagte ich und beobachtete ihre Reaktionen.

Dass sie meinem Blick nicht auswich, gefiel mir sehr. Ihre Wangen wurden rosig – wie so oft –, und ich stand total darauf.

»Wann?«, hauchte sie nur.

Nachdenklich trank ich einen Schluck Rotwein. »Ich weiß nicht … Du bist meine Assistentin, wann hätte ich denn dafür

Zeit?«, zog ich sie auf. Gleichzeitig gab ich ihr die Möglichkeit, selbst das Tempo zu bestimmen – und hoffte einfach, dass sie mit *heute* antworten würde.

»Hm … vielleicht am Sonntag?«

Scheiße, das hatte ich davon!

»Du willst ernsthaft so lange warten?«

»Wir haben Donnerstag«, sagte sie belustigt. »Das sind drei Tage – die sind notwendig für meine mir selbst auferlegte Regel.«

Stöhnend sackte ich in mir zusammen. »Sag nicht, du schwörst darauf, keinen Sex vor dem dritten Date zu haben.«

Belustigt trank sie von ihrem Wein, statt direkt zu antworten.

»Das ist nicht dein Ernst, Joleen. Du verarschst mich, oder?«

»Nein, danach hab ich bisher gelebt.«

Schnell schob ich mir ein Stück Kartoffel in den Mund. Ich musste erst über meine nächsten Worte nachdenken, bevor ich etwas sagte, was womöglich falsch rüberkam. Denn am liebsten wäre ich nach diesem Essen mit zu ihr gefahren, um sie zu vögeln. »Okay. Drei Dates, drei Tage. Am Sonntag werden wir es tun. Dann … schlage ich noch den Samstagabend vor? Wie wäre es mit Kino?«

»Das klingt gut.« Sie schmunzelte und in meiner Hose zuckte es. »Und am Sonntag treffen wir uns zum Spazierengehen im Park und essen danach ein Eis?«

Entweder zog sie mich auf oder sie genoss es, mich so zappeln zu lassen.

»Okay, machen wir.« Ich hatte mich noch *nie* mit einer Frau zum Spazieren verabredet, nur um sie ins Bett zu kriegen.

»Dann sind wir aber erst bei zwei Dates«, drang ihre Stimme zu mir durch, als ich noch überlegte, ob ich jemals mehr als ein Date gebraucht hatte, um eine Frau zu verführen.

»Was? Wieso zwei? Heute, Samstag und …«

»Du hast selbst gesagt, das hier sei kein Date.« Sie sah mich ernst an, doch mir entging nicht, wie sie sich ein Grinsen verkniff.

Verdammt, diese Frau spielte mit mir! Sie hatte mich bei den Eiern und gab den Ton an – und verdammt, das machte mich an.

»Okay, was schlägst du vor?« Resigniert überließ ich ihr besser gänzlich die Führung in dieser Datingsache.

»Nun … dann bleibt nur der Freitag, würde ich behaupten. Außer du hast morgen schon was vor, dann müssen wir das dritte Date auf nächste Woche verlegen.«

Noch länger warten? Fuck, nein, dann würde ich lieber Vanessa versetzen. Auch wenn ich jetzt schon wusste, dass meine Schwester mir dafür den Kopf abreißen würde. »Freitag geht klar«, antwortete ich verbissen.

Ein triumphierendes Lächeln schob sich auf ihre Lippen. »Gut. Ich freue mich schon, wenn du mich einlädst und für mich kochst.«

Nun lachte ich laut auf. »Okay, das wird ganz sicher nicht passieren. Glaub mir, du würdest es bereuen, ich bin wirklich ein schlechter Koch.«

»Ach, komm schon, Nudeln zubereiten, das kann jeder. Sogar du.«

Sie forderte mich heraus, ganz eindeutig. Aber auf das Spiel konnte ich auch einsteigen. »Gut, das sollte ich schaffen. Und dann? Pasta ohne Soße ist nicht gerade der Burner.«

»Du kannst mir nicht erzählen, dass du nicht kreativ bist. Olivenöl und getrocknete Tomaten dazu, vielleicht noch ein paar Kapern, fertig ist ein leckeres Essen.«

»Oh, das klingt tatsächlich gut. Zeigst du mir, wie man das zubereitet?«, drehte ich geschickt den Spieß um.

Joleen grinste. »Okay, wann soll ich bei dir sein?«

»Ich fürchte, ich brauche Hilfe beim Einkaufen, und würde daher sagen, dass wir das gemeinsam machen.«

Unentschlossen musterte sie mich einen Augenblick, ehe sie nickte. »Gut. Ausnahmsweise, weil es dein erstes Mal ist.«

»Aber das wird jetzt nicht immer so laufen, oder?«

»Was meinst du?«, fragte sie verunsichert nach.

»Dass wir uns ab sofort jeden Abend sehen.« Wenn es so wäre, würde ich dem Ganzen besser gleich einen Riegel vorschieben.

Joleen musterte mich einen Augenblick, griff dann nach dem Weinglas, hielt aber kurz vor den Lippen inne. »Ich darf dich daran erinnern, dass es dir nicht schnell genug gehen kann. Da ich meine Prinzipien habe, ich dir jedoch entgegenkomme und dich nicht länger warten lassen will, habe ich den Sonntag vorgeschlagen. Wir können auch gerne auf ein späteres Datum verschieben und die drei Dates locker und mit ausreichend Abstand zueinander aufteilen. Ganz so, wie du es wünschst.«

Hatte ich bereits erwähnt, dass sie mich bei den Eiern hatte?

Ich zeigte mit dem Finger auf sie. »Du bist ziemlich gewieft, das muss ich dir lassen. Also gut. Wir bleiben dabei. Aber wer weiß, vielleicht bist du nach dem Sonntag so enttäuscht von mir und meinen Qualitäten, dass weitere Treffen sowieso hinfällig sind.«

»Oder du von mir«, murmelte sie hinter dem Weinglas, bevor sie einen großen Schluck trank.

Dass sie nach allem, was zwischen uns gelaufen war, noch so an sich zweifelte, überraschte mich, denn sie schien ihre Aussage – im Gegensatz zu mir – ernst zu meinen. »Du hast eine viel zu schlechte Meinung von dir, Joleen. Nach dem, was vorhin im Aufzug war, garantiere ich dir, dass das nicht passieren wird. Du erinnerst dich hoffentlich daran, wie schwer es uns gefallen ist, uns zu bremsen? Wenn sie den Schaden mit der defekten Leitung nicht so schnell behoben hätten, was denkst du, was noch zwischen uns passiert wäre?«

Sie grub ihre Zähne in die Unterlippe, sah mich jedoch weiterhin direkt an. »Wir hätten es womöglich wirklich getan«, hauchte sie so leise, dass ich die Antwort nur an ihren Lippenbewegungen ausmachen konnte.

Und ja, damit könnte sie verdammt recht haben.

11

Joleen

Nachdem wir gegessen hatten, saßen Mason und ich noch eine ganze Weile im Restaurant beisammen und unterhielten uns. Keine Ahnung, ob er es deshalb nicht eilig hatte, weil er wusste, dass wir heute keinen Sex haben würden, oder weil er mich besser kennenlernen wollte. Aber irgendwann ging es nicht mehr nur um das eine, sondern wir unterhielten uns über alles Mögliche privater Natur.

»Wenn ich ehrlich zu dir bin, hab ich mich dann total geärgert, weil ich das Steakrestaurant vorgeschlagen hatte. Ich war mir dann nicht mehr sicher, ob du nur mir zuliebe zugesagt hast, weil mir dann eingefallen ist, dass du dich ja vegan ernährst.« Dass ihm nicht entgangen war, dass ich Hafermilch trank und auch sonst weder Fleisch noch Milchprodukte zu mir nahm, beeindruckte mich.

»Das musst du nicht. Es ist in Ordnung und das Essen war sehr gut.«

»Aber ich liege richtig, dass du keine Fleischprodukte isst?«

Ich nickte. »Mehr oder weniger, ja. Angefangen hat es vor ein paar Jahren mit einer Laktoseintoleranz. Innerhalb von ungefähr achtzehn Monaten hab ich meine Ernährung umgestellt und schließlich tierische Produkte weitestgehend aus meinem Ernährungsplan ausgeklammert. Ganz selten esse ich jedoch noch Fisch und Meeresfrüchte.« Ich schlug die Hände vors Gesicht. »Darauf kann ich leider nicht völlig verzichten. Ich hab es wirklich probiert, aber ich esse das einfach viel zu gern. Sie sind für mich das, was für andere Schokolade ist … Und ich hab ein unglaublich schlechtes Gewissen deshalb, aber ich stehe dazu.«

Mason schmunzelte. »So schlimm ist es bestimmt nicht. Aber ich verstehe, was du meinst. Ich ernähre mich grundsätzlich ohne industriellen Zucker, deshalb hab ich auch bei der Bestellung darum gebeten, ihn wegzulassen. Meistens klappt das auch recht gut und lässt sich in meinen Alltag integrieren. Aber auf Eiscreme kann ich einfach nicht verzichten.«

Überrascht schaute ich ihn an, bis ich mein Lachen nicht länger zurückhalten konnte. »Es gibt auch zuckerfreie, das weißt du, oder?«

»Ja, aber die bekommst du wieder nicht überall. Und manchmal muss es einfach eines aus den italienischen Gelaterias sein.«

»Ich verstehe dich total. Wobei du auch einfach selbst sehr leckeres zuckerfreies Eis herstellen kannst …«

»Könnte ich. Aber ich hab schon Schwierigkeiten, Nudeln zu kochen, wie du weißt. Wie soll ich dann Speiseeis machen?«

»Obst pürieren, Joghurt oder Milch unterrühren und einfrieren? Im Internet findest du unzählige Rezepte dazu, und das alles geht völlig easy. Mit gefrorenen Früchten kannst du das Eis auch sofort essen, nachdem du die Zutaten püriert hast.«

Einen Moment dachte er darüber nach. »Hm, okay, das könnte ich tatsächlich mal probieren.«

»Solltest du. Schmeckt echt lecker.«

Seine Augenbrauen hüpften nach oben. »Du hast das schon mal probiert?«

»Hin und wieder«, gab ich schulterzuckend zur Antwort. »Auch jetzt noch, halt mit veganen Milchalternativen. Hat dir deine Mom nie Eiscreme gemacht, als du noch ein Kind warst?«

Er lachte leise. »Nein. Ich hab das Talent in der Küche von ihr geerbt. Bei meinen Eltern ist mein Dad der Koch. Oder der Lieferservice. Meistens jedoch gehen die beiden essen.«

»Oh.« Das machte mir wieder bewusst, dass wir in völlig unterschiedlichen Verhältnissen aufgewachsen waren. Während sich meine Eltern abgerackert hatten, um auch noch zum Monatsende Essen auf den Tisch zu bringen, hatte Geld in Masons Familie wohl keine Rolle gespielt.

»Wie ist das bei dir? Wer hat dir das Kochen beigebracht?«

»Meine Eltern sind geschieden, seit ich zwölf bin. Das Sorgerecht haben sie sich geteilt. Mein Dad hatte sich zuvor nie für Küchenarbeit oder den Haushalt interessiert – was sicher mit ein Grund dafür war, weshalb die Ehe in die Brüche ging. Also habe ich versucht, ihm zu helfen. Die erste Zeit lief er mit völlig zerknitterten Klamotten rum, bis ich ihm mal gesagt habe, dass es mir peinlich sei und er damit kein gutes Bild bei seinem Gegenüber hinterlassen würde. Er kaufte sich ein Bügeleisen und auch sonst verließ er sich viel auf das, was ich ihm gezeigt hatte. Das ist heute immer noch so«, erzählte ich ihm und erinnerte mich daran, dass ich meinen Vater anrufen und ihm sagen sollte, dass ich am Samstagvormittag zu ihm kam. Zwar könnte ich auch am Sonntag vorbeischauen, doch da würde ich bestimmt zu nervös sein. Und er kannte mich zu gut, er würde es merken und mich darauf ansprechen. Hoffentlich würde ich mich insoweit unter Kontrolle haben, dass ich mich nicht verplapperte … »Alles, was mir meine Mom in der Küche gezeigt hat, hab ich in der darauffolgenden Woche meinem Dad beigebracht. So hat er es dann doch irgendwie geschafft, ein bisschen was zu lernen, was diese *Frauendinge* betraf, wie er sie zuvor immer genannt hat.«

»Tut mir leid, dass du schon so früh hast Verantwortung übernehmen müssen.« Tatsächlich wirkte er sogar ein wenig geknickt. »Nur fürs Protokoll: Ja, ich kann nicht kochen, aber ich erledige meinen ganzen restlichen Haushalt selbst. Dass ich in der Küche eine Niete bin, liegt sicher auch an der Bequemlichkeit und an den unzähligen guten Restaurants und Lieferservices in New York. Dafür bügle ich meine Hemden und würde vermutlich nie jemand anderes an diese Arbeit lassen. Und ich putze einmal die Woche meine Wohnung. Es gibt nichts Besseres, als es sich danach in den sauberen, selbst geputzten vier Wänden gemütlich zu machen.«

Belustigt verfolgte ich, wie er sich gefühlt um Kopf und Kragen redete, als würde er mir ganz klar verdeutlichen müssen, dass er nicht wie mein Dad vor der Scheidung war. Dass er den Haushalt auf keinen Fall ausschließlich der Frau überlassen würde. »Das klang gerade, als würdest du einen Text bei einem Vorstellungsgespräch runterrattern.«

»Jedes Date – und auch Nicht-Date wie das hier heute«, sagte er und zwinkerte mir verschmitzt zu, »ist ein Bewerbungsgespräch. Man versucht, den anderen kennenzulernen und abzuwägen, ob er für eine Beziehung, für eine gemeinsame Zukunft oder auch nur eine heiße Nacht infrage kommt. Oder siehst du das nicht so?«

»Deshalb … datest du nicht im klassischen Sinn«, wurde mir in dem Moment bewusst. »Du führst die Frauen höchstens aus, um sie im Anschluss mit zu dir zu nehmen.«

Schweigend sah er mich an und ich vermutete bereits, dass ich mich mit meiner Aussage zu weit aus dem Fenster gelehnt hatte. Sein Gesichtsausdruck war ernst und sorgte zusätzlich dafür, dass mir mein Herz mit einem Mal hart gegen den Brustkorb schlug. »Ich nehme Frauen normalerweise nicht mit zu mir nach Hause«, sagte er schließlich.

Diese Worte musste ich erst einmal verdauen.

»Nie?«

»Bisher nicht, nein.«

Wow. Das verwunderte mich und brachte mich dazu, mir

überlegen zu müssen, was es zu bedeuten hatte, dass ich ihn morgen bei sich zu Hause besuchen durfte. Stellte er mich damit ganz bewusst *nicht* auf dieselbe Stufe wie die anderen Frauen, auf die er scharf war und die er flachlegen wollte? Oder sah er tatsächlich Potenzial in … was auch immer sich zwischen uns entwickeln konnte? Oder ließ er es einfach zu, weil wir uns schon seit über zwei Jahren kannten und ich durch das Angestelltenverhältnis sowieso nicht mit den anderen Frauen in seinem Leben gleichzusetzen war? »Das ist … Warum nicht?«

Verlegen wischte er sich über den Nacken, bestimmt, weil ich ihn mit meiner Fragerei in die Enge getrieben hatte. Doch jetzt zurückzurudern, war auch keine Option.

»Mein Zuhause ist mein Rückzugsort. Ich hab keine Lust, dass nach einer heißen Nacht die Frau unangemeldet bei mir aufkreuzt und denkt, es würde eine Wiederholung geben, wenn ich kein Interesse daran habe, sie noch einmal zu … sehen.«

»Und bei mir hast du diese Angst nicht?«

Er lachte leise auf. »Doch. Aber ich vertraue darauf, dass du diese Schwäche von mir nicht zu deinem Vorteil gegen mich ausnutzt. Außerdem glaube ich, dass du ein Nein akzeptierst – im Gegensatz zu … einigen anderen.«

Mich beschlich das Gefühl, dass er diesbezüglich schon einmal schlechte Erfahrungen gemacht hatte, und es wäre sicher besser gewesen, wenn ich mir auf die Zunge gebissen hätte. Stattdessen platzte aus mir heraus: »Hast du denn vor, Nein zu mir zu sagen?« Verdammt, hätte ich doch einfach meinen Mund gehalten. Sein scharfer Blick verriet mir, dass ich es zu weit getrieben hatte. »Tut mir leid, vergiss meine Frage«, sagte ich daher schnell. »Ich bin echt gut darin, es mir mit Männern zu versauen, bevor wir uns richtig kennenlernen können. Das hätte ich nicht sagen sollen, wie kann ich von dir verlangen, dich zu dem Thema zu äußern?«

»Ich kann mir wirklich nicht vorstellen, dass es jemanden gibt, der nicht mehr über dich erfahren will.«

Um die Lächerlichkeit seiner Aussage zu bekräftigen, verzog ich das Gesicht zu einer Grimasse. »Schön, dass du das denkst, aber leider ist das Gegenteil die bittere Wahrheit. Und du kannst nicht abstreiten, dass ich dich nicht ebenfalls gerade in die Enge getrieben habe. Wäre ich nicht deine Assistentin, sondern eine Frau, die du erst kennengelernt hast, hätte dich meine Aussage bestimmt auch abgeturnt und du würdest versuchen, mich loszuwerden.«

Sein tiefes Lachen vibrierte in mir. »Touché. Aber um deine Frage zu beantworten: Ich habe nicht vor, dir eine Abfuhr zu erteilen. Im Gegenteil, im Moment wäre es mir lieber, du würdest heute nicht *Nein* zu mir sagen ...« Als wollte er seine Worte unterstreichen, wanderte sein Blick von meinen Augen zu meinem Mund und weiter hinab. Er legte seine Hand auf meine, benetzte seine Lippen mit der Zunge und ich spürte, wie er damit mein eigenes Verlangen anheizte. Denn allein die Erinnerung daran, was wir im Aufzug getan hatten, machte mich an.

»Tut mir leid, das sind meine Prinzipien.«

Er atmete geräuschvoll aus und lehnte sich wieder zurück. Die Verbindung unserer Hände trennte er dadurch. »Vielleicht ist es besser, wenn ich dich jetzt nach Hause bringe, Joleen.«

Ein leichter Stich durchzuckte mich, denn ich hatte mich wohlgefühlt bei unserer Unterhaltung. Dass er den Abend nun doch so schnell beendete, traf mich mehr als gedacht. Trotzdem lächelte ich und nickte. Auf keinen Fall wollte ich ihm das Gefühl geben, zu klammern oder mit Gewalt Zeit mit ihm verbringen zu wollen, obwohl er seinen Freiraum brauchte. Abgesehen davon würden wir uns ja im Büro wiedersehen. Und abends wären wir bei ihm ...

Mein Gott, ich würde morgen ein Date mit meinem Boss in seiner Wohnung haben. Wir würden gemeinsam kochen und ... Nun fragte ich mich, wie ich so verrückt hatte sein können, sein Zuhause vorzuschlagen. Uns dort im Zaum zu halten, würde uns definitiv schwerer fallen als an einem öffentlichen Ort.

Als wir etwas später aus dem Uber stiegen, das Mason genau wie unser Essen bezahlt hatte, wurde ich unerwartet nervös. Ursprünglich hatte ich gedacht, er würde sitzen bleiben und zu sich fahren. Dass er jedoch darauf bestand, mich sicher nach oben zu bringen, gefiel mir. Zwar überlegte ich kurz, ob er die Situation nicht vielleicht doch noch ausnutzen würde, um bei mir zu landen, aber diese Idee verwarf ich sofort wieder. Dass er sich gedulden konnte, traute ich ihm schon zu. Und ich vertraute ihm, Mason kannte ich schließlich als durch und durch aufrichten Menschen.

Trotzdem nahm ich diesmal die Treppen nach oben. Es waren nur vier Geschosse, doch ich hatte Angst, der Aufzug könnte erneut stecken bleiben. Und *dann* wüsste ich nicht, ob ich nicht vielleicht erneut die Initiative ergreifen und über ihn herfallen würde. Mason kommentierte diese Entscheidung jedenfalls nicht, sondern stieg mit einem Grinsen im Gesicht neben mir die Stufen nach oben.

Bestimmt war ausschließlich das Treppensteigen schuld, dass mein Herz wie irre raste und meine Lungen nach Sauerstoff gierten, als wir vor meiner Wohnung hielten und ich sie aufschloss, ohne einzutreten. »Danke für den schönen und … aufschlussreichen Abend, Mason.«

Seine Mundwinkel zuckten nach oben. »Hat definitiv Spaß gemacht – und hatte mehr von einem Date, als ich geplant gehabt hatte.«

Diese Aussage amüsierte mich. Dasselbe war mir auch schon aufgefallen, doch ich erwiderte nichts darauf.

»Jedenfalls freue ich mich auf morgen.« Er raunte die Worte

so nah an meinem Ohr, dass ein Kribbeln durch meinen Körper jagte.

»Ich mich auch und kann es kaum erwarten.«

»Oh, ich ebenfalls nicht«, sagte er. »Wobei das ein ziemlich langes, quälendes Vorspiel werden wird bis Sonntag. Dessen bist du dir doch bewusst, oder?«

»Wie gesagt, es wäre schlimmer gekommen, wenn wir auf einen anderen Tag verschoben hätten.«

Ein verhaltenes Lachen rumpelte in seiner Brust. Er kam noch näher auf mich zu, dann landeten seine Lippen auf meinen. Fordernd, drängend und voller Versprechen. Gott, dieser Mann konnte küssen …

Leise stöhnend vergrub ich meine Finger in seinen Haaren und drückte mich gegen ihn. Seine Hände glitten an meinen Seiten entlang, sanft, neckend. Dabei kam er dem Ansatz meiner Brüste so nahe, dass ich mir wünschte, er würde sie umfassen, nur um gleich darauf wieder die Richtung zu wechseln und mich damit in den Wahnsinn zu treiben. Seine Zunge rieb über meine, umschlang sie und ließ mich ahnen, wie unfassbar aufregend es sein würde, sie erst auf meinem nackten Körper zu spüren.

Sein Becken presste er gegen mich und zeigte mir eindeutig, wie scharf er auf mich war und wie sehr er mich wollte.

Atemlos blinzelte ich, als er sich von mir löste und mit der rauen Wange über meine strich. »Ich wette mit dir, dass du es dir heute Nacht selbst machen wirst. Weil du durch die Erinnerung an die Szene im Fahrstuhl und durch das Wissen, dass ich dich am Sonntag mehrfach zum Höhepunkt bringen werde, so aufgeheizt sein wirst, dass du sonst nicht einschlafen kannst.«

Hitze stieg in mir auf. Verdammt, damit könnte er recht haben …

»Ich jedenfalls kann es kaum erwarten, nach Hause zu kommen. Gleich werde ich dich ein letztes Mal für heute küssen, um mir deinen Geschmack einzuprägen. Zurück in meiner Wohnung werde ich mich dann meiner Fantasie hingeben und mir vorstellen, du wärst bei mir und ich würde dich ficken, bis du meinen Namen laut schreiend kommst.«

Heilige …

12

Mason

Keine Ahnung, wie ich es geschafft hatte, mich in so eine Scheiße zu reiten.

In der kühlen Nachtluft vor ihrem Haus stehend, wartete ich auf mein Uber, das laut App in zwei Minuten da sein sollte. Dabei ließ ich den heutigen Abend Revue passieren und konnte immer noch nicht fassen, worauf ich mich eingelassen hatte.

Drei Dates! Hätte man mir das vor einer Woche gesagt, hätte ich laut gelacht.

Was es über mich aussagte, dass ich dadurch völlig gegen meine Prinzipien und Erfahrungen verstieß, wusste ich nicht. Vielleicht war ich bereits viel länger scharf auf meine Assistentin, als es mir bisher bewusst gewesen war? Oder hatte ich ein Problem damit, dass sie mich nach der Aktion im Aufzug nicht ranließ?

Schon allein, dass wir übers Treppenhaus hoch zu ihrem Apartment gegangen waren, hatte mir gezeigt, dass sie einer weiteren heißen Situation aus dem Weg ging. Klar, es hätte daran liegen können, dass sie Angst hatte, erneut stecken zu bleiben. Wobei ich mir sicher was Schlimmeres vorstellen könnte, als mit mir im Fahrstuhl eingeschlossen zu sein – vor allem, da sie gesehen hatte, wie die Zeit in meiner Gesellschaft aussehen könnte. Aber ein nicht allzu kleiner Teil in mir fragte sich, ob sie mich nach den drei Dates weiter hinhalten oder mir gar eine Abfuhr erteilen würde?

Gut, so wirklich konnte ich mir das nicht vorstellen. Immerhin war sie diejenige gewesen, die zuerst scharf auf mich war. Ich musste mich schon selten dämlich anstellen, dass sie mich abweisen würde. Aber die Wahrscheinlichkeit blieb dennoch bestehen …

Trotzdem freute ich mich auf unsere Dates. Zumindest heute hatte ich mich überraschend gut unterhalten gefühlt. An den kommenden Tagen außerhalb des Büros ebenfalls Zeit mit Joleen zu verbringen, könnte auf jeden Fall amüsant werden. Sie war klug und hatte Humor und ich mochte ihr Lächeln und ihre süße Naivität. Selbst wenn wir bis Sonntag feststellen sollten, dass wir doch nicht mehr so heiß aufeinander waren, würden wir uns besser kennengelernt haben, was auch für unsere berufliche Zusammenarbeit von Vorteil sein konnte. Vorausgesetzt, sie würde danach nicht eine neue Arbeit suchen, weil wir uns kurzfristig körperlich näher gekommen waren …

Schon allein deshalb war es besser, es niemanden bei *Cunningham Solutions Inc.* wissen zu lassen. Das musste ich ihr gleich morgen früh noch einmal deutlich machen, wenn ich sie in mein Büro holte.

So konnten wir einfach unserem Verlangen nachgeben und Sex haben. Mehrfach, vielleicht sogar über mehrere Tage oder Wochen hinweg. Bestenfalls würde daraus eine heiße Büroaffäre entstehen. Immerhin hatte Sex am Arbeitsplatz schon seinen gewissen Reiz. Und im Falle von Joleen und mir war es doppelt praktisch: Wir kannten uns, wussten, dass wir gut miteinander auskamen und dass wir uns auf den anderen verlassen konnten. Das waren doch eindeutig Gründe, die für sich sprachen.

Als ich endlich im Uber auf dem Nachhauseweg saß, wanderten meine Gedanken jedoch zurück zu ihr in ihrer Wohnung und zu meinen letzten Worten. Unwillkürlich fragte ich mich, ob sie wirklich noch heute Abend selbst Hand anlegen würde. Allein die Vorstellung davon schoss mir heiß in die Lenden. Als der Fahrer schließlich zu Hause hielt, stieg ich mit so einer Latte aus, dass ich es nicht erwarten konnte, meine Wohnungstür hinter mir zu schließen. Auf direktem Weg verschwand ich in der Dusche, wo ich mich mit ihrem Gesicht vor Augen und ihrem Keuchen und Stöhnen in den Ohren selbst bearbeitete, bis ich endlich kam. Diese Erlösung hatte ich herbeigesehnt wie lange nichts.

Als ich am nächsten Tag den siebenunddreißigsten Stock erreichte und Joleen erblickte, staunte ich nicht schlecht. Sie stand bei dem großen Schrank hinter ihrem Tisch, in dem sie ihre Ordner verstaute, und machte dabei eine völlig andere Figur, als ich es von ihr gewöhnt war. Sie drehte sich zu mir um und überraschte mich ein zweites Mal innerhalb weniger Sekunden. Dass sie gestern Abend geschminkt war, hatte ich darauf geschoben, dass wir verabredet gewesen waren. Doch im Büro hatte sie bisher so gut wie nie Make-up getragen, weshalb es mir sofort auffiel. Außerdem umschmeichelte ein figurbetontes Kleid in Dunkelviolett ihren Körper, das kurz über ihren Knien endete. So hatte ich sie hier noch nicht gesehen. Automatisch fragte ich mich, ob sie sich wegen unserer Verabredung für heute Abend so gestylt hatte, oder ob unser gestriges Gespräch über ihren Kleidungsstil dafür gesorgt hatte, dass sie sich nun mehr traute. So oder so gefiel mir die Entwicklung.

»Guten Morgen, Mister Collins.« Sie schenkte mir ein Lächeln, das definitiv anders als das der letzten Tage, Wochen und Monate war. War sie gestern Abend meiner Empfehlung gefolgt? Strahlte sie deshalb so?

Ich wünschte ihr ebenfalls einen guten Morgen, dann betrat ich mein Büro und startete mit meiner morgendlichen Routine. Nach dem Einschalten meines Computers holte ich mir eine Tasse Kaffee sowie eine Karaffe mit Wasser. Adrian und Kilian ließen sich ihre Getränke von ihren Assistentinnen bringen, aber ich mochte es lieber, mich selbst darum zu kümmern. Davon abgesehen, dass ich diese kleinen Pausen auch zwischendurch immer wieder brauchte, um meine Arbeit zu reflektieren, ohne den Bildschirm anzustarren.

Als ich im Anschluss Adrians Büro ansteuerte und Harper einen guten Morgen wünschte, bildete ich mir ein, Joleens Blick in meinem Rücken zu spüren. War das nur wegen unseres Treffens gestern und der Aussicht auf die nächsten Tage? Oder hatte sie mir schon immer nachgeschaut, aber ich hatte es nie bemerkt, weil ich für ihre Vibes nicht empfänglich gewesen war? Vielleicht wollte ich auch nur, dass sie mir hinterhersah …

Ich schüttelte meine Gedanken mit dem Klopfen an Adrians Tür ab.

»Hey, Mann, wie gehts?« Adrian lehnte sich zurück und verschränkte seine Finger ineinander, als ich eintrat und die Tür hinter mir schloss.

»Gut, danke. Dir auch?« Ich hatte damit zu kämpfen, das schmutzige Grinsen zu unterdrücken, denn auf keinen Fall wollte ich, dass Mister Anwalt nachzubohren begann und womöglich aus mir herausbekam, dass ich ebenfalls intensiven Kontakt zu meiner Assistentin pflegte.

Verschmitzt verzog er sein Gesicht. »Hab eine heiße Nacht mit wenig Schlaf hinter mir.« Kurz schielte er durch die Glastür zu seiner Freundin. »Kann später lustig werden, wenn ich mit Kilian diesen einen Lieferantentermin habe.« Er gähnte hinter vorgehaltener Hand.

»Du packst das schon.« Mit dem Kopf deutete ich in Richtung seines Kaffeebechers, auf dem *Grumpy*, der mürrische

Zwerg aus Disneys *Schneewittchen* in einem Businessanzug abgebildet war. »Wie ich sehe, hat dir Harper schon deine tägliche Dosis Koffein gebracht.«

Er nickte und wischte sich über das Gesicht. »Noch ein paar Liter mehr davon und ich stehe den Tag durch.«

Schmunzelnd nahm ich ihm gegenüber Platz. »Hör mal, ich hab da eine Frage an dich.« In wenigen Worten schilderte ich ihm die Situation von Joleen und ihrem ehemaligen Boss, natürlich ohne ihren Namen zu nennen oder zu erwähnen, dass sie hier bei uns arbeitete. »Denkst du, man kann dieses Arschloch jetzt noch verklagen? Oder ist zu viel Zeit vergangen?«

Nachdenklich schaute mich Adrian an. »Schwer zu sagen. Gibt es denn noch mehrere Betroffene? Könnte sie Kontakt zu ihren ehemaligen Kollegen herstellen und rausfinden, ob …«

»Ich fürchte, nein«, fiel ich ihm ins Wort. »Sie war damals nicht gerade die Beliebteste in der Firma. Anscheinend waren viele auf ihre Stellung beim Boss neidisch oder wollten ihren Job.«

»Hm. Ich kann dir die Nummer einer Kanzlei geben, die auf Zivilrecht spezialisiert ist. Dort ist sie auf jeden Fall gut aufgehoben.« Er tippte auf seiner Tastatur herum und schrieb mir schließlich den Namen und eine Telefonnummer auf einen Notizzettel.

»Danke. Ich werde ihr die Nummer auf jeden Fall mal geben. Ob sie dann was unternehmen will oder nicht, kann sie immer noch entscheiden.«

Adrian nickte. »Falls du noch was brauchst, sag Bescheid.«

Erneut dankte ich ihm, dann verließ ich sein Büro wieder, weil ich ihn nicht länger aufhalten wollte. Außerdem wartete bei mir auch noch eine Menge Arbeit.

Auf dem Weg zurück zu meinem Schreibtisch fiel mir auf, dass Joleen mich intensiv musterte.

»Komm kurz zur Besprechung in mein Büro, sobald du Zeit hast«, sagte ich im Vorbeigehen und hoffte, dass sie nicht zu lange brauchte. Mir brannte nämlich eine sehr wichtige Frage auf der Zunge.

Es dauerte noch einen Moment, bis sie sich erhob, ihr Kleid glatt strich und zu mir kam. Bisher hatte ich selten bei einer Unterhaltung mit ihr die Glasscheiben meines Büros in Milchglas verwandelt. Aber heute empfand ich es als absolut notwendig. Trotzdem wartete ich damit, bis sie bei mir war, und forderte sie auf, die Tür hinter sich zu schließen. Als sie sich auf mich zubewegte, drückte ich den Knopf.

Kurz warf sie einen Blick über ihre Schulter und runzelte die Stirn. »Was wird das, Mason? Willst du mit mir ungestört sein?«, fragte sie leise. Vermutlich fühlte es sich für sie seltsam an, dass sie mich in diesen vier Wänden mit meinem Vornamen ansprach.

»Du ahnst nicht, wie sehr«, raunte ich ihr zu. »Aber keine Sorge, ich hab mich im Griff.« Kurz warf ich ihr einen amüsierten Blick zu, als sie eine Augenbraue hob. »Hör mal, ich hab hier die Telefonnummer einer Anwaltskanzlei, die auf Zivilrecht spezialisiert ist. Adrian hat sie mir empfohlen, nachdem ich ihm erzählt habe, was dir in deiner alten Firma passiert ist – natürlich ohne ihm deinen Namen zu nennen oder einen Hinweis darauf zu geben, dass er dich kennt«, fügte ich schnell an, als sich ihre Augen weiteten.

Zögernd nahm sie den Zettel entgegen. »Danke. Ich weiß nicht, ob ich mich jetzt noch einmal mit dieser Sache auseinandersetzen will. Also … natürlich wäre es einerseits wichtig, denn wer weiß, vielleicht macht er das auch bei anderen so. Aber … keine Ahnung, ich hatte damit eigentlich abgeschlossen. Das alles jetzt wieder aufzuwärmen …« Sie atmete tief durch und wirkte mit einem Mal ziemlich überfordert.

Ohne zu zögern kam ich auf ihre Seite des Schreibtisches und zog sie in meine Arme. »Okay, hör zu. Du *musst* jetzt nichts machen. Aber falls du was unternimmst – egal was – sollst du wissen, dass ich für dich da bin und dich unterstütze.«

Sie nickte knapp und erwiderte meine Umarmung, ein leises »Danke« an meiner Brust murmelnd.

Eine Weile standen wir so da, während ich ihr wieder und wieder über den Rücken streichelte.

Irgendwann fiel mir auf, dass sich ihr Atem beschleunigte und sie ihr Becken an meines drängte. Hatte sie denn das Thema mit der Anzeige so schnell hinter sich gelassen? Oder wollte sie nur nicht länger darüber nachdenken, während sie in meinen Armen lag. Hatten sie meine Berührungen so angeheizt?

»Hatte ich gestern, bevor ich gefahren bin, recht mit meiner Annahme?«

Zögernd löste sie sich so weit von mir, dass sie mich anschauen konnte. Fragend, verunsichert. Vielleicht deshalb, weil ich sie lesen konnte wie ein offenes Buch, und mir nicht verborgen blieb, wie ihr Körper auf mich reagierte.

»Du meinst, ob ich …« Blut schoss in ihre Wangen.

»Hast du es dir selbst gemacht, während du daran gedacht hast, was wir im Aufzug getan haben?«

Joleen atmete tief durch und schloss dabei die Augen. Als sie mich wieder ansah, unschuldig und forsch zugleich, regte sich auch in mir etwas. »Kaum dass ich in der Wohnung war, hab ich mich ausgezogen. Ich bin ins Bett, habe mich gestreichelt und mir vorgestellt, wir wären zurück im Aufzug. Du hast mich nicht nur durch den Stoff berührt, sondern mir meinen Slip abgestreift. Erst hast du mich mit deinen Fingern massiert, dann bist du vor mir in die Knie gegangen und hast mich …« Sie stockte, als würde es ihr schwerfallen, die Worte auszusprechen. Oder als würde sie die Erinnerung daran so stark erregen, dass sie sich erst sammeln musste. Was ich ihr nicht verdenken konnte, mein Schwanz war bei ihrer Schilderung angeschwollen und drückte sich inzwischen hart gegen den Stoff meiner Hose.

»Geleckt?«, half ich ihr mit rauer Stimme aus.

Sie nickte. »Es war aufregend und … ich bin ziemlich heftig gekommen.«

Gottverdammt, warum sagte sie mir das? Spielte sie wieder ein Spiel mit mir? Wollte sie mich reizen und herausfinden, wie weit sie gehen konnte? Wenn das ihre Absicht war, war sie damit genau beim Richtigen gelandet – denn was sie konnte, beherrschte ich in Perfektion.

»Mhmm, die Vorstellung gefällt mir. Wären wir länger im Fahrstuhl eingeschlossen gewesen, hätte ich das vielleicht wirklich getan. Überhaupt kann ich es kaum erwarten, dich mit meiner Zunge zu necken und zu verwöhnen. An deiner Klit zu saugen, bis du schreiend und dich unter mir windend in meinen Mund kommen wirst.«

Ihre Lider flatterten und sie verlagerte das Gewicht von einem Bein auf das andere und wieder zurück.

»Spürst du das Pochen zwischen deinen Beinen?«, trieb ich das Spiel noch weiter.

Sie nickte.

»Das, was du jetzt fühlst, ist nichts im Vergleich zu dem, was du am Sonntag empfinden wirst. Und wenn ich mich dann um deine feuchte Pussy kümmern werde, wirst du dermaßen heftig kommen, dass du diesen Höhepunkt bis ans Ende deines Lebens nicht vergessen wirst.«

Ein Keuchen kam aus ihrem Mund. »Das klingt vielversprechend und ich wünschte, es wäre schon so weit.«

Oh, fuck, fuck, fuck, mir ging es auch so!

Aber jetzt waren wir im Büro und ein verdammt langer Arbeitstag lag vor uns.

»Hast du es dir gestern Abend auch noch selbst besorgt?«, fragte Joleen mit einem Mal so leise, dass ich sie erst nicht gehört hatte. Doch ich hatte sie verstanden.

Hitze schoss durch mich hindurch. Dass diese Frau solche Dinge sagte, dass sie mich so was fragte, heizte mein Verlangen nach ihr nur noch mehr an. Einen Moment erwiderte ich stumm ihren Blick, rang um Fassung und nickte schließlich. »Das habe ich. Obwohl es mir lieber gewesen wäre, wenn du dich an meiner Stelle um meinen Schwanz gekümmert hättest.«

Dass sie nun unmerklich aufstöhnte, bewies mir, dass sie ähnlich angeturnt sein musste wie ich.

»Dir ist schon klar, dass unser Abend heute bei dir eine verdammte Geduldsprobe sein wird?«

Meine Mundwinkel zuckten nach oben. »Hey, an mir soll es nicht scheitern. Es sind deine Prinzipien.«

»Denen ich treu bleibe«, erwiderte sie, das Kinn nach oben gereckt. »Aber wir könnten auch heute im Park spazieren oder ins Kino, wenn es das für dich leichter macht.«

Sie dachte doch wirklich, dass ich derjenige war, der sich nicht unter Kontrolle hatte!

Fuck, vermutlich hatte sie damit sogar recht, aber ich würde *alles* tun, um standhaft zu bleiben. Diese Blöße würde ich mir nicht geben.

Belustigt schüttelte ich deshalb den Kopf. »Nein, Joleen. Wir haben heute unser Date Nummer eins bei mir. Würden wir uns heute im Park treffen, morgen im Kino und übermorgen bei mir, gäbe es kein drittes Date. Also … schon, aber ich würde dir noch in der Tür die Kleider vom Leib reißen. Du willst ein drittes Date und erst im Anschluss Sex? Sollst du bekommen. Dann aber mit den größtmöglichen Sicherheitsvorkehrungen, indem wir zuvor ins Kino gehen. Wo viele Leute sind. Erst danach fahren wir zu mir. Und ich schwöre dir, das Warten wird es wert sein.« Musste es. Immerhin sprachen wir von drei Abenden, an denen sie mich hinhielt. Vier, wenn man gestern mitzählte.

Joleen vergrub ihre Zähne in der Unterlippe.

Gottverdammt, am liebsten würde ich es ihr jetzt austreiben, indem ich sie küsste. Doch mein letzter Funken Selbstbeherrschung hielt mich davon ab.

»Okay … Mister Collins«, war ihre Antwort, und sie kam mit so rauer und sexy Stimme, dass ich kurz davor war, meine Worte von eben zu widerrufen.

13

Joleen

Ach. Du. Heilige …

Bisher war ich mit dieser Dritte-Date-Regel immer gut gefahren. Doch nach dem Gespräch mit Mason heute früh zweifelte ich sie an. Nicht nur ihre Sinnhaftigkeit, sondern auch den Punkt, mich an sie halten zu können. Denn seine Worte hatten mir dermaßen eingeheizt, dass ich mich den ganzen Arbeitstag über dabei erwischte, wie ich definitiv nicht jugendfreie Bilder aus meinem Kopf vertrieb. Einziger Trost war, dass es ihm wohl ähnlich zu ergehen schien. Immer wieder merkte ich, wie er mich gedankenverloren durch die Glasscheibe musterte, sich über sein Kinn reibend, während sein Blick von oben nach unten über meinen Körper wanderte. Ja, er ihn förmlich abzutasten schien. Und diese Tatsache machte meinen Zustand nicht besser …

Am späten Nachmittag hielt er neben meinem Schreibtisch. »Wie lange brauchst du noch mit deiner Arbeit?«

Mein Herz raste, als ich ihn anschaute. »Ich kann jederzeit aufhören, nur ein Wort von dir.«

Er nickte kurz und sah sich um. Schließlich beugte er sich nach vorne und raunte: »Lass uns in zwanzig Minuten aufbrechen. Wir gehen zu Fuß. Auf dem Weg liegt ein Supermarkt.«

Dass er so leise sprach, fand ich eigenartig – und doch logisch. Immerhin hatte ich keine Lust auf irgendwelche seltsamen

Gerüchte. Wenn wir gleich gemeinsam das Büro verlassen und zur selben Zeit den Fahrstuhl benutzen würden, wäre es nichts Besonderes. Immer wieder mal kam es vor, dass Donna, Summer, Harper oder ich gleichzeitig mit einem oder mehreren Geschäftsführern Feierabend machten und uns den Aufzug teilten. Niemand würde Verdacht schöpfen. Vermutlich noch nicht einmal dann, wenn wir auf der Straße dieselbe Richtung einschlugen. Hoffte ich zumindest.

»Okay«, flüsterte ich und wandte den Kopf schnell ab. Schon wieder stieg mir die Hitze ins Gesicht und wenn ich ihn anschaute, hing mein Blick an seinen Lippen fest, die mich sofort an viel zu unanständige Dinge denken ließen.

Ich war verrückt, diese Regel aufgestellt zu haben und derart daran festzuhalten. Doch sie zu brechen, kam nicht infrage. Aus Prinzip nicht, denn ich wollte keine Schwäche vor Mason zeigen.

Er wandte sich wieder ab und verschwand in Logans Büro, schräg gegenüber von seinem. Donna, die Mister Cunningham assistierte, musste wohl gemerkt haben, dass ich in ihre Richtung schaute, denn sie hob den Kopf und sah mich lächelnd an. Ich erwiderte es und wurde noch nervöser, als sie aufstand und auf mich zukam. Sie hatte doch nichts von alldem mitbekommen, oder? Von den Blicken, von den Gesprächen, die bestimmt nicht in ein Büro gehörten …

»Du siehst einfach großartig aus, Joleen. Das wollte ich dir heute schon den ganzen Tag sagen, aber ich hatte den Eindruck, dass du sehr … in deine Arbeit versunken warst. Da wollte ich nicht stören.«

Erleichterung durchflutete mich bei ihren Worten. »Danke.«

»Nichts zu danken, es ist nur die Wahrheit. Du strahlst richtig, es scheint dir gutzutun, diese weibliche Seite offen zu zeigen. Und deinem Boss scheinst du auch zu gefallen.« Sie zwinkerte mir zu, während ich zu kämpfen hatte, mir nicht anmerken zu lassen, dass mir in dem Moment das Herz in die Hose rutschte.

Weil ich keine Ahnung hatte, was ich darauf erwidern sollte, sah ich sie nur mit großen Augen an.

»Oh, tut mir leid, ich wollte dich nicht in Verlegenheit bringen. Aber glaub mir, manchmal schadet es nicht, wenn man den Männern die eigene Weiblichkeit bewusst macht.«

»Er ist mein Boss«, brachte ich hervor – und war glatt von mir beeindruckt, dass ich wirklich entrüstet klang.

»Und auch nur ein Mann. Er darf ruhig merken, dass du nicht nur eine Arbeitsmaschine bist, Joleen. Ich spreche nicht davon, dass du ihn verführen sollst. Bei Gott, du bist ja nicht Harper.« Sie lachte kurz auf und sprach dann so leise weiter, wie sie begonnen hatte: »Nichts gegen sie, und ganz ehrlich, wäre ich dreißig Jahre jünger und an ihrer Stelle gewesen, hätte ich meine Chance vermutlich auch genutzt. Aber manchmal hab ich das Gefühl, dass du von allen hier am härtesten arbeitest. Dass Mason dir am meisten abverlangt. Vielleicht ist er jetzt ein bisschen … milder bei der Vergabe seiner Aufgaben an dich.«

Dass sie so über meine Stelle dachte, wunderte mich. Bisher hatte ich nicht das Gefühl gehabt, mehr zu arbeiten als die anderen. Klar, ich hatte immer viel zu tun, aber Harper und Mister Price waren regelmäßig länger im Büro als ich. Wobei ich mir nicht sicher war, ob sie gegen Ende des Tages wirklich noch *arbeiteten.*

Sie schenkte mir ein letztes Lächeln. »Ich werde mich jetzt übrigens ins Wochenende verabschieden. Wir sehen uns am Montag.« Mit diesen Worten ging sie zurück zu ihrem Platz, wo sie den Computer ausschaltete. Sie trug noch ihr Glas in die Teeküche und winkte erst mir, dann ihrem Boss zu und nahm den nächsten Fahrstuhl nach unten.

Mit meiner Konzentration war es nun endgültig vorbei. Donnas Worte stimmten mich nachdenklich und rangelten mit meinen Gedanken an das bevorstehende Date um Aufmerksamkeit. Also schaltete ich ebenfalls meinen Computer aus, trug die Tasse in die Teeküche und ging zur Toilette. Als ich zurück zu meinem Schreibtisch kam, sah ich, dass Mason gerade sein Büro absperrte.

Eine weitere, noch viel größere Welle der Nervosität fegte durch mich hindurch und raubte mir für einen Augenblick den Atem. Gleich würden wir gehen. In Kürze würde ich bei ihm zu Hause sein. Nur mit ihm allein …

»Bist du fertig?«

»Ja.« Ich nahm noch meine Handtasche aus der Schublade unter dem Schreibtisch und folgte ihm zu den Aufzügen. Schweigend warteten wir, dass sich die Türen öffneten, während ich jede Regung, jeden Atemzug von ihm wahrnahm und gleichzeitig bemerkte, dass sich eine Bürotür hinter uns schloss und jemand den Schlüssel drehte. Ich wagte jedoch nicht, einen Blick über meine Schulter zu werfen. Bestimmt war mein Gesicht wieder von diesen hässlichen roten Flecken übersät, die man hoffentlich durch das Make-up nicht dermaßen intensiv sehen konnte. Verdammt, ich hätte noch einmal etwas Puder auftragen sollen. Jetzt war es zu spät dafür, aber ich nahm mir vor, mir das in den nächsten Tagen anzugewöhnen.

»Schon Pläne fürs Wochenende? Diesmal wäre ich dabei.« Kilian Cunningham stellte sich neben Mason und schaute ihn abwartend an.

Keine Ahnung, was er mit *diesmal* und *dabei* meinte. Vermutlich war es so auch besser.

»Nein, ich … hab schon was vor.« Mason klang desinteressiert und sagte es mit einem lässigen Unterton. Danach kam er auf irgendwelche Baseballspiele zu sprechen, als würde er gezielt das Thema wechseln wollen. Vielleicht fiel nur mir das auf, weil ich wusste, was er in den nächsten Tagen vorhatte. Und dass er es Kilian nicht auf die Nase binden wollte. Dieser schien jedoch keinen Verdacht zu schöpfen. Er ließ sich sofort auf das Gespräch ein, was mir ein wenig von meiner Aufregung nahm.

Wir betraten den schon ziemlich vollen Fahrstuhl und stellten uns an den Rand. Die Türen glitten zu und ich war mir Masons Körper schräg hinter meinem nur allzu sehr bewusst. Er unterhielt sich immer noch über Baseball, während der Aufzug in gefühlt jedem Stockwerk hielt und weitere Leute einstiegen, bis es verdammt eng wurde.

Dass wir hier nun relativ dicht an dicht standen und ich Masons Nähe noch mehr spürte als in den Minuten zuvor, bewirkte, dass ich wieder all meine Aufmerksamkeit auf ihn richtete.

Wir hatten gerade das elfte Stockwerk erreicht, als ich eine Berührung knapp unterhalb meines Hinterns bemerkte. Ein sanftes Streicheln, ein vorsichtiges Vortasten, das dafür sorgte, dass ich ein Keuchen unterdrücken musste. Weil ich ganz genau wusste, wer dafür verantwortlich war. Und mit welchem Hintergedanken. Nämlich dem, mich an unsere andere Fahrstuhlfahrt zu erinnern.

Die letzten Etagen waren eine Qual sondergleichen. Ich konnte Mason noch nicht einmal einen Blick zuwerfen, um ihn auf diese Weise zu rügen, weil er sich nach wie vor mit Kilian unterhielt und ich nicht in den Fokus rücken wollte. Mister Cunningham würde vielleicht sofort eins und eins zusammenzählen und erkennen, dass zwischen Mason und mir etwas lief. Dass er darauf nicht sonderlich begeistert reagieren würde, wusste ich von Harper.

Vermutlich war das auch mit ein Grund, weshalb Mason nicht wollte, dass es im Büro die Runde machte, wenn wir uns … annäherten.

Erleichtert verließ ich wenig später im Erdgeschoss den Fahrstuhl und sog gierig Luft in meine Lungen. Die beiden Männer verabschiedeten sich voneinander, und auch mir wünschte Mister Cunningham ein schönes Wochenende, ehe er in die entgegengesetzte Richtung ging, die Mason ansteuerte. Ich lief einfach mit ihm mit, immerhin hatte ich keine Ahnung, welchen Supermarkt er meinte.

»Das war ganz schön fies«, zischte ich ihm schließlich zu, als wir einen halben Block zurückgelegt hatten und ich sicher sein konnte, dass niemand von der Firma in unserer Nähe war.

Mason grinste schief. »Aber mir hat es Spaß gemacht.«

»Oh, warte … das wirst du später büßen.«

»Ich kann es kaum erwarten.«

Lachend schaute ich ihn an. »Ob du das dann auch noch sagst, wenn es so weit ist?«

Er beugte sich während des Gehens in meine Richtung. »Ob du deinen Prinzipien treu bleibst?«

»Ganz sicher. Daran gibt es nichts zu rütteln.«

»Reden wir morgen früh noch einmal darüber.«

Morgen früh? Er dachte doch nicht, dass ich bei ihm übernachten würde. Das würde nämlich garantiert nicht passieren. Aber ich kam nicht dazu, ihm zu widersprechen, denn er deutete auf einen Supermarkt vor uns.

»Wir sind da. Du weißt, was und wie viel wir jeweils brauchen?«

»Natürlich.« Kaum dass wir den Laden betreten hatten, griff ich nach einem Einkaufskorb.

Mason nahm ihn mir ab. »Ich trage ihn, du räumst ein.«

Nach und nach landeten vegane Nudeln, getrocknete Tomaten, Knoblauch, Kapern und Pinienkerne darin.

»Brauchst du sonst noch was? Für unser Abendessen hab ich alles«, sagte ich und schaute ihn abwartend an. Prüfend. Denn auf seinem Gesicht spiegelten sich Emotionen wider, die ich nicht recht deuten konnte.

»Doch, da fällt mir noch was ein.« Er ging voraus und ich folgte ihm in den Gang mit den Hygieneartikeln. Er räumte ein Duschgel in den Korb und hielt schließlich vor den Zahnbürsten. Kurz sah er in meine Richtung, dann legte er eine rosarote dazu.

Gerade, als ich ihn fragen wollte, ob die Farbe der Bürste etwas zu bedeuten hatte – immerhin war ich nicht blöd, mir war klar, dass er die für mich kaufen wollte –, ging er weiter und blieb vor den Kondomen stehen.

Ein Lachen drückte sich nach oben. »Echt jetzt? Du denkst doch nicht, dass das funktioniert und ich deshalb schon heute einknicken werde.«

»Wer weiß. Aber selbst wenn nicht, will ich für Sonntag ausgerüstet sein.«

»Mich überrascht gerade, dass du keine Kondome zu Hause hast.« Ein Mann wie er hatte doch sicher ständig Sex. Ich hielt ihn nicht für so dumm, es ungeschützt zu tun.

»Keine Sorge, ein paar hab ich bestimmt noch im Badezimmerschrank. Aber hey, du weißt, was ich dir versprochen habe. Da will ich gut vorbereitet sein.«

Meine Augen weiteten sich. Wollte er tatsächlich den ganzen Sonntagabend Sex haben?

»Übrigens hab ich beschlossen, dass wir unser Sonntagsdate am Vormittag haben. Also falls du dachtest, wir würden uns erst am Nachmittag sehen … Verwirf den Gedanken.«

Verwundert schaute ich ihn an. »Willst du es so schnell hinter dich bringen?« Oder hatte ich richtig vermutet und er wollte mich erst gar nicht aus dem Bett lassen …

Sicher, ich zog ihn mit meinen Worten nur auf, aber er nahm sie wohl als Herausforderung und kam auf mich zu. Näher. So nahe, dass sich eine prickelnde Gänsehaut auf mir ausbreitete – als leise Vorahnung dessen, was er in mir auslösen würde.

»Auf keinen Fall. Ich will jedoch nicht unnötige Zeit vergeuden. Sag alle anderen Termine ab, denn ich werde ihn nutzen, um dich den ganzen Tag zu ficken.«

Heilige …

Seine direkten Worte sandten ein Beben durch meinen Körper. »Wenn ich am Montag nicht zur Arbeit erscheine, weil ich nicht mehr gehen kann, darfst du das meinem Boss erklären«, sagte ich halb ernsthaft, halb scherzend.

»Keine Sorge, dein Boss hat das so angeordnet. Und du wirst sicher nicht vom Büro fernbleiben. Du wirst mich sehen wollen – und ja, ich will, dass du wund bist. Weil du dich mit jedem Schritt an mich erinnern sollst. Daran, wie ich tief in dir war und dich mit meinem Schwanz um den Verstand gevögelt habe.«

Es dauerte einen kurzen Moment, bis ich die Fassung zurückgewann. Ich nahm all meinen Mut zusammen, um ihm auf Augenhöhe zu begegnen. »Oh, Mister Collins, ich hoffe, Sie vergessen dabei nicht, dass sich Ihr Schwanz nach diesem Wochenende nach meiner Pussy sehnen wird. Nach meinen Händen. Und nach meinem Mund.« Vielsagend grinste ich ihn an, drehte mich um und genoss es, ihn dermaßen aus dem Konzept gebracht zu haben, dass er ein paar Sekunden brauchte, bis er mir endlich folgte.

14

Mason

Diese Frau war ein Biest. Sie spielte unfair, aber genau das gefiel mir an ihr. Und ich konnte es kaum erwarten, endlich mit ihr allein zu sein. Mir war bewusst, dass wir uns einander so lange auf die Probe stellen würden, bis einer von uns die Beherrschung verlor und *ihre* Regel brach. Fuck, und ich hoffte so sehr, dass nicht ich derjenige sein würde.

Die nächsten Tage würden verdammt hart werden – im wahrsten Sinne des Wortes.

Als wir endlich mein Apartment erreicht hatten, trug ich den Einkauf in die weiße Küche und stellte alles neben dem großen Edelstahlkühlschrank ab, während ich Joleen dabei beobachtete, wie sie mein Zuhause unter die Lupe nahm.

»Ich hätte ja mit allem gerechnet, aber sicher nicht damit, dass du einen Billardtisch mitten im Eingangsbereich stehen hast.« Ihre Finger strichen über den weißen Klavierlack und das hellgraue Billardtuch, ehe sie weiterging – am großen Esstisch für zehn Personen vorbei in Richtung Wohnzimmer.

»Was hättest du denn erwartet?« Ich zog mein Jackett aus und hängte es über einen der Barhocker.

Joleen zuckte mit den Schultern. »Keine Ahnung. Im Grunde … vermutlich gar nichts. Oder schon. Eine klassische Männerwohnung eben, also dunkel, mit viel Holz und so.«

Ich ließ den Blick durch mein offenes Apartment mit dem hellgrauen Schieferboden, auf dem dunkelgraue Teppiche lagen, gleiten. Sah ihre gerunzelte Stirn, als ihr auffiel, dass nicht nur über dem Billardtisch, sondern auch im Wohnzimmer je ein großes TV-Gerät an den Wänden hingen. Sie hielt auf Höhe der weißen Ledercouch und schaute mich abwartend an.

Während ich mich auf sie zubewegte, knöpfte ich die Ärmel meines Hemdes auf und krempelte sie hoch. Schließlich löste ich den Knoten meiner Krawatte und warf sie auf den Couchtisch. »Hoffentlich fühlst du dich trotzdem bei mir wohl.« Ich folgte ihr zum schwarzen, in die Wand eingelassenen Glasregal, auf dem ein paar Bücher, Bildbände und Fotos von Adrian, Logan und Kil standen. Auch von meiner Familie hatte ich einige eingerahmt, die meisten davon waren jedoch aus meiner frühen Kindheit.

»Es sieht … schick aus. Einladend. Modern, nicht verstaubt. Vielleicht hat mich diese Tatsache irritiert.«

Stirnrunzelnd beobachtete ich sie, wie sie jedes Bild einzeln anschaute.

»Wie alt bist du hier?« Joleen zeigte auf eine Aufnahme, auf der ich auf dem Arm meiner Mom zu sehen war. Wir saßen bei meinen Eltern im Garten auf einer Sonnenliege, und sie setzte mir gerade eine Sonnenbrille auf, während ich ihr an den Ausschnitt fasste. Lachend hielt sie ihre Hand dagegen, und mein Dad hatte genau diesen Moment festgehalten.

»Vielleicht drei Jahre?«

Lächelnd nahm Joleen das Foto in die Hand. »Süß. Wie niedlich du als Kind ausgesehen hast.«

Statt darauf etwas zu erwidern, verringerte ich den Abstand zwischen uns. Ich stellte mich direkt hinter sie und beugte mich nach vorne, bis mein Mund neben ihrem Ohr war. »Ein Glück, dass ich inzwischen siebenundzwanzig Jahre älter bin und weiß, was man mit Brüsten noch alles anfangen kann, außer sie anzusehen.«

Sie keuchte unmerklich auf und drehte sich zu mir um. »Und das wäre?«

»Hm, ich mag es immer noch, sie auszupacken«, sage ich, was ihr ein Lachen mit Blick auf das Foto entlockte. »Aber ich mag es auch, sie anzupacken. Ich mag es, über die Brustwarzen zu lecken und sie so lange zu necken, bis sie sich zu harten Perlen zusammenziehen.«

Joleen drehte sich langsam zu mir um. In ihren Augen stand Lust und ihr Blick war auf meine Lippen gerichtet.

»Ich mag es aber auch, die erhitzte Haut einer Frau mit dem Mund zu entdecken. Sie zu küssen, zu schmecken. Jede Stelle zu erkunden und sie so lange zu reizen, bis sie unter meiner Berührung bebt und sich unter mir windet, darum flehend, sie endlich zu nehmen.«

Sie keuchte auf. »Was magst du noch?«

Fuck, ihre Stimme war so rau. Ihr Blick verriet mir, wie sehr sie sich nach mehr sehnte, nach all dem, was ich eben beschrieben hatte. Und verdammt, ich wollte sie so sehr! Ich wollte sie küssen, sie schmecken, sie riechen. Ihre Hitze spüren und diese noch weiter antreiben.

Ich wollte …

Ich sollte …

»Essen!« Halleluja, zum Glück war mir der ursprüngliche Grund eingefallen, weshalb wir hier waren. »Wir sollten kochen, ich hab Hunger.« Zwar nicht auf Nudeln, sondern auf Joleen, aber das änderte nichts an der Tatsache, dass wir uns ablenken mussten.

»Eine gute Idee«, antwortete sie erleichtert und huschte an mir vorbei Richtung Küche. Als sie mich dabei – sicher unbeabsichtigt – streifte, brachte sie mich erneut fast um den Verstand.

Ich folgte ihr und schaute ihr zu, wie sie den Einkauf ausräumte.

»Wo hast du Töpfe und Pfannen?«

Innerhalb kurzer Zeit kochte das Nudelwasser, während ich die Tomaten klein schnitt. »Willst du wirklich Knoblauch in das Essen geben?«

Joleen schälte gerade eine Knoblauchzehe und hob den Blick nur kurz. »Natürlich. Auf die Geschmackskomponente würde ich nicht verzichten. Es sei denn, du bist allergisch dagegen?«

»Nein … Ah, ich verstehe. Du willst Knoblauchatem provozieren, damit wir uns nicht küssen.« Ich wackelte mit den Augenbrauen.

»Wenn wir beide Knoblauch essen, wird uns der nicht auffallen. Und ich gebe ja wirklich nur wenig in das Gericht. Du wirst ihn vermutlich kaum wahrnehmen.«

»Also willst du mich heute doch noch küssen?« Auffordernd sah ich sie an. Mir entging nicht, dass sie sich ein Grinsen verkneifen musste.

»Vielleicht … vielleicht auch nicht. Noch bin ich unentschlossen.«

Mit wenigen Schritten war ich bei ihr und beugte mich zu ihr hinab. »Ich kann an nichts anderes denken.«

Tadelnd hob sie ihren Zeigefinger an meine Lippen, und verdammt, ich hatte echt mit mir zu kämpfen, ihn nicht in den Mund zu nehmen und daran zu saugen. »Mister Collins, ich bin überrascht, dass Sie sich so wenig unter Kontrolle haben. Erst wird gegessen.«

Wenn sie wüsste …

»Und dann?«

»Dann …« Ihr Blick glitt von meinen Augen über meine Lippen tiefer, meinen Oberkörper hinab bis zur Beule, die sich eindeutig unter meiner Stoffhose abzeichnete. »Dann … werden wir verdammt viel Selbstbeherrschung brauchen.« Sie sah mir wieder direkt in die Augen und in Verbindung mit ihren Worten merkte ich, wie noch mehr Blut in meine Lenden schoss.

Tief durchatmend wandte ich mich ab und wieder den

Tomaten zu. »Dir macht das Spaß, hab ich recht? Mich zu quälen, mich zappeln zu lassen. Gottverdammt, meine Eier werden bis Sonntag womöglich blau angelaufen sein.«

Ihr herzliches Lachen fuhr tief in mich hinein und sorgte für ein Kribbeln im Bauch, als hätte ich zu viel Kohlensäure getrunken. »Hast du Erbsen hier? Oder Eiswürfel?«

Echt jetzt? Sie dachte doch nicht ernsthaft, dass ich meine Eier schockfrosten würde, um mich zu beruhigen. Mein Blick sagte vermutlich alles, denn sie lachte schon wieder. Oder immer noch?

»Du wirst durch diese Sache durchmüssen, genau wie ich …« Mit einem Mal sah sie mich streng an.

»Ich werde aber ganz sicher nicht die Finger von mir lassen, wenn du weg bist.« Um meine Worte zu unterstreichen, zeigte ich mit dem Messer auf sie.

»Das werde ich auch nicht, Mason.«

O scheiße! Dieses Bild hatte ich noch gebraucht …

Grummelnd wusch ich meine Hände und trocknete sie ab.

Weil ich Joleen das Feld überließ und außerdem Abstand zu ihr brauchte, ging ich zum Weinregal im Wohnzimmer und kam mit einer Flasche Rotwein zurück. Ich entkorkte sie und schenkte uns zwei Gläser ein.

»Alkohol? Du willst den Schwierigkeitsgrad also noch erhöhen?«, fragte sie belustigt.

Schweigend sah ich ihr zu, wie sie die Nudeln abseihte und etwas Öl aus dem Glas mit den eingelegten Tomaten in der Pfanne erhitzte, aus der sie zuvor die gerösteten Pinienkerne geholt hatte. Sie gab Knoblauch dazu, dann die Tomaten und Kapern.

Schließlich hielt ich es nicht mehr aus, nahm beide Weingläser und ging auf sie zu. Ich reichte ihr eines, das sie mit gerunzelter Stirn annahm. »Ich hab keine Angst vor der Herausforderung, Joleen. Du etwa?«

»Keineswegs.« Sie hob ihr Glas an, dann trank sie einen Schluck.

Unmöglich konnte ich den Blick auch nur eine Sekunde von ihr abwenden. Ja, ich wollte nicht einmal blinzeln, um nicht diese Millisekunden von ihr zu verpassen.

Als wäre nichts passiert, stellte sie das Weinglas auf die Marmorarbeitsfläche und rührte in der Pfanne um. Nach und nach gab sie die restlichen Zutaten hinzu. Während sich der unglaublich verlockende Duft ausbreitete, deckte ich den Esstisch für uns. Ich schaltete Musik ein – *Take Our Time* von TLC –, was Joleen zum Lachen brachte, als sie dem Text lauschte.

»Du willst dir Zeit lassen, wie? Du hast aber das Prinzip nicht verstanden, Mason.«

Belustigt nahm ich unsere Teller, die sie zuvor mit dem Nudelgericht gefüllt hatte, und ging voraus. »Hey, du interpretierst zu viel in den Song hinein.«

Joleen folgte mir mit den beiden Weingläsern. »Tue ich das? Die singen davon, dass sie es langsam tun wollen. Sie wollen sich Zeit lassen – beim Sex, bei dem sie total aufeinander abfahren und …«

»Ja, schon gut. Ich hab verstanden«, fiel ich ihr ins Wort, bevor sie noch mehr darüber redete und unser beider Lust erneut anheizte.

Doch was machte ich mir vor? Die Schwingungen zwischen uns konnten wir nicht leugnen. Schweigend begannen wir mit dem Essen, und doch war ich mir ihrer Anwesenheit mehr als bewusst. Ihrer Hitze. Ihrem Verlangen nach mir. Ich ließ den Blick über ihren Körper wandern – oder zumindest über den Teil, den ich von meinem Platz aus sehen konnte. Mir fielen die Brustwarzen auf, die sich hart gegen den Stoff ihres Kleides drückten. Mir war klar, dass sie ständig zwischen meinen Augen, Händen und Lippen umherschaute. Außerdem merkte ich, wie sie immer wieder die Beine übereinanderschlug und schneller atmete als gewöhnlich. Sie war scharf auf mich. Total. Mindestens so sehr wie ich auf sie.

Und nein, ich würde heute nicht mit ihr schlafen. Diesen Regelbruch konnte ich nicht bringen. Aber ich würde dafür sorgen, dass sie den Sonntag noch mehr herbeisehnte …

Wir unterhielten uns über Musik. Inzwischen klang Jessie J mit *I Got You (I Feel Good)* aus den Boxen – ein Song, der mit seinen Vibes ebenfalls ziemlich einheizend war. Aber die sexuelle Spannung, die in der Luft lag, war einfach zu greifbar, zu präsent. Jede Bewegung von ihr, jeder Atemzug ließ mich an Sex denken. Wie sie die Nudeln zwischen ihre Lippen sog, danach das Olivenöl davon ableckte. Wie sie am Wein nippte und mich dabei über den Rand des Glases anschaute.

Als sie mit dem Essen fertig war, stand ich auf und trug unsere Teller in die Küche. Sie folgte mir und wollte das Kochgeschirr in die Spülmaschine räumen, doch ich setzte die Teller ab, nahm ihr die Pfanne aus der Hand und stellte sie zurück. Dann schob ich meine Finger an ihren Nacken und zog sie an mich. »Jetzt ist es Zeit für das Dessert, Joleen.« Mit diesen Worten presste ich meine Lippen auf ihre, küsste sie drängend, wie ein Ertrinkender. Sie krallte sich in mein Hemd, rieb sich an mir und erwiderte den Kuss mit einer Leidenschaft, die jene im Aufzug in den Schatten stellte.

Wimmernd stöhnte sie mir in den Mund, als ihre Hände fahrig über meinen Oberkörper tasteten und sie ihr Becken an mich drückte, ja fast schon an mir rieb.

Gierig drehte ich sie, bis sie mit dem Rücken zur Arbeitsfläche stand. Ich beugte mich über sie, verschlang sie förmlich und labte mich daran, wie sie meine Lust widerspiegelte.

Ohne zu zögern, schob ich ihr Kleid nach oben, damit es mir nicht im Weg war, und hob sie hoch, bis sie mit ihrem Slip auf der Marmorfläche saß.

Erst rechnete ich damit, sie würde dagegen protestieren, dass ich so weit ging, doch sie vergrub seufzend ihre Finger in meinen Haaren und schlang ihre Beine um mich. Mit festem Druck ihrer Schenkel hielt sie mich an sich gepresst, was ich mit einem tiefen Knurren beantwortete. Vielleicht dachte sie, mich auf diese Weise davon abhalten zu können, noch weiterzugehen, aber das würde ich definitiv zu verhindern wissen …

15

Joleen

Gott, o Gott!

Mason hatte mich schon vor dem Kochen verrückt gemacht mit den Bildern, die er in meinen Kopf gezaubert hatte. Mit den Blicken, die während des Essens über meinen Körper tasteten. Ich hatte an seinem Gesicht ablesen können, welche schmutzigen Dinge er sich immer wieder ausmalte. Und erst recht, als er mich küsste …

Dass ich nun mit gespreizten Beinen vor ihm auf der Arbeitsfläche saß, hatte ich so nicht kommen sehen. Und ich war mir noch nicht sicher, ob ich ihn bremsen sollte. Und zwar jetzt, bevor etwas passierte, was ich nicht wollte. Was gelogen war, denn ich *brauchte* ihn so dringend!

In meiner Mitte pochte es und ich war dermaßen erregt, dass ich mich vermutlich an allem reiben würde, was ich an meine Perle bekam, nur um mir Erlösung zu verschaffen.

Masons Hände glitten meinen Oberkörper hinauf, umkreisten meine Brüste und ich wusste, es wäre ein Fehler, ihn nicht aufzuhalten, aber dafür genoss ich es zu sehr.

Verdammt, ich war verloren!

Würde er mich hier und jetzt nehmen, ich würde es zulassen. Ja, ich würde es genießen und ihm nicht einmal die Schuld geben. Immerhin wollte ich ihn vermutlich mindestens so sehr wie er mich. Zudem hatte ich ihn auch mehr als gereizt und war mitverantwortlich dafür, dass wir hier gelandet waren.

Heftig atmend löste er sich von meinen Lippen. In seinen Augen glitzerte Begehren, als er mich anschaute und seinen Blick über meinen Brustkorb nach unten senkte.

»Ich will es dir mit der Hand besorgen, Joleen.« Es war weder eine Frage noch eine Bitte. »Und ich will dich lecken und dich dazu bringen, dass du den Sonntag herbeisehnst.«

Meine Antwort bestand nur aus einem Stöhnen und einem kräftigen Nicken. Zu mehr war ich nicht fähig. Mein ganzes Denkvermögen hatte ausgesetzt, alles, was noch funktionierte, war mein Körper, der nach ihm gierte.

»Fuck«, murmelte er und lehnte seine Stirn gegen meine. Seine Lippen neckten kurz die meinen, dann schob er seine Hände meine Oberschenkel nach oben, bis er fast den Slip erreichte.

Ein lautes Klingeln sorgte dafür, dass er in der Bewegung innehielt. Mich hingegen versetzte es in Alarmbereitschaft. Es musste Masons Handy sein, aber er ignorierte es und machte weiter, näherte sich mit den Fingern meiner Mitte.

Als es aufgehört hatte, schloss ich die Augen und versuchte, mich wieder fallen zu lassen, doch der Klingelton von eben erklang erneut und sorgte dafür, dass Mason frustriert seufzte.

Und ich war ebenfalls kurz davor, meiner Ernüchterung Luft zu machen.

»Tut mir leid, ich muss da wohl rangehen, das hört sonst nicht auf.« Mit diesen Worten wandte er sich ab, nahm sein Smartphone, das auf der Anrichte neben dem Kühlschrank lag, und entfernte sich ein paar Schritte. Schließlich wurde eine Tür geschlossen und ich war allein.

Puff – vorbei war es mit der Stimmung. Frustration und Enttäuschung machten sich in mir breit, vermischt mit Schamgefühl und dem Wissen, was eben fast passiert wäre. Hätte uns sein Telefon nicht unterbrochen, wäre ich meinen Prinzipien wirklich nicht länger treu geblieben. Ich hätte mich fallen lassen und eine Grenze überschritten. Verdammt, ich hatte ja förmlich danach gebettelt, dass er mich befriedigte.

Ich rutschte von der Arbeitsfläche und richtete das Kleid. Im Anschluss öffnete ich die Schränke in der Küche und wurde unter der Spüle fündig. Ich holte das Reinigungsmittel und den Schwamm heraus und säuberte damit die Stelle, an der ich eben gesessen hatte. Mir war es mehr als unangenehm, meinen fast blanken Hintern dort gehabt zu haben, wo man normalerweise Essen zubereitete. Auch wenn er es vermutlich nicht tat – aber das änderte nichts an der Tatsache.

Von Mason war weder was zu sehen noch zu hören. Er hatte sich in eines der hinteren Zimmer zurückgezogen, die ich bisher nicht kannte. Und das schon seit mehreren Minuten …

Kurz entschlossen goss ich mir etwas Wein nach und machte es mir im Wohnzimmer auf der weißen Couch bequem. Doch je länger ich hier saß und auf ihn wartete, desto unruhiger wurde ich. Vielleicht sollte ich die Gelegenheit nutzen und verschwinden? Aber war es nicht verrückt, das zu tun? Immerhin war ich nicht bei irgendeinem Kerl. Ich war bei Mason Collins, meinem Boss. Und wenn es jetzt komisch zwischen uns wurde, würde genau das eintreten, was ich befürchtet hatte. Nur weil er gerade etwas länger von seinem Gesprächspartner aufgehalten wurde, hieß es schließlich nicht, dass unser Date gelaufen war. Womöglich war etwas passiert. Ganz bestimmt sogar. In der Firma oder … in seiner Familie?

Endlich kam er zurück. Kurz stoppte er in der Küche und sah sich bestürzt um, bis er mich im Wohnzimmer entdeckte. »Ich dachte schon, du bist verschwunden.« Er setzte sich zu mir und fuhr sich mit beiden Händen durch die Haare. »Sorry, das war meine Schwester. Ich hab nicht daran gedacht, ihr für heute abzusagen, und musste mir deshalb eine ziemliche Standpauke anhören.«

»O nein, das tut mir leid.« Das tat es tatsächlich, und ich fühlte mich ein wenig schuldig. Immerhin hatte er sie womöglich meinetwegen vergessen. »Ich wusste gar nicht, dass du eine Schwester hast. Ist sie auch auf den Fotos?«

»Ja, aber sie hat schon immer die Haare sehr kurz getragen. Als Kind sah sie damit eher wie ein Junge aus, das hat sie aber nie gestört.«

»Oh …« Ich erinnerte mich vage an ein Kind, das etwas kleiner war als er, hatte dem aber keine Aufmerksamkeit geschenkt, da ich dachte, es wäre ein Nachbarskind.

»Wie alt ist sie?«

»Fünfundzwanzig, und eigentlich wären wir heute verabredet gewesen für das Spiel der *Yankees* gegen die *White Sox*. Und … na ja. Sie stand bis eben vor dem Stadion und hat auf mich gewartet.«

»Autsch!«

Mason zuckte mit den Schultern. »Es ist mein Fehler. Ich hab vergessen, ihr abzusagen.«

»Ist sie sehr böse?«

»Ein wenig. Aber sie wird es verkraften. Ich hab ihr versprochen, es wiedergutzumachen.«

»Okay. Möchtest du auch noch ein Glas Wein?«, schlug ich vor, weil ich das Gefühl hatte, dass die Stimmung endgültig gekippt war und ich mich gerade ziemlich hilflos fühlte.

»Eigentlich … dachte ich, wir könnten dort weitermachen, wo wir aufgehört haben. Aber ich vermute mal, dass dir die Lust vergangen ist, nachdem ich dich einfach so hab sitzen lassen. Tut mir leid.«

Gott, das war alles so verrückt! Ich bekam nicht aus dem Kopf, dass ich hier bei meinem *Boss* war. Und dass ich bis vor Kurzem noch davon geträumt hatte, mit ihm in privatem Ambiente einen Abend zu verbringen. Dass es sich nun erfüllt hatte, war noch nicht wirklich bei mir angekommen. Dafür aber das

Bewusstsein, dass das alles sehr schnell ging und mir nicht gänzlich klar war, in welche Richtung es sich entwickelte. Und ob ich bereit dazu war, mit den Konsequenzen zu leben, falls es nicht so wurde, wie ich es mir erhoffte.

»Lust hab ich nach wie vor«, gestand ich. »Ich bin mir jedoch nicht sicher, ob es vorhin nicht doch noch … mit einem Regelbruch geendet hätte. Von daher bin ich ganz froh, dass wir unterbrochen wurden.«

Mason grinste mich verhalten an. »Also, du weißt ja, ich hätte nichts dagegen.«

Lachend schlug ich ihm gegen den Oberarm. »Das mag schon sein, aber ich wäre danach unglaublich enttäuscht von mir gewesen.«

Nachdenklich neigte er den Kopf zur Seite. »Und vermutlich auch von mir, weil ich nicht die Finger von dir hatte lassen können.«

»Wahrscheinlich, ja.« Ich nippte am Glas, was Mason dazu brachte, aufzustehen und seines mitsamt der Weinflasche zu holen. Er schenkte sich nach und machte es sich neben mir bequem.

»Was hältst du davon, wenn wir uns einen Film ansehen? Oder bist du gerade mitten in einer Serie, die du weiterschauen möchtest?«

Richtig süß, dass er mir das vorschlug. »Nun, ich schaue eine Kochserie, aber ich bin mir nicht sicher, ob dich das interessiert.«

Er zuckte mit den Schultern. »Wer weiß, vielleicht lerne ich noch was – und beim nächsten Mal kann wirklich ich für dich kochen?« Aus seinen Augen schaute der Schalk, vermischt mit einem Funken Ernsthaftigkeit.

»Ein Versuch wäre es wert.«

»Na dann …« Er schaltete den Fernseher ein und kurz darauf sahen wir Hobbyköchen dabei zu, wie sie alles gaben, um die Jury mit ihren Gerichten zu überzeugen. Während der ganzen

Zeit war ich mir jedoch seiner Nähe mehr als bewusst. Meine Aufmerksamkeit war auf Mason gerichtet und ich ertappte mich dabei, wie ich immer wieder in seine Richtung schielte.

Und ihm schien es ähnlich zu gehen.

»Konfitüre unterzurühren, klingt nach einer guten Idee. Das muss ich auch mal probieren«, sagte ich und wartete gespannt seine Reaktion ab, nicht sicher, ob er mir überhaupt zuhörte. Niemand hatte diese Zutat verwendet, soweit war ich dem Geschehen auf dem Fernseher dann doch gefolgt.

»Hm, ja, solltest du«, murmelte er, was mich zum Lachen brachte.

Irritiert schaute er mich an.

»Du hast keine Ahnung, was die da kochen, oder?«

Er runzelte die Stirn und warf dann einen Blick zum Fernseher. »Fisch?«

»Ha! Das zählt nicht, das weißt du nur, weil du gerade hingesehen und den Heilbutt erkannt hast.«

»Hey, tut mir leid, ich bin einfach dezent von dir und deiner Nähe abgelenkt«, raunte er und beugte sich über mich. Mit seiner Nasenspitze strich er über meine Wange, ehe er mit den Lippen neben meinem Ohr hielt. »Ich kann nun mal nicht damit aufhören, darüber nachzudenken, was wir getan hätten, wenn wir nicht unterbrochen worden wären.«

Sofort prickelte ein wohliger Schauer durch meinen Körper und ließ mich leise aufkeuchen.

»Du auch nicht, hab ich recht?«

»Dieses Date ist sehr gefährlich. *Du* bist gefährlich, Mason«, stellte ich fest, was ein feuriges Funkeln in seinen Augen auslöste.

»Natürlich ist es das, genau wie ich. Ich habe von Anfang an nichts anderes behauptet. Aber ich liebe Herausforderungen. Und ich stehe darauf, dich zu necken und um den Verstand zu bringen. Allein die Vorstellung, dass du total erregt bist und dass sich deine feuchte Pussy nach meinem Schwanz sehnt, lässt mich hart werden.«

Seine Worte sorgten dafür, dass ich den Blick auf seinen Schritt richtete, und ja, die Beule war in den letzten zwei Minuten gewachsen.

»Ich mag es auch, dich zu reizen und uns an unsere Grenzen zu bringen. Wobei ich glaube, dass ich dir eher widerstehen kann als du mir.«

Amüsiert verzog er sein Gesicht. »Du denkst, ich hätte mich weniger unter Kontrolle als du dich?«

»Es sind *meine* Regeln, die ich nicht brechen will. *Du* hättest kein Problem damit, sie nicht einzuhalten.«

Einen Moment dachte er darüber nach. »Nun, vielleicht hast du damit sogar recht. Zumindest ansatzweise. Mir würde es nichts ausmachen, mich über sie hinwegzusetzen, ja. Aber ich werde es nicht tun, bis du mich nicht darum bittest. Das hast du vorhin jedoch getan.«

Nachdenklich sah ich ihn an. »Das war auch sehr unfair eingefädelt von dir. Du hast mich erst um den Verstand gebracht, mich so weit aufgeheizt, dass mein ganzer Körper nach Erlösung geschrien hat. Dann hast du sie mir auf äußerst verlockende Weise angeboten und ich konnte unmöglich Nein sagen.«

Tadelnd schüttelte er den Kopf. »Du kannst *immer* Nein sagen, Joleen.«

»Okay. Lass uns einen Versuch starten.«

»Oh, oh … irgendwie hab ich das Gefühl, dass das Ganze nicht gut für mich ausgeht«, sagte er, nickte jedoch. »Aber ja, ich bin gespannt.«

»Gut. Mach den Fernseher aus und … kann ich Musik auswählen?«

»Sicher.« Er schaltete den großen Flatscreen aus und reichte mir ein kleines Tablet, auf dem ich *Closer* von Nine Inch Nails suchte und auf Dauerschleife stellte. Mason beobachtete mich neugierig, und mir entging dabei nicht, wie seine Mundwinkel zuckten.

Das Lachen würde ihm gleich vergehen, dafür würde ich sorgen …

Und tatsächlich war das der Fall, als er dem Songtext lauschte, in dem der Sänger davon fantasierte, es mit ihr wie die Tiere zu treiben und dass er tief in sie eindringen wollte.

»Oh, wow. Das ist nicht fair!«, rief er verzweifelt aus.

»Deine Musik war nicht weniger fantasieanregend«, erklärte ich lässig und stand auf, um seine Krawatte vom Couchtisch zu holen. Doch statt mich wieder neben ihn zu setzen, raffte ich das Kleid ein Stück nach oben und ließ mich rittlings auf ihm nieder. Sofort spürte ich seine Hände an meinen Hüften – ganz genau so, wie erwartet.

»O nein. Anfassen verboten!«

»Was …?«, begann er, grinste jedoch versaut, als ich die Krawatte um eines seiner Handgelenke legte und dann das zweite hinzunahm, um den seidenen Stoff darum festzuzurren. »Also diese verruchte Seite hätte ich dir nicht zugetraut.« Er machte es sich bequem und lehnte sich entspannt zurück.

Ich umfasste ihn an seinem Kinn und sah ihm tief in die Augen. »Ab sofort gelten meine Regeln.«

»Das tun sie doch schon immer.«

Im Affekt zog ich seine Krawattenfessel enger. »Ganz genau. *Ich* habe hier das Sagen. Und das letzte Wort, verstanden?«

Mason biss sich auf die Unterlippe, um sich ein weiteres Grinsen zu verkneifen, nickte jedoch abermals.

Diese neue Seite an mir zu entdecken, gefiel mir. Dass er ebenso darauf abfuhr, machte es mir nur leichter, mich in meiner neuen Rolle wohlzufühlen …

»Sehr gut. Also … dann werde ich dir mal zeigen, was du vorhin mit mir gemacht hast«, hauchte ich ihm zu und beugte mich vor, um ihn am Hals zu küssen. Ich ließ ihn meine Zähne spüren, übte mit der Zunge Druck aus und sog genüsslich an der empfindlichen, herb duftenden Haut. Gleichzeitig rieb ich über seinen Oberkörper und merkte, wie sich seine Atmung beschleunigte und sich sein Brustkorb unter meinen Händen schneller hob und senkte.

Zu behaupten, die Situation würde mich nicht anturnen, wäre gelogen. Im Gegenteil, ich spürte das sehnende Ziehen zwischen meinen Beinen und wie sich meine Brustwarzen erneut zu kleinen Knospen formten, die sich am BH rieben.

Als ich zurück zu seinen Lippen kehrte und ihn wieder und wieder küsste, seufzte ich ihm in den Mund. Frech biss ich ihm in die Unterlippe und besänftigte die Stelle mit der Zunge, nur um ihn gleich darauf abermals tief zu küssen, ihn zu schmecken und zu genießen. Stöhnend rieb ich mein Becken an seiner harten Erektion, die sich gegen seine Stoffhose drängte, und liebte es, die Kontrolle über ihn zu haben. Genoss es, dass er seine Hände nicht ebenfalls einsetzen konnte, um mich zusätzlich zu reizen. Denn dann wäre ich eindeutig verloren, das wusste ich.

Mason hingegen hatte stark damit zu kämpfen, dass er sich nur eingeschränkt bewegen konnte. Er keuchte und wand sich unter mir. Sein lustverhangener Blick und die Tatsache, dass er immer wieder versuchte, mich an meinen Brüsten oder zwischen den Beinen zu berühren, verrieten mir, dass wir unter anderen Umständen vermutlich bereits nackt wären.

»Hände über den Kopf!«, verlangte ich und nach kurzem Zögern kam er meiner Aufforderung nach.

Ich widmete mich seinen Hemdknöpfen, von denen ich einen nach dem anderen öffnete, ohne seinem Blick auszuweichen.

»Fuck, Joleen, solltest du es dir doch noch anders überlegen …«, begann er, aber ich erstickte seine Worte, indem ich ihn drängend küsste und er darüber vergaß, was er hatte sagen wollen.

Als ich merkte, wie er seine Arme senken und mich damit umschlingen wollte, stoppte ich ihn und drückte sie an der Krawatte zurück nach oben. »Nicht bewegen!«, befahl ich frech an seiner Wange, dann ließ ich ihn meine Zunge erneut am Hals spüren, ehe ich mich weiter nach unten bewegte. Ich küsste seine Brust, neckte ihn mit meinen Zähnen und genoss die rauen, keuchenden Laute, die dabei aus seiner Kehle drangen.

Er öffnete die Beine noch ein Stückchen, vermutlich, weil sein Schwanz inzwischen keinen Platz mehr in der Hose hatte und unangenehm nach oben drückte. Doch ich trieb das Ganze auf die Spitze.

»Ich will an dir saugen, Mason. Ich will dich so lange mit dem Mund verwöhnen, bis du kommst. Sag, willst du das auch?«

»Scheiße, ja … Tu es, Joleen!« Sein Blick war gequält und vielleicht ahnte er bereits, was ich vorhatte, denn er sah mich flehend, ja fast verzweifelt an, als ich aufstand und mein Kleid richtete.

»Wo kann ich bei dir die Toilette benutzen?«

Er blinzelte, konnte vermutlich nicht fassen, dass ich das gerade tatsächlich gefragt hatte. Seine Arme sanken auf seinen Schoß und er schüttelte ungläubig den Kopf. Dann lachte er. »Okay, verdammt. Das war echt fies von mir … und von dir. Aber ich verstehe jetzt, was du mir sagen wolltest.« Stöhnend ließ er sich zurückfallen und deutete in die Richtung, in der er vorhin beim Telefonieren verschwunden war. »Neben der Küche den Flur entlang, die erste Tür links.«

Ich schenkte ihm ein entschuldigendes Lächeln, dann drehte ich mich um und ließ den armen Kerl mit zur Strafe noch gefesselten Händen sitzen, um mir selbst ein paar Minuten zu gönnen, mich wieder zu beruhigen.

16

Mason

Ganze zehn Minuten ließ sie mich inzwischen warten.

Nachdem sie die Badezimmertür hinter sich verschlossen hatte, begann ich damit, die Krawatte mit den Zähnen zu lösen. Es dauerte eine Weile, aber schließlich schaffte ich es. Mit einem Ruck stand ich auf, knöpfte mir das Hemd wieder zu und richtete meinen Schwanz. Leider ließ der sich nur mäßig beruhigen, weil ich nicht vergessen konnte, wie scharf mich Joleen gemacht hatte. Und auf welche Weise.

Gottverdammt, die neuen Eigenschaften, die ich mit jedem Treffen mehr an ihr entdeckte, gefielen mir immer besser. Und ich kam nicht umher, mich zu fragen, welche schmutzigen Seiten noch in ihr schlummerten … Doch ich wollte sie alle erforschen und entdecken.

Um mich abzukühlen, startete ich eine meiner eigenen Playlists, um nicht mehr diesen Sexsong hören zu müssen. Das kleine Biest hatte ihn doch tatsächlich auf *repeat* gestellt, um mich zu quälen. Wo blieb sie eigentlich so lange?

In der Küche schenkte ich mir ein Glas Wasser ein und kippte es auf einmal hinunter.

In dem Moment kam Joleen endlich aus dem Bad. »Hast du für mich auch einen Schluck?«

»Natürlich.« Ich reichte ihr ein Glas, das sie ähnlich schnell leerte wie ich meines. Schmunzelnd sah ich ihr dabei zu. »Musstest du das Feuer in dir löschen?«

Sie schaute mich einen Moment schweigend an, ehe sie losprustete. »Ja, so ungefähr.«

»Komm schon, lass uns eine Runde Billard spielen.«

Mit großen Augen sah sie mich an. »Bist du dir sicher, dass das eine gute Idee ist?«

»Meinst du, weil du befürchtest, mich schlagen zu können? Dann muss ich dich enttäuschen, das wird vermutlich nicht passieren. Oder denkst du, dass dadurch das Feuer zwischen uns wieder entfacht wird?«

»Letzteres. Dass ich haushoch gegen dich verlieren werde, liegt auf der Hand. Ich hoffe nur, dass du ein kleines bisschen nachsichtig bist und mir zumindest eine halbwegs faire Chance gibst, wenigstens ein paar Kugeln zu versenken.«

»Na gut, ich will mal nicht so sein und werde mich zurückhalten. In beiden Dingen.« Zwinkernd reichte ich ihr einen Queue und holte eine Münze aus meiner Hosentasche. »Kopf oder Zahl?«

Joleen schüttelte den Kopf. »Nein, du beginnst. Dieser Punkt ist nicht verhandelbar.«

»Wieso das?«

»Weil ich vermutlich den ersten Stoß verbocke und mir diese Blöße nicht geben will.« Sie hätte dabei beschämt zu Boden schauen können, doch sie blickte mir fest in die Augen, was mich beeindruckte. Sie stand zu ihren Schwächen und verwandelte sie in etwas Wunderbares.

»Na gut. Ich fange an«, antwortete ich stirnrunzelnd.

»Nicht vergessen, mir eine Chance zu lassen«, bekräftigte sie noch mal und stellte sich mir gegenüber, eine Hand an den Rand des Tisches gestützt, ihre Hüfte aufreizend betont.

Wenn sie hier war und sich so hinstellte, mit dem Wissen, was vor wenigen Minuten noch fast passiert wäre, war die Chance relativ gering, dass ich mich auf das Spiel konzentrieren konnte. Was zu ihrem Vorteil war, da ich bei Weitem nicht auf dem sonst gewohnten Level spielen würde.

Mein Anstoß war gut, aber definitiv nicht mein bester. Ich versenkte eine Volle und ging um den Tisch, um meine Möglichkeiten abzuwägen. Dabei näherte ich mich Joleen, und tatsächlich wäre ein Stoß von hier ideal. Doch gerade in dem Moment, als ich ihn durchführen wollte, spürte ich eine Berührung an meinem Hintern – und verbockte ihn.

»Oh, tut mir leid«, kam es unschuldig von Joleen. Ich drehte mich um und sah ihr engelsgleiches Lächeln. »Sieht wohl so aus, als wäre ich jetzt an der Reihe.«

Und verdammt, ich staunte nicht schlecht, als sie gleich drei Halbe hintereinander versenkte. »Ich dachte, Billard sei nicht dein Ding?«

»Hab ich das behauptet?« Immer noch mimte sie die Unschuldige.

»Okay ... das bedeutet Krieg, ich hoffe, dessen bist du dir bewusst.« Als sie zum vierten Stoß ansetzte und sich dabei weit über den Tisch beugte, raunte ich ihr zu: »Irgendwann will ich dich genau hier und in genau dieser Position ficken.« Ihr Queue stieß gegen die weiße Kugel, rutschte jedoch ab. Sie erreichte gerade so die nächste Bande und blieb dann regungslos liegen.

Joleens Wangen waren gerötet, doch sie grinste nur und überließ mir das Feld. Ich ging um den Tisch, sie folgte mir – und ich war mir so sicher, dass sie wieder was im Schilde führte.

Gerade als ich mein Ziel anvisiert hatte – die Weiße über die Bande gegen die volle Gelbe –, beugte sie sich näher an mich. »Das klingt äußerst verlockend.«

Vor meinem inneren Auge sah ich Joleen nackt auf diesem Tisch und natürlich landete die Kugel nicht im geplanten Loch.

Der Triumph war ihr anzusehen. Sie betrachtete einen Moment die Spielfläche, dann ging sie ein Stück von mir weg, nur um gleich darauf zu mir zurückzukommen. »Darf ich?«

Schmunzelnd machte ich einen Schritt zurück und ließ sie an den Tisch.

Erneut beugte sie sich weit nach vorne und ich nutzte meine Chance, indem ich mich hinter sie stellte. Mit einem leisen Raunen drückte ich meine Lenden an ihren knackigen Po und ließ sie spüren, dass ich immer noch scharf auf sie war. Oder schon wieder. Wie man es nahm.

Genau in dem Moment, als ihr Queue an die weiße Kugel stieß, ahmte ich die Bewegung mit meinem Becken nach. Joleen keuchte auf, rutschte mit dem Billardstock aus und traf die angepeilte grüne Halbe nur seitlich. Sie knallte mit viel zu großer Wucht gegen die schwarze Kugel, die an die Bande schlug und … direkt im Loch gegenüber verschwand.

Joleen drehte sich zu mir um, die Augen weit aufgerissen. »Das warst du!«

Lachend hob ich beide Hände. »Hey, das war dein Stoß, du hast die Acht versenkt, was bedeutet, dass ich gewonnen habe.«

»Du hast geschummelt! Mein Spiel manipuliert!«

»Hey, nicht frech werden, sonst muss ich dich übers Knie legen.«

Statt erneut zurückzuschießen, schloss sie die Lider, ein Lächeln auf den Lippen, und schüttelte den Kopf. »Wie sollen wir uns nach diesem Wochenende im Büro begegnen, ohne an Sex zu denken? Wenn wir es jetzt schon nicht schaffen, meine ich. Weder beim Essen noch beim Fernsehen. Geschweige denn beim Billard …«

Ich nahm ihr den Queue ab und legte beide Stöcke auf den Tisch hinter mich. Dann zog ich sie in meine Arme. »Wir könnten es auch einfach tun. Wie die Tiere«, flüsterte ich ihr in Anspielung auf den von ihr gewählten Titel von vorhin ins Ohr.

Lachend schlug sie mir gegen die Brust. »Auf gar keinen Fall. Das mit den drei Dates ziehen wir jetzt durch.«

Tief sog ich Luft in meine Lungen. »Ich kann mich nicht erinnern, wann mich eine Frau je so lange hingehalten hat.«

»Ist das schlimm?«, fragte sie und wirkte mit einem Mal ganz nervös.

Meine nächsten Worte wollte ich mir genau überlegen und zögerte deshalb kurz. »Nur insofern, dass ich ausschließlich daran denken kann, dich endlich zu lecken und zu ficken. Aber irgendwie … hat es auch seinen Reiz.«

Vielleicht bildete ich es mir ein, doch Joleen wirkte nach meiner Antwort erleichtert.

»Ich komme übrigens immer noch nicht darauf klar, dass du so einen versauten Song gewählt hast.«

Schmunzelnd und sichtlich froh, dass wir das Thema wieder wechselten, zuckte sie mit den Schultern und legte ihre Hände an meine Brust. »Ich vermute mal, dass ich ihn von Georgia kenne. Oder von Virginia, das ist ihre Cousine. Sie ist das größere Luder der beiden.«

Amüsiert schüttelte ich den Kopf. »Und diese dominante Ader?«

Sie biss sich auf die Unterlippe. »Ich habe echt keine Ahnung, woher das auf einmal kommt. Muss an dir liegen, du kitzelst das aus mir heraus. Aber es gefällt mir, bei meinem Boss die Zügel in der Hand zu haben. Sonst ist das ja immer umgekehrt.«

»Bin ich wirklich so streng?«

Einen Moment überlegte sie. »Nein, bist du nicht. Du gibst klare Anweisungen, jedoch mit einem freundlichen Unterton. Da ist Mister Price schon noch einmal eine andere Nummer.«

Ich lachte. »Ja, Adrian verschwendet keine Zeit mit Nettigkeiten. Aber Harper hat ihn gut im Griff, da mache ich mir keine Sorgen.«

Murmelnd stimmte Joleen mir zu. »Er brauchte eine Assistentin, die ordentlich Power hat. Tracey, die vor Harper auf ihrer Stelle saß, war viel zu zart besaitet.«

»Da hast du recht.«

»Wieso hat Tracey damals eigentlich den Job bekommen? Ihr wusstet doch, wie er tickt.«

»Das stimmt. Logan hat sie eingestellt. Ich vermute, er … na ja … Du musst wissen, zu dem Zeitpunkt lief es nicht besonders gut zwischen ihm und seiner Freundin. Vielleicht hatte er sich nach Abwechslung gesehnt, keine Ahnung.« Nachdem Tracey nach drei Wochen schon wieder gekündigt hatte, weil Adrian zu mürrisch gewesen war und seine Arschlochseite hatte raushängen lassen, ist Logan ziemlich ausgerastet. Heute glaube ich, er hatte sich erhofft, ein kleiner Flirt würde ihm helfen, sich von Helene zu trennen. Womöglich wollte er sie auch eifersüchtig machen, damit sie sich von ihm trennte – oder endlich voll und ganz hinter ihrer Beziehung stand. Aber ich steckte nicht in seinem Kopf, von daher konnte ich nur spekulieren.

»Oh, das … wusste ich nicht. Also dass es mit seiner Freundin nicht so läuft. Das tut mir leid.«

»Muss es nicht. Er weiß schon verdammt lange, dass sie eine ziemlich … nun ja … schwierige Person ist. Er hat sich dieses Nest gebaut und wenn er darin sitzen will, soll er es tun. Er ist alt genug, um selbst zu wissen, was ihm guttut.« Hoffte ich zumindest für ihn. »Jedenfalls scheint es jetzt wieder besser zwischen den beiden zu funktionieren.«

Verlegen lächelte Joleen mich an. »Das ist gut. Das freut mich für ihn, ehrlich. Ich mag ihn. Eigentlich mag ich euch alle. Sogar Mister Price, auch wenn er manchmal sehr mürrisch ist.«

Dass mir ihre Aussage, sie würde uns *alle* mögen, einen kleinen eifersüchtigen Stich versetzte, versuchte ich lieber zu ignorieren.

»Und ich finde es großartig, was ihr in so kurzer Zeit geschaffen habt. Für kein anderes Unternehmen würde ich lieber arbeiten wollen als für *Cunningham Solutions Inc.*«

»Auch wenn die Kollegen an Flatulenzen leiden?«

Lachend lehnte sie ihren Kopf gegen meine Brust. »O Gott, erinnere mich nicht daran. Das war einer der schlimmsten Momente meines bisherigen Lebens.«

»Weil Thomas so ekelhaft gefurzt hat, während du mit ihm im Aufzug warst, oder weil ich dazugekommen bin?«

»Beides! Es war beides schrecklich und hat mir Tränen in die Augen getrieben.«

»Aber ich hoffe, deine Aversion gegen Fahrstühle konnte ich wieder vertreiben.«

»Das auf jeden Fall.« Sie grinste und drückte – bewusst oder unbewusst? – ihr Becken gegen mich. »Erzähl mir von deiner Schwester«, wechselte sie schließlich das Thema.

»Du willst mehr über Vanessa erfahren?«

Sie nickte.

»Nun … äh … Sie ist wie gesagt fünf Jahre jünger und war immer die kleine Nervensäge, als ich noch zu Hause gewohnt habe. Das hat sich zum Glück schlagartig geändert, als ich ausgezogen bin. Seitdem haben wir einen sehr guten Draht zueinander. Sie ist frech, laut und zieht die Aufmerksamkeit aller auf sich, kaum dass sie einen Raum betritt. Vielleicht hat das unser Verhältnis gestört, als ich noch bei meinen Eltern gewohnt habe. Ich bin auch eher der Typ, der es braucht, dass sich alles um ihn dreht.«

Joleen lachte. »Ja, das kann ich mir gut vorstellen.«

»Hey! Was soll das nun wieder heißen?«

»Na ja, ist es nicht in der Arbeit das Gleiche? Dort stehst du unangefochten im Mittelpunkt. *Cunningham Solutions Inc.* würde ohne dich nicht existieren.«

Ich hob die Arme in die Höhe und schaute zur Decke. »Halleluja! Endlich jemand, der meiner Meinung ist.«

Kichernd kniff sie mich in die Seite. »Na, ist doch so. Würdest du nicht die Software entwickeln, hätten die Cunningham-Brüder nichts, was sie verkaufen könnten.«

Vielleicht war es bescheuert, aber ihre Worte gingen runter wie Öl. Klar war mir bewusst, dass Joleen damit recht hatte. Es jedoch aus ihrem Mund zu hören, tat gut, denn im Büro stand ich regelmäßig in Kils Schatten, wenn er wieder einen großen Deal an Land zog. Er war wie Vanessa in meinem Leben: Er stahl mir die Show. Natürlich war ich keinem der beiden böse und liebte alle zwei auf ihre Art. Trotzdem suhlte ich mich in dem Gefühl der Wertschätzung.

Mit dem Bedürfnis, mich für ihre Worte zu bedanken, schaute ich Joleen in die Augen. Ohne groß darüber nachzudenken, beugte ich mich zu ihr hinab und küsste sie sanft und liebevoll auf die Lippen – so ganz anders als bisher. Weder gierig noch voller Verlangen, sondern … dankbar. Und es war ungleich intimer.

Sie schloss die Lider und erwiderte meinen Kuss mit der gleichen Zärtlichkeit. Unsere Zungen rieben sich aneinander, ja streichelten sich fast gegenseitig. Dieser Kuss war anders als die vorherigen und eine Wärme durchflutete mich, die nichts mit der Hitze zu tun hatte, die ich sonst empfand.

Irritiert unterbrach ich den Kuss, was sie dazu brachte, mich blinzelnd anzuschauen. Ihr Blick war fragend, fast verwirrt, und doch lag da noch so viel mehr in ihm.

Räuspernd löste ich mich von ihr, nahm unsere Queues und steckte sie zurück in die Halterung an der Wand. »Es ist schon spät … Ich rufe dir ein Uber.«

Warum gesellte sich zu diesem warmen, weichen, guten Gefühl ein stechender Schmerz dazu, als ich ihr eine Heimfahrgelegenheit organisierte?

Joleen reagierte nicht darauf und ich vermied es, sie anzusehen. Doch ich spürte ihren Blick in meinem Rücken und wie sie zögernd in die Küche ging, wo ihre Handtasche lag.

Scheiße, ich hätte das gerade nicht sagen sollen. Nicht so. Genau genommen überhaupt nicht. Ich hätte sie überreden sollen, bei mir zu bleiben, am liebsten über Nacht. Aber es war nun mal so, dass ich Abstand zu ihr brauchte. Dringend. Denn das, was sich in mir drin abspielte, war nicht normal. Es war etwas, worüber ich in Ruhe nachdenken musste. Allein.

17

Joleen

»Das hat er nicht gemacht!« Georgia hörte sich so entrüstet an, wie ich mich fühlte.

Ich war gerade mal zu Hause angekommen und zur Tür hinein, als ich sie schon anrufen und ihr alles erzählen musste.

»Doch«, gestand ich und ärgerte mich, dass ich so niedergeschlagen klang.

»O nein, Süße …! Das tut mir leid für dich. Aber … warum hat er das getan?«

»Wenn ich das wüsste … Es lief eigentlich gut, ich dachte, wir würden uns super verstehen.« Das Gefühl hatte ich wirklich gehabt. »Ich hab ihm noch gesagt, dass er für mich die wichtigste Person im Unternehmen ist, weil es ohne ihn *Cunningham Solutions Inc.* gar nicht geben würde. O Gott, denkst du, er hat es falsch verstanden? Glaubt er jetzt, dass ich auf der Stelle einen Antrag von ihm erwarte?« Ich warf meine Handtasche auf die Couch und setzte mich daneben.

Georgia schnaubte. »Wenn er das wirklich denkt, ist er ein kompletter Idiot. Aber vielleicht hat sich euer … Verhältnis verschoben? Immerhin hast du ihn daran erinnert, dass du seine Angestellte bist.«

Mist, damit konnte sie tatsächlich recht haben! Schließlich war bis zu dem Moment, als wir über die Arbeit zu sprechen kamen, alles noch in bester Ordnung gewesen. Es war heiß und prickelnd zwischen uns, wir hatten gelacht und es hätte mich nicht überrascht, wenn er mich doch noch hätte überreden wollen, bei ihm zu bleiben. Also über Nacht. Um … Sex zu haben, weil wir uns wirklich ziemlich angeturnt hatten.

»Warum genau noch mal willst du nicht mit ihm in die Kiste?«, unterbrach Georgia meine Gedankengänge. »Ich dachte, du hättest in den letzten zwei Jahren von nichts anderem geträumt?«

»Weil ich … normalerweise immer bis zum dritten Date warte. Das ist mein Prinzip, weißt du doch, und dagegen hab ich noch nie verstoßen.«

Ich hörte ein Geräusch, das klang wie das Zischen einer kohlensäurehaltigen Getränkedose, dann fragte sie: »Sorry, wenn ich blöd frage, aber … *warum*?«

Ja, Georgia packte jede Gelegenheit beim Schopf und war nicht zurückhaltend, was Sex betraf. Virginia war da noch mal ein anderes Level, eine Steigerung von ihr, doch ich würde keine der beiden als Vorbild nehmen.

»Um sich besser kennenzulernen. Immerhin will ich wissen, was das für ein Kerl ist, mit dem ich ins Bett gehe.«

»Du kennst den Mann seit zwei Jahren, Joleen. Denkst du nicht, dass du die drei Tage Kennenlernphase längst überschritten hast?«

Schnaubend schlüpfte ich aus den Pumps und legte die Füße auf den Couchtisch. »Ich hab erst heute erfahren, dass er eine Schwester hat. Wenn ich mich mit ihm im Büro unterhalte, hat das fast ausschließlich mit der Arbeit zu tun. Von Kennenlernen auf persönlicher Ebene kann da nicht die Rede sein.«

»Virginia würde dir jetzt widersprechen.«

Lachend stimmte ich Georgia zu. Für ihre Cousine war nur wichtig, ob sie am nächsten Morgen Ärger mit einer Frau erwarten würde, sollte der Kerl in einer Beziehung stecken. Name,

Alter, Job, Kinder, Hobbys, Träume interessierten sie nicht, wenn sie bloß Lust auf Sex hatte.

»Ach, Süße, lass den Kopf nicht hängen. Vielleicht hat er nur Kopfschmerzen bekommen oder … ihm ist eingefallen, dass er … noch Wäsche waschen muss.«

»Wäsche waschen?«

»Tut mir leid, das war ein verzweifelter Versuch, dich aufzumuntern und dir Mut zu machen.«

Ein schweres Seufzen kam über meine Lippen und ich legte den Kopf nach hinten. »Was denkst du, was ich wegen morgen machen soll? Immerhin wären wir fürs Kino verabredet. Aber so, wie es sich gerade anfühlt, bin ich mir nicht sicher, ob ich mir nicht besser ein Alternativprogramm überlegen soll.« Denn wie bestellt und nicht abgeholt zu Hause sitzen, war wirklich das Letzte, was ich wollte. Ich könnte natürlich auch länger bei meinem Dad bleiben, darüber würde er sich sicher freuen. Aber dann ärgerte ich mich bestimmt, wenn Mason sich doch noch melden und ich mich abhetzen müsste, um rechtzeitig zurück zu sein.

»Warte einfach ab. Falls er sich meldet und dir absagt, weißt du Bescheid. Aber vielleicht ruft er dich ja an, nennt dir Uhrzeit und Ort, wann und wo ihr euch trefft, und die Sache ist vom Tisch. Oder wenn er dir sagt, wann er dich abholen will. Und sollte er sich bis morgen Mittag nicht gemeldet haben, ruf du ihn an. Du hast doch seine Nummer, oder?«

»Ja.« Zumindest die seines Firmenmobiltelefons kannte ich auswendig. Blieb nur zu hoffen, dass er dieses auch privat nutzte und ich ihn darüber selbst am Wochenende erreichen würde.

»Sollte er dich versetzen, kommst du wieder zu mir. Virginia hat sich ebenfalls angekündigt und wir machen aus dir eine noch heißere Braut als beim letzten Mal. Du wirst den Kerlen dermaßen den Kopf verdrehen und deinen Boss in nur einer Nacht vergessen haben.«

Zwar wusste ich, dass es nicht so sein würde, stimmte ihr aber trotzdem zu. Denn falls er mich wirklich versetzen sollte, würde ich alle Ablenkung brauchen, die ich kriegen konnte.

Im Anschluss plauderten wir noch eine Weile über den Typen, den sie kürzlich auf Tinder kennengelernt und gedatet hatte, ehe sie mir vom letzten Familientreffen erzählte, das wieder unglaublich anstrengend verlaufen war. Ihre Tante, Virginias Mom, jammerte jedes Mal, weil die beiden Frauen noch nicht verheiratet waren und auch keine Männer in Sicht seien. Sie befürchtete, dass ihre Tochter einsam und kinderlos sterben würde, und steckte auch immer Georgias Mutter damit an. Diese lag ihr dann bei jeder Gelegenheit damit in den Ohren, bis sie endlich einsah, dass dieses Gerede doch nicht fruchtete.

Als wir uns verabschiedeten, war meine Laune leider nicht wie erhofft besser.

Ich ließ mir ein Vollbad ein und nahm ein kleines Glas Wein sowie ein Buch mit, um zu entspannen. Der Wein erinnerte mich jedoch an Mason und auf die Geschichte konnte ich mich kein bisschen konzentrieren, weil ich mit den Gedanken immer wieder abschweifte. Sicher war es falsch, den Abend erneut analysieren zu wollen, aber ich konnte nicht anders.

Ja, Georgia hatte bestimmt recht. Ich sollte den morgigen Tag auf mich zukommen und mich nicht im Vorfeld verrückt machen lassen. Vielleicht hatte er doch noch beschlossen, zu seiner Schwester zu fahren. Das hätte er jedoch auch einfach sagen können. So oder so half es mir nicht weiter, wenn ich jetzt über den Grund nachdachte, warum er mich mit einem Mal so schnell hatte loswerden wollen. Wer konnte schon wissen, was in seinem Kopf vorging?!

Das Vollbad in Verbindung mit dem Alkohol hatte mich müde gemacht und ich ging ins Bett. Trotzdem fand ich nicht wirklich zur Ruhe. Im Halbschlaf wälzte ich mich von einer Seite zur anderen, während ich in meinem Kopf wieder und wieder den Abend bei Mason durchlebte und dadurch nur noch aufgewühlter und erhitzter war …

18

Mason

Nun war es offiziell: Ich war ein Arschloch.

Nicht nur, dass ich Joleen völlig grundlos nach Hause geschickt hatte, nein, ich hatte im Anschluss Kilian angerufen. Nun war ich auf dem Weg zu ihm in die *Bar 54*, eine der höchsten Dachterrassenbars New Yorks im vierundfünfzigsten Stockwerk des *Hyatt Centric*, um Frauen abzuchecken. Vor Harper und vor allem vor Helene waren wir immer zu viert hergekommen, um zu trinken, unsere Erfolge zu feiern und um zu flirten sowie die ein oder andere für eine heiße Nacht auszuwählen. Aber da Adrian und Logan uns im Stich ließen, war Kil umso erfreuter, als ich mich bei ihm gemeldet hatte. Ein kleiner Trost für meine miese Laune.

»Hey, Mann, schön, dass du es doch noch geschafft hast. Ich dachte, du hättest heute was vor?«

Stirnrunzelnd setzte ich mich auf den freien Barhocker. Er hatte einen Tisch an der Glasfront ergattert, von der aus man einen atemberaubenden Blick auf die Skyline mit ihren zigtausend Lichtern und auf den Rest der Dachterrasse hatte, die bis auf den letzten Platz besetzt war.

Mich wunderte es ja fast, dass er nicht bereits in weiblicher Gesellschaft war, doch vermutlich war auch er gerade erst gekommen. »Eigentlich wollte ich mir mit Vanessa das Spiel ansehen, aber ich hab vergessen, ihr abzusagen, weil ich … kurzfristig ein Date hatte.«

Erstaunt warf er einen Blick auf die Uhr. »Und du bist jetzt hier? Wo ist die Frau? Hat sie dich versetzt? Oder ist es so mies gelaufen?«

»Nein, sie war bei mir, aber … Ach, ich hab doch auch keine Ahnung. Lass uns über was anderes reden.«

Kil schaute mich noch eine Weile an und wartete ab, bis ich mir einen Scotch bestellt hatte. »War sie hässlich? Ein Kerl? Hast du keinen hochgekriegt? Hatte sie Mundgeruch? Ihren Mann im Gepäck? Steht sie auf kranke Sexpraktiken? War sie …«

»Gottverdammt, können wir nicht einfach das Thema wechseln?«

Dass ich ihn so anfuhr, tat mir leid, doch er kam nach einem kurzen Zucken seiner Mundwinkel tatsächlich meinem Wunsch nach. »Wir sollten darüber nachdenken, noch eine zusätzliche Kraft einzustellen. Sozusagen eine Assistenz der Assistentinnen.«

Dass er jetzt mit einem Mal Berufliches besprechen wollte, wunderte mich. Normalerweise klammerten wir so was in unserer wenigen Freizeit aus. Es musste ihm also wirklich schwer im Magen liegen.

»Schon als Tracey bei Adrian gekündigt hat und Joleen für sie einspringen musste, bis wir Harper einstellen konnten, kam mir dieser Gedanke. Und als Joleen vor Kurzem die paar Tage nicht da war, hab ich es mir wieder gedacht. Wir alle brauchen unsere Assistentinnen. Und zwar in Vollzeit. Wenn eine krankheitsbedingt ausfällt oder sich Urlaub nehmen möchte, ist es für die anderen jedes Mal ein unglaublicher Aufwand, die Arbeiten der Fehlenden zu übernehmen.«

Ich nickte. Damit hatte er nicht unrecht. »Wie stellst du dir das vor? Dass die zusätzliche Kraft immer nur dort hilft, wo sie gerade gebraucht wird? Und wo soll ihr Arbeitsplatz sein? Willst du einen zusätzlichen Tisch mitten in den Flur stellen? Und was, wenn weniger zu tun ist? Bezahlen wir diejenige oder denjenigen dann dafür, dass der Sessel warm gehalten wird?«

Kilian starrte eine Weile in sein Glas mit bernsteinfarbener Flüssigkeit. »Die Idee ist noch nicht ausgereift, geb ich zu. Wie wir das Ganze im Detail handhaben, weiß ich noch nicht. Ich brainstorme nur. Wir sollten auf jeden Fall die Meinungen unsere Assistentinnen einholen. Großes Teamwork sozusagen. Sie sollten das potenzielle neue Teammitglied auch vor der Einstellung kennenlernen. Immerhin müssen die vier mit der Unterstützung gut klarkommen. Die finale Entscheidung liegt natürlich bei uns Geschäftsführern, aber ich habe nicht den Eindruck, dass sich Summer, Donna, Harper und Joleen langweilen, im Gegenteil. Und die Überstunden, die sie regelmäßig machen, beweisen nur zusätzlich, dass sie Entlastung brauchen. Wenn die neue Kraft also von jeder einen kleinen Aufgabenbereich übernimmt, das Telefon bedient, wenn gerade sonst niemand rangehen kann, und einspringt, wenn eine der vier krank ist, könnte sie schon gut ausgelastet sein. Möglich wäre zudem die Übernahme des zentralen Telefons vom vierunddreißigsten Stock. Das könnten wir umleiten lassen. Das sollte natürlich nicht ständig klingeln, immer nur dann, wenn weder Elli noch Mic das Gespräch entgegennehmen können.«

»Hm, ja, klingt alles plausibel. Das sollten wir die Tage besprechen.«

Kil brummte zustimmend.

»Wie war eigentlich die Geburtstagsfeier deiner Mom?«

»Ganz witzig. Dad hat eine kleine Rede gehalten und sich dabei nicht nur bei den Ehejahren, sondern auch im Jahr vertan, als sie sich kennengelernt haben. Aber meine Mom hat es mit Humor genommen.«

»Was hast du ihr geschenkt?«, wollte ich wissen, vor allem auch, da mein Dad nächstes Jahr einen runden Geburtstag feierte und ich noch keine Ahnung hatte, was ich ihm schenken könnte.

»Sie hat ein Gemeinschaftsgeschenk von uns bekommen. Seit Jahren redet sie davon, dass sie nach Rom möchte. Die beiden fliegen also im September nach Europa.«

Beeindruckt pfiff ich durch die Zähne. »Nicht übel.«

Kil nickte und sah sich um. »Also …«, begann er, und mich beschlich das Gefühl der Vorahnung, dass er das Thema wechseln würde, »ich verstehe ja, wenn du nicht über dein Date von vorhin reden willst, aber ich muss wissen, ob du in Stimmung bist, heute mit mir Frauen aufzureißen oder nicht. Dort drüben stehen nämlich zwei, die mich beobachten, seit ich die Bar betreten habe. Und sie scheinen immer noch interessiert zu sein.«

Ich hob eine Braue. »Damit du eine Frau klarmachen kannst, musst du wissen, wie mein Date gelaufen ist?«

Er antwortete mit einem Augenrollen. »Nein, ich muss wissen, ob du darauf bestehst, mit mir zu teilen, oder ob ich alle zwei bekomme.«

Schnaubend schüttelte ich den Kopf und schaute zu den beiden Frauen, die genau in mein Beuteschema passten – perfekt gestylt und eine Modelfigur, gepaart mit dem Selbstbewusstsein, diese auch durch sexy Kleidung zu betonen. Zumindest, bevor mir Joleen gezeigt hat, was noch in ihr schlummerte. Sie hatte irgendwie alles verschoben.

»Scheiße, Mann, war es so übel?«

Ich wandte mich wieder Kil zu, in dessen Gesicht sich echte Sorge abzeichnete. Seufzend schwenkte ich meinen Drink und nahm einen Schluck. Vielleicht sollte ich mir die Sache wirklich kurz von der Seele reden – ohne zu sehr ins Detail zu gehen, natürlich. »Keine Ahnung, es war heiß. Sie möchte bis zum dritten Date warten, aber … das ist für uns beide eine Herausforderung. Natürlich respektiere ich ihren Wunsch und sie zieht es konsequent durch, weil sie ihren Prinzipien treu bleiben will. Die würde ich nicht verletzen. Trotzdem, es war …«

»Öde?«, half Kilian mir aus.

Kopfschüttelnd starrte ich ins Glas. »Intim. Auf völlig andere Weise. Wir waren weder nackt, noch haben wir uns groß berührt oder geküsst. Aber sie hat etwas an sich, das mich … umhaut.«

Kil lachte kehlig. »Shit, sag nicht, dich hat es erwischt.«

Mein Kopf schnellte zu ihm rum. »Bist du irre?«

Ein zufriedenes Lächeln trat auf sein Gesicht. »Gut. Diese Reaktion hatte ich erhofft. Noch einen von euch an die Frauen zu verlieren, würde ich nicht verkraften. Was mach ich denn dann, wenn ihr alle zu Stubenhockern werdet, weil ihr den Abend lieber mit eurem Weiblein verbringt als mit mir? Die zwanzig Minuten, die ich heute allein hier gewesen bin, waren die längsten meines Lebens. Und ich hab mich noch nie so gelangweilt.«

Er übertrieb völlig, aber ich verstand seinen Punkt.

»Ich glaube, die zwei hätten dich nicht mehr lange ohne Gesellschaft sitzen lassen«, sagte ich und deutete mit dem Kopf in Richtung der beiden Frauen, die sich unterhielten und immer noch zu uns schauten.

»Das kann man trotzdem nicht vergleichen«, brummte er.

»Du müsstest dann aber auch nicht teilen.« Ich wackelte vielsagend mit den Augenbrauen.

»Scheiß drauf! Denkst du echt, mir sei ein Dreier wichtiger als ihr, meine Freunde?« Der Ton, mit dem er es sagte, verriet mir, dass ihm das Thema wirklich an die Nieren ging. Kilian Cunningham hatte Angst, bald der einzige Single von uns zu sein!

»Keine Sorge, ich lasse dich nicht hängen. Wenn du Lust auf einen Drink und einen Männerabend hast, bin ich da.« Ganz bewusst erwähnte ich keine Frau an meiner Seite oder dass sich seine Befürchtung, er würde mich auch an eine Beziehung verlieren, irgendwann bewahrheiten könnte. Selbst wenn es absurd klang. Denn ich war noch lange nicht bereit für eine feste Bindung. Weder mit Joleen noch mit einer anderen Frau. Ich liebte meine Freiheit und die Möglichkeiten, die sich mir dadurch boten.

»Na komm, lass uns den beiden einen Drink spendieren«, sagte ich zu Kil gebeugt, um mein Versprechen zu unterstreichen. »Und dann haben wir Spaß und genießen es, dass es niemanden gibt, der zu Hause auf uns wartet.«

Noch während ich diese Worte aussprach, zog sich alles in mir zusammen, und verdammt, ich hatte das Bedürfnis, sie wieder zurückzunehmen. Aber das ging aus mehreren Gründen nicht. Erstens, weil ich Kil nicht hängen lassen wollte, und zweitens, weil ich dadurch der Sache mit Joleen doch mehr Bedeutung zumaß, als ich mir eingestehen konnte … Zudem schienen sie endlich seine Laune zu heben, denn er nickte und winkte dem Barkeeper, der kurz darauf zwei Cocktails für die beiden Frauen mixte.

19

Joleen

»Hast du noch Erde da? Die hier reicht nicht für den großen Topf.« Meine Hände steckten in Gartenhandschuhen und diese wiederum in Dads Blumentopf, dem neuen Zuhause seines Elefantenfußes, den er sich vor gut zwei Wochen gekauft hatte. Das Gefäß war definitiv zu klein für die Pflanze, und Dad hatte diese Arbeit immer schon gerne an mich abgegeben. Er mochte es nicht, in Erde zu wühlen, wohingegen es mich beruhigte und mir Spaß machte.

Ich war zum Frühstücken zu ihm gekommen und im Anschluss hatte ich mich seiner Pflanze angenommen …

»Sicher, ich bringe dir noch welche aus dem Keller.« Gleich darauf hörte ich, wie die Wohnungstür hinter Dad ins Schloss fiel.

Vorsichtig versuchte ich, den Elefantenfuß so auszubalancieren, dass er nicht umfiel. Dann zog ich mir die Handschuhe aus, legte sie über den Topfrand und stand auf. Die Sonne schien durch die Fenster in Dads Wohnung und ich ertappte mich dabei, wie ich einen Blick auf mein Handy warf. Zehn vor elf Uhr vormittags, und bis jetzt war keine Nachricht eingegangen. Zumindest nicht von Mason. Georgia hatte sich vor einer guten Stunde mit einem *Und?* gemeldet. Auf mein *Nichts!* antwortete sie nur mit einem nach unten zeigenden Daumen und einem enttäuscht dreinschauenden Smiley.

Nach wie vor wurde ich nicht schlau aus seinem gestrigen Verhalten. Langsam, aber sicher zweifelte ich daran, dass wir uns heute Abend noch sehen würden. Ich versuchte, die Sache weniger emotional und eher von außen zu betrachten und abzuwägen, ob ich vielleicht einfach zu viel hineininterpretierte und Mason davon ausging, dass ich mich bei ihm melden würde. Doch woher sollte ich wissen, wie er dachte?

»So, das ist der letzte Sack«, sagte Dad, als er die Blumenerde neben dem Topf abstellte. »Aber ich hab nicht vor, mir weitere Pflanzen zu kaufen.«

»Das ist gut.« Lachend sah ich mich um. »Hier sieht es schon aus wie in einem Dschungel.« Dass er einen grünen Daumen hatte, war für uns beide eine Überraschung. Okay, grüner Daumen war vielleicht übertrieben, doch er brachte weniger Pflanzen um, als ich befürchtet hatte, und inzwischen gab es keinen Raum in seiner kleinen Wohnung, in dem nicht mindestens drei Blumenstöcke standen.

Ich trank noch einen Schluck Wasser, dann zog ich die Handschuhe wieder über und schaufelte frische Erde in den Blumentopf.

»Wieso du heute diese Gartenhandschuhe trägst, wo du doch das Gefühl von Erde zwischen deinen Fingern so magst, ist mir nicht ganz klar.«

Kurz schielte ich zu Dad, der unter anderem genau aus dem Grund, sich nicht schmutzig machen zu wollen, dieses Umtopfen mir überließ. »Weil ich heute saubere, schöne Hände haben möchte.«

Für einen Moment erwiderte er nichts darauf und ich hoffte schon, das Thema fallen lassen zu können, doch natürlich ließ er nicht so einfach locker. »Hast du heute noch was vor?«

Schulterzuckend drückte ich die Erde fest und schaufelte etwas frische nach. »Mal sehen. Bisher hängt alles in der Schwebe.«

»Mit Georgia und Virginia?«

»Nein. Dad, kann ich dich was fragen?«

»Immer.«

»Ein Mann und eine Frau kennen sich bereits seit einer ganzen Weile. Nicht besonders gut, eher … oberflächlich. Und die beiden haben ihr erstes Date. Es läuft prima, sie verstehen sich, unterhalten sich ausgezeichnet, lachen, haben Spaß. Sie küssen sich und eigentlich sieht alles so aus, als könnte sich mehr daraus entwickeln. Und mit einem Mal bestellt er ihr ein Uber und bricht den Abend ab. Was, denkst du, könnte er für ein Motiv haben?«

Mein Dad sah mich stirnrunzelnd an und wischte sich verunsichert über sein grau meliertes Haar im Nacken. »Vielleicht ist ihm eingefallen, dass seine Frau nach Hause kommt?«

Schockiert riss ich meine Augen auf. »Dad! Sag nicht, das war jetzt autobiografisch!«

»War es das denn von dir?«, feuerte er zurück und richtete nervös seine Brille.

Sprachlos klappte mein Mund auf. Über diese Aussage wollte ich jetzt gerade nicht wirklich nachdenken wollen. »Okay, vergiss es.«

»Nein, tut mir leid. Ich … habe keine Ahnung. Vielleicht war er ja mit jemand anderem verabredet und hat es vergessen? Womöglich mit einem Kumpel?«

»Er hat weder Frau noch Freundin, und die Verabredung, die er eigentlich gehabt hätte, hat er während des Dates abgesagt.«

Dass mein Dad Letzteres nicht guthieß, verriet mir sein Gesichtsausdruck. »Ich hoffe sehr, wir reden nicht wirklich über dich. Denn sonst muss ich mir den Kerl vorknöpfen, der mein kleines Mädchen so respektlos behandelt.«

Diese Aussage sollte mich beruhigen und meine Zweifel, er hätte vorhin von sich selbst gesprochen, zerstreuen. Und vielleicht war es tatsächlich besser, wenn ich zu den Hintergründen der Trennung meiner Eltern nicht zu viel wusste. »Keine Sorge, er war nur mit seiner Schwester verabredet und hatte daran nicht gedacht, als er dem Date mit mir zugestimmt hat.«

Mein Dad brummte und verknotete den offenen Sack Blumenerde, während ich mir die letzten Krümel von den Handschuhen klopfte und den Elefantenfuß goss. Dann setzte ich mich auf den Barhocker bei der Frühstücksanrichte in der Küche und sah meinem Vater dabei zu, wie er Kaffee für uns aufbrühte.

»Ich tippe einfach darauf, dass er was vergessen hat. Seht ihr euch denn wieder?«

»Vereinbart war, dass wir heute ins Kino gehen und uns morgen für einen Spaziergang im Park treffen. Aber nachdem es gestern so eigenartig verlaufen ist, weiß ich nicht, ob ich mir nicht besser was anderes vornehmen sollte. Ich will nur ungern zu Hause sitzen und warten und heulen, weil er mich versetzt. Also … die Mädels würden mich schon mitreißen, irgendwo steigt immer eine Party. Aber ich bin mir nicht sicher, ob ich nach allem, was passiert ist, in Feierlaune bin.«

»Hast du ihn denn gefragt?«

»Sollte ich? Ist nicht er an der Reihe, den ersten Schritt zu machen?«

Mein Dad reichte mir meine Tasse und rollte unübersehbar die Augen. »Typisch Frau. Ihr glaubt immer, dass wir Männer so denken wie ihr. Wir achten aber nicht darauf, wer sich wann zuletzt gemeldet hat. Wir – oder zumindest ich handle impulsiv. Und ich gehe mal davon aus, dass er genauso tickt. Jedenfalls lässt sein abrupter Abbruch eures Abends das vermuten.«

»Also soll ich ihn anrufen?«

Er trank einen Schluck und zuckte mit den Schultern. »Oder du schreibst ihm. Aber wenn du eine Antwort willst, frag!«

Es klang so logisch, dass ich auflachen musste. »Danke, Dad.«

Belustigt kratzte er sich über seinen flachen Bauch, der von einem grau melierten T-Shirt mit dem Aufdruck *Du kannst sie nicht alle töten!* bedeckt war. »Kein Problem. Wer hätte gedacht, dass ich mal Datingtipps gebe?!«

»Na, ich! Deshalb hab ich dich auch gefragt. Immerhin bist du schon länger single als ich und hast mit Sicherheit mehr Erfahrung. Und du bist ein Mann.«

»Deine Mutter würde die Hände über dem Kopf zusammenschlagen, wenn sie dich das sagen hören würde.«

Schmunzelnd nippte ich am Kaffee. »Ach, ich glaube, inzwischen hat sie keine so schlechte Meinung mehr von dir.« Sie war schon seit bestimmt vier Jahren mit Kirk zusammen. Seitdem hatte ich den Eindruck, dass ihr Groll gegen meinen Dad endlich nachgelassen hatte.

»Es ist, wie es ist, die Beziehung mit deiner Mutter war … eine Lebenserfahrung für uns beide, die trotz des schönen Anfangs unschön geendet hat.« Er kniff mich in die Wange und leerte seine Tasse, die er daraufhin in die Spüle stellte.

Die zwei waren nur zusammengeblieben, weil meine Mom in dieser ursprünglich flüchtigen Affäre schwanger wurde. Sie haben wirklich versucht, die Partnerschaft aufrechtzuerhalten, aber schlussendlich mussten sie sich eingestehen, dass das einzige sie verbindende Glied in ihrer Ehe ich war. Und das war auf Dauer einfach zu wenig für beide gewesen.

»Außerdem … gibt es da vielleicht jemand Neues in meinem Leben«, begann er schließlich und schielte unsicher in meine Richtung, als würde er meine Reaktion darauf abchecken wollen.

»Oh! Das freut mich! Wann werde ich sie kennenlernen?«

»Gar nicht. Also … schon. Aber die Sache ist …« Ich glaube, es war das erste Mal in meinem Leben, dass ich meinen Dad rot anlaufen sah. »*Sie* … ist ein *Er*.«

Statt darauf zu antworten, schaute ich ihn an, schweigend. Geschockt.

Aber nicht, weil ich gegen gleichgeschlechtliche Beziehungen war. Ganz im Gegenteil, ich fand es großartig, dass die Toleranz dafür auch in der Gesellschaft immer größer wurde. Aber das hier war mein Dad. Ich kannte ihn nur mit Mom, Maria und Eve. Maria tauchte knapp zwei Jahre nach der Scheidung meiner Eltern in seinem Leben auf und blieb, bis ich fünfzehn war. Danach lebte er ein Jahr als Single, bis er Eve kennenlernte. Mit ihr war er fünf Jahre zusammen, und nach der Trennung von ihr war er in diese Wohnung gezogen. Und seine Neuigkeit kam einfach nur … überraschend.

»Okay, ich … hätte es nicht sagen sollen.« Enttäuscht wandte er sich von mir ab und machte sich daran, seine Tasse abzuwaschen.

Schamröte stieg mir ins Gesicht und ich fühlte mich einfach mies. Ich rutschte vom Barhocker und ging zu ihm, legte meine Arme um ihn und drückte ihn fest an mich. Er versteifte sich unter meiner Berührung. »So meinte ich das nicht«, sagte ich ehrlich. »Ich freue mich für dich, Dad. Dass du glücklich bist, ist schön und es gibt nichts, was mich mehr freut. Aber das Ganze hat mich … ein klein wenig überrumpelt. Bitte verzeih mir, sollte ich dich gekränkt haben, das war nicht meine Absicht. Ich hab nur nicht damit gerechnet.«

Langsam merkte ich, wie die Anspannung von ihm abfiel. Ich lockerte meinen Griff und er drehte sich zu mir um, doch dass seine Mundwinkel gequält nach unten zeigten, traf mich erneut heftig. »Denkst du, ich hätte das erwartet?« Er lachte leise auf. »Aber so ist das vermutlich mit Gefühlen. Man kann nichts dagegen machen. Sie kommen völlig unvorhergesehen und treffen dich, wenn du am wenigsten mit ihnen rechnest. Liebe ist Liebe und nicht an irgendwelche Grenzen gebunden.« Er atmete tief durch und sah mir endlich wieder in die Augen. »Isaac ist großartig. Und … irgendwann werde ich ihn dir sicher vorstellen. Doch zuerst muss ich mich selbst in diese neue Situation einfinden.«

Ohne zu zögern, drückte ich ihn erneut. »Ich hab dich lieb,

Dad«, murmelte ich an seiner Brust und spürte die Tränen in mir aufsteigen, als er meine Umarmung endlich erwiderte und sanft über meinen Rücken streichelte.

»Ich dich auch, Joleen.«

Als ich mich kurz vor zwölf Uhr mittags schließlich auf den Heimweg machte, hatte ich noch einiges über Isaac erfahren. Ich wusste jetzt, dass er der Architekt des aktuellen Bauprojekts meines Vaters war, das er als Bauleiter betreute. Er war drei Jahre jünger als mein Dad und kam ursprünglich aus einem kleinen Kaff in Idaho, aus dem er so schnell wie möglich abhauen musste, als ihm klar geworden war, dass er auf Männer stand. Seine Großmutter hätte ihn sonst mit der Heugabel vertrieben – so zumindest die Aussage meines Dads.

Was ich jedoch immer noch nicht wusste, war, was mit Mason los war. Also wählte ich kurz entschlossen seine Nummer. Und tatsächlich ging er nach dem dritten Klingeln ran.

»Joleen?« Er klang heiser und … verschlafen?

»Mason? Hab ich dich aufgeweckt?«

»Wie spät ist es?«

»Es ist Mittag und ich dachte … Also ich wollte wissen …« Mitten im Satz stockte ich, weil es mir mit einem Mal unangenehm war, ihn zu fragen, ob wir uns heute sehen würden. Das klang seltsam und gab der Situation einen noch beschämenderen Beigeschmack.

Halb stöhnte, halb seufzte er in mein Ohr. »Gott sei Dank, ich dachte schon, es wäre später. Tut mir leid, ich … Wann soll ich dich abholen? Und welchen Film möchtest du dir anschauen? Dann kümmere ich mich um den Rest.«

Kein Wort davon, was gestern passiert war. Und auch keine Ausflüchte und Ausreden, von wegen, er würde mich nicht sehen wollen oder können.

»Das überlasse ich dir. Schreib mir einfach, wann du da sein wirst«, sagte ich knapp und emotionslos.

Dass er offenbar nicht vorhatte, sich für gestern zu entschuldigen, störte mich, aber ich wollte ihn nicht vorschnell verteufeln. Er klang verschlafen und war vielleicht deshalb gerade gar nicht auf die Idee gekommen. Aber wenn er später auch das Thema unter den Tisch fallen ließ … keine Ahnung, ob ich dann immer noch dazu schweigen würde.

20

Mason

Mein Kopf brummte und mein Magen war dezent verstimmt. Das geschah mir nur recht, nach dem Abend. Nach allem, was ich mir gestern geleistet hatte.

Ich stand auf und stieß auf dem Weg zur Küche mit der Schulter gegen den Türrahmen. Fluchend rieb ich mir über die beleidigte Stelle. Als ich darauf wartete, dass die Kaffeemaschine ihren Dienst tat, fiel mein Blick auf den Billardtisch, und ich stöhnte verhalten auf.

Verdammt, ich war so ein Idiot!

Wie hatte ich Joleen gestern nach Hause schicken können? Wann war ich so ein Weichei geworden, dass ich dermaßen nervös reagierte, wenn mir jemand sympathisch war? Ja, sie war eine Frau, aber deshalb durfte ich sie auch mögen – und nicht ausschließlich an Sex interessiert sein. Daran war nichts falsch und nur weil wir auf einer Wellenlänge zu liegen schienen, hieß es nicht, dass ich dabei war, mich in sie zu verlieben. Das bedeutete nicht, dass ich mein Leben, wie es jetzt war – nämlich ungebunden und mit sämtlichen Freiheiten – aufgeben musste.

Gestern Abend hatte ich trotzdem Kilian das Feld überlassen. Weil die zwei Frauen von Anfang an beide Kil wollten. Zwar hatten sie mir angeboten, auch mitzumachen, aber ich hatte dankend abgelehnt. Die Schwerter zu kreuzen, war nicht mein

Ding, und schon gar nicht mit einem meiner besten Kumpels. Ich konnte nur hoffen, dass er seinen Spaß hatte. Zumindest war es sehr unterhaltsam gewesen, bis die drei die Bar verlassen hatten. Danach war ich noch eine Weile geblieben, hatte weitergetrunken und mich selbst bemitleidet und weitergetrunken und mich für mein Verhalten Joleen gegenüber verflucht und weitergetrunken. Ein schwerer Fehler, wie ich heute feststellen musste.

Als ich mir den Kaffee in die Kehle kippte, der mich langsam wieder zurück ins Leben holte, dachte ich über Joleens Worte am Telefon nach. Sie hatte sauer geklungen – zurecht. Und ja, ich musste das von gestern wieder gutmachen.

Nebenbei scrollte ich auf meinem Tablet durch die aktuellen Kinofilme. Kurz überlegte ich, wann ich zuletzt mit einer Frau, die nicht meine Schwester war, ins Kino gegangen war – ich musste noch ein Teenager gewesen sein.

Kurzerhand rief ich Kil an. Nicht nur, um ihn zu fragen, welchen Film er vorschlagen würde, sondern auch, weil ich wissen wollte, wie seine Nacht verlaufen war.

»Nun ist es zu spät, die beiden sind gerade zur Tür raus«, sagte er statt einer Begrüßung.

Ich brauchte einen Moment, um zu checken, was er meinte. »Du hast wirklich alle zwei mit zu dir genommen? Und sie sind erst jetzt gefahren?«

Er lachte. »Jep. War eine … kurze, aber intensive Nacht.«

Grinsend ging ich zur Couch und ließ mich dort nieder, wo ich gestern Abend von Joleen gefesselt worden war. Für einen Moment war da wieder dieses Gefühl der Reue in mir, doch ich verdrängte es. »Details?«

»Ich will dich nicht neidisch machen, Mason …«

Seufzend rollte ich mit den Augen, was er natürlich nicht sah. Außerdem redete er sofort weiter.

»… aber ich kann dir sagen, dass die Nacht verdammt heiß war.«

»Ich hab ja fest damit gerechnet, dass dich zwei auf einmal überfordern.« Nein, ich konnte es nicht lassen, ich musste ihn aufziehen.

»Keine Sorge, die beiden wussten, was sie tun. Die haben das sicher nicht zum ersten Mal gemacht, so selbstsicher und forsch, wie sie an das Ganze rangegangen sind. Die eine ist auf dem Gesicht derjenigen gekommen, die ich währenddessen gefickt habe.« Er stieß einen sehnsüchtigen Seufzer aus.

»Schön, freut mich, dass du Spaß hattest«, erwiderte ich trocken. Seltsamerweise war ich kein bisschen neidisch auf ihn. »Weshalb ich eigentlich anrufe …«

»Hm?«

»Ich bin für heute Abend mit einer Frau im Kino verabredet, bin aber gerade unschlüssig, welcher Film am besten passt.«

»Wieso sucht ihr nicht gemeinsam einen aus?«

»Sie hat mir aufgetragen, dass ich wählen soll«, erklärte ich.

»Ah … Sie testet dich.«

Der Gedanke war mir auch schon gekommen. »Genau deshalb brauche ich ja deinen Rat.«

»Hm, kommt halt drauf an, was sie für ein Typ ist. Worauf das Ganze hinauslaufen soll. Horrorfilme eignen sich dazu, dass sie sich ängstlich an dich klammert und du sie beschützen musst. Nach einem Actionthriller sind sie ziemlich hemmungslos und wild und wollen Sex. Nach einer Liebesschnulze möchten sie nur kuscheln und nach einem Drama bekommst du höchstens tiefsinnige Gespräche. Hilft dir das weiter?«

Auf seine Erklärung hin musste ich lachen. »Danke, ja, vielleicht. Oder auch nicht. Unter Umständen werde ich improvisieren müssen.«

»Wo hast du sie kennengelernt?«, fragte er und trieb damit meinen Puls in die Höhe.

»Wir … ähm … kennen uns schon eine Weile.«

»Ich dachte, du würdest nicht auf aufgewärmte Geschichten stehen?«

»Nein, so ist es nicht. Wir sind uns beim … Sport begegnet. Laufen. Im Park.« Verdammt, wieso log ich Kil an?

Weil du Kilian nicht erzählen kannst, dass du deine Assistentin ficken willst, flüsterte mir eine gemeine Stimme zu. Und ja, sie hatte recht. Ich musste nur an das Theater zurückdenken, das Kil aufgeführt hatte, als er zum ersten Mal von Harper und Adrian erfahren hatte.

»Ah, okay. Na dann … viel Vergnügen. Wenn sie sportlich ist, hast du sicher doppelten Spaß mit ihr.«

Zu diesem Kommentar schwieg ich lieber.

Nachdem ich geduscht und etwas gegessen hatte, fühlte ich mich wieder fit und bereit für den Abend. Joleen hatte ich schon davor geschrieben, dass ich sie um halb sieben abholen wollte. Sie hatte nur mit einem nach oben gereckten Daumen geantwortet, was mich daran erinnerte, dass ich gestern Mist gebaut hatte, ich jedoch schließlich einfach als Zusage abtat. Zudem war es sicher besser, mich persönlich für mein Verhalten zu entschuldigen. Wenn ich bei ihr war, konnte ich noch immer abchecken, wie die Lage war.

Ich hatte mich für eine Chino und ein Poloshirt entschieden, dazu trug ich meine Pilotenbrille und Sneakers. Vielleicht fehlte mir mit dieser Kleidung die Sicherheit, die ich sonst im Büro verspürte, denn ich war unglaublich nervös, als ich an Joleens Tür klopfte.

Ein hektisches »Moment« erklang aus der Wohnung. Ich hörte ein Rumpeln, ein Fluchen und das Klackern von Absätzen auf Holzboden, ehe sie mir endlich die Tür öffnete. Heute trug sie eine eng anliegende Jeans – etwas, was ich an ihr noch nie gesehen hatte. Dazu eine sommerliche Bluse mit tiefem Ausschnitt sowie verdammt sexy High Heels. Ihre Haare fielen ihr in weichen Wellen um ihr dezent geschminktes Gesicht und ihr so typischer leicht blumiger Duft drang in meine Nase.

»Hey! Wow!« Lächelnd beugte ich mich zu ihr hinab, um sie zu küssen, doch sie drehte in dem Moment den Kopf ein Stück zur Seite, als ich ihren Mund fast erreicht hatte. Meine Lippen landeten auf ihrer Wange und ich bekam damit einen weiteren Beweis, dass ich es gestern verbockt hatte.

»Hi. Ich bin fertig, wir können gehen«, sagte sie in emotionslosem Ton.

Kurz schloss ich die Augen und schüttelte den Kopf. »Nein, zuerst müssen wir reden.« Mit diesen Worten drängte ich sie sanft, aber bestimmt zurück in ihr Apartment und machte die Tür hinter uns zu.

Mit kühlem Gesichtsausdruck verschränkte sie die Arme vor der Brust und blickte mich abwartend an. Dass sie dabei so verdammt heiß aussah, dass ich kurzzeitig meinen Text vergaß, schien sie nicht zu bemerken. »Okay, wenn du mir doch nichts zu sagen hast, solltest du vielleicht besser allein …«

»Es tut mir leid, Joleen«, fiel ich ihr ins Wort. »Ich bin ein Idiot. Ein großer noch dazu. Dass ich dich gestern einfach so nach Hause geschickt habe, war ein verdammter Fehler, den ich nicht mehr rückgängig machen kann. Aber ich will versuchen, ihn wiedergutzumachen. Das heißt … wenn du mich lässt.«

Sie schnaubte auf, was süß aussah, und wandte den Blick ab.

Doch so schnell wollte ich nicht aufgeben. Mutig ging ich auf sie zu und zog sie einfach in meine Arme. Ich beugte mich zu ihr hinab, mein Mund neben ihrem Ohr. »Ich weiß wirklich nicht mehr, warum ich gestern Panik bekommen habe. Es war schön mit dir. Vielleicht zu schön. Ich hab mich so wohlgefühlt, so geborgen, glücklich wie lange nicht mehr. Ich wollte nicht, dass du gehst, und paradoxerweise dachte ich, dass ich dich genau deshalb loswerden muss. Dabei wäre es die beste Entscheidung gewesen, dich festzuhalten und nicht gehen zu lassen.«

Überrascht wandte sie mir den Kopf zu und sah mich an. Mir war klar, sie suchte in meinen Augen nach der Wahrheit, doch die hatte ich ihr bereits gesagt.

»Verzeihst du mir noch einmal?«

Stirnrunzelnd betrachtete sie mich. »Woher weiß ich, dass du nicht bei der nächstbesten Gelegenheit denselben Blödsinn machst, Mason? Ich habe mich gestern richtig mies gefühlt. Eigentlich bis gerade eben. Du hast mir keinen Grund genannt und mich nicht einmal nach Hause begleitet. Wie einen unwillkommenen Gast hast du mich vor die Tür und in ein Uber gesetzt und dich nicht mehr bei mir gemeldet. Womöglich hättest du mich nicht einmal angerufen, wenn ich nicht …«

»Ich *hätte* dich angerufen!«, unterbrach ich sie. Dabei sah ich ihr tief in die Augen, weil ich wollte, dass sie verstand, dass ich die Wahrheit sagte. »Weil ich, diesen Abend, das alles hier, mit dir will. Nicht nur wegen Sonntag. Deinetwegen, Joleen. Ich verbringe gerne Zeit mit dir und …«

Nun war sie diejenige, die mich unterbrach. Ihre Lippen landeten auf meinen, gierig, fordernd, wütend. Und fuck, ich hatte es so vermisst.

Bereitwillig öffnete ich meinen Mund und hieß ihre Zunge willkommen, die meine wild herausforderte. Gottverdammt, wie heiß diese Frau war!

Ich hob sie hoch und sofort schlang sie ihre Beine um meine Hüften. Ohne zu denken, drehte ich mich mit ihr um, bis sie mit dem Rücken gegen die Wohnungstür stieß. Sie keuchte mir in den Mund, fuhr mit ihren Fingern durch meine Haare und krallte sich an meinem Shirt fest. Wimmernd rieb sie ihr Becken an mir und beförderte sämtliches Blut von meinem Kopf in die unteren Regionen.

»Fuck, Joleen, was machst du nur mit mir?«, murmelte ich, ehe ich mich mit ihr von der Tür löste und die paar Schritte durch den Raum zu ihrer Couch machte. Ich ließ mich mit ihr auf die Polster sinken, bis sie auf dem Rücken vor mir lag. Mit meiner Hand glitt ich an ihrer Seite entlang. Ich fuhr mit den Fingerspitzen die Rundung ihres Busens nach und konnte den Blick nicht von ihren Nippeln lösen, die sich unscheinbar unter dem Stoff des BHs und der Bluse abzeichneten.

»Die Frage ist, was *du* mit *mir* machst«, hauchte sie erregt, während sie mit ihren Händen über meinen Oberkörper glitt. Dann packte sie mich am Kragen und zog mich wieder an sich, bis unsere Lippen aufeinanderprallten. Mit ihren Beinen hielt sie mich fest. Als würde ich auch nur ansatzweise auf die wahnwitzige Idee kommen, mich jetzt von ihr zu lösen …

Sie zu schmecken, zu fühlen, ihre Erregung zu hören, die sich in leisem Keuchen und Schnurren bemerkbar machte, ließ mich alles um uns herum vergessen. Ihre Fingernägel kratzten über meinen Rücken, als sie mit den Händen unter mein Poloshirt fuhr und dafür sorgte, dass sich mein Schwanz schmerzhaft gegen den Stoff meiner Hose drückte.

Sie rieb ihr Becken an meiner Härte und ich hatte damit zu kämpfen, ihr nicht sofort die Kleider vom Leib zu reißen und sie hier und jetzt auf dieser Couch zu nehmen.

»Wir sollten uns auf den Weg machen … ins Kino«, raunte ich zwischen unseren Küssen.

»Scheiß drauf«, murmelte sie und überraschte mich damit.

Heftig atmend löste ich mich von ihr und sah in ihre Augen. »Willst du …«

Sie grub die Zähne in ihre Unterlippe und nickte.

Tief seufzend wandte ich den Blick ab und versuchte, klar zu denken. »Nein, Joleen, ich werde heute nicht mit dir schlafen. Du solltest deine Regeln nicht verwerfen, nur weil es … so zwischen uns ist.«

Enttäuschung blitzte in ihrem Gesicht auf und sie drehte den Kopf zur Seite.

»Hey … das ist keine Abfuhr von mir, hörst du? Scheiße, ich will dich. So sehr!« Zum Beweis drückte ich mein Becken gegen ihre Mitte, was ihr ein sehnsuchtsvolles Stöhnen entlockte.

»Bitte, Mason!«

Es wäre so einfach. Sie wollte es und wir könnten es auf der Stelle miteinander tun. Aber mir war auch klar, dass sie es spätestens morgen bereuen würde. Und das wäre nicht richtig. Also richtete ich mich auf, brachte den wirklich dringend benötigten Abstand zwischen uns und schüttelte den Kopf. »Nein, Joleen. Ich werde dich erst morgen ficken, wie vereinbart.«

21

Joleen

Ich schwankte zwischen Sprachlosigkeit, Empörung und Frustration.

Warum wies er mich jetzt ab, wo er mich zuvor noch so unbedingt wollte?

Und wieso, verdammt noch mal, stiegen mir Tränen in die Augen? Warum war er gerade der Stärkere, wo ich mir doch geschworen hatte, nicht einzuknicken?

Beschämt wandte ich den Kopf ab und setzte mich ebenfalls auf. Mit aller Kraft kämpfte ich gegen den Sturm in meinem Inneren an. Auf keinen Fall wollte ich wie eine trotzige, zurückgewiesene Frau klingen.

Mason neben mir seufzte hörbar auf. »Na komm«, sagte er und zog mich sanft auf seinen Schoß.

Rittlings kam ich auf ihm zu sitzen. Er beugte sich vor und seine Lippen tanzten zärtlich über mein Dekolleté, bis ich die Augen schloss und genussvoll den Kopf nach hinten legte. »Wieso tust du das? Mich erst abzuweisen, nur um mich gleich darauf wieder so anzumachen?«

Er brummte gegen meine Haut, was tief in mir weitervibrierte. »Wenn du wüsstest, wie schwer es mir fällt, mich zurückzuhalten … Aber ich will nicht, dass du es bereust, wenn wir heute Sex haben, Joleen. Du hast mich um drei Dates gebeten.

Drei. Wir sprechen hier nicht von einer wochenlangen Wartezeit. Morgen um diese Zeit …« Er vergrub sein Gesicht an meiner Brust und atmete geräuschvoll ein. »Morgen um diese Zeit werden wir bereits nackt sein. Ich werde in dir sein und dich zum x-ten Mal zum Höhepunkt bringen. Aber heute … ist es noch nicht der richtige Zeitpunkt, verstehst du? Du würdest es bereuen und mich danach hassen.«

Ein frustriertes Lachen löste sich aus meiner Kehle. »Du machst mich seit Tagen scharf … seit Jahren, wenn man es genau nimmt, und redest die ganze Zeit davon, wie gern du mich vögeln willst. Und jetzt, wo ich dich darum bitte, lehnst du ab und beharrst darauf, meine Forderung einzuhalten, die du zuvor mehr als einmal brechen wolltest? Hast du überhaupt eine Ahnung, wie … erregt ich seit Tagen bin?«

»Glaub mir, ich *weiß*, wie es dir geht.«

»Dann erlöse uns davon.«

»Nein.«

Warum war dieser Mann so stur?

Verdammt, wenn es nicht zu kindisch wäre, würde ich wütend aufstampfen!

Aber wenn ich eines von Harper gelernt hatte, dann war es, forsch zu sein und mir zu nehmen, was ich wollte. Jetzt erst recht.

Auffordernd sah ich Mason ins Gesicht und hob die Hände zum obersten Knopf meiner Bluse. Ohne zu blinzeln, öffnete ich ihn, danach den nächsten. Und den nächsten.

Mason schüttelte den Kopf, schluckte, schloss die Augen, nur um mich gleich darauf wieder anzusehen. Oder, besser gesagt, meine Brüste, die sich, in edler Spitze verpackt, vor seinem Gesicht befanden.

Ich schlüpfte aus der Bluse und warf sie zu Boden. Dann hakte ich den Verschluss meines BHs auf, ließ ihn fallen. Stand auf und öffnete meine Jeans. Bevor ich sie hinabschieben konnte, umfasste Mason mein Bein und hob es an, um meinen Fuß auf seinem Oberschenkel zu platzieren. Er machte das zarte Riemchen um meine Fessel auf und streifte mir den Schuh ab. Das gleiche Spiel wiederholte er mit dem zweiten Heel. Dann stand er auf und half mir wortlos, Jeans und Slip auszuziehen, ehe er sich wieder vor mich hinsetzte. »Ich werde dich heute nicht ficken, Joleen«, brachte er gequält hervor, während er seinen Blick über meinen Körper wandern ließ, als würde er sich jeden Zentimeter davon einprägen wollen. »Aber weil du mich so sehr um Erlösung bittest, werde ich dich lecken. Unter einer Bedingung.«

Ich hätte *alles* gemacht, was er von mir forderte.

»Ich will, dass du dabei die Schuhe trägst.« Ein schmutziges Grinsen erschien auf seinen Lippen, dann beugte er sich hinab, um wieder nach den High Heels zu greifen.

Vor ihm stehend ließ ich zu, wie er mir einen nach dem anderen anzog. Und verdammt, ich fühlte mich so unfassbar sexy wie vermutlich noch nie zuvor in meinem Leben.

Mit leicht gespreizten Beinen stand ich vor ihm und genoss es, wie er mich von oben bis unten musterte, während mein Herz raste und meine Mitte pochte. Meine Brustwarzen waren zu harten Perlen geformt und ich spürte die Feuchtigkeit zwischen meinen Schenkeln.

Mason holte tief Luft und fuhr sich mit beiden Händen über das Gesicht, weiter durch seine Haare, in denen ich jetzt am liebsten meine Finger vergraben wollte.

Und das tat ich auch.

Ich ging auf ihn zu und kniete mich wieder über ihn. Sein Atem streifte meine Haut und es hatte was verdammt Verruchtes, bis auf die Schuhe nackt zu sein, während er noch vollständig angezogen vor mir saß. Genüsslich glitt ich mit den Händen durch seine weichen Haare und zog seinen Kopf an meine Brust.

Fest packte er mich am Hintern, als er eine Brustwarze in den Mund nahm und darüber leckte. Er neckte sie mit der Zunge und mit den Zähnen und ich stöhnte verzückt auf, als er sie tiefer einsog und mit einem lauten Schmatzen wieder in die Freiheit entließ.

Mit derselben Begierde widmete er sich der zweiten Brust, während seine Hände an meinen Oberschenkeln hinauf- und wieder hinabglitten und sich mit jeder Bewegung nach oben meinem Zentrum näherten.

Mein Atem ging heftig und ich sehnte mich so sehr danach, dass er mich endlich zwischen meinen Beinen berührte. Ich wollte, dass er tat, was er angekündigt hatte, ich brauchte die Erlösung so dringend.

»Bitte, Mason«, flehte ich, als er sich wieder von dort entfernte und nun über meinen Rücken streichelte. Aber er reagierte nicht. Als hätte er mich nicht gehört oder nicht hören wollen.

Ich packte seine Hand und führte sie an meinen Busen, doch er zog sie sofort wieder zurück. Ich wollte ihn küssen, er widmete sich jedoch mit großer Hingabe meinem Dekolleté, ohne meine Brüste oder die empfindliche Haut an meinem Hals zu berühren. Er trieb mich in den Wahnsinn, weil er mich zwar streichelte, aber nicht dort, wo ich es wirklich brauchte.

Bis ich die Schnauze voll hatte.

Ich stand auf und ging ein paar Schritte weg. Musterte ihn aus der Distanz, wie er auf meiner Couch saß – mit verstrubbelten Haaren und einem Ständer, der sich unübersehbar gegen den Reißverschluss seiner Chino drängte. Sein Blick war verhangen, seine Wangen gerötet, seine Lippen glänzten und ich hatte eine ungefähre Vorstellung davon, wie sehr er mich wollte.

Keine Ahnung, ob er wieder nur ein leeres Versprechen ausgesprochen hatte, aber ich hatte keine Lust, länger zu warten. Wenn er es nicht tun würde, würde ich mich selbst darum kümmern.

Ohne ihn aus den Augen zu lassen, streichelte ich meine Brüste und glitt tiefer, bis ich zwischen meinen Schenkeln die Feuchtigkeit spürte. Ein Keuchen kam über meine Lippen – oder hatte Mason es ausgestoßen? –, als ich langsam damit begann, mich zu massieren. Er schaute mir dabei zu, eine Hand auf seinem Schritt. Er drückte seinen Schwanz, der bestimmt schon schmerzen musste, dann stand er auf und kam auf mich zu wie ein Tiger auf der Jagd nach seiner Beute. Mit einem lustvollen Grollen drängte er mich zurück, bis ich mit dem Rücken die kühle Wand berührte, und küsste mich. Gierig. Wild. Und voller Verlangen.

»Leck mich endlich!« Die Worte kamen rau und fordernd über meine Lippen und überraschten mich selbst. Doch die Art, mit der Mason mich daraufhin ansah, heizte das Pochen in mir noch weiter an. Er senkte erst den Blick, dann ging er vor mir in die Knie. Als ich schließlich seine Zunge spürte, jagte ein Beben durch meinen Körper, das mich erzittern ließ.

Er legte sich mein Bein über die Schulter und verdammt, er hielt sein Versprechen. Mit einer nie zuvor erlebten Leidenschaft verwöhnte, leckte und neckte er mich mit dem Mund und mit den Händen. Ich zitterte und bebte und suchte Halt an der Kommode neben mir.

In einer fließenden Bewegung führte mich Mason zu Boden und noch bevor ich verstand, wie ich dorthin gekommen war, hatte er sich schon wieder über meine Mitte gebeugt. Er schob einen Finger in mich – oder zwei oder drei? – und massierte mich mit so großem Genuss, als hätte er seit Tagen davon geträumt. Was vielleicht wirklich so war …

Ich spürte, wie sich der Druck in mir schlagartig aufpeitschte, stöhnte auf, schlang die Beine um ihn und hoffte nur, ihm mit den Absätzen nicht am Rücken wehzutun. Doch er knurrte bloß lustvoll und verwöhnte mich noch hingebungsvoller, bis ich mit einem lauten Stöhnen kam. Meine Muskeln pulsierten um seine

Finger und ich hatte das Gefühl, eine gewaltige Welle würde über mich hereinbrechen und mich mit sich reißen.

Und in dem Moment wurde mir klar, dass er vermutlich recht behalten würde: Den Sex mit ihm würde ich bis ans Ende meines Lebens nicht mehr vergessen können. Und *das hier* war erst der Anfang …

22

Mason

Eine Komödie flimmerte über ihren Fernseher, während Joleen in einer gemütlichen Stoffhose und einem T-Shirt neben mir auf ihrer Couch saß. Sie wirkte müde und gelöst und zufrieden – kein Wunder bei dem Orgasmus. Ein klein wenig war ich neidisch, aber ich würde später, wenn ich zu Hause war, Druck ablassen.

Als sie angeboten hatte, sich auch um mich zu kümmern, hatte ich strikt abgelehnt. Denn ich wusste genau, dass ich mich nicht würde zurückhalten können, wenn ich erst die Hose fallen ließ. Ich würde einknicken und sie durch ihre ganze Wohnung vögeln, da war ich mir sicher. Und diesen einen verdammten Tag würden wir noch durchhalten.

Zumindest hatte es mir in gewisser Weise Befriedigung verschafft, sie lecken zu dürfen. Sie zu kosten und dabei zu beobachten, wie sie unter meinen Händen und meiner Zunge zerfloss, war ein wahrer Genuss gewesen. Fuck, am liebsten hätte ich sofort eine Wiederholung gefordert. Aber ich bewegte mich auf Messers Schneide. Jede Berührung, jeder Kuss kostete mich unfassbar viel Selbstbeherrschung.

Worum es in dem Film ging? Keine Ahnung. Und vermutlich wäre es schlauer gewesen, doch gemeinsam die Wohnung zu verlassen, aber uns heute noch unter die Leute zu mischen, interessierte uns beide nicht mehr. Dass Joleen bei den wenigen Scherzen, die dumpf zu mir durchdrangen, nicht lachte, sondern ein träumerisches Dauerlächeln im Gesicht hatte, verriet mir, dass sie ebenfalls mit den Gedanken woanders war. Vermutlich an der Stelle auf ihrem Boden, wo sie vorhin noch gelegen hatte, um unter mir zu erzittern.

»Morgen also Date im Park?«, fragte ich.

Als würde es ihr schwerfallen, sich von ihrem Kopfkino zu lösen, blinzelte sie, ehe sie mich ansah. »Ja.« Sie räusperte sich. »Willst du dich wo treffen, oder soll ich zu dir kommen?«

Wir hatten noch nicht darüber gesprochen, in welchem Park wir spazieren wollten, aber da ich neben dem *Central Park* wohnte, bot sich dieser natürlich an.

»Ganz, wie du möchtest. Ich kann dich auch abholen, wie es sich für ein Date gehört.«

Ein Schmunzeln huschte über ihr Gesicht. »Ich denke, diesmal bin ich dran«, sagte sie und ich war mir nicht sicher, ob sie sich damit wirklich ausschließlich auf das Abholen bezog.

»Okay. Um wie viel Uhr?« Ich ließ ihr die Wahl, wie schnell sie mich wiedersehen wollte. Wie früh sie unter mir liegen wollte …

»Hm … ich würde sagen, gegen halb neun?«

»Abends?« Nun hatte ich tatsächlich ein kleines bisschen panisch geklungen.

Kichernd schüttelte Joleen den Kopf. »Morgens. Ich kann Kaffee und Bagels mitbringen, wenn du möchtest.«

»Das klingt großartig. Auch wenn das ebenfalls gegen die offiziellen Datingregeln verstößt.«

»Tut es das?« Sie stellte den Fernseher auf stumm, was mir gefiel.

»Natürlich. Der Mann holt die Frau ab, der Mann kümmert sich um das Essen, der Mann bezahlt.«

»Ach so, wenn es das ist, du kannst mir gern schon heute die zwanzig Dollar dafür geben.« Auffordernd hielt sie die Hand auf und überrumpelte mich damit völlig.

Ihr Lachen, das danach folgte, wärmte mich von innen. »O Gott, du hättest eben dein Gesicht sehen sollen.« Sie schob ihre Augenbrauen zusammen und schlug mir leicht gegen den Oberarm. »Und nein, ich werde selbstverständlich *kein* Geld von dir annehmen. Ich bestehe darauf, dich einzuladen. So weit kommt es noch, dass ich mir ständig alles von dir bezahlen lasse. So eine bin ich nicht, Mason. Ich bin eine emanzipierte Frau, die kein Problem hat, ihrem Date selbst gekauftes Frühstück mitzubringen. Ich hoffe, damit kommst du zurecht.«

Verdammt, sie gefiel mir immer mehr. Jedoch nicht, weil sie selbst bezahltes Essen mitbringen wollte – bei Gott, ich brauchte weder jemanden, der mir mein Frühstück besorgte, noch wen, der dafür finanziell aufkam. Aber dass sie keine jener Frauen war, die mein Geld annahmen und sich somit von mir aushalten lassen wollten, verschaffte ihr einen großen Pluspunkt.

Natürlich würde ich nie zulassen, dass sie in teuren Restaurants bezahlte, Kaffee und Bagel konnte ich jedoch dankend annehmen – und mich im Anschluss mehrfach bei ihr revanchieren.

»Gut, das heißt, du kommst morgens zu mir, wir frühstücken und spazieren danach durch den Park. Und anschließend gehen wir zurück zu mir, wo ich dich in jedem Raum zum Höhepunkt bringen werde.«

Erwartungsfreudig nickte sie. »Klingt annehmbar. Wie viele Zimmer hat deine Wohnung noch gleich? Zählen Badezimmer und ein Schrankraum ebenfalls dazu?«

»Sagen wir es mal so: Du wirst mich am Montag definitiv bei jedem Schritt spüren. Und es ist gut, dass du schon so früh bei mir sein willst – die Zeit werden wir bei der Größe meines Zuhauses brauchen. Du hast nämlich bisher nur einen Bruchteil davon gesehen.«

An ihrem Hals sah ich, wie sie schluckte. »Okay … das bringt mich direkt zu einem anderen Thema, über das wir noch nicht gesprochen haben.«

Stirnrunzelnd schaute ich sie an, wusste aber nicht, was sie meinte. Und etwas in mir sagte mir, dass ich nicht draufkommen würde, worauf auch immer sie anspielte.

»Ich nehme die Pille und habe nach meiner letzten Beziehung einen Test gemacht. Ich bin also gesund und wenn du es ebenfalls bist und es möchtest, könnten wir auf das Kondom verzichten.«

Ach du heilige Scheiße … Stöhnend fuhr ich mir durch die Haare. »Fuck, Joleen, ich hoffe, du weißt, was du gerade mit mir machst …«

Fragend sah sie mich an, doch als ich meinen Schwanz durch die Hose richtete, der sich noch immer nicht gänzlich beruhigt hatte, lachte sie. »Sorry …«

»Ja, ich bin gesund. Und mein letztes Mal ohne Gummi liegt lange zurück. Damals war es … stressig und nicht so berauschend. Also der Sex schon, aber danach … Nenne es jugendlichen Leichtsinn, dass ich mich darauf eingelassen habe, ihn vorher rauszuziehen.«

»Oje … Ich hoffe, es ist gut gegangen.«

»Ja. Wir haben gezittert, als sie den Test gemacht hat, doch er war negativ. Also … alle acht.«

»Wenn es dich zu sehr stresst, dann können wir natürlich auch zusätzlich ein Kondom verwenden.«

»Nein. Das ist … mehr als in Ordnung für mich.« Ich atmete tief durch und schloss dabei die Augen. Allein die Vorstellung, sie ganz zu spüren, hatte unter Umständen dafür gesorgt, dass sich eben ein Lusttropfen gelöst hatte.

Mein Blick glitt über ihr Gesicht, ihren Hals und noch weiter nach unten. Verdammt, ich musste aufhören, sie so anzusehen. Ich brauchte Abstand, weil … »Es tut mir wirklich leid, Joleen, doch ich muss mich auf den Weg nach Hause machen«, begann ich gepresst. »Es war ein sehr schöner Abend mit dir … ich fürchte bloß, ich … stoße mal wieder an meine Grenzen der Selbstbeherrschung. Aber da wir uns morgen früh sehen …«

Sie nickte mit einem Grinsen auf den Lippen. »Alles gut. Ich hab Verständnis dafür. Ich bin auch schon wieder wuschig und du …« Ihr Blick glitt zu meinem Schritt. »… hattest ja heute Abend nicht einmal ein kleines bisschen Druckabbau.«

»Danke«, sagte ich und verzog das Gesicht zu einer Grimasse. Ich bestellte ein Uber. Die App verriet mir, dass es bereits in zwei Minuten hier sein würde. »Okay, ich muss auch gleich raus …« Zum Beweis zeigte ich ihr das Handydisplay mit der angekündigten Zeit. Dann leerte ich mein Wasserglas, trug es in ihre Küche und stellte es in die Spüle.

»Irgendwie fühlt es sich falsch an, dir eine gute Nacht zu wünschen. Also … natürlich hoffe ich, dass du gut schläfst, aber … es klingt ein kleines bisschen nach Hohn, nachdem du …« Sie sah an mir hinab. »… heute zu kurz gekommen bist.«

»Keine Sorge, ich kümmere mich zu Hause darum.« Zwinkernd beugte ich mich zu ihr und gab ihr einen keuschen Kuss. Mehr war gerade nicht möglich.

Schwer atmend brachte ich Abstand zwischen uns, und bestimmt konnte sie an meinem gequälten Gesichtsausdruck erkennen, wie gerne ich mich anders von ihr verabschiedet hätte. Sie begleitete mich noch zur Tür.

»Komm gut nach Hause, wir sehen uns morgen!«

»Schlaf gut, Joleen.« Ein letzter Kuss, dann ging ich raus in den Flur und lief die Treppe hinab.

Das Uber hielt in genau dem Moment vor ihrem Wohnhaus, als ich den Gehsteig betrat. Ich stieg ein und stieß geräuschvoll die Luft aus. Sah aus dem Fenster, während sich die Bilder von heute Abend vor meinem inneren Auge wie ein Film abspielten – und erneut das Blut in die unteren Regionen schickten.

Das Klingeln meines Telefons durchbrach meine Gedanken. Und als ich abhob und der Stimme lauschte, die völlig aufgelöst klang, war meine Erregung augenblicklich verflogen. Stattdessen machten sich Angst und Sorge in mir breit.

Aufgewühlt und voller Sorge teilte ich dem Fahrer meine Richtungsänderung mit und konnte an nichts anderes mehr denken als daran, was ich eben erfahren hatte …

23

Joleen

Unerwartet fit wachte ich am nächsten Morgen auf, und das, obwohl ich gestern noch sehr lange auf war, mit Georgia und Virginia videotelefoniert und sie auf den neuesten Stand gebracht hatte. Also natürlich, ohne zu viel ins Detail zu gehen, aber ich hatte ihnen erzählt, dass das geplante Kinodate geplatzt war, weil wir es nicht aus meiner Wohnung geschafft hatten. Dass wir bisher nicht miteinander geschlafen hatten, wussten die beiden ebenfalls, und den Rest überließ ich ihrer Fantasie.

Die zwei waren fast noch aufgeregter als ich, was das Date heute betraf. Wir hatten meine Klamotten besprochen, und da ich wieder welche von Georgia anziehen würde, hatten sich beide bei der Diskussion eingebracht.

Tatsächlich fühlte ich mich wohl mit der neuen, für mich noch ungewohnten Kleidung. Mich eine Spur freizügiger zu geben, erforderte jeden Tag Mut von mir, aber inzwischen konnte ich mir auch nicht mehr vorstellen, zu den zugeknöpften Blusen und langen Röcken zurückzukehren. Und ich hatte beschlossen, bei der nächstbesten Gelegenheit shoppen zu gehen.

Heute hatte ich mich für ein rückenfreies, sommerliches Kleid in Ziegelrot mit weißen Punkten entschieden. Es endete bestimmt zwei handbreit über meinen Knien, war ein High-Waist-Volantkleid mit großzügigem Dekolleté und definitiv das gewagteste Kleidungsstück, das ich seit Jahren bei Tageslicht getragen hatte. Dazu wählte ich Sandaletten mit kleinem Keilabsatz – immerhin wollte ich bei dem Spaziergang keinen unsicheren Stand und ständig das Gefühl haben, jeden Moment zu straucheln.

Auf der Fahrt zu Mason war ich unglaublich nervös, doch zum Glück hatte ich ein Taxi mit einer Fahrerin ergattert, bei der ich mich nicht unwohl fühlte. Die Tüte mit den Bagels hielt ich auf dem Schoß, Kaffee hatte ich vor, in dem Laden in Masons Nähe zu besorgen, weshalb ich mich dort absetzen ließ. Immerhin wollte ich, dass unsere Getränke nicht ausgekühlt waren, bis ich bei ihm ankam.

Ich entschied mich für zwei große Cappuccino, Masons mit normaler, meinen mit Hafermilch, die ich in einer Papphalterung zu seiner Wohnung balancierte. Allein der Gedanke daran, was mich gleich erwarten würde, trieb meinen Puls in die Höhe. Und verdammt, ich freute mich so sehr, ihn zu sehen und den Tag mit ihm zu verbringen! Vor allem, weil ich gestern bereits eine kleine Vorschau auf heute bekommen hatte.

Ich war extra früh aufgestanden, hatte geduscht, mich rasiert und eingecremt, mir die Haare gemacht, mich geschminkt und war vom Ergebnis mehr als überzeugt. Mason würden bestimmt die Augen aus dem Kopf fallen, wenn er mich gleich sah.

Gestern hatte ich mich aus Trotz über seine blöde Reaktion vom Vortag für die Jeans entschieden, konnte aber nicht auf meine neuen High Heels verzichten, die mir der Paketdienst am Nachmittag geliefert hatte. Und die hatten ihm ja anscheinend ganz gut gefallen. Heute legte ich mit diesem Kleid jedoch noch einen drauf, davon war ich überzeugt.

Als ich seine Wohnung erreichte und klingelte, musste ich mich zusammenreißen, nicht dümmlich zu grinsen. Doch dieser Drang verging mir, als auch nach dem zweiten Klingeln die Tür verschlossen blieb. Brummelnd stellte ich den Pappkarton ab, um mein Handy aus der Handtasche zu holen. Das Display war leer – keine Nachrichten, keine Anrufe von ihm.

Ob er noch schlief?

Ich wählte seine Nummer, landete jedoch sofort auf der Mailbox.

Stutzig sah ich auf mein Telefon, versuchte es erneut.

Wieder ertönte nur die Bandansage.

»Das ist doch …« Ich schaute auf die Uhrzeit auf dem Smartphone, die acht Uhr siebenundzwanzig anzeigte. Okay, ich war zu früh, jedoch nur um drei Minuten.

Unschlüssig sah ich mich um, aber da Mason einen eigenen Eingang hatte, der direkt in sein Apartment führte, konnte ich auch keinen Portier fragen oder in einem Eingangsbereich auf ihn warten. Man gelangte durch die große Tür unmittelbar in seine Wohnung – vermutlich war sie früher eine Galerie, ein Laden oder Ähnliches gewesen …

Ich beschloss, ihm noch ein bisschen Zeit zu geben. Vielleicht war er ja selbst gerade noch unterwegs, um … Aufstriche oder Obst oder sonst was zu besorgen. Doch zehn Minuten und ein paar Schluck Kaffee später war noch immer nichts von ihm zu sehen. Ein weiterer Blick auf mein Handy machte mich auch nicht schlauer. Nach wie vor keine Nachricht von ihm. Ich schwankte zwischen Verärgerung und Sorge. Er würde mich doch nicht versetzt haben – nicht nach allem, was gestern gelaufen war! Oder war ihm auf dem Nachhauseweg etwas passiert? Er hatte sich schließlich nicht mehr bei mir gemeldet. Es wäre also möglich.

Mein Herz raste und sofort sah ich die wildesten Bilder vor meinem inneren Auge. Vielleicht hatte er einen Unfall oder wurde überfallen oder …

Okay, das alles half mir auch nicht weiter.

Ein letztes Mal klingelte ich – erfolglos. Also beschloss ich, in den Park zu gehen und dort zu warten. Immerhin kam ich mir langsam lächerlich vor, hier zu stehen, wo ich das Gefühl hatte, alle Nachbarn und vorbeigehenden Leute würden mich seltsam ansehen.

Ich entschied mich für eine Bank, von der aus ich seinen Eingang im Blick hatte. Weil mein Magen knurrte, biss ich von einem Hummusbagel ab und spülte mit noch mehr Kaffee nach. Und meine Sorge wuchs.

Schließlich fasste ich den Entschluss, dass ich nicht nach Hause fahren konnte, ohne vorher die Gewissheit zu haben, dass mit ihm alles in Ordnung war. Und die einzige Möglichkeit, die mir einfiel, war, Adrian Price' Nummer zu wählen. Neben Masons wusste ich nur seine auswendig. Vielleicht konnte ich so mehr erfahren.

Nervös tippte ich die Ziffernfolge ein und lauschte dem Freizeichen. Was ich ihm sagen würde, wenn er abhob – warum ich mit Mason an einem Sonntagvormittag zum Frühstücken verabredet war –, wusste ich noch nicht. Aber ich würde mir einfach spontan was einfallen lassen.

»Adrian Price' Telefon, Harper hier?«, hörte ich eine verschlafene Stimme.

Erleichtert atmete ich auf. Dass meine Arbeitskollegin abheben könnte, daran hatte ich gar nicht gedacht. Doch nun war ich froh, mich nicht einem der Geschäftsführer erklären zu müssen.

»Hier ist Joleen … Turner. Tut mir leid, sollte ich dich … euch … geweckt haben.«

»Kein Ding, Adrian war beim Sport, ich glaube, er ist gerade duschen. Was ist los, warum rufst du auf seinem Handy an?« Sie klang schon viel wacher und auch alarmiert.

»Vielleicht kannst du mir helfen, ich weiß nicht, was ich tun soll. Eigentlich wäre ich jetzt mit Mason … Mister Collins … zum Frühstücken verabredet, aber er ist nicht zu Hause. Dabei haben wir gestern Abend, als wir uns verabschiedet haben, noch alles besprochen, wann ich bei ihm sein soll und dass ich

Kaffee und Bagels mitbringe und nun … macht er nicht auf. Und ich lande immer auf seiner Mailbox. Ich mache mir Sorgen, dass was passiert ist, und weil ich sonst niemanden kenne, der ihn kennt, den ich anrufen könnte, hab ich es auf Mister Price' Handy probiert.« Die Worte sprudelten nur so aus mir heraus. Ob sie einen Sinn ergaben, wusste ich nicht. Ich war viel zu aufgelöst.

»Ich frage jetzt mal nicht, warum ihr euch gestern Abend gesehen habt und ihr heute Morgen erneut verabredet seid«, begann sie und ich konnte das Schmunzeln auf ihren Lippen hören, »aber dass er sich nicht meldet, ist echt seltsam. Ich rede mit Adrian, sobald er aus dem Bad kommt, und melde mich wieder bei dir. Du bist doch unter dieser Nummer erreichbar, oder?«

»Ja, das ist mein Telefon. Danke, Harper.«

»Kein Ding. Und halte dir morgen deine Mittagspause frei, wir gehen essen.«

Damit hatte ich bereits gerechnet, weshalb ich auch nichts dagegen einzuwenden hatte. Wir verabschiedeten uns und ich wartete erneut. Der Hunger war mir vergangen, mein Becher fast leer, wohingegen Masons Kaffee zwar noch voll, aber nicht mehr heiß war.

Endlich klingelte mein Telefon.

»Joleen, Harper hier. Hör zu, Adrian hat Masons Eltern erreicht. Ihm geht es gut, seine Schwester Vanessa ist jedoch gestern Abend überfallen worden. Sie war auf dem Heimweg von einer Freundin und jemand hat sie in eine dunkle Ecke gezerrt und niedergeschlagen. Sie hat sich anscheinend zu wehren versucht, vermutlich wollte derjenige sie auch vergewaltigen. Keine Ahnung, mehr weiß ich nicht. Auf jeden Fall ist er seit gestern Abend im Krankenhaus und der Akku seines Telefons ist leer, deshalb hast du ihn nicht erreicht. Ich soll dir von ihm ausrichten, dass es ihm leidtut, dass er dich nicht verständigt hat und du umsonst auf ihn warten musstest. Er meinte, du sollst nach Hause fahren, er würde sich später bei dir melden, sobald er zurück ist.«

Geschockt hielt ich mir eine Hand vor den Mund und versuchte, irgendwie zu verarbeiten, was ich eben erfahren hatte. »O nein, wie schrecklich! Falls du ihn noch einmal hörst, sag ihm, dass ich seiner Schwester gute Besserung wünsche und … alles Gute für sie.« Ich hatte das Gefühl, dass diese Worte nicht annähernd das ausdrückten, was ich sagen wollte, und dass sie nicht den Trost spenden würden, den ich ihr und Mason und seiner ganzen Familie wünschte.

»Danke, ich richte es aus. Und … tut mir leid, Joleen. Ich bin mir sicher, er meldet sich später bei dir.«

Ich bedankte mich und legte auf. Noch eine ganze Weile saß ich hier auf dieser Bank und fröstelte, obwohl die Sonne auf mich schien. Irgendwann stand ich auf und ging wieder Richtung Ausgang. Den Kaffee, der inzwischen lauwarm war, und die Tüte mit den restlichen Bagels schenkte ich einem alten Mann in zerschlissener Kleidung, der neben mir am Fußgängerüberweg hielt. Er dankte mir mit einem Lächeln, doch ich konnte es nicht einmal erwidern. Zu sehr war ich geschockt und innerlich aufgewühlt von dem, was ich eben erfahren hatte. Meine Gedanken kreisten um Mason und seine Eltern, die ganz sicher eine sorgenvolle Nacht hinter sich hatten. Vor allem aber dachte ich an seine Schwester und ich hoffte einfach nur für sie, dass sie nicht allzu schlimm verletzt war und diese Albtraumnacht irgendwann hinter sich lassen und vergessen konnte …

24

Mason

»Hey, Mann, wie geht es ihr?« Adrian klang besorgt und aufgewühlt und damit genau so, wie ich mich fühlte, neben all der Wut und der Hilflosigkeit und dem Bedauern für das, was Vanessa zugestoßen war.

»Den Umständen entsprechend. Dieses Arschloch hat sie ziemlich übel zugerichtet. Ihr Gesicht sieht aus …« Ich schüttelte den Kopf und lehnte mich kraftlos auf meiner Couch zurück. Kaum dass ich zu Hause angekommen war, hatte ich mein Handy ans Ladekabel gehängt und Adrian noch einmal angerufen. »Zum Glück hat sie keine schweren inneren Verletzungen. Nur Prellungen, Schürfwunden, Blutergüsse. Eine Gehirnerschütterung und ein gebrochenes Schlüsselbein. Und es kam rechtzeitig wer zu Hilfe. Der Kerl hat den Angreifer nicht nur von ihr wegstoßen, sondern auch überwältigen können, nachdem er den Wichser ein paar Blocks gejagt hat.«

Adrian pfiff durch die Zähne. »Nicht schlecht. Und gut für Vanessa.«

Ich nickte und stieß ein zustimmendes Geräusch aus.

Der Schock steckte mir noch immer in den Knochen, obwohl ich mit meinen Eltern lange an ihrem Bett gesessen hatte. Meine Schwester hatte mit uns sogar ein paar Worte gewechselt, ehe die Schmerzmittel sie wieder in den nötigen Schlaf schickten.

Irgendwie war ich froh, dass das Ganze nicht passiert war, als wir verabredet gewesen waren und ich sie wegen Joleen versetzt hatte. Das hätte mein schlechtes Gewissen ins Unermessliche getrieben und ich würde mir vermutlich nie verzeihen können.

»Wenn ich was für dich, für Vanessa oder eure Eltern tun kann, lass es mich wissen, okay? Nicht nur als Freund der Familie, sondern auch als Anwalt.«

»Danke, das weiß ich zu schätzen.« Ich war unglaublich müde, mein Gehirn funktionierte nur noch im Schneckentempo. Alles, was ich wollte, war schlafen, selbst wenn mich die Bilder und Gedanken an meine Schwester vermutlich doch wach halten würden.

»Okay, ich seh schon, wir reden besser morgen weiter. Du klingst, als würdest du jeden Moment wegpennen. Wobei warte … Erst musst du mir noch verraten, was es mit der Sache mit Joleen auf sich hat.«

Ein verzweifeltes Lachen kam über meine Lippen. »Ich wusste, dass diese Frage kommt.«

»Natürlich! Und ich bin ganz gespannt.« Er klang amüsiert.

Seufzend schloss ich die Augen. »Versprich mir, dass du es für dich behältst.«

»Hey, ich bin Anwalt …«

Ich nickte. Auf Adrian hatte ich mich noch jedes Mal verlassen können, er hielt immer dicht, wenn es um wichtige Dinge ging. Also erzählte ich ihm von dem Kuss und unserem darauffolgenden Deal mit den drei Dates.

»Dann willst du deine Assistentin ficken? Trittst du jetzt in meine Fußstapfen?« Er lachte.

Ich war wirklich nicht verklemmt – bei Gott, ganz und gar nicht – und nannte die Dinge selbst gern beim Namen. Normalerweise hatte ich auch nichts gegen derbe Worte, doch sie nun in Bezug auf Joleen aus Adrians Mund zu hören, machte mich wütend. »Wir werden vögeln, ja«, antwortete ich zwischen zusammengepressten Zähnen. »Aber das mit ihr und mir ist nicht mit dem zu vergleichen, was du mit Harper hast. Wir tun es nur des Spaßes wegen, mehr ist da nicht drin.«

Ich lauschte seinem Schweigen. »Weiß Joleen das auch?«

»Klar. Ich habe ihr nichts versprochen, wir haben nur Sex nach drei Dates vereinbart. Im Grunde sollte das gar nicht in der Firma die Runde machen, und wenn das mit Vanessa nicht passiert wäre, wüssten weder du noch Harper was davon. Wir wollten da nichts an die große Glocke hängen, weil es nichts gibt, was dort hängen könnte.«

Vielleicht hatte ich mich zu sehr in die Sache hineingesteigert, doch nun waren die Worte raus und ich wollte und konnte sie nicht zurücknehmen. Denn sie entsprachen der Wahrheit.

»Okay«, meinte er schließlich. »Vergiss nicht, dass sie auf deinen Anruf wartet. Harper hat gesagt, sie wäre ziemlich durch den Wind und hätte sich Sorgen um dich gemacht. Große Sorgen.« Die Fröhlichkeit von eben war verflogen, er klang sachlich und emotionslos. Doch seine Worte sagten so viel mehr aus, als es seine unterdrückten Emotionen hätten tun können. Er war sauer auf mich. Aber das war sein Problem, nicht meines. Schon gar nicht heute, wo es genug andere Dinge gab, die in meinem Kopf herumgeisterten.

Wir verabschiedeten uns und ich starrte eine Weile in die Luft. Wiederholte das Telefonat von eben in Gedanken. Dass er nun eine schlechte Meinung von mir hatte, war eine Sache. Aber ich hätte ihn nicht anfahren dürfen. Dafür sollte ich mich morgen bei ihm entschuldigen. Immerhin war er mein Freund und hatte nur helfen wollen.

Bevor ich duschte und ins Bett ging, wollte ich jedoch noch Joleen anrufen. Als hätte sie nur darauf gewartet – was wahrscheinlich auch so war –, ging sie gleich nach dem ersten Klingeln ran und ich hörte ihre besorgte Stimme.

»Mason, wie geht es dir? Und deiner Schwester?«

»Vanessa ist so weit okay, es hätte schlimmer kommen können, der Typ hat sie jedoch ziemlich zugerichtet. Wir rechnen damit, dass sie schon morgen entlassen wird. Zumindest scheint sie in guter therapeutischer Betreuung zu sein. Aber wir alle stehen unter Schock.«

»Gott, das kann ich mir vorstellen. Wie geht es dir? Du klingst müde. Warst du seit gestern durchgehend wach?«

»Ich glaube, ich bin ein paarmal im Wartezimmer weggepennt. Gestern war die Hölle los im Krankenhaus. Keine Ahnung, warum, vielleicht war Vollmond. Die Untersuchungen haben ewig gedauert und dann mussten wir noch abwarten, bis sie überhaupt ein freies Zimmer bekommen hat.«

Sie stöhnte verhalten auf. »Auch das noch. Das tut mir alles so leid. Für deine Schwester und für dich. Wenn ich was tun kann, sag Bescheid, ja?«

»Danke.« Ich lauschte ihrem Atem und wünschte, sie wäre hier bei mir. »Tut mir leid, dass du dir heute Sorgen machen musstest. Und dass du umsonst hergekommen bist.«

»Schon okay, das Ganze hat sich dann ja aufgeklärt. Ich hoffe, du bist nicht böse, weil ich Mister Price angerufen habe, um zu erfahren, was mit dir los ist?«

Müde wischte ich mir über das Gesicht, zog den Stecker aus dem Telefon und stand auf, um mir aus dem Kühlschrank was zu trinken zu holen. »Nein, alles gut. Du musstest ja irgendwie herausfinden, warum ich dir nicht öffne.«

»Hat er … Fragen gestellt?«

»Jep«, antwortete ich und goss mir einen Schluck Milch in ein Glas. »Aber bei ihm musst du dir keine Sorgen machen. Er plaudert nichts in der Firma aus. Die Frage ist, ob du Harper vertrauen kannst. Sie kenne ich zu wenig und kann nicht einschätzen, ob sich dank ihr die Neuigkeiten nun wie ein Lauffeuer verbreiten.«

»Ich denke nicht, dass sie der Typ dazu ist.«

»Willst du dir was überlegen, eine offizielle Stellungnahme, wenn sie doch nicht dichthält?« Shit, vielleicht hätte ich das nicht sagen sollen. Nicht in meinem völlig übermüdeten Zustand, in dem mein Hirn nicht mehr richtig funktionierte und ich mir über meine Worte zu wenig Gedanken machen konnte, bevor sie meinen Mund verließen.

»Was stellst du dir denn vor?«, fragte sie und in ihrer Stimme schwang neben Neugier auch Ärger mit.

»Vergiss es, ich hätte das so vielleicht nicht sagen sollen. Ich bin einfach müde und … wir sollten morgen reden.«

Wieder schwieg sie ein paar Sekunden, ehe sie antwortete: »Geh ins Bett, Mason, und schlaf dich aus. Wir sehen uns dann im Büro.« Die Empörung in ihrer Stimme war Besorgnis gewichen und ich hoffte, dass sie mir wirklich nicht mehr böse war wegen der Worte, die ich zu unüberlegt gesagt hatte.

Die Geschäftsführerbesprechung am Montagvormittag hatte zuerst nur ein Thema: Vanessa. Alle drei kannten meine Schwester, seit … ewig, und selbst der sonst so gelassene Logan zeigte sich schockiert darüber, was ihr zugestoßen war.

Im Anschluss brachte Kil das Thema mit der zusätzlichen Assistentin auf den Tisch, das sofort von allen gut angenommen wurde. Somit war es fix, er würde gleich ein Treffen mit Carolyn, der Personalleiterin, vereinbaren.

Erst danach kümmerten wir uns um die Tagesthemen beziehungsweise um die Dinge, die die kommende Woche betrafen: Welche großen Projekte anstanden, der eine Kunde, der nach wie vor nicht zahlen wollte und worüber sich nun Adrian kümmern würde. Der Mitarbeiter aus dem Vertrieb, der seit Beginn für *Cunningham Solutions Inc.* arbeitete und zum wiederholten Mal beim Klauen von Büromaterialien erwischt worden war. Über den nun entschieden werden musste, wie wir weiter vorgingen – ob wir ihn entließen oder er noch einmal mit einer Abmahnung davonkam. Und ich stellte meine Ideen zu einem Plug-in vor, die ich in der letzten Woche ausgearbeitet hatte. Die drei befanden es für gut und ich würde später alles mit meinem Team besprechen und die Aufgaben verteilen.

Danach hatten wir die aktuellen Themen durch und alle standen auf, um zurück in die Büros zu gehen. Adrian und Kilian hatten es besonders eilig, da ich jedoch noch meinen Laptop und die Unterlagen einpacken sowie die Technik ausschalten musste, dauerte es bei mir ein wenig länger. Und Logan schien etwas auf dem Herzen zu haben …

»Alles okay?«, fragte ich und schielte in seine Richtung, während ich meinen Computer zuklappte.

Er nickte. »Sicher … oder auch nicht. Helene und ich hatten am Wochenende mal wieder Streit.«

»Shit. Ist sie wieder ausgezogen?«

Er verneinte. »Langsam, aber sicher zweifle ich jedoch diese Beziehung an.«

Ein *Halleluja* ertönte in hellen Klängen in meinem Kopf, doch äußerlich ließ ich mir nichts anmerken.

»Ich meine … es ist so verdammt anstrengend mit ihr. Es ist, als würde sie ständig etwas suchen, über das sie sich mit mir fetzen kann.«

»Aber das war schon immer so, nicht wahr?«, fragte ich vorsichtig. »Ehrlich, Kumpel, ich weiß nicht, wie du das aushältst. Wenn ich das sagen darf, sie tut dir nicht gut.«

Er zuckte mit den Schultern, ignorierte meine ehrlichen Worte am Ende und ging nur auf die ersten ein. »Die erste Zeit war es … aufregend. Irgendwie. Keine Ahnung. Ich mochte ihr Feuer, ihr Temperament, ihre Leidenschaft. Inzwischen bin ich nur noch angepisst. Es zerrt an meinen Nerven, weil ich echt schon bei jedem Wort, bei allem, was ich mache, überlegen muss, ob das jetzt gerade *erlaubt* ist oder ob ich damit nur die nächste Bombe zum Detonieren bringe.«

Seufzend setzte ich mich wieder. Logan schloss die Besprechungstür und nahm mir gegenüber Platz.

»Das Problem ist, dass ich sie nicht verlassen kann. Ich hab … Angst, allein zu sein. Ehrlich, Alter, sieh mich nicht so an! Wenn du jetzt lachst oder so … Ach, verdammt: Ich meine, ich bin schon so lange mit ihr zusammen und auch davor bin ich quasi von einer Beziehung in die nächste gestolpert. Denk zurück, Yvi hab ich an meinem fünfzehnten Geburtstag geküsst und war von da an mit ihr ein Paar. Seitdem war ich vielleicht drei Monate in Summe single. Wenn überhaupt. Verstehst du? Ich … ich kann das nicht.«

Jep, Logan hatte nie unter großem Liebeskummer gelitten, und falls doch, dann hatte er sich nicht durch die Clubs gevögelt, sondern war direkt in die nächste Beziehung geschlittert. Als schien er in Frauen das Bedürfnis zu wecken, dass sie ihn trösten und sich um ihn kümmern wollten.

»Also, mir geht es als Single sehr gut, wenn es das ist, was du hören willst. Ich habe alle Freiheiten, die du dir nur vorstellen kannst. Ich gehe aus, wenn mir danach ist, und gehe heim, wann und mit wem auch immer ich will. Wenn ich Lust dazu habe, drei Frauen in einer Woche zu ficken, dann tue ich das.«

Er seufzte. »Darum beneide ich euch. Also … dass ihr das könnt. Ich brauche Beständigkeit. Das Wissen, dass da jemand ist, der mit mir das Leben teilt. Ohne einer Partnerin an meiner Seite fühle ich mich … verloren. Nicht vollständig.«

»Und wieso suchst du dir nicht einfach eine, die … na ja … Helenes Platz einnimmt?« Ich wusste, es war gewagt, so etwas zu sagen. Doch er schien es mir nicht übel zu nehmen.

»Darüber habe ich auch schon nachgedacht – aber hey, das bleibt unter uns, okay?« Er schielte kurz zu den Milchglasfenstern, die sich aktivierten, sobald man hier die Tür schloss. »Es ist jedoch so, dass mich Helene einfach zu sehr im Griff hat. Es ist, als würde sie spüren, wenn ich mich nach einer anderen umsehe, wenn ich über ein Ende nachdenke. Dann ist sie wieder ständig bei mir, umgarnt mich, verhätschelt mich. Liebt mich und der Sex ist …« Er blähte die Backen auf. »… so verdammt gut. Bis ich mich erneut voll und ganz in sie verknallt habe. Daraufhin zeigt sie sich wie gehabt von ihrer üblen Seite, ist eifersüchtig, macht mir Vorwürfe. Ich kann ihr nichts recht machen. Bin ich zu früh von der Arbeit zu Hause, denkt sie, ich würde ihr nicht vertrauen. Komme ich etwas später, hält sie mir vor, ich würde sie betrügen. Sie dreht mir jedes Wort im Mund herum, bis wir streiten, dass die Fetzen fliegen.«

»Und dann besänftigt sie dich mit Versöhnungssex, hab ich recht?«

Sein verzweifeltes Schweigen war Antwort genug. »Und Schlussmachen funktioniert nicht. Sie geht einfach nicht, stellt sich komplett quer. Ich hatte schon mal all ihre Sachen gepackt, doch sie hat stur wieder ausgepackt. Hat mich unter Tränen angefleht, nicht hinzuwerfen, was wir miteinander haben. Hat Besserung gelobt und mir geschworen, alles zu tun, damit es mit uns klappt. Nur tut es das nicht. Das ist ein Zustand für ein paar Wochen, bis das ganze Spiel von vorne anfängt. Und wenn ich ehrlich bin, hab ich keinen Bock mehr darauf. Es zerfrisst mich innerlich.«

»Hast du sie mal betrogen?«

»Nein. Niemals.« Seine Antwort kam sofort und selbstsicher, sodass ich ihm glaubte. »Auch wenn ich nicht nur einmal mit dem Gedanken gespielt habe. Aber selbst wenn sich mir eine Gelegenheit geboten hat, hab ich es nicht übers Herz gebracht. So einer bin ich nicht. Ich könnte mir nicht mehr in die Augen schauen. Wenn ich es mit einer anderen tue, dann muss ich erst einen Schlussstrich unter die Beziehung gezogen haben.«

Den sie ihn nicht ziehen lässt …

»Das klingt verdammt beschissen und es tut mir wirklich leid, was du durchmachst. Vielleicht ist es halt auch einfach an der Zeit, deinen Mann zu stehen, dir dein eigenes Glück zu nehmen und dich von ihr zu trennen, weißt du? Egal, was sie dazu meint. Du *darfst* nach alldem egoistisch sein. Vor allem aber solltest du dich nicht länger unterbuttern lassen. Weil Helene dir verdammt noch mal nicht guttut. Du bist nicht *glücklich*, Mann, egal, was du uns vormachen willst. Und ja, vielleicht ist es zu Beginn befremdlich, aber die Angst vorm Alleinsein darf dir nicht länger im Weg stehen. Mir geht es gut damit, single zu sein. Kil ebenfalls, und Adrian hatte damit auch nie ein Problem …« Angespannt fuhr ich mir durch die Haare. »Scheiße, ich weiß gerade echt nicht, wie ich dir dabei helfen kann …«

Logan atmete geräuschvoll aus. »Das hast du bereits. Was du eben gesagt hast, war sehr … Ich werde darüber auf jeden Fall nachdenken. Und danke, dass du mir zugehört hast. Ich glaube, ich musste das alles einmal loswerden. Lass dir jedoch eines gesagt sein: Genieße dein Singledasein. In vollen Zügen. Es klingt großartig und ist etwas, das du in einer Beziehung so definitiv nicht mehr hast.«

Ich nickte nur, weil ich nicht wusste, was ich darauf noch hätte sagen sollen. Dann stand er auf und verließ den Besprechungsraum.

Durch die Glasscheiben, die nun wieder durchsichtig waren, sah ich Joleen, die an ihrem Platz saß und zu mir schaute. Ihre Lippen hoben sich zu einem hoffnungsvollen Lächeln, während sich alles in mir zusammenzog. Denn Logan hatte recht: Das, was ich gerade hatte, war ein Luxus, den ich nicht mehr haben würde, wenn ich meine Ungebundenheit aufgab.

25

Joleen

Zugegeben, ich war ziemlich aufgeregt, als ich an diesem Montag mit Harper im *Hale & Hearty* saß und wir auf unser Mittagessen warteten. Dieser Laden war berühmt für seine Suppen – das Konzept dieses Restaurants –, und ich hatte hier schon das ein oder andere Mal meine Mittagspause verbracht.

Dass Harper nur aus einem Grund mit mir hergekommen war, war mir klar. Zum einen wollte sie erfahren, was genau zwischen Mason und mir lief, zum anderen war das kein Laden, in dem man die halbe Belegschaft antraf. Die meisten Kollegen bevorzugten einfach Burger, Pizza oder Steaks. Zudem hatte man hier einen guten Blick auf die restlichen Gäste und konnte sich in Ruhe unterhalten, ohne Angst haben zu müssen, dass die vom Nachbartisch jedes einzelne Wort verstanden. Es gab genug Platz dazwischen.

»Echt schrecklich, was Vanessa passiert ist. Das gibt einem wieder ein völlig anderes Bewusstsein dafür, wenn man zu Fuß eine Strecke zurücklegen muss. Besonders, wenn es Nacht ist oder es gerade dämmert«, sagte ich, kaum dass wir unsere Getränke serviert bekommen hatten.

»Auf jeden Fall. Ich habe zwar immer Pfefferspray in der Handtasche, aber das hatte Vanessa anscheinend auch dabei. Nur hatte sie keine Chance, es überhaupt zu verwenden. Ich überlege wirklich, ob ich meine Selbstverteidigungskenntnisse auffrischen sollte. Der letzte Kurs ist sicher schon fünf Jahre her.«

»Das ist auf jeden Fall eine gute Idee. Wir könnten ja gemeinsam gehen. Vielleicht mag sich Summer anschließen. Donna eventuell auch. Wäre doch eine Überlegung wert, das überhaupt in der Firma auszuschreiben, möglicherweise bekommen wir dann einen Gruppenrabatt.«

Harper nickte. »Ich rede mal mit Adrian. Womöglich bezuschusst *Cunningham Solutions Inc.* ihn ja auch.« Sie zwinkerte mir zu, trank von ihrem Fruchtsaft und wechselte das Thema. »Du und Mason, was?«

Sofort schoss mir Hitze in die Wangen. »Na ja, ja … nein. Also … keine Ahnung.« Ich lachte und nippte am Wasser, um Zeit zu schinden und mir überlegen zu können, was ich alles zu erzählen bereit war. Schließlich entschied ich, dass ich es ganz simpel und ohne schlüpfrige Details halten wollte. Immerhin war sie eine Arbeitskollegin und noch dazu die Freundin von Adrian. Und selbst wenn ich ihr nicht zutraute, dass sie es im Büro weitererzählen würde, konnte ich nicht von ihr verlangen, dass sie es vor ihrem Freund komplett geheim hielt. »Also, im Grunde … sind wir uns kürzlich zufällig in einem Club über den Weg gelaufen. Da hat es irgendwie … ziemlich zwischen uns geknistert … und wir haben uns verabredet. Bisher hatten wir zwei schöne Dates und … tja, das wars eigentlich.«

Zum Glück wurden uns in dem Moment die Suppen serviert und ich bekam eine kurze Schonfrist.

»Oh, aber das klingt doch gut! Ich freue mich für dich – für euch! Total schade, dass euer Date am Sonntag ins Wasser gefallen ist. Aufgeschoben ist jedoch nicht aufgehoben. Wann seht ihr euch wieder? Also … privat?«

Ich zuckte mit den Schultern und rührte in meiner klassischen schwarzen Bohnensuppe. »Keine Ahnung, wir haben noch nicht darüber gesprochen. Jetzt steht ja erst einmal im Vordergrund, dass es seiner Schwester besser geht.«

»Da hast du recht«, stimmte Harper mir zu. Sie probierte ihre Hühner-Gemüsesuppe mit Couscous und stieß einen genüsslichen Laut aus.

»Wie geht es dir in deiner Beziehung mit Adrian?«, fragte ich, obwohl ich mich irgendwie seltsam dabei fühlte, weil ich im Privatleben von einem der Geschäftsführer herumwühlte. Bestimmt machte man das nicht, aber ich hatte Harper schon in ihrer ersten Arbeitswoche vor einem knappen halben Jahr in mein Herz geschlossen und verstand mich gut mit ihr. Außerdem hatte ich sehr viel von ihrem Kampf um diesen Mann mitbekommen und mich riesig gefreut, als die beiden endlich alle Hindernisse überwunden hatten.

»Es könnte nicht besser sein.« Ihre Augen leuchteten und sie seufzte verliebt. »Er ist ein wunderbarer Mensch – und dass ich mich damals um die Stelle beworben habe, war die beste Entscheidung meines Lebens.«

»Wow, ich bin so happy für euch beide. Man kann sehen, wie sehr ihr euch liebt. Das ist einfach schön.«

Nun war sie es, deren Wangen rot wurden. »O Gott, ich hoffe, wir blamieren uns nicht, wenn wir … also … bei den Besprechungen in seinem Büro …«

»Ich glaube, inzwischen weiß der ganze Stock, dass es besser ist, den hinteren Teil gegen Feierabend zu meiden, wenn Mister Price das Milchglas aktiviert hat.«

Sie kicherte und biss von einer der Pizzastangen ab, die zu den Suppen serviert worden waren. »Das ist so verrückt. Jetzt stell dir mal vor, wenn du und Mason auch noch abends …«

»O nein, das wird nicht passieren«, fiel ich ihr ins Wort. »Das ist nichts für mich.«

Harper schmunzelte. »Es gab eine Zeit, in der ich mir Sex im Büro auch nicht hätte vorstellen können. Aber … ganz ehrlich? Ich kann Adrian einfach nicht widerstehen. Der Mann ist so unfassbar heiß, und wenn er mich küsst, schaltet mein Hirn ab.«

Ich pustete vorsichtig auf den Löffel mit der Suppe. Einerseits, um meine glühenden Wangen unter Kontrolle zu bekommen, aber auch, um die neu entstandenen Bilder mit Mason und mir aus dem Kopf zu kriegen. Schließlich ging es mir mit ihm ähnlich. Trotzdem ... »Wir möchten nicht, dass es im Büro die Runde macht, dass zwischen uns ... mehr ist. Also ... vorerst nicht. Wir lassen es auf uns zukommen, aber bis wir beide wissen, wohin uns das alles trägt, soll es bitte keiner erfahren. Wir wollen nicht, dass über uns getratscht wird und ... Na ja, wir müssen ja erst selbst herausfinden, ob eine Beziehung wirklich klappt. Falls nicht, möchten wir nicht, dass es dann im Büro seltsam wird. Du weißt schon, die mitleidigen Blicke und so weiter ...« Irgendwie stammelte ich mich gerade um Kopf und Kragen, und Harpers überraschter, leicht verständnisloser Gesichtsausdruck half nicht, dass ich mich besser fühlte.

Die Tage vergingen und Mason und ich redeten nicht über ein weiteres Date beziehungsweise darüber, wann wir uns wieder privat sehen würden. Geschweige denn, wie es mit uns weiterging. Zwar schrieben wir hin und wieder nach der Arbeitszeit privat, aber die Gespräche hielten sich hier eher oberflächlich und drehten sich nicht darum, wie es mit uns weitergehen sollte ... Er machte keine Anstalten, dieses Thema anzuschneiden, und ich tat es nicht aus Respekt der Situation seiner Schwester gegenüber. Harper hielt sich an meine Bitte und sprach mich im Büro nicht darauf an, was ich ihr hoch anrechnete. Auch wenn ich das Gefühl nicht loswurde, dass unser Gespräch zu Mittag einen unangenehmen Beigeschmack erhalten hatte, der sich seitdem nicht legen wollte.

Bei Mason hatte ich mich einmal erkundigt, wie es seiner Schwester ging, und er hatte nur gemeint, dass sie inzwischen zu Hause sei, aber immer noch große Schmerzen hätte. Die Schwellungen und die sichtbaren äußeren Verletzungen verheilten nur sehr langsam und erinnerten sie jeden Tag aufs Neue an das Horrorerlebnis.

Ihn schien das Ganze nach wie vor ziemlich mitzunehmen, denn er war ruhig und in sich gekehrt. Zu gern hätte ich ihm geholfen, ihm was Gutes getan oder wäre einfach nur für ihn da gewesen. Doch ich hatte das Gefühl, als wäre da eine gläserne Trennscheibe zwischen uns geschoben worden, durch die er mich auf Distanz hielt. Ich wusste einfach nicht, wie ich ihm helfen sollte.

Überhaupt herrschte seit Montag eine seltsame Stimmung auf unserer Etage, aber ich war zu sehr mit Arbeit eingedeckt, als dass ich mir darüber groß Gedanken machen konnte. Zum Teil schob ich es auf den Vorfall mit Vanessa, der alle geschockt hatte, aber auch auf die Schwierigkeiten, die ein Kunde aus North Carolina machte. Dieser hatte erst alle mit seinen unrealistischen Forderungen verrückt gemacht und wollte schließlich *Cunningham Solutions Inc.* wegen Nichterfüllung dieser verklagen.

Deshalb überraschte es mich umso mehr, als Mason mich am Freitagvormittag in sein Büro holte und darum bat, die Tür hinter mir zu schließen. Augenblicklich musste ich daran denken, was Harper mir beim Mittagessen über Adrians wirkungsvolle Küsse gesagt hatte, doch ich vertrieb das Bild sofort wieder, als er das Wort an mich richtete.

»Hast du heute Abend schon was vor?«, war die erste Frage, die er mir stellte, kaum dass ich die Türklinke losgelassen hatte.

»Nichts, was sich nicht verschieben ließe.« Zwar wollte ich mit meiner Mom das neue Familiendrama mit Meryl Streep anschauen, das gerade in den Kinos lief, aber wir hatten noch keine Uhrzeit vereinbart und ich könnte ihr genauso gut morgen vorschlagen.

»Okay, dann … komme ich zu dir.«

»Ich kann auch zu dir fahren, wenn …«

»Nein! Ich möchte nicht, dass du in der Nacht allein unterwegs bist«, fiel er mir scharf ins Wort.

Dagegen konnte ich nichts einwenden. Zwar wusste ich noch nicht, ob Harper inzwischen mit Adrian bezüglich des Selbstverteidigungskurses gesprochen und sich das bis zu Mason weitergetragen hatte. Aber sollte das alles nicht so umsetzbar sein, würde ich mich auf jeden Fall auf eigene Faust für einen Auffrischungskurs anmelden.

»Soll ich uns was zu essen kochen?«

»Wir können auch was bestellen. Ganz so, wie du willst. Ich bin gegen sieben Uhr bei dir.«

Ich nickte, überlegte, ob ich nachfragen sollte, was er sich von dem Treffen erwartete, doch er wandte sich wieder seiner Arbeit zu, weshalb ich sein Büro mit summendem Kopf verließ.

Je näher der Abend rückte, desto aufgeregter wurde ich. Zuerst hatte ich wirklich noch überlegt, was für uns zum Essen zuzubereiten, doch seine Anspielung auf einen Lieferservice hatte mich verunsichert, weshalb ich lieber abwarten wollte. Überhaupt hatte er sich wieder sehr eigenartig verhalten und ich wurde nicht aus ihm schlau. War die ganze Sache schon vorbei, bevor sie richtig angefangen hatte? Er hatte nichts gesagt, mir keinen Hinweis darauf gegeben, was der Grund für seinen Besuch war. Wollte er reden? Wenn ja, würde es denn schön für mich enden? Sein Tonfall vermischt mit seinem Auftreten der letzten Tage verhieß nämlich nichts Gutes. Andererseits war er seit dem Überfall auf seine Schwester nachdenklich und in sich gekehrt. Dass ihn das so sehr mitnahm, war nur allzu verständlich. Vielleicht musste ich ihm mehr Zeit geben oder er hatte sich von mir Unterstützung erhofft? Ich war wirklich langsam verzweifelt. Es half nichts, mir länger den Kopf zu zerbrechen. Er hatte den ersten Schritt gemacht und nachher würde ich mehr wissen.

Ich hatte meine Büroklamotten gegen Leggins im Lederlook und ein figurbetontes moosgrünes Longshirt mit gewagtem Ausschnitt und Spaghettiträgern eingetauscht, das ich an Georgia vor Monaten mal gesehen hatte, als wir in einen Club gegangen waren. Das Teil hatte ich unter ihrer Kleiderlieferung entdeckt und mich sehr darüber gefreut, da es mir schon damals wahnsinnig gut gefallen hatte. Ich war also für alle Eventualitäten gewappnet – ganz egal, ob wir nun bei mir zu Hause blieben und es uns auf der Couch gemütlich machten, oder ob er mit mir ausgehen wollte.

Als es klopfte, erreichte meine Nervosität ihren Höhepunkt. Schnell warf ich noch mal einen letzten Blick in den Spiegel, ehe ich zur Tür lief, sie öffnete und … einem verdammt gut aussehenden Mason gegenüberstand. Auch er hatte sich umgezogen und trug eine zerschlissene Jeans, dazu ein Hemd, dessen Ärmel er hochgekrempelt hatte. Seine Pilotenbrille hing lässig an der Knopfleiste und er lächelte mich verwegen an.

»Hey, komm rein.« Ich öffnete die Tür weiter, sodass er eintreten konnte. Kaum dass ich sie hinter ihm geschlossen hatte, zog er mich an sich und ich spürte seine Lippen auf meinen.

»Viel zu lange musste ich darauf warten«, raunte er und schickte damit ein süßes Beben durch mich hindurch. Die Unsicherheit, herauszufinden, wie es mit uns weitergehen sollte, verflüchtigte sich mit seiner Berührung.

Seine Hände streichelten meine Seiten und berührten die Rundungen meiner Brüste, während er sich an mich drückte und mich merken ließ, wie er hart wurde. Seine Zunge rieb über meine, stimulierte mich, machte mich atemlos.

Gierig vergrub ich meine Finger in seinen Haaren und legte blind seine Brille auf die Kommode neben der Tür, bevor sie bei unserem stürmischen Willkommenskuss zu Boden fallen konnte.

Überraschend sanft dirigierte mich Mason weg von der Tür in Richtung Schlafzimmer.

»Was hast du vor?«

»Ich will dich, Joleen. In deinem Bett. Nackt, unter mir. Oder auf mir. Am besten beides. Ich brauche dich jetzt.«

Ich seufzte verzweifelt, schmiegte mich an ihn. Wollte nichts lieber, als seine Worte in die Tat umzusetzen, doch das blieb zumindest vorerst noch ein Wunschtraum. »Tut mir leid, Mason, aber daraus wird wohl heute nichts.«

26

Mason

Joleens Worte sorgten dafür, dass ich stockte. »Was meinst du damit?«

Solange ich zurückdenken konnte, war ich noch nie abgewiesen worden. Schon gar nicht, wenn wir kurz davor waren, miteinander zu vögeln … Wobei es bei keiner Frau so lange gedauert hatte wie bei ihr, bis wir endlich so weit waren. Hatten wir *zu* lange gewartet? War sie vielleicht sauer, dass diese Woche so … anders verlaufen war? Hatte sie die Lust verloren? Dann würde ich dafür sorgen, dass …

»Ich habe meine Tage«, antwortete sie mit einem Schulterzucken und machte, wie um ihre Aussage zu unterstreichen, dass heute nichts laufen würde, einen Schritt von mir weg, um ihre Hand auf ihren Unterbauch zu legen.

»Scheiße, ich bin ein Idiot!« Verlegen wischte ich mir über den Nacken. »Ich komme hier an mit einer Arroganz sondergleichen und gehe einfach davon aus, dass du nur auf mich gewartet hättest.«

Joleen lächelte, nahm mich an der Hand und zog mich zu ihrer Couch, auf die wir uns setzten. »Ich *habe* auf dich gewartet, Mason, und das tue ich immer noch. Aber an solchen Tagen bin ich nicht in Stimmung für Sex, abgesehen davon, dass ich das mit dem ganzen Blut nicht so mag. Schon gar nicht beim gemeinsamen ersten Mal … Und die Schmerzen sind wirklich unangenehm.« Entschuldigend senkte sie den Blick.

»Oh, verdammter Mist, ist es so übel?« Irgendwann hatte mal wer wo gesagt, dass starke Menstruationsbeschwerden mit leichten Wehen vergleichbar seien. Ich hatte von beidem keine Ahnung, stellte es mir aber verdammt schmerzhaft vor – vor allem, wenn ich mir in Erinnerung rief, wie sehr es zog, wenn ich einen Ball oder so in die Eier bekam.

»Es lässt sich irgendwie aushalten. Manchmal brauche ich Schmerztabletten, aber meistens stehe ich es ohne durch.«

Ich legte meine Arme wieder um sie und zog sie an mich. »Und was machen wir jetzt?«

Sie seufzte. »Kuscheln, küssen, Netflix und … *Ben & Jerry's*.«

»Du hast Eiscreme hier?«

»Im Gefrierfach.« Ihr Grinsen war umwerfend, und die Art, wie sie mir dabei in die Augen sah, sorgte dafür, dass es eng in meiner Brust wurde.

Schnell küsste ich sie auf die Lippen. »Bleib sitzen, ich bring es dir.«

Mit wenigen Schritten hatte ich eine Packung in der Hand und die Schublade gefunden, in der sie das Besteck aufbewahrte. Kurz darauf setzte ich mich wieder zu ihr.

»Nur ein Löffel?«, fragte sie überrascht. »Ich dachte, bei Eiscreme machst du eine Ausnahme, was den Zucker betrifft, aber … Gott, tut mir leid, ich bin fest davon ausgegangen, dass du mitisst.« Sie schaute mich entschuldigend an.

»Wer sagt denn, dass ich das nicht tue? Du weißt, Eiscreme ist mein einziges Laster.« Grinsend öffnete ich die Packung und grub den Löffel in das cremige Eis. Dann führte ich ihn zu ihrem Mund und beobachtete fasziniert, wie sie ihre Lippen darum legte und genüsslich die Augen schloss.

Ich schluckte, spürte, wie Blut in tiefere Regionen schoss,

riss mich aber zusammen. »Brauchst du was gegen die Schmerzen? Eine Wärmflasche? Eine Decke?«

»Nein danke. Mir gehts gut. Jetzt, wo du da bist, ganz besonders.« Sie schmiegte sich an mich und seufzte leise auf.

Wieder war da diese Enge in meiner Brust, die sich auch nicht lösen wollte, als ich den freien Arm um sie legte. Die Finger der anderen Hand waren inzwischen kalt, aber das war mir egal.

Joleen löffelte das Erdnussbuttereis mit Brezelstückchen und Browniekrümeln und hielt mir den Löffel vor den Mund. Ich öffnete ihn und genoss die kühle Süße, die auf meiner Zunge zerfloss und aus der ich – wie ich mir einbildete – Joleen zu schmecken glaubte. Genüsslich stöhnte ich auf und schloss die Augen.

»Das ist gut, oder?«

Zustimmend brummte ich, unfähig, die Lider zu öffnen. Zu sehr hatte ich die Küsse mit Joleen im Kopf … Stellte mir vor, wie ich sie kostete, ihre erhitzte Haut und tiefer, bis zwischen ihre Schenkel.

»Völlig verständlich, dass du darauf nicht verzichten kannst«, drang ihre Stimme zu mir durch.

Schnaubend schüttelte ich den Kopf. Einerseits, um die viel zu verlockenden Bilder zu vertreiben, und dann wieder, um ihr zu antworten. »Manche Sünden sind dazu da, um sie zu begehen.« Dabei sah ich ihr wieder tief in die Augen.

Sie schluckte, dann kam sie näher und küsste mich. Ihre Zunge rieb über meine und sie keuchte erregt in meinen Mund.

Fuck, ich war schon wieder hart.

Diese Frau machte mich verrückt. Ich konnte nur daran denken, ihren ganzen Körper zu erforschen und tief in ihr mit ihren pulsierenden Muskeln um meinen Schwanz zu kommen.

»Wie lange hast du deine Tage noch?« Ich musste einfach wissen, wann ich meine Fantasien endlich in die Tat umsetzen konnte.

»Bis morgen. Wenn ich Pech habe, dann bis Sonntag.«

Ein Stöhnen unterdrückend, schloss ich die Augen. »Das wird eine verdammt harte Wartezeit.«

Sie kicherte.

»Das ist nicht witzig«, brummelte ich beleidigt.

»Doch. Ein kleines bisschen schon.« Dann legte sie ihren Kopf an meine Schulter. »Wie geht es deiner Schwester?«

»Besser. Aber sie wird trotz Therapie noch lange damit zu kämpfen haben, fürchte ich. Adrian hat was von einem Selbstverteidigungskurs erzählt ...«

Aufmerksam sah sie mich an und nickte. »Harper und ich hatten kürzlich das Thema beim Mittagessen.«

»Eine gute Idee. Wir sind schon dabei, etwas auf die Beine zu stellen. Kilian versucht, einen Rabatt auszuhandeln.« Außerdem würde *Cunningham Solutions Inc.* fünfzig Prozent der Kosten übernehmen, aber das sagte ich Joleen nicht, weil wir intern noch nicht alle Details geklärt hatten.

»Das ist richtig großartig von euch«, murmelte sie, bevor sie eine weitere Portion Eiscreme in ihrem Mund verschwinden ließ.

»Wenn es auch nur ein kleines bisschen dazu beiträgt, dass ihr euch sicher fühlt und euch im Falle eines Angriffs verteidigen könnt, haben wir schon gewonnen.« Dass Vanessa keine Chance gehabt hatte, wurmte mich. Und ja, mir war bewusst, dass es einfach Situationen gab, aus denen sogar der stärkste Kerl nicht heil herauskam, aber das musste ich weder Vanessa noch Joleen sagen. Zum einen, weil sie es bestimmt selbst wussten. Zum anderen, weil es in so einem Kurs hauptsächlich auch darum ging, das Selbstbewusstsein der Frauen und das Bewusstsein zu schärfen, dass die Straßen in manchen Gegenden nun mal nicht sicher waren. Schon gar nicht, wenn es dunkel war.

»Erzähl mir was von dir«, drang Joleens Stimme durch meine düsteren Gedanken.

»Was möchtest du denn wissen?«

Sie hielt mir den Löffel vor den Mund, um mich zu füttern. »Keine Ahnung. Vielleicht was aus deiner Kindheit.«

»Hm … willst du das wirklich hören?«

Sie nickte.

»Nun gut. Also … ich war lange Zeit der Außenseiter in der Schule, und zwar trotz der Freundschaft zu Logan, Adrian und Kilian. Wir hingen zwar in der Freizeit miteinander ab, aber auf dem Schulgelände war ich weitestgehend ein Einzelgänger. Bis zur Junior High, als ein paar ältere Jungs ein *Opfer* gesucht und mich gefunden haben. Mindestens einmal pro Woche sind sie mir gefolgt und haben mir an ruhigen Orten aufgelauert.« Bis heute konnte ich nicht vergessen, wie sie mich herumgeschubst, mir mein Sandwich mit der Mayonnaiseseite auf den Kopf geschmiert und mich ständig als *Idiot* oder *Loser* beschimpft hatten. Und das waren noch die netten Dinge gewesen.

»O nein, das tut mir leid.« Joleen wirkte ehrlich bestürzt, doch ich winkte ab.

»Es ging zum Glück nicht lange. Eines Tages kamen zufällig Logan und Adrian vorbei, haben sich eingemischt und sind mir zur Seite gestanden. Es kam zu einer wilden Schlägerei, zu der sich schließlich auch Kilian dazugesellte, als er gesehen hat, wer sich da prügelte. Zu dem Zeitpunkt hatten wir bereits die Aufmerksamkeit der halben Schule auf uns gezogen.«

Joleen hielt sich eine Hand vor den Mund.

»Das Ganze endete mit einem Schulverweis für uns alle für eine Dauer von drei Tagen. Wir haben fest damit gerechnet, dass unsere Eltern völlig ausflippen würden, doch sie haben uns nur gesagt, dass wir uns künftig von solchem Ärger fernhalten sollten. Von dem Tag an waren wir auch in der Schule nur noch zu viert unterwegs. Die drei Vollidioten, die gedacht haben, sie müssten ihre Überlegenheit demonstrieren, indem sie Jüngere oder Schwächere vermöbeln, waren in Kilians Freundeskreis. Er wusste davon nichts, und als er davon erfahren hat, war er stinkwütend gewesen. Ich hab es ihm nicht gesagt, weil ich nicht wollte, dass er ebenfalls Ärger mit den Idioten bekam, und diese hatten jedes Mal zumindest so viel Grips, abzuwarten, bis wir unbeobachtet waren. Nach diesem Tag wollte Kil mit keinem der drei mehr was zu tun haben, auch nicht mit den anderen der Clique, die daran gar nicht beteiligt gewesen waren. So hat es sich ergeben, dass wir noch enger zusammengewachsen sind.«

»Schön, dass ihr euch gegenseitig so gestärkt und unterstützt habt.« Joleen lächelte und hing weiterhin gebannt an meinen Lippen, während ich ihr dabei zusah, wie sie ihr Eis aß und mich immer wieder fütterte.

»Als wir die drei Tage nicht zur Schule durften, hatten wir zum ersten Mal intensiv Zeit mit Peter Baker verbracht. Er ist der direkte Zaunnachbar von Mister und Misses Cunningham.«

Sie runzelte die Stirn. »Der ehemalige Boss von Harper und stiller Teilhaber von Cunningham Solutions Inc?«

»Richtig. Jedenfalls hat er uns viel über das Leben und gute Ziele und den Erfolg und so weiter erzählt. Er hat uns stark imponiert und von da an waren wir regelmäßig bei ihm. Er hat uns eine Menge gelehrt, was dazu beigetragen hat, dass wir *Cunningham Solutions Inc.* gegründet haben.«

»Er war so was wie euer Mentor, hat Harper mal erwähnt.«

Ich nickte.

»Und damals hast du dich schon mit dem Programmieren von Software auseinandergesetzt?«

Lachend bejahte ich ihre Frage. »Ich hab bereits mit acht oder neun Jahren Computer zusammengebaut und kleine Spiele programmiert. Durch Peters Einfluss hat sich das Ganze dann irgendwann von Spielen zu Anwendersoftware entwickelt – und heute denke ich, wären diese drei Halbstarken damals nicht gewesen, würde es unsere Firma gar nicht geben. Oder vielleicht doch, aber bestimmt nicht in dieser Weise.«

»Wow, das ist … eine tolle Geschichte.«

»Uns ist nicht alles in den Schoß gefallen. Klar hatten wir viel Unterstützung, Peters Connections und so weiter … Dennoch war es kein leichter Weg. Wir haben uns unseren Erfolg trotz allem hart erkämpft und erarbeitet. Jeder Einzelne von uns. Die Idee, gemeinsam eine Firma zu gründen, hatten wir schon früh. Ich glaube, vielleicht etwa über ein halbes Jahr nach dieser Schlägerei. Von da an haben wir noch härter für unsere Ziele gekämpft. Wir haben uns nicht unterkriegen lassen. Von niemandem. Egal, wie viele Leute uns gesagt haben, wir hätten keine Chance und seien hoffnungslose Träumer. Dass wir erst ein Studium bräuchten, dass wir zu jung seien … dass wir scheitern und das ganze Geld, das wir hineinstecken wollten, verlieren würden.«

»Aber ihr habt nicht aufgegeben.«

Ich nickte. »Wir haben an uns geglaubt. An unsere Vision. Und wir haben an einem Strang gezogen.«

»Das tut ihr heute noch.«

Ein zustimmendes Brummen kam über meine Lippen, während ich meinen Gedanken an die Anfänge unserer Ideen und Ziele nachhing.

»Das ist … sexy.«

Mein Kopf schnellte zu Joleen. Langsam ließ sie den Löffel, den sie gerade ableckte, aus ihrem Mund herausgleiten. Ich heftete meinen Blick fest auf ihre Lippen, die unglaublich verlockend waren, wie sie sich um den Löffel schmiegten. Ich konnte nicht anders, ich musste mir vorstellen, wie es aussähe, wenn sie meinen Schwanz im Mund hatte.

Das Stöhnen, das sich in mir nach oben schob, konnte ich nicht völlig unterdrücken. Genauso wenig, wie ich es schaffte, mich insoweit unter Kontrolle zu halten. Ich hatte wirklich zu tun, nicht erneut zu verfluchen, dass ich nicht über sie herfallen durfte.

Doch Joleen erhob sich und reichte mir die Hand. »Steh auf!« Der Ton war streng und trotzdem weich …

Ich gehorchte, und zu meiner Überraschung begann sie damit, die Knöpfe meiner Jeans zu öffnen. »Was machst du?«, brachte ich gepresst hervor. »Du hast deine Tage …«

»Das bedeutet jedoch nicht, dass ich nicht endlich mal dir was Gutes tun kann. Du hast mir bereits Orgasmen geschenkt, während du jedes Mal leer ausgegangen bist.« Mit diesen Worten schob sie einfach meine Jeans mitsamt den Shorts nach unten. »Setz dich!«

27

Joleen

Dass Mason meine forsche Art gefiel, merkte ich an seinem Blick. Er grinste verwegen und gehorchte sofort. Außerdem wuchs seine Erektion auf eine beeindruckende Größe heran. Gespannt setzte er sich wieder auf die Couch und sah zu mir auf. Erregung stand ihm ins Gesicht geschrieben. »Ich dachte, du hättest keine Lust …« Seine Stimme klang rau.

»Ich habe gesagt, dass ich nicht wirklich in Stimmung bin, weil ich die meiste Zeit Schmerzen habe. Aber gerade halten sich diese in Grenzen und das Eis hat ebenfalls geholfen.«

»Ein Hoch auf *Ben & Jerry's*!«, rief er aus, was mich zum Lachen brachte.

Mit rasendem Herzen ging ich vor ihm in die Knie, streichelte seine Oberschenkel nach oben und richtete mich dann noch einmal auf, um ihn auf den Mund zu küssen. Leidenschaftlich, genüsslich …

Gott, ich war wahnsinnig aufgeregt. Das letzte Mal, als ich das gemacht hatte, war eine ganze Weile her.

Mit einer Hand stützte ich mich an der Rückenlehne neben seiner Schulter ab, mit der anderen strich ich seinen Oberkörper nach unten. Seine Atmung beschleunigte sich, als ich mich dem Saum seines Hemdes näherte und es schließlich nach oben schob, um seinen nackten Bauch zu berühren.

Erneut kniete ich mich vor ihm hin und betrachtete seinen Schwanz, der hart und seidig vor mir aufragte. Er war groß und dick und gerade, und der Wunsch, ihn mit dem Mund zu verwöhnen, stieg nur noch mehr in mir an.

Ich umschloss ihn mit einer Hand und rieb langsam auf und ab, die Augen auf Mason gerichtet, der mich unter halb geschlossenen Lidern beobachtete. Ohne den Blick abzuwenden, leckte ich über seine Eichel.

»Scheiße, das ist …« Um Worte verlegen schüttelte er den Kopf und stöhnte leise.

Ermutigt von seiner Reaktion ließ ich die Zunge erneut um seine Spitze kreisen, ehe ich ihn mit den Lippen umschloss und mit Speichel benetzte. Und Gott, er schmeckte so gut. Leicht salzig, aber mit einer herben Note, die Lust auf mehr machte. Dazu seine Laute, die mir zeigten, wie sehr er das alles genoss.

Ich bearbeitete ihn mit dem Mund und meinen Händen, rieb ihn, sog an ihm und knetete seine Oberschenkel. Ich massierte seine Hoden, ließ ihn sanft die Zähne spüren und kratzte mit den Fingernägeln über seinen flachen Bauch, bis sich seine Atmung beschleunigte und ich wieder etwas Tempo rausnahm. Dann drehte ich mich zum Couchtisch um, auf den er vorhin den Eisbecher gestellt hatte, fuhr mit dem Löffel durch die cremige Masse und beförderte eine große Portion in meinen Mund. Genüsslich verteilte ich die kalte Süße auf der Zunge, schluckte einen Großteil und umschloss ihn schließlich erneut mit den Lippen.

Als sein Schwanz und die Eiscreme kollidierten, holte Mason zischend Luft. Er legte den Kopf an die Rückenlehne und vergrub seine Finger in meinen Haaren, als ich ihn abermals mit dem Mund massierte, immer wieder an ihm auf und ab glitt und die Kälte sich verflüchtigte.

»Oh … fuck, das fühlt sich so viel besser an als in meiner Fantasie.«

Angespornt von seinen Worten steigerte ich mein Tempo, ließ

zu, dass er es mit seinen Händen mitbestimmte. Sein Schwanz wurde noch härter, seine Hoden pressten sich an seinen Körper und sein Atem kam inzwischen stoßweise.

»Ich … komme gleich«, stieß er als Warnung aus, doch das hielt mich nicht davon ab, weiterzumachen.

Ein tiefes Stöhnen drang aus seiner Kehle, das für ein sehnsuchtsvolles Ziehen zwischen meinen Beinen sorgte, und er ergoss sich in warmen Wellen in meinen Mund. Ich schluckte alles, leckte ihn sauber und küsste ein letztes Mal seine Spitze, bevor ich mir von ihm zurück auf die Couch helfen ließ.

Ein Kissen an meinen Bauch gepresst, eine Decke über meine Beine geschlungen und an Mason gelehnt, saß ich wenig später auf der Couch und kratzte den Rest der Eiscreme aus der Packung. Im Fernseher lief eine Folge *Shadow & Bone*, aber so wirklich konnte ich mich nicht auf die Handlung konzentrieren. Stattdessen versuchte ich, ansatzweise zu realisieren, was gerade passiert war. Dass ich mit Mason auf meiner Couch saß, an ihn gekuschelt. Dass seine Hände über meine Arme und Oberschenkel streichelten und ich so glücklich war, dass ich Angst hatte, am nächsten Morgen zu erwachen und festzustellen, dass das alles nur ein Traum war.

Masons leises Lachen schüttelte mich.

»Was ist?«

»Schaust du?« Er deutete auf den Bildschirm, über den gerade die Serie flimmerte.

Schmunzelnd verneinte ich.

»Das mit dem Fernsehen sollten wir entweder lernen oder lassen.«

Mit einer Hand tastete ich nach der Fernbedienung auf dem Tisch und schaltete auf einen Musiksender um, auf dem gerade *Lollipop* von Lil Wayne und Static Major lief.

Kurz lauschten wir dem Text, ehe wir uns prustend anschauten.

»Woher wissen die, was du vorhin mit mir gemacht hast?«, raunte Mason in mein Ohr.

Belustigt stellte ich die leere Eispackung weg, drehte mich in seinen Armen, bis ich ihn anschauen konnte, und zuckte mit den Schultern. »Ich weiß nicht, aber … darf ich dich was fragen?«

»Immer.«

Ein, zwei Sekunden zögerte ich. Mich beschäftigte das Thema schon eine Weile, noch mehr, seit Harper es angesprochen hatte, doch jetzt mit ihm darüber zu reden, kostete mich trotzdem einiges an Überwindung. »Willst du das auch im Büro machen? Also … wie Harper und Mister Price …?«

Mason musterte mich einen Moment. Als würde er die möglichen Situationen durchspielen oder sich seine Antwort ganz genau überlegen. »Würdest du es denn tun wollen?«

»Ich glaube, ich könnte mich nicht fallen lassen, wenn ich wüsste, dass uns wer hören oder jederzeit jemand den Raum betreten könnte«, gab ich schließlich ehrlich zu. Und das war nur ein Teil der Wahrheit. Es würde sich einfach seltsam anfühlen, vor allem deshalb, weil wir vereinbart hatten, vorerst Berufliches und Privates strikt zu trennen.

Ein verwegenes Grinsen schob sich auf seine Lippen. »Wetten, dass du alles vergisst, wenn du vor mir auf dem Schreibtisch sitzt, die Beine gespreizt, und ich dich zum Orgasmus lecke? Oder wenn ich dich über den Tisch beuge und dich von hinten nehme?«

Hitze schoss mir in den Kopf. »Vor allem glaube ich nicht, dass es dazu beiträgt, vor den Kollegen und den anderen Geschäftsführern zu verbergen, dass uns mehr als ein Arbeitsverhältnis verbindet.«

»Da hast du allerdings nicht unrecht …«, murmelte er und schaute gedankenverloren in die Ferne.

Irgendwie hatte ich mit einem Mal das Gefühl, dass sich durch meine Worte etwas verändert hatte. Als hätte ich Distanz zwischen uns gebracht, wo keine sein sollte. Denn immerhin war es *seine* Regel gewesen, und nicht meine, an die ich ihn erinnert hatte.

Apropos Regel …

»Hast du am Sonntag schon was vor?«, fragte ich und hatte damit sofort wieder seine Aufmerksamkeit.

»Bisher noch nicht.«

Ein Lächeln schob sich auf meine Lippen. »Gut. Ich nämlich auch nicht.«

»Soll ich zu dir kommen oder …«

»Nein, diesmal komme ich *bei* dir«, antwortete ich und konnte mir ein Grinsen nicht verkneifen.

»Popcorn und Cola gehen auf mich!« Meine Mom sah mich streng an und ich wusste, dass es zwecklos war, ihr zu widersprechen.

»Aber die Karten hast auch du bezahlt«, hielt ich dagegen.

»Ich darf wohl meine Tochter ins Kino einladen, oder nicht? Immerhin freue ich mich total, dass du Zeit für mich hast. Noch dazu an einem Samstagabend, wo andere junge Frauen gerade durch die Bars und Clubs ziehen, um zu tanzen und das Wochenende zu feiern. Berechtigterweise. Ich weiß, du arbeitest viel und nach dem Büro hast du deine Zumbastunden und bis vor Kurzem warst du auch noch im Spanischkurs und dann wirst du noch Zeit für deine Freundinnen brauchen und … vielleicht auch für einen Mann?«

Schmunzelnd nahm ich den Eimer Popcorn entgegen, den mir die Verkäuferin über den Tresen reichte, und bedankte mich bei meiner Mom für die Einladung. Doch natürlich wartete sie auf eine Reaktion darauf, das sagte mir ihr neugieriger Blick.

»Unter Umständen gibt es da seit Neuestem einen Mann, ja.« Es fühlte sich seltsam an, die Tatsache auszusprechen. Irgendwie, als hätte ich ein großes Geheimnis verraten – was es ja auch war, aber ich hatte für mich beschlossen, dass ich meine Mom trotzdem einweihen würde. Immerhin wussten Georgia und Virginia ebenfalls Bescheid. Und Dad.

Moms Augen leuchteten vor Begeisterung, doch nach außen gab sie sich ruhig. »Wie heißt er?«

»Mason Collins.« Angestrengt kämpfte ich gegen das Grinsen an, das aus mir ausbrechen wollte.

»Mason Collins … Der Name sagt mir was. Steht er in der Öffentlichkeit? Wenn ja, muss dir klar sein, dass du über kurz oder lang ebenfalls im Rampenlicht stehen wirst, wenn auch nur an seiner Seite. Das ist schon eine Aufgabe, die …«

»Nein, Mom, er ist kein Promi oder so. Er ist mein Boss.«

Ihre Augen weiteten sich, als sie einen Schluck Cola trank. »Uh … und das ist kein Problem? Ich meine, was ist, wenn es mal nicht mehr gut zwischen euch läuft? Dann musst *du* dir einen neuen Job suchen.«

Seufzend hielt ich vor dem Kinosaal. »Kannst du dich nicht einfach für mich freuen?« Dass Enttäuschung in meiner Stimme mitschwang, konnte ich nicht verhindern.

Betreten schaute sie mich an. »Ach, Joleen, ich *freue* mich für dich. Tut mir leid, wenn ich es nicht gezeigt habe. Aber ich bin deine Mutter, natürlich mache ich mir auch Sorgen! Weder will ich, dass dir jemand wehtut, noch möchte ich, dass du eine deiner Handlungen später bereust.«

In wenigen Worten erzählte ich ihr von der Abmachung mit Mason, dass wir alles ganz langsam angehen und abwarten wollten, wie es sich für uns entwickelte. Ihr Blick sagte mir, dass sie die Sache immer noch nicht guthieß, doch schließlich lächelte sie. »Dann wünsche ich dir nur das Beste für die Zeit mit ihm. Ich weiß, du hast schon mehrfach in höchsten Tönen von deinem Boss gesprochen. Bestimmt ist er ein ehrenwerter Mann und wird nichts tun, womit er riskiert, seine Angestellte zu vergraulen. Es geht hier immerhin auch um deine Zukunft.«

»Eben, das glaube ich auch nicht. Wir verstehen uns gut, haben viel Spaß miteinander und sind auf einer Wellenlänge. Ich fühle mich wohl bei ihm und … ich mag ihn. Sehr sogar.«

Endlich wirkte sie zufrieden. Mit der freien Hand öffnete sie die Tür zum Kinosaal und ließ mir den Vortritt. »Das klingt doch gut«, meinte sie schließlich, als sie mir folgte. »Und wenn er genauso empfindet, dann steht einer glücklichen Zukunft ja nichts im Wege.« Dass sie das sagte, bedeutete mir viel.

Es dauerte kurz, bis sich meine Augen an die Dunkelheit gewöhnt hatten. Ich nickte und steuerte die mittleren Reihen an.

»Darf ich fragen, wie alt dein Boss ist? Ich glaube, das hast du mir noch nie erzählt und … irgendwie hab ich einen Mann Mitte fünfzig mit Halbglatze im Kopf.«

Ich musste mich zurückhalten, nicht laut loszuprusten. »Gott, nein! Mason ist dreißig und hat dichtes, volles Haar. Er sieht unglaublich heiß aus.«

Erleichtert atmete meine Mom aus. »Gut, das ist … gut. Bitte versteh mich nicht falsch. Wenn du dich in einen Mann Mitte fünfzig verliebst und mit ihm glücklich bist, bin ich das auch. Aber ich denke, ich hätte etwas länger gebraucht, um zu verstehen, dass dein Partner in meinem Alter ist … oder älter.«

»Wieso das?« Verwundert schaute ich zu ihr.

Der Vorspann fing an und ihr Gesicht, das zur Leinwand gerichtet war, wurde von den flimmernden Bildern vor ihr erhellt. »Keine Ahnung. Ich habe nach wie vor Angst, dass dir meine Trennung von deinem Dad … nun ja, nicht gutgetan hat. Ja, ich weiß, bisher ging es dir gut damit, aber in mir schlummert immer noch die Sorge, dass sich meine Entscheidung von damals irgendwann rächen könnte.«

Besänftigend griff ich nach ihrer Hand. »Mom, ich weiß, dass

Beziehungen manchmal halt nicht für immer halten. Du musst dir wirklich keine Vorwürfe machen. Ihr beide habt alles richtig gemacht und mir hat es nie an etwas gefehlt.« Sie schnaubte auf. »Andere Kinder wachsen aber mit beiden Eltern auf.«

»Was andere Kinder tun, interessiert mich nicht«, wiederholte ich den Satz, den ich in meinen jüngeren Jahren von ihr zu Hause zur Genüge zu hören bekommen hatte, und schmunzelte, als ich sah, wie sie die Augen verdrehte. »Wichtig ist doch nur, dass es uns allen dreien mit der Entscheidung gut ging, oder? Und du hast jetzt Kirk, der für dich da ist. Das ist auch für mich wichtig. Zu wissen, dass es da jemanden in deinem Leben gibt, der dich gut behandelt und für dich da ist.«

Mom presste gerührt ihre Lippen aufeinander, bevor sie sich zu mir beugte und mich auf die Wange küsste. »Ich hab dich lieb, Joleen.«

»Ich dich auch, Mom.« Lächelnd drückte ich ihren Unterarm, dann wandten wir uns wieder der Kinoleinwand zu, auf der kurz darauf der Film startete.

28

Mason

Seit der Gründung der Firma trafen Kilian, Logan, Adrian und ich uns viermal im Jahr gemeinsam mit Peter Baker. Lange Zeit war Adrian nur sporadisch dabei gewesen oder hatte sich verabschiedet, sobald wir von privaten Themen aufs Business zu sprechen kamen. Wir hatten ihn nie ausschließen wollen – Kil hatte immerhin ständig dahingehend gedrängt, dass er ebenfalls bei uns anfängt. Doch Adrian hatte darauf bestanden, zu gehen und uns bei den geschäftlichen Gesprächen nicht zu stören, da er nicht für *Cunningham Solutions Inc.* arbeitete. Diesmal war er das zweite Mal als Geschäftsführer dabei, was ich großartig fand. In gewisser Weise fühlte es sich fast wie früher an, als wir noch Teenager gewesen waren und gebannt an Peters Lippen gehangen hatten, wann immer er all sein Wissen über Unternehmensstrategien, Investitionen und Risiken mit uns teilte. Wenn er über Motivation und Ziele gesprochen und uns immer weiter angetrieben hatte, unseren Träumen und Visionen zu folgen.

Inzwischen hatte Peter grau melierte Haare und war nicht mehr so jung wie noch vor knapp fünfzehn Jahren, doch trotzdem fühlten wir uns alle nach wie vor unglaublich wohl bei ihm. Eine weitere Änderung zu der Zeit ohne Adrian im Unternehmen war, dass wir nun endlich *zuerst* über das Geschäftliche sprechen und *danach* den Tag gemütlich ausklingen lassen konnten. Nun saßen wir in Peters Garten auf der großen Loungegarnitur neben dem beleuchteten Pool, nachdem wir die Quartalszahlen und neueste Entwicklungen im Unternehmen besprochen hatten. Jeder von uns hatte ein Bier in der Hand und ich genoss die laue Juninacht, in der noch der leichte Duft von Gegrilltem hing, das wir vorhin gegessen hatten.

»Wie geht es denn Harper?«, erkundigte sich Peter bei Adrian.

»Gut. Sie freut sich schon auf nächstes Wochenende und hat mich gefragt, ob ich weiß, ob du gegen Nüsse allergisch bist.«

Peter lachte. »Was hat sie vor? Sie will doch nicht ihren Ex-Boss um die Ecke bringen, oder?«

»Sie möchte einen Kuchen mitbringen. Aber von mir weißt du nichts, also schau bitte freudig überrascht aus, wenn wir kommen.«

»Das bekomme ich hin. Und nein, ich hab keine Allergien … Logan, passt zwischen dir und Helene wieder alles?«

Sämtliche Blicke richteten sich auf ihn, der schon den ganzen Abend sehr still war.

»Ich überlege, Schluss zu machen. Endgültig.« Seine Stimme klang traurig, aber entschlossen.

»Fuck«, war der einzige Kommentar, der mir dazu einfiel. Auch die anderen wirkten ziemlich ergriffen.

»Scheiße, Mann, das tut mir leid.« Kilian klopfte seinem Bruder auf die Schulter. »Also … dass du keinen anderen Weg mehr siehst, als die Beziehung zu beenden.«

Logan schnaubte. »Klar. Im Grunde wusstet ihr ja alle, dass es über kurz oder lang so kommen würde, nicht wahr?« Abwartend sah er uns an, und da niemand etwas darauf erwiderte, nickte er nur. »Ich spiele schon seit einer Weile mit dem Gedanken, aber … erst seit ein paar Tagen ist da dieses Gefühl in mir, dass es … richtig ist.«

»Dann wird es dir danach auch besser gehen«, meinte Peter und reichte ihm eine neue Flasche Bier, die Logan dankend annahm.

»Wenn sie wieder rumzickt, kannst du jederzeit bei mir pennen, das weißt du, oder?« Kilian sah seinen Bruder eindringlich an.

»Unsere Tür steht dir auch immer offen, Kumpel«, bot Adrian an.

Logan lachte. »Danke, aber ich krieg im Büro schon genug von eurem Sexleben mit. Das genügt mir fürs Erste.«

Mit einem Mal hefteten sich die Blicke der drei auf mich.

Irritiert blinzelte ich. »Ach so, klar, bei mir kannst du ebenfalls jederzeit pennen, wenn du mal rausmusst. Oder falls du reden willst, bin ich auch immer da. Zu jeder Zeit.«

Nur nicht morgen, bitte, flehte ich in Gedanken. Ein weiteres Mal wollte ich echt nicht, dass etwas oder jemand dem Sex mit Joleen im Weg stand.

Logan nickte dankbar. »Das bedeutet mir viel. Ehrlich.«

»Komm aber auch wirklich auf die Hilfe zurück, Logan«, brachte sich nun Peter ein. »Du weißt, dass du dich immer auf deine Freunde verlassen kannst. Also nutze ihr Angebot.«

Tief durchatmend nickte er.

»Und wenn du reden möchtest, bin ich auch jederzeit für dich da. Was sagen denn deine Eltern zur Situation mit ihr?«, fragte Peter schließlich.

»Sie wissen noch nicht, dass ich Schluss machen will, ich glaube jedoch, dass es sie treffen wird. Immerhin kennen sie Helene schon so lange und sie ist Teil der Familie.«

Kilian schnaubte. »Ach, Bullshit! Sie mögen sie, ja, aber sie sind mindestens sehr dafür, dass du endlich wieder glücklich bist, wie wir – wenn nicht noch mehr.«

Große Fragezeichen tauchten auf Logans Gesicht auf, als er seinen Bruder anschaute.

»Na, komm schon, du weißt, dein Pokerface war noch nie

besonders … Sie wissen, wie sehr dich die Situation mit ihr belastet.«

Logan legte den Kopf in den Nacken und presste Daumen und Zeigefinger gegen seine Augen. »Scheiße, das … war so nicht geplant. So lange hatte ich mir eine Zukunft mit ihr ausgemalt. Ihr wisst schon … für immer. Aber das …« Er atmete tief durch. »Erst vor Kurzem habe ich verstanden, dass sie mich förmlich aussaugt.«

Ein kindisches Lachen drückte sich in mir nach oben, das ich mit aller Kraft nach unten kämpfte. Auch Adrians Mundwinkel zuckten, doch zum Glück hatte er seinen Blick auf Logan gerichtet. Würden wir uns ansehen, hätten wir uns garantiert brüllend auf die Schenkel geklopft – in einer Situation, die einfach nicht lustig war. Nicht für Logan.

»Sie ist ein Energievampir, das ist mir in den letzten Monaten mehr und mehr klar geworden. Egal, wie gut es mir geht, wie positiv und energiegeladen ich bin, scheißegal, was ich mache, sie beißt sich an mir fest und sorgt dafür, dass ich mich klein und kraftlos fühle.«

Darauf konnte keiner was erwidern. Wir alle wussten – oder zumindest ahnten –, dass sie diese Wirkung auf ihn hatte. Immerhin kannten wir uns schon lange genug, um diese Veränderungen an Logan festzustellen. Zu merken, wie sehr er sich verändert hatte, seit er mit ihr zusammen war. Aber natürlich konnte niemand was zu ihr sagen. Ich wusste, dass Kilian mal relativ am Anfang ihrer Beziehung bei Helene angemerkt hatte, dass sie ihm mit ihrer selbstsüchtigen Art schadete. Die beiden Brüder hatten mehrere Monate nur Geschäftliches besprochen und privat kein einziges Wort miteinander gewechselt, bis es Kil zu blöd wurde und er sich erst bei Logan und dann bei Helene entschuldigt und schließlich seine Aussage zurückgezogen hatte.

Dass Logan nun also selbst merkte, dass seine Freundin ihm

nicht guttat, ja, dass er sie verlassen wollte, weil sie ihn auf Dauer womöglich völlig ruinierte, war gut. Das war der erste Schritt.

Ich gönnte jedem Menschen die Liebe und eine Beziehung – wenn sie denn das Leben beider bereicherte und es nicht einschränkte oder sich gar negativ auf den Charakter auswirkte.

»Ich bin stolz auf dich, dass du das für dich erkannt hast, Logan. Wir alle wissen, dass sie diese Wirkung auf dich hat, aber das ist eine Erkenntnis, zu der du selbst gelangen musstest. Du hättest es niemandem von uns geglaubt, wenn wir es dir gesagt hätten«, bekräftigte Peter mit ruhiger Stimme.

Logan schaute zu Kilian und der stumme Austausch zwischen den zwei Brüdern sprach Bände.

»Da ich sie noch nie dazu bewegen konnte, wirklich auszuziehen, werde wohl ich mir eine Wohnung suchen müssen. Erst wenn ich was Neues in Aussicht habe, werde ich ihr sagen, dass es vorbei ist. Aber falls es dazwischen mal … unerträglich wird, komme ich vielleicht wirklich auf euer Angebot zurück. Vorerst muss ich jedoch mein ganzes Leben regeln und mich mit dem Gedanken anfreunden, dass ich bald wieder zu den Singles gehöre. Und diesmal länger als die letzten Male. Von Frauen hab ich erst mal die Schnauze so was von voll …«

Betreten schauten wir zu Boden.

»Du wirst bestimmt deinen Weg gehen und die für dich beste Art finden, mit der Situation umzugehen. Du bist ein starker Mann. Das bist du allein deswegen schon, weil du die Schwäche in deinem Leben erkannt und dich dazu entschieden hast, dich von ihr zu trennen – so hart das jetzt klingt.« Peter sah ihn eindringlich an und hatte mal wieder die richtigen Worte für ihn, denn Logan atmete geräuschvoll aus und nickte.

»Ich werde das alles schon irgendwie packen. Und seit ich diesen Entschluss gefasst habe, fühle ich mich tatsächlich besser. Es ist, als wäre eine große Last von mir gefallen.«

Kilian klopfte seinem Bruder auf die Schulter und drückte sie fest.

»Auf neue Ziele und die Freiheit!« Ich hob meine Bierflasche und schaute in die Runde. Die anderen wiederholten meine Worte, dann stießen Flaschenhälse aneinander. Doch als ich vom Bier trank, hatte ich mit einem Mal Joleens enttäuschtes Gesicht vor Augen, und ich fragte mich, ob es falsch von mir war, auf die *Freiheit* zu trinken. Denn ich hatte es auf die Unabhängigkeit bezogen, darauf, ohne Beziehung zu sein. Immerhin war es ein verdammt geniales Gefühl. Nicht umsonst genoss ich schon so viele Jahre mein Leben, wie es war. Ich liebte es, ungebunden zu sein, und eine Lady nach der anderen zu entdecken, zu erkunden und zu vögeln. Ich hatte keine Lust auf Beziehungsstress, Streit und darauf, nur noch eine einzige Frau im Bett zu haben. Ich meine, wo blieb da das Abenteuer, die Abwechslung? Irgendwann würde ich mich bestimmt langweilen, und dann wäre ich der Arsch, weil ich das alles beenden müsste …

Aber als ich diese Worte dachte, fühlten sie sich falsch an. So, als würde ich am Text einer Rolle festhalten, die ich spielte, die jedoch nicht *ich* war. Nicht mehr …

Nach wie vor wusste ich nicht, wie sich das mit Joleen und mir entwickeln würde. Ehrlich gesagt hatte ich mir noch gar nicht wirklich Gedanken darüber gemacht. Ich hatte ihre Fragen nach unserer Zukunft mit Floskeln beantwortet, die mir in dem Moment richtig erschienen waren, doch jetzt fühlte ich mich schlecht, weil ich so mit ihr umgegangen war. Sie hatte es verdient, eine ehrliche, ordentliche Antwort zu bekommen. Eine, die Worte wie *Beziehung* und *Liebe* enthielten. Aber ich wusste nicht, ob ich dazu bereit war … Denn jedes Mal, wenn ich Adrian anschaute, dachte ich bloß, dass er ein Glückspilz war und ich mir auch ein Leben, wie er es hatte, wünschte. Wenn ich jedoch Logan sah, wie fertig er war, wie lange er schon um diese Frau kämpfte, um diese Partnerschaft, die keine war, weil sie nicht auf einer Ebene stattfand, umso unsicherer wurde ich. Denn auf diesen ganzen Scheiß hatte ich keinen Bock.

Doch dann rief ich mir in Erinnerung, dass Joleen nichts mit Helene gemeinsam hatte. Sie waren von Grund auf verschiedene Charaktere und ich konnte mir bei Gott nicht vorstellen, dass Joleen ein ähnliches Theater liefern würde wie Logans Freundin. Andererseits konnte man sie auch nicht mit Harper vergleichen. Gut, sie war mutiger und offener und sexyer als vermutet, trotzdem hätte eine Beziehung mit ihr nichts mit der von Adrian und Harper gemein. Das hatte mir schon allein ihre Unsicherheit gezeigt, als wir auf Sex im Büro zu sprechen gekommen waren.

Würde ich mich auf sie einlassen, würde ich mich in ein Abenteuer stürzen, von dem ich weder den Verlauf noch das Ende kannte. Und ich hatte keine Ahnung, ob ich das konnte …

War ich also ein verdammter Riesenarsch, dass ich sie trotzdem morgen vögeln wollte?

Ja, verflucht, der war ich.

29

Joleen

Hoffentlich war es kein schlechtes Omen, dass ich erneut das Kleid vom letzten Mal trug, als ich mich zu Mason aufmachte. Aber ich fühlte mich unglaublich sexy darin. Schon vor unserem geplatzten Date war ich so gespannt auf sein Gesicht gewesen.

Diesmal hatte ich jedoch auf Kaffee und Bagels verzichtet. Wir wollten beim Italiener um die Ecke essen und danach einen Spaziergang im Park machen, bevor wir zu ihm gingen und … vermutlich … hoffentlich … Sex haben würden.

Meine Periode war zum Glück wirklich gestern vorbei gewesen. Wenn ich sie diesmal länger gehabt hätte, wäre ich in Tränen ausgebrochen. Umso mehr freute ich mich auf Mason, weil mir keine Gründe einfallen wollten, weshalb wir heute nicht übereinander herfallen und es tun sollten.

Mason hatte mir ein Uber bestellt. Bestimmt, um auf der App zu verfolgen, wo ich war. Die Sache mit Vanessa saß ihm sicher noch immer tief in den Knochen. Er redete nicht oft darüber – wenn, dann nur, wenn ich nachfragte, und selbst da war nicht viel aus ihm herauszubekommen. Aber mir war klar, dass ihn der Überfall auf seine Schwester erschüttert hatte.

Nichtsdestotrotz war ich nervös, als ich bei ihm klingelte. Für den Bruchteil einer Sekunde sah ich mich schon wieder Harper anrufen – inzwischen hatten wir Nummern getauscht –, doch da öffnete er auch schon die Tür und sah einfach heiß aus. Er trug eine cremefarbene Chino und ein schlichtes weißes T-Shirt mit V-Ausschnitt, und beides stand ihm verdammt gut. Außerdem war er barfuß, was ich unglaublich sexy fand.

Breit grinsend tastete er mich mit seinem Blick von oben bis unten ab. Dann öffnete er seine Tür ein Stück mehr und ließ mich in seine Wohnung, wo er sofort seine Arme um mich schlang.

»Hey, meine Schöne. Du siehst umwerfend aus.« Mit diesen Worten küsste er mich. Erst zärtlich, doch innerhalb weniger Sekunden gesellte sich eine Leidenschaft hinzu, die mein Denkvermögen völlig ausschaltete. Irgendwie taumelten wir ineinander verschlungen zur Seite, bis wir wohl am Billardtisch angekommen sein mussten. Masons Hände glitten über meinen Hintern bis zu meinen nackten Oberschenkeln und wieder zurück. Er presste sich an mich, drückte seinen Schritt gegen mich und zeigte mir auf diese Weise, wie sehr er sich freute, mich zu sehen.

Unsere Zungen umschlangen sich, rieben aneinander, bis ich keuchend und leise stöhnend meine Hände unter sein T-Shirt schob. Ich sehnte mich nach seiner Haut, nach seiner Hitze, seiner Leidenschaft. Nach allem. Nach ihm.

Fordernd streichelte ich über die harte Beule in seiner Hose und begann damit, den Knopf zu öffnen.

»Warte … Hast du keinen Hunger?«, raunte er erregt zwischen den Küssen.

»Doch. Auf dich.«

Das ließ er sich nicht zweimal sagen. Er hob mich hoch, bis ich meine Beine um seine Hüften schlang, und drehte sich mit mir herum, bis ich den kühlen Billardtisch unter mir spürte. Mason legte mich vorsichtig darauf ab und beugte sich über mich, um mich erneut zu küssen.

Seine Lippen lösten sich von meinem Mund, wanderten weiter hinab, über mein Kinn und mein Schlüsselbein. Fast schon ehrfürchtig schob er die Ärmel von meinen Schultern und legte die Brüste frei.

»Deine Tage sind doch vorbei, oder?«, fragte er und stutzte einen Moment, als wäre ihm erst jetzt der Gedanke gekommen.

»Ja, heute kann uns nichts aufhalten.«

Ohne zu zögern, beugte er sich über mich und umspielte meine Brustwarzen mit seiner Zunge, bevor er sich wieder aufrichtete. »Nein, das ... ist nicht richtig«, murmelte er.

Seine Worte sorgten dafür, dass sämtliche Alarmglocken in mir schrillten.

»Ja, ich will dich auf diesem Tisch, aber ... das erste Mal sollte nicht hier stattfinden. Komm mit.« Er half mir wieder runter und zog mich sanft hinter sich her in den Bereich seiner Wohnung, den ich noch nicht kannte. Zwar wusste ich, wo sich das Badezimmer befand, die restlichen Räume hatte ich jedoch nicht gesehen. Dafür war danach immer noch Zeit.

Er öffnete eine Tür und führte mich in ein großes Schlafzimmer, das wie der Rest der Wohnung modern und schlicht, aber trotzdem gemütlich eingerichtet war. Hellgrau und Creme waren die dominierenden Farben, doch ich hatte keine Zeit, mir alles genau anzuschauen. Das musste ebenfalls bis später warten, denn kaum dass wir vor dem Bett hielten, fand ich mich in seinen Armen wieder. Ohne Umschweife zog er das Kleid weiter nach unten, bis es mir von den Hüften rutschte und ich nur noch mit Slip und Schuhen bekleidet vor ihm stand.

»O fuck, endlich«, raunte er und lächelte mich an. Dann zog er sich mit einer geschmeidigen Bewegung sein T-Shirt über den Kopf und entblößte seinen perfekten Oberkörper. Er konnte nicht leugnen, dass er Sport machte. Trotzdem war er nicht übertrieben muskulös, sondern schlank und fest. Bauchmuskeln waren im Ansatz erkennbar, die ich bereits mehrfach ertastet hatte, und ich brauchte ein paar Sekunden, um seinen Anblick in mich aufzusaugen.

Ich benetzte meine Lippen und bekam wahnsinnige Lust, seinen Schwanz wieder mit dem Mund zu verwöhnen. Deshalb widmete ich mich erneut den Knöpfen seiner Hose, und diesmal gab es nichts, was mich davon abhalten würde, ihn auszuziehen. Der Stoff glitt hinab, und während er noch aus der Chino stieg, schob ich bereits meine Hände in seine eng anliegenden Shorts, um sie ihm nach unten zu schieben.

Seine Erektion ragte prall und hart vor mir auf und ich musste sie sofort umschließen und ihn fühlen. Ohne zu überlegen, ging ich vor ihm in die Knie und benetzte seine Spitze mit Speichel, ehe ich genüsslich daran sog.

Brummende und keuchende Laute drangen aus Masons Mund, die mir unglaublich einheizten. Doch er entzog sich mir und schlüpfte aus seinen Shorts, bis er nichts mehr anhatte.

»Ich will dich ebenfalls nackt«, sagte er und streifte auch schon den schwarzen Spitzentanga meine Hüften hinab, jedoch nicht, ohne dabei meinen Bauch zu küssen und den Bauchnabel mit seiner Zunge zu necken. »Halte dich an meinen Schultern fest«, befahl er, dann zog er mir den Tanga über die Schuhe aus. Ich hatte ja schon fast vermutet, er würde darauf bestehen, dass ich sie anließ, doch schließlich löste er die Riemen der Sandaletten, und wenig später standen wir uns völlig nackt gegenüber.

Ein schneller Blick zu den Fenstern zeigte mir, dass ein lichtdurchlässiger Sichtschutz davor befestigt war – sehr gut, uns würde somit niemand zusehen können …

Ich streichelte wieder über seinen Oberkörper, wanderte tiefer mit den Händen. »Ich will dich so sehr, Mason.«

»Leg dich aufs Bett. Ich werde dich bis zum Höhepunkt lecken und dann werde ich dich vögeln, bis du meinen Namen schreist. Ich hab vorhin gewichst und werde sicher nicht so schnell wie am Freitag kommen. Du kannst dich also auf viele Orgasmen freuen.«

O Gott! Ein Beben jagte durch meinen Körper, peitschte eine weitere Welle der Erregung in mir auf.

Ich folgte seinem Befehl und machte es mir vor ihm gemütlich. Das Bett war kühl und weich und kuschelig, doch ich hatte nur Augen für Mason und die Art, wie er mich ansah. Gierig und liebevoll und leidenschaftlich und … wertschätzend.

Schon das letzte Mal, als Mason bei mir war, hätte ich nicht gedacht, dass ich mich trauen würde, mich vor ihm selbst zu berühren, während er mir dabei zusah. Doch als ich jetzt erneut mit den Händen über meinen Körper wanderte und mich streichelte, als ich seinen Blick sah, der überrascht, aber zugleich fasziniert und lustverhangen war, gab es auch diesmal nichts, was mich abhalten konnte.

Ich liebkoste meine Brüste, kniff mich in die Brustwarzen und glitt schließlich mit einer Hand zwischen meine Beine. Langsam öffnete ich sie, rieb über meine Mitte und keuchte auf, als eine Hitzewelle durch mich hindurchfegte. Das schien Mason wieder aus seiner Faszination getränkten Starre zu reißen, denn er kniete sich aufs Bett und beugte sich über mich. Mit den Händen schob er meine Schenkel noch ein Stück auseinander, ehe ich seine Zunge spürte.

Und, o Gott, es fühlte sich wieder unglaublich gut an. Ein lautes Stöhnen drang über meine Lippen und ich kam ihm mit dem Becken entgegen, weil ich mehr von ihm wollte. Mehr von diesen Berührungen, diesen Bewegungen, die seine geschickte Zunge machte. Mehr von seinen Fingern, die dort unten Dinge anstellten, die sich einfach unfassbar gut anfühlten.

Innerhalb weniger Minuten peitschte er meine Erregung nach oben, entzündete in mir ein Flammeninferno, das dafür sorgte, dass ich mit so einer Heftigkeit kam, dass ich schwarze und weiße Punkte vor meinen Augen tanzen sah. Mein Nasenrücken kribbelte und ich hatte das Gefühl, nicht genug Sauerstoff in meine Lungen zu bekommen.

Er schob sich über mich, zwischen meine Beine, eine Hand an seinem Schwanz.

»Ohne?«, wollte er wissen.

Ich blinzelte, brauchte einen Moment, um zu verstehen, was er meinte.

Ohne Kondom war seine Frage. Er wollte sich nur noch einmal vergewissern, ob ich bei meiner Entscheidung vom letzten Mal geblieben war.

Ich nickte.

Verhalten stöhnte er auf, dann führte er auch schon seine pralle Eichel an meinen Eingang. Gott, wie er in mich glitt, war so unfassbar gut, dass ich keine Worte dafür fand. Als er sich ganz in mir versenkte und ich seinen harten und vor allem heißen Schaft spürte, schoss Hitze durch mich hindurch.

Ihm schien es ähnlich zu gehen, denn er fluchte leise und verharrte einige Sekunden unbeweglich, ehe er »Das fühlt sich so verdammt gut an« murmelte.

Endlich begann er damit, sich in mir zu bewegen. Ich schlang meine Beine um seine Hüften, kam ihm mit jedem Stoß entgegen. Mit den Händen glitt ich über seinen Nacken, kratzte mit den Fingernägeln über seine Brust und seinen Rücken, was ihm sichtlich gefiel.

Er steigerte sein Tempo, trieb sich wieder und wieder in mich und sorgte dafür, dass er mein Verlangen erneut anfachte. Sein Becken knallte gegen meines, erbarmungslos, und ich liebte das Gefühl, ihn in mir zu haben.

Er richtete sich auf, setzte sich zurück und nahm mich mit sich, ohne unsere Verbindung zu unterbrechen, bis ich mich rittlings auf seinem Schoß wiederfand. In seinen Augen schimmerte Erregung, seine Lippen waren rot und geschwollen von unseren Küssen.

Mit einer Hand umfasste er meine linke Brust, dann beugte er sich hinab und biss in meine Brustwarze. Eine neue Welle an Begehren jagte durch mich hindurch, die Erlösung greifbar nahe.

Ich begann, mich auf ihm zu bewegen, ritt ihn, während er mit seinen Händen das Tempo noch steigerte. Seufzend schloss ich die Augen, legte den Kopf in den Nacken und genoss es, wie gut es sich anfühlte.

Als ich seinen Blick endlich erwiderte, hob er eine Hand an mein Gesicht. Mit dem Daumen rieb er über meine Lippen, dann schob er ihn mir in den Mund. Genüsslich sog ich daran, und zwar genau so, wie ich vorgestern seinen Schwanz verwöhnt hatte, und freute mich über sein Stöhnen, das dafür sorgte, dass sich meine Muskeln abermals zusammenzogen.

Schließlich legte er den Daumen auf meine Mitte, rieb mich dort, vermischte meine Feuchtigkeit mit meinem Speichel und kam mir noch mit seinem Becken entgegen. Fest. Fordernd.

Heftig explodierte ich. Eine enorme Hitzewelle brach über mich herein, mit so einer Gewaltigkeit, dass ich mich bebend und zitternd an ihm festhielt, bis sich die Wellen des Höhepunktes langsam wieder glätteten.

Ich war erschöpft und glücklich und doch sorgte sein Schwanz in mir dafür, dass ich noch nicht genug von ihm hatte. Jedoch schaute ich ihn verwirrt an, als er in der Bewegung innehielt.

»Knie dich vor mich hin«, raunte er mir ins Ohr. »Ich will dich von hinten nehmen. Ich will dich ficken wie ein Tier.«

Seine schmutzigen Worte trieben mir Hitze ins Gesicht und gleichzeitig wusste ich, dass er gerade den Song zitiert hatte, den ich neulich genutzt hatte, um ihn scharfzumachen.

Vielleicht tat ich deshalb, ohne zu zögern, was er von mir verlangte, auch wenn ich noch nie in dieser Stellung Sex gehabt hatte. Ich kniete mich vor ihn auf die Matratze, reckte ihm meinen Hintern entgegen und warf einen Blick über meine Schulter zu Mason, der mich mit einer Hand an seinem Kinn beobachtete. Dass ihn mein Anblick heißmachte, war nicht zu übersehen.

Er streichelte über meinen Po, bevor er sich hinter mich kniete und wieder in mich glitt. »Scheiße, fühlt sich das gut an«, knurrte er, als er tief in mir war. So viel tiefer als zuvor.

Ich keuchte auf, spürte, wie Hitze durch mich schoss. »O Gott!«, war das Einzige, was ich über die Lippen brachte. Dann begann er auch schon, sich in mir zu bewegen. Erst langsam, als müsse er sich zurückhalten. Als würde er ganz bewusst genießen, was wir hier taten.

Mit einer Hand hielt er mich an der Hüfte, während die andere über meinen Po rieb. Er knetete mein Fleisch, dann ließ er seine Handfläche auf meinen Hintern knallen.

Lust zuckte durch meinen Körper und ich stöhnte auf.

Aufgegeilt von meiner Reaktion auf sein Spanking ließ er mich noch ein paarmal seine flache Hand spüren, während er sein Tempo steigerte und sich immer schneller in mich trieb.

Benommen krallte ich mich in das Laken und versuchte, auch nur ansatzweise zu verstehen, ja zu fühlen, was so intensiv und neu war.

Fest gruben sich seine Finger in meine Hüften. Sein Becken klatschte hart gegen mich, trieb mich an. Die Reibung war unglaublich. Das Gefühl … unbeschreiblich. Mehr und mehr spannten sich meine Muskeln um ihn, bis der Druck so groß wurde, dass sie kräftig zu pulsieren begannen.

Noch nie zuvor hatte ich so einen Orgasmus erlebt. So lang, so intensiv, so weich, so heftig, so … einzigartig.

»O fuck, fuck!«, drangen Masons Worte zu mir durch. Darauf folgte ein animalisches Knurren, ein Keuchen, das getränkt war von Genuss und Leidenschaft.

Ich hieß willkommen, wie er in mir zuckte, wie sein Sperma in mich schoss, als er in mir kam.

Kraftlos gaben meine Arme nach und ich sackte nach vorne, Masons fester Griff um meine Hüften, sein heiseres Lachen in meinem Ohr, sein heißer Atem in meinem Nacken.

»Wow, Joleen, das war … der Hammer.«

Ich nickte nur, war nicht fähig, Worte zu Sätzen zu formen.

Immer noch war er in mir, lag hinter mir in Löffelchenstellung.

Ein sanfter Kuss auf meinen Schultern jagte eine süße Gänsehaut über meinen Rücken. »Bleib hier, ich bin gleich zurück.«

Als er sich von mir löste, fühlte ich mich zufrieden, befriedigt und wie in weiche Wattebäusche gepackt. Ich sah Mason hinterher, der ins angrenzende Zimmer ging. Wasser rauschte, und kurz darauf kam er mit einem warmen, aber feuchten Handtuch zurück, mit dem er mich säuberte. Danach warf er es einfach zu Boden, schlug die Decke über mich und legte sich zu mir. Ganz nah, Haut an Haut. Und ich konnte nicht glücklicher sein.

30

Mason

Joleens Duft war berauschend. Ihr Geschmack sowieso – und zu sehen und zu hören, wie sie kam … Sie dabei um meinen Schwanz zu spüren, meinen Saft tief in ihr zu vergießen, war … Puh, mir gingen die Beschreibungen aus, aber ich wusste, dass es nicht bei diesem einen Mal bleiben würde.

Später wollte ich sie unbedingt noch einmal ficken, sie erneut zum Schreien bringen, zum Stöhnen, zum Kommen.

Sie lag an mich gekuschelt in meinem Bett und streichelte träge über meine Brust. Das Lächeln auf ihren Lippen war neben den Orgasmen ein weiterer Beweis dafür, dass es ihr genauso ging wie mir. Dass sie gut fand, was wir getan hatten.

»Gestern war ich mit meiner Mom im Kino und ich hab ihr von dir erzählt«, murmelte sie und durchbrach meine Erinnerungen an unseren Sex.

»Und was denkt sie darüber?«

»Was sie sagt und was sie denkt, sind zwei unterschiedliche Dinge.« Sie schmunzelte. »Sie freut sich für mich, für uns. Und sie wünscht uns alles Gute. Dennoch glaube ich, dass sie Angst hat, ich könnte über kurz oder lang ohne Job dastehen, sollte es mit uns beiden nicht funktionieren.«

»Da muss sie sich keine Sorgen machen.« Beruhigend strich ich über ihren Arm, war aber nicht fähig, mehr dazu zu sagen.

Denn ja, ich hatte es auf ihren Job bezogen. Doch unmöglich konnte ich ihr zusichern, dass das mit uns kein Ende finden würde. Wer konnte so was schon vorhersagen?

Joleen seufzte tief und klang dabei zufrieden, während mein schlechtes Gewissen sich nur weiter ausbreitete. Immer noch hatte ich mich nicht entschieden, wie das mit uns nun weiterlaufen sollte. Ich konnte es einfach nicht.

Allein der Gedanke an eine Beziehung engte mich ein, machte mir Angst. Ja, verdammt, ich hatte Schiss davor, mit einer einzigen Frau zusammen zu sein. Und was das Betrügen anging, vertrat ich dieselbe Einstellung wie Logan: Ich tat es nicht. Vorher trennte ich mich von der Frau – beziehungsweise ließ ich es erst gar nicht so weit kommen. Dass ich ein weiteres Mal mit Joleen Sex haben wollte, hatte schon was zu bedeuten. In den meisten Fällen fuhr ich direkt nach dem Vögeln nach Hause. Wobei die Ladys auch wussten, dass es so sein würde, weil ich es von Beginn an so kommuniziert hatte. Bei Joleen hingegen hatte ich das nicht gesagt. Davon abgesehen *konnte* ich ja nicht einmal zurück in meine eigenen vier Wände fliehen, weil ich schon hier war. *Sie* lag bei mir, in *meinem* Bett.

Und verdammt, es fühlte sich einfach gut an, sie hier zu haben.

Wie paradox das doch alles war …

»Mein Dad ist wohl auch wieder in einer Beziehung«, redete sie weiter, als von mir nichts mehr kam.

Auch wieder? So wie wir? Oder wen meinte sie damit? Ihre Mutter? Jedoch konnte ich mich nicht erinnern, dass sie mir solche Details über ihre Mom erzählt hätte …

»Er will uns beide miteinander bekannt machen, aber wenn ich ehrlich bin, bin ich diesmal unglaublich nervös.«

»Wieso das?«

Sie zuckte mit den Schultern. »Ich will nichts falsch machen. Hab Angst, dass ich es mit meiner Reaktion, mit einem Wort, einem Blick … kompliziert und unangenehm mache.«

Fragend schaute ich sie an.

»Die neue Liebe im Leben meines Dads ist ein … *Er.*«

»Und damit hast du ein Problem?«

»Nein! O Gott, nein, das ist es nicht. Ich finde es großartig. Dass er verliebt ist, dass er jemanden kennengelernt hat, der das Gleiche für ihn empfindet. Für mich ist Liebe Liebe, Punkt. Aber hier geht es um meinen Dad. Was, wenn ich im falschen Moment die Stirn runzle? Wenn ich nicht so reagiere, wie er und Isaac es erwarten? Sich erhoffen? Was, wenn ich ein Wort sage, das Isaac übel aufstößt, obwohl ich nichts Böses damit beabsichtige? Was, wenn er mich nicht mag und dadurch das Verhältnis zu meinem Dad schwieriger wird? Was wenn …«

»Scht«, machte ich und unterbrach ihren Redeschwall. »Du machst dir viel zu viele Gedanken. Sie lieben sich? Dein Dad liebt dich? Dann ist doch alles gut. Isaac ist jetzt der neue Mensch im Leben deines Vaters, aber das wird nichts an eurem Verhältnis ändern. Niemals. Freue dich für die beiden, dass sie glücklich sind.«

»Wenn du das sagst, klingt das so simpel.«

Ich schmunzelte. »Ist es auch. Jemanden zu lieben, ist ganz leicht. Also tu es.« Als mir bewusst wurde, was ich eben gesagt hatte, stockte ich und schwieg. Denn zu lieben, war überhaupt nicht einfach, wenn man Angst hatte. Angst davor, den Herzensmenschen zu verlieren, zum Beispiel. Oder seine Freiheit aufzugeben …

»Du bist ein sehr weiser Mann, Mason.« Mir war klar, dass sie mich gerade aufzog.

»Du machst dich über mich lustig«, sagte ich trocken und stürzte mich in der nächsten Sekunde auf sie, um sie zu kitzeln. Sie kreischte und lachte, wehrte sich mit Händen und Füßen und versuchte, sich unter mir herauszuwinden oder zumindest einen Gegenangriff zu starten.

Unsere Körper rieben aneinander, ihre Brüste streiften meinen

Unterarm – und mit ihr im Bett zu rangeln, machte mich so richtig an.

Mit großen Augen schaute sie mich an, als ihr klar wurde, dass mein Blut gerade in untere Regionen schoss. »Schon wieder?«

»Immer, Joleen. Ich will dich immer …«, antwortete ich außer Atem. Dann senkte ich meinen Kopf und küsste sie. Küsste all meine nervigen Gedanken weg, die mich darüber grübeln ließen, ob Joleen und ich eine Zukunft hatten … eine wagen sollten. Und nach und nach rückten meine Ängste in den Hintergrund, bis ich sie nicht mehr wahrnahm, sondern nur noch diese Frau unter mir, die ihre Beine für mich spreizte. Ich zögerte nicht lange, bis ich mich erneut in ihr versenkte.

Mehrere Einsatzwagen fuhren mit lauten Sirenen in unmittelbarer Nähe durch die Straßen. Alles war dunkel, nur leicht drang das Licht der Laternen im Hof durch die Jalousien ins Schlafzimmer.

Joleen lag an mich gekuschelt neben mir und schlief. Ihr ruhiger, regelmäßiger Atem streichelte meine nackte Brust und ihr Duft war überall. Selten hatte ich bei einer Frau übernachtet. Ich mochte nicht, wie sie dabei klangen, sich umdrehten und mir die Decke wegzogen. Mich regte es auf, wenn sie morgens heimlich aus dem Bett krochen, um sich zu schminken und sich die Haare zu machen – nur um sich wieder zu mir zu legen und so zu tun, als würden sie noch schlafen. Hielten die mich wirklich für so blöd und dachten, mir wäre nicht klar, was da lief? Und gingen die echt davon aus, ich würde sie nicht mehr sehen wollen, wenn sie mir ungeschminkt und mit zerzausten Haaren über den Weg liefen?

Spätestens dann hatte ich die Schnauze voll und das Ganze beendet.

Seltsamerweise war bei Joleen dieser Punkt noch nicht erreicht, an dem ich von ihr genervt war. Im Gegenteil, ich genoss es, sie zu halten, sie zu spüren. Bei mir, in meinem Bett! Und ich bekam nicht genug von ihr. Ich wollte schon wieder in ihr sein. Mein Schwanz war hart, und das, obwohl wir es so oft und so lange getrieben hatten. Vermutlich konnte sie morgen keinen Schritt laufen, ohne an unsere Nacht zurückzudenken – und das gefiel mir.

Genau genommen wusste ich ja nicht einmal, was mich dazu gebracht hatte, ihr anzubieten, hier zu übernachten. Aber wir hatten uns irgendwann am Nachmittag was vom Italiener liefern lassen, weil wir nicht mehr vor die Tür gehen wollten. Und als wir gegen halb zehn Uhr abends erneut Hunger bekamen, haben wir uns gegenseitig mit den Resten gefüttert. Danach waren wir so müde gewesen, dass ich ihr vorgeschlagen hatte, bei mir zu bleiben. Ich hatte ihr angeboten, sie morgen nach Hause zu begleiten, bevor ich mich auf den Weg ins Büro machte. So würde sie sich umziehen und dann nachkommen können. Und sie hatte sofort zugestimmt. Nicht überschwänglich und übertrieben, sondern zurückhaltend und dankbar.

Und verdammt, selbst das gefiel mir. Alles an ihr war großartig.

Zärtlich streichelte ich ihr über das Haar und ihren Rücken. Sie bewegte sich, und ich befürchtete schon, sie unabsichtlich geweckt zu haben, doch sie schmiegte sich nur noch enger an mich und schlief weiter.

Ein tiefes Seufzen drang über ihre Lippen. Erleichtert, glücklich. »Mason«, murmelte sie zufrieden, und ich wollte bereits darauf reagieren, ehe mir klar wurde, dass sie träumte. Sie lag in meinen Armen und dachte im Traum an mich. Wie sie sich bewegte und die Art, wie sie meinen Namen gesagt hatte, berührten etwas in meinem Herzen. In diesem einen Wort lagen so viele Gefühle, die mich völlig aus der Bahn warfen. Mit denen ich nicht gerechnet hatte. Die dafür sorgten, dass es schon wieder in meiner Brust eng wurde. In dem Moment verstand ich, dass ich bereits zu tief in dieser Sache drinsteckte, als dass ich aus ihr rauskam, ohne einen oder beide von uns zu verletzen.

»Mason? Wach auf, wir haben verschlafen!«

Joleens warme, aber besorgte Stimme drang zu mir hindurch und holte mich aus meinem Schlaf. Ich hatte geträumt, konnte mich jedoch nicht erinnern, wovon.

»Komm schon, mach die Augen auf. Es ist fast halb neun!«

»Scheiße!« Gerädert wischte ich mir mit beiden Händen übers Gesicht. Ich war erst kurz vor fünf oder so eingeschlafen und war noch überhaupt nicht aufs Büro eingestellt.

Als ich zwischen den Fingern hindurch zu Joleen sah, die mit zerzausten Haaren und leicht verschmiertem Make-up neben mir saß, änderte das jedoch meine schlechte Laune augenblicklich. Sie sah bezaubernd aus, und die Tatsache, dass die Bettdecke nur alles unterhalb ihres Bauchnabels bedeckte, ermöglichte mir eine schöne Aussicht. »Abgesehen davon, dass wir verschlafen haben, könnte ich mir gut vorstellen, jeden Morgen so aufzuwachen.« Und scheiße, das fühlte sich in dem Moment überraschend wahr an.

Lachend schlug sie mir mit einem der Kissen ins Gesicht.

Ich stieß ein tiefes, ja drohendes Brummen aus, dann hechtete ich auf sie zu.

Schreiend und kreischend lief sie vor mir davon.

»Na, warte! Glaub nicht, dass du einfach so damit durchkommst, nachdem du deinem Boss ein Kissen ins Gesicht geschleudert hast!«

Sie rannte, nackt, wie sie war, aus dem Schlafzimmer in Richtung Küche. Ich lief ihr hinterher. Wir umrundeten die Kücheninsel, dann schlug sie einen Haken und lief weiter ins

Wohnzimmer, wo sie die Couch zwischen uns brachte. Angriffslustig schaute sie mich an. Wie eine Raubkatze schlich sie in gebückter Haltung um das Möbelstück, bereit, vor mir zu fliehen oder sich mit ihren Krallen auf mich zu stürzen. Dass wir splitterfasernackt waren und es hier keinen Sichtschutz vor den Fenstern gab, störte uns beide nicht.

»Fang mich, wenn du kannst!«, reizte sie mich lautstark.

Sie brachte noch ein paar Schritte zwischen uns, indem sie die Couch umrundete. Ein Stück weiter und sie würde mit dem Rücken zur Wand stehen und nicht mehr wegkönnen.

Langsam und auf der Hut schlich ich mich an sie heran. Ihr Lächeln auf den Lippen forderte mich heraus. Als ich sie fast erreicht hatte, hechtete sie über die Rückenlehne der Couch von mir weg.

»Du hast mich ausgetrickst!«, rief ich ihr hinterher, ihr dicht auf den Fersen. Noch nie war ich durch meine eigene Wohnung gelaufen oder hatte mit einer Frau Fangen gespielt, aber was war bei Joleen schon wie bei allen anderen?

Kurz vor der Küche holte ich sie endlich ein. Ohne zu zögern, packte ich sie und zog sie an mich, bis sich ihr Rücken an meine Brust presste. Dabei legte ich meine Arme um sie, damit sie mir nicht entwischen konnte … und merkte, wie ich hart wurde. Dieses kleine Spiel hatte mich ziemlich heißgemacht. Mal wieder.

Mit ihr vor mir ging ich zum Raumtrenner zwischen Wohnzimmer und Billardtisch und betätigte den Schalter, der auch hier den Sichtschutz hochfuhr. Dann bugsierte ich sie zurück zum Tisch, bis sie mit den Hüften ans Holz stieß.

»Erinnerst du dich, was ich dir bei deinem ersten Besuch gesagt habe?«

»Dass du mich darauf ficken willst.«

Allein wie sie die Worte aussprach, machte mich an. »Spreiz deine Beine«, wies ich sie an. Ihre Arme führte ich an ihren

Rücken und drückte sie hinab, bis sie mit dem Gesicht auf dem Billardtuch lag.

Mit einer Hand hielt ich sie fest, während ich mit der anderen ihren Hintern knetete, auf dem man noch leicht die Rötung meines Spankings von gestern sehen konnte. Dieses Bild würde ich bestimmt länger nicht aus dem Kopf bekommen.

Ich packte meinen harten Schwanz und führte ihn zwischen ihre Beine. »Fuck, du bist schon ganz feucht.« Stöhnend schloss ich die Augen und glitt in sie. Die Erinnerung, wie ich sie gestern von hinten genommen hatte, tauchte in meinem Kopf auf. Wie sie sich angefühlt, wie sie auf mich reagiert hatte. Wie heftig sie gekommen war. Und jetzt würde ich sie erneut so weit bringen …

31

Joleen

An den Hüften würde ich bestimmt blaue Flecken bekommen. Der Sex am Billardtisch war hart und schnell und gut gewesen und hatte dafür gesorgt, dass wir erst nach neun seine Wohnung verließen.

»Ich kann aber wirklich später noch ins Büro kommen, ich brauche nur andere Klamotten. So kann ich nun echt nicht zur Arbeit gehen.«

Masons Blick glitt über mein kurzes Sommerkleid und er grinste frech. »Meinetwegen müsstest du dich nicht umziehen. Du müsstest dich nicht einmal anziehen.«

Lachend schlug ich ihm gegen den Oberarm. »Da bin ich aber gespannt, wie du reagierst, wenn mich Mister Price, die beiden Cunningham-Brüder und Thomas, Big K, Johnny, Smoothie und alle anderen … in diesem Kleid sehen. Oder nackt.«

Sein Blick verfinsterte sich. »Du hast recht, das gefällt mir gar nicht. In meinem Kopf warst du nur in meinem Büro ohne Kleidung.«

Ich rollte mit den Augen.

»Nein, wirklich. Nimm dir heute frei, Joleen. Befehl von deinem Boss, okay? Gerade steht nichts Wichtiges an, alles andere kann auch bis morgen warten.«

Er zog mich an sich und küsste mich sanft auf die Lippen.

Dann hielt auch bereits ein Uber neben uns, gleich darauf das zweite. Mason öffnete mir noch die Tür und wünschte mir einen schönen Tag, nachdem ich eingestiegen war.

Beschwingt drehte ich mich um und sah ihm nach, wie er in dem anderen Wagen verschwand, als wir losfuhren.

Zu Hause angekommen ließ ich mir ein Schaumbad ein und schwelgte in Erinnerungen an letzte Nacht und heute Morgen. Dass es mit Mason so sein würde, so intensiv, so leidenschaftlich und so unfassbar gut, hätte ich mir in meinen kühnsten Träumen nicht vorzustellen gewagt. Und ich musste mich wirklich am Riemen reißen, mir nicht doch noch bürotaugliche Klamotten anzuziehen und zur Arbeit zu gehen. Weil ich ihn unbedingt wiedersehen wollte … Aber ich hatte auch im Hinterkopf, dass er fürchtete, ich könnte zu sehr klammern. Deshalb hielt ich mich ausnahmsweise heute vom Büro fern und gönnte ihm diesen einen Tag ohne mich. Immerhin sahen wir uns an mindestens fünf Tagen in der Woche für mehrere Stunden und ich wollte nicht, dass es ihm gleich zu viel wurde und er Abstand suchte, bevor alles richtig begonnen hatte …

Nach dieser Nacht verstand ich Harper so gut. Denn ich wusste nicht, ob ich Mason noch immer widerstehen könnte, wenn er mich in sein Büro holen, die Scheiben undurchsichtig machen und mir mein Kleid hoch- und mein Höschen runterziehen würde. Gott, ich durfte nicht einmal daran denken, wie gut sich der Sex mit ihm angefühlt hatte … Und wie süß er heute Morgen zu mir war! Zugegeben, ich hatte ihn nicht sofort geweckt, sondern mir erst einmal ein paar Minuten gegönnt, um darüber nachzudenken, was zwischen uns passiert war. Außerdem hatte ich ihm beim Schlafen zugesehen. Ich hatte ihn beobachtet, wie zufrieden und vollkommen er ausgesehen hatte, und mir war bewusst geworden, wie viel ich für diesen Menschen empfand. Denn all das Schwärmen, das heimliche Verliebtsein, das ich die zwei Jahre empfunden hatte, war nichts im Vergleich dazu, wie stark meine Gefühle für ihn in den letzten Tagen und Wochen angestiegen waren. Wären wir Comicfiguren, hätte ich vermutlich den ganzen Tag Herzen in den Augen.

Nachdem ich mir eine Leggins und ein Trägertop angezogen hatte, beschloss ich, einen Gruppenchat mit Georgia und Virginia zu eröffnen, um beiden nicht alles doppelt schreiben zu müssen.

Joleen: Ich war letzte Nacht bei Mason. Bis heute Morgen.

Mit einem Grinsen im Gesicht wartete ich gespannt auf Reaktionen. Ich rechnete nicht damit, dass sie gleich antworteten, und doch war es nach meiner Nachricht nicht unwahrscheinlich, dass sie sich während ihrer Arbeit dafür Zeit nahmen.

Virginia: OMG, erzähl uns alles! Heute Abend bei dir?

Georgia: Mist, da muss ich arbeiten!

Joleen: Er hat mir freigegeben, falls du also vorher Zeit hast, Georgia …

Georgia: Perfekt, ich mach mich gleich auf den Weg.

Virginia: Verdammt, was ist mit mir? Ihr könnt mir das nicht antun! Ich muss noch bis sechs im Büro bleiben. Mindestens!

Georgia: Jetzt mach dir nicht ins Hemd, Süße, du erfährst es dann halt heute Abend.

Joleen: Vorausgesetzt, ich habe Zeit. Keine Ahnung, wann Mason und ich uns wiedersehen.

Ich hängte einen Smiley mit Heiligenschein an, weil ich damit keine der beiden beleidigen wollte.

Virginia: Alles gut, ich werde das Warten überleben.

Georgia: Wie jetzt? Ihr seht euch doch spätestens morgen im Büro, oder?

Virginia: Bürosex! Woohooo!

Ich schickte das augenverdrehende Emoji.

Joleen: Natürlich, aber ich meinte privat. Und nein, kein Bürosex.

Wobei ich mir da gar nicht mehr so sicher war, ob ich den wirklich noch ablehnen wollen würde …

Virginia: Ach, wenn der Sex gut ist, kommen sie doch alle von ganz allein wieder angekrochen.

Sie schickte den Smiley mit der seitlich rausgestreckten Zunge mit.

Georgia: Wir besprechen das gleich. Ich bin schon unterwegs.

Virginia: Viel Spaß! Denkt an mich!

Georgia musste sich ziemlich beeilt haben, denn schneller, als ich mit ihr gerechnet hatte, stand sie vor meiner Tür.

»Frisch durchgevögelt steht dir gut«, sagte sie statt einer Begrüßung und schlenderte an mir vorbei ins Wohnzimmer. »Ich hab auch Prosecco mitgenommen, um auf deine erfolgreiche Nacht anzustoßen.«

Mit rotem Kopf ging ich in die Küche, um Sektgläser zu holen. »Um diese Uhrzeit? Außerdem dachte ich, du müsstest später noch arbeiten?«

»Ja, aber erst gegen vier Uhr. Ich trinke einfach ein Glas weniger als du und wir bestellen uns was Fettes vom Chinesen, dann bin ich wieder voll einsatzfähig, wenn ich zur Arbeit muss. Also los, erzähl mal, und lass bloß nichts aus.«

Schmunzelnd setzte ich mich zu ihr auf die Couch und berichtete von gestern Nachmittag, von Masons stürmischer Begrüßung und dass wir erst viel später als erwartet gegessen hatten. Nicht im Restaurant, sondern halb nackt in seiner Küche. Und dass ich heute bei jedem Schritt spürte, wie oft wir übereinander hergefallen waren.

»Du Tier!« Sie lachte. »Wow, ich bin glatt ein bisschen

neidisch. Und ich freue mich so sehr für dich. Für euch! Da sieht man mal, dass sich alle Träume irgendwann erfüllen.«

»Hm, ja.« Zufrieden lehnte ich mich zurück. »Vermutlich werde ich ihn aber heute nicht mehr sehen. Bis jetzt hat er sich nicht gemeldet und wir haben nichts vereinbart. Ich glaube, ich sollte das auch noch Virginia schreiben, sie klang ziemlich geknickt, weil ich angedeutet habe, am Abend vielleicht keine Zeit zu haben.«

Georgia winkte ab. »Ach, sie steckt das schon weg. Und nur weil ihr miteinander in der Kiste gewesen seid, bedeutet es nicht, dass ihr ab sofort nur noch aneinanderkleben müsst. Du darfst nicht vergessen, dass ihr euch immerhin den ganzen Tag auf der Arbeit seht, da braucht man ab und zu auch Zeit für sich und etwas Abstand.«

Genau, was ich mir auch schon überlegt hatte. »Denkst du, er hat mir deshalb heute freigegeben?«

Georgia schüttelte den Kopf. »Blödsinn, er wollte bestimmt, dass du dich erholst, nachdem er dich so hart rangenommen hat. Damit er dich morgen oder spätestens übermorgen wieder vögeln kann.«

Einen Moment dachte ich über ihre Worte nach, war aber nicht gänzlich überzeugt, geschweige denn beruhigt. Immerhin hatte er schon mal ziemlich abweisend anklingen lassen, dass er nicht vorhatte, dass wir uns jeden Tag privat sahen. Gut, inzwischen hatte sich einiges zwischen uns verändert und ich hoffte, dass sich seine Meinung dazu ebenfalls geändert hatte. Also … nicht dass ich ab sofort und immer meine Freizeit mit ihm verbringen wollte, aber eine reine Wochenendaffäre würde mich auch enttäuschen

»Jetzt trinken wir erst mal auf dich.«

Wir prosteten uns zu und tranken einen Schluck.

»Was tut sich eigentlich bei dir?«, wollte ich von meiner Freundin wissen. Für meinen Geschmack viel zu lange hatte sie keinen

Mann mehr kennengelernt, der auch nur ansatzweise für eine Beziehung infrage kam.

»Morgen habe ich ein Date«, erzählte sie aufgeregt.

»Was? Wieso weiß ich noch nichts davon? Du musst mir unbedingt alles erzählen! Wer ist er, wie heißt er, wie alt, woher und wie hast du ihn kennengelernt?«

Lachend schüttelte sie den Kopf, während die perlende Flüssigkeit meine Zunge benetzte. »Ich weiß es ja selbst erst seit heute Morgen, also keine Sorge. Wir haben uns ganz klassisch auf Tinder kennengelernt. Jordan ist zweiunddreißig, aus Queens. Ich mache mir auch keine großen Hoffnungen, obwohl er schon echt süß klingt. Du erinnerst dich, dass ich dir erzählt habe, dass es da einen Kerl gibt, mit dem ich seit gut drei Wochen immer wieder mal schreibe?«

»Ja! Aber ich dachte, das hätte sich inzwischen verflüchtigt.«

»Dachte ich auch, aber vorgestern haben wir spontan telefoniert und … puh. Er ist nicht nur süß, sondern steht außerdem auf Dirty Talk und Telefonsex.« Sie fächerte sich Luft zu.

Danach erfuhr ich Details, die ich gar nicht hatte hören wollen, und freute mich für meine Freundin, dass sie so gut gelaunt war und dem Date entgegenfieberte. Als sie sich Stunden später verabschiedete, war die Flasche leer, genau wie die Pappkartons, in denen unser Essen geliefert worden war.

Ich beschloss, ein Nickerchen zu machen, bis Virginia schließlich auftauchte und sich das Ganze fast identisch wiederholte. Auch sie hatte Prosecco dabei, allerdings ließen wir uns zum Abendessen Pizzen liefern. Ich erzählte von meinem gestrigen Tag und der Nacht – inklusive dem Fangenspielen am Morgen –, während sie mir von ihrem Sexdate von letztem Samstag berichtete, wo der Kerl Flogger, Handschellen und Cockring mitgebracht hatte. Wir lachten und tranken viel und als sie sich gegen halb elf Uhr abends ins Taxi setzte, war ich ziemlich beduselt. Zum zweiten Mal an diesem Tag.

Und ich dachte an Mason. Wieder einmal.

Gott, ich freute mich so sehr auf morgen, wenn wir uns im Büro wiedersahen.

Kurz entschlossen griff ich nach dem Handy und schrieb ihm eine Nachricht, weil ich ihn vermisste. Das würde wohl kaum zu viel sein, immerhin hatten wir den ganzen Tag geschwiegen.

Joleen: Ich will dich ja nicht neidisch machen, aber ich hatte heute einen wundervollen Tag mit meinen Freundinnen. Wir haben gegessen und geplaudert und ein biiisschen zu viel getrunken. Jedenfalls, was ich dir noch sagen wollte … Es war so schön bei dir und ich hoffe sehr, dass wir es bald wiederholen können.

Eine Antwort kam keine mehr, aber ich ging auch davon aus, dass er bereits schlief. Immerhin hatte sein Tag heute aus Arbeit und nicht aus Schaumbad, Prosecco, Fastfood und Freunden bestanden.

32

Mason

Auf dem Weg ins Büro las ich wieder und wieder Joleens Nachricht. Allein die Erinnerung daran, wie mich meine Assistentin vor Wochen im Club in beschwipstem Zustand geküsst hatte, sorgte dafür, dass ich lächeln musste. Und dass ich mich nach ihr sehnte. Aber ihre Worte …

Sie wollte die Nacht bald wiederholen.

Scheiße, wie oft ich Nachrichten wie diese bekommen hatte … Dieser eine Satz triggerte mich extrem, und doch versuchte ich, ruhig zu bleiben. Sie hatte weder angedroht, bei mir einziehen zu wollen, noch hatte sie vor, mich ihren Eltern vorzustellen. Und ich hatte ja selbst oft genug festgestellt, dass Joleen anders war als die bisherigen Frauen.

Keine Ahnung, wie ich mich ihr gegenüber jetzt verhalten sollte. Aber ich hatte beschlossen, vorerst abzuwarten, wie sich alles entwickeln würde, wenn wir uns wiedersahen. Dass ich ihr gestern freigegeben hatte, war nicht nur deshalb geschehen, weil ich ihr als guter Boss einen freien Tag gönnte und ich so empathisch war. Nein, ich war hauptsächlich ein Arschloch, denn *ich* brauchte Abstand und hatte ihn gefordert. Nicht, weil ich sie nicht sehen wollte, sondern weil ich Zeit benötigte, um über alles nachzudenken. Über die gemeinsame Nacht und was sie mit mir gemacht hatte. Über dieses Gefühl, das ich immer dann empfand, wenn sie in meiner Nähe war. Nicht als meine Assistentin, sondern als Joleen in meinem Privatleben. In meiner Wohnung, in meinem Bett. Denn das war beängstigend. Es machte mich nervös, weil ich eine ungefähre Ahnung davon bekam, was es bedeutete. Doch ich wollte nicht so empfinden. Es fühlte sich an, als würde ich meine heiß geliebte Freiheit aufgeben – nein, als würde sie mir entgleiten, ohne dass ich einen Einfluss darauf hatte. Und das war nicht gut. Ich behielt gern die Kontrolle über alle Bereiche meines Lebens.

Erleichtert atmete ich auf, als ich die siebenunddreißigste Etage betrat und Joleens Platz noch nicht besetzt war. Gut, ich erschien heute auch verhältnismäßig früh zur Arbeit … Aber nicht selten war sie vor mir da und ich wusste, dass sie auch Tage hatte, an denen sie vor sieben Uhr begann.

Ich schaltete meinen Computer ein und ging zur Teeküche, um mir Kaffee und eine Karaffe mit Wasser zu holen. Doch in der Tür stockte ich. Joleen stand dort und nahm gerade ihren großen Kaffeebecher hoch. Als sie sich zu mir umdrehte, erschien ein schüchternes Lächeln auf ihren Lippen.

»Hi … Ich meine, guten Morgen, Mister Collins.«

Dass sie mich hier nach wie vor mit meinem Nachnamen ansprach, war gut. Ich brauchte diese Distanz – ganz davon abgesehen, dass wir sie vereinbart hatten und ich froh war, dass sie sich daran erinnerte, dass sich hier nichts ändern sollte.

»Guten Morgen.« Ich lächelte sie an und ging an ihr vorbei, um eine Tasse mit Kaffee zu füllen.

»Alles okay?«, fragte sie, eine Spur zu leise. Es klang so, als würde sie gerade unsere private Situation meinen.

»Sicher.« Ich schaffte es nicht, sie anzusehen. »Wie war dein freier Tag gestern?«

»Schön. Entspannend. Meine Freundinnen waren zu Besuch.«

»Das freut mich für dich.« Ich nahm die große Glaskaraffe

und ging damit zum Wasserspender. Dass Joleen nach wie vor im Raum stand, machte mich nervös. Mit dem Wasser in der einen und meiner Tasse Kaffee in der anderen Hand drehte ich mich zu ihr um. Sie sah aus, als wollte sie noch etwas sagen. Und es war ganz sicher nichts, was die Arbeit betraf. Aber egal, was es war, es war kein Thema, was wir hier besprechen sollten. Und nichts, wozu ich gerade bereit war. Also ging ich so schnell wie möglich an ihr vorbei und zurück in mein Büro. Dort atmete ich erleichtert auf, als ich aus dem Augenwinkel sah, dass sie an ihrem Schreibtisch Platz nahm.

Genau genommen hätte ich damit beruhigt sein müssen, doch das war ich nicht.

Das Verrückte war, dass sich Joleen im Anschluss wieder völlig normal verhielt. Also so, wie sie es immer bei der Arbeit tat. *Ich* war derjenige, der ein Problem zu haben schien. Der jede ihrer Regungen, jeden ihrer Blicke zu interpretieren versuchte.

Zum Glück waren für heute Vormittag mehrere Termine angesetzt – unter anderem Vorstellungsgespräche mit zwei möglichen Assistentinnen. Zu Mittag wollten Kilian, Logan, Adrian und ich dann die beiden besprechen. Das hieß, dass ich zumindest einige Zeit beschäftigt war und auf diese Weise Joleen aus dem Weg gehen konnte. Oder meinem Gefühlschaos.

Ich checkte die Mails, trank meinen Kaffee und machte mich im Anschluss auf den Weg zu Kilian, bei dem bereits sein Bruder im Büro wartete.

»Adrian ist schon unten, wir sollen gleich kommen«, sagte er und stand auf.

»Okay.« Ich nickte und wandte mich dann an Logan. »Wie geht es dir?«

Ihm war sofort klar, dass ich auf seine Beziehung zu sprechen kam, denn er verzog das Gesicht. »Übel. Ich fühle mich wie ein Verbrecher, weil ich gerade alles hinter ihrem Rücken plane, aber … es geht nicht anders.«

Aufbauend klopfte ich ihm auf die Schulter. »Du machst das schon.«

Er stieß ein zustimmendes Murmeln aus. »Hm … ja, irgendwie werde ich das packen, du hast recht. Ich schwöre euch, wenn ich das alles überstanden habe, brauche ich bestimmt viel Alkohol.«

»Hey, wir sind für dich da. Auch als Saufkumpanen«, sagte Kil und ging an uns vorbei in Richtung der Aufzüge.

Der Fahrstuhl machte einen Zwischenstopp in der sechsunddreißigsten Etage, wo Thomas einstieg. Und verdammt, sofort musste ich wieder an Joleen denken. Ich verfluchte es, dass er gerade jetzt genau diesen Lift betrat, versuchte aber, mir nichts anmerken zu lassen. Trotzdem war ich erleichtert, als wir im vierunddreißigsten Stock ausstiegen, wo uns Carolyn, die Personalleiterin, erwartete. Sie begrüßte uns und wir folgten ihr in den Besprechungsraum, wo wir noch einmal alles durchgingen, bevor auch schon die erste Bewerberin kam.

Der Vormittag verging wie im Flug und nach dem zweiten Gespräch wollten wir direkt zu *Tony's Di Napoli*, unserem Lieblingsrestaurant. Ich ertappte mich dabei, dass ich wieder an Joleen denken musste, als ich das Lachsfilet serviert bekam und mir einfiel, dass sie bis auf Fisch und Meeresfrüchte eigentlich vegan lebte. Kurz fragte ich mich, was sie heute Mittag vorhatte, doch dann zwang ich mich dazu, mich abzulenken, indem ich mich in die Unterhaltung mit den Jungs einklinkte.

»Das Problem ist halt, dass die neue Assistenz für uns alle passen muss. Und jemanden zu finden, der sowohl unseren Anforderungen entspricht *und* mit dem wir alle uns vorstellen können, länger zusammenzuarbeiten, ist eine echte Herausforderung.« Logan sah zwischen uns hin und her.

»Zum Glück hat New York genug Leute zu bieten«, sagte ich und verzog das Gesicht zu einer Grimasse, was die anderen zum Lachen brachte.

»Nur sollte das Ganze nicht in einem Marathon enden. In spätestens zwei Monaten will ich, dass wir die Stelle besetzt haben. Die Bewerbungsgespräche fressen unglaublich viel Zeit, aber wenn wir sichergehen wollen, dass die gewählte Person für uns alle passt, müssen wir auch alle bei jedem Vorstellungstermin anwesend sein.« Kilian sah uns streng an und ließ mal wieder den Oberboss raushängen.

Carolyn sollte die Vorselektion anhand der gewünschten Qualifikationen treffen – immerhin war das ihr Job –, wir anderen wollten die Auswahl anschließend einengen und auf zwei oder maximal drei Bewerbende begrenzen. Diese würden dann noch einmal eingeladen werden, wo auch unsere Assistentinnen anwesend sein müssten. So zumindest der Plan.

»Mach dir nicht in die Hose, das wird schon. Wir wollen ja nicht heiraten, sondern nur eine neue unterstützende Kraft finden!«, feixte Adrian und erntete von Logan und mir zustimmendes Gemurmel.

»Was sagt ihr zu den beiden von heute?«, wollte Kil schließlich wissen. »Ganz ehrlich und ohne ein Blatt vor den Mund zu nehmen. Wir sind hier unter uns und müssen das besprechen, ohne was zu beschönigen. Und es wird auch nichts davon nach außen getragen.«

Wir nickten. Uns war klar, dass gerade nicht der Moment war, einander durch die Blume zu verstehen zu geben, dass uns etwas nicht passte. Wir mussten hier Klartext reden, wenn es funktionieren sollte.

»Nummer eins ging gar nicht. Habt ihr ihn gerochen?«, begann Adrian.

»Wie ein Aschenbecher. Schlimm«, stimmte ihm Logan zu – und das, wo er selbst hin und wieder Zigarren oder Zigarillos rauchte.

»Gut, und was ist mit der anderen?« Nun sah er mich an. Etwas an ihr hatte mich gestört. Sicher, sie hatte einen guten ersten Eindruck gemacht, war Mitte zwanzig und wirkte engagiert, wenn nicht übereifrig. Hätte ich sie privat kennengelernt, würde sie genau in mein Beuteschema fallen, aber deswegen ist sie nicht hiergewesen.

Keine Ahnung, ob Kilian mich gerade testen wollte, doch ich überraschte mich selbst, als ich den Kopf schüttelte. »Hab kein gutes Gefühl bei ihr.«

»Sie hat sehr unerfahren gewirkt«, sprang nun auch Adrian ein und ich war erleichtert, dass es nicht nur an mir lag. Daran, dass ich in meinem Leben ganz offensichtlich keine weitere Frau gebrauchen konnte, die es in irgendeiner Weise noch komplizierter machte, als es bereits war.

»Also, ich fand sie … gut«, meinte Logan und grinste. »Wenn ihr sie nicht wollt, nehme ich sie.«

Kilian holte aus und schlug ihm leicht gegen den Hinterkopf. »Hier geht es nicht um Dates, du Pfosten.«

Adrian und ich lachten und auch die beiden Brüder konnten nicht länger ernst bleiben.

»Nun gut, dann gebe ich das später an Carolyn weiter. Für Freitag sind die nächsten zwei Gespräche vorgesehen. Wollen wir mal hoffen, dass wir bald jemanden finden, den wir uns in unserem Team vorstellen können.«

Wir nickten ihm zu, doch mir ging meine impulsive Reaktion nicht aus dem Kopf. Ja, die Bewerberin hatte nicht gewirkt, als würde sie ohne Probleme starten und sich sofort zurechtfinden können, aber mein Bauchgefühl hatte sich nicht darauf bezogen. Mir war klar gewesen, ich würde Joleen eifersüchtig machen, wenn sie für uns arbeitete und … nun, vielleicht würde ich mit ihr flirten. Ziemlich sicher sogar. Ich war nun mal so und konnte es nicht abschalten.

Zwischen Adrian und Harper würde es sicher nicht zu Problemen kommen. Zumindest konnte ich mir das bei den beiden nicht vorstellen. Adrian war sowieso grundsätzlich mürrisch und

Harper war eine dermaßen selbstbewusste Persönlichkeit, dass sie gleich mal ihr Revier abstecken und der Neuen klarmachen würde, dass die sich andere Gewässer zum Fischen suchen sollte.

Aber Joleen … Sie war stark, jedoch mindestens ebenso verletzlich. Sie würde schweigend hinnehmen, wenn ich mich vor ihren Augen auf einen kleinen Flirt mit der Frau hinreißen ließe.

Gut, vielleicht unterschätzte ich sie auch, doch ich konnte mir sie nicht als eifersüchtiges Biest vorstellen, das in aller Öffentlichkeit die Krallen ausfuhr und sich zur Wehr setzte.

Was ich mich aber fragte: Warum machte ich mir überhaupt solche Gedanken? War nicht ich derjenige, der *Abstand* wollte, der *Angst* davor hatte, eine Bindung einzugehen?

33

Joleen

»Hast du am Wochenende schon was geplant?« Moms Stimme drang euphorisch durch mein Telefon ans Ohr, als ich an diesem Dienstag in der Mittagspause in einem nahe gelegenen Café im Außenbereich saß und einen Salat aß, während die Sonne durch die Blätterlaube tanzende Muster auf die Tischdecke zeichnete.

»Bisher nicht.« Mason und ich hatten noch keine Gelegenheit gehabt, uns darüber zu unterhalten. Oder überhaupt über etwas zu sprechen, was nicht gerade mit der Arbeit zu tun hatte.

»Sehr schön. Kirk und ich planen am Samstag nämlich ein Barbecue und wir würden uns freuen, wenn du kommst und uns beim Essen hilfst. Barbara und Hank sind ebenfalls eingeladen und … na ja, vielleicht willst du auch deinen neuen Freund mitbringen?«

Ah, daher wehte der Wind. Barbara war eine ihrer Freundinnen aus dem Spinningkurs und ungefähr zehn Jahre jünger als sie. Dass Mom Mason unter dem Deckmantel eines Barbecues kennenlernen wollte und den Grillnachmittag zu einem Pärchendings machte, war sehr ausgeklügelt von ihr.

»Ich … werde ihn mal fragen«, sagte ich vage, weil ich nach wie vor nicht wusste, ob wir nun ein Paar waren oder nicht. Und diese Tatsache nagte an mir. Dieses ganze In-der-Luft-Hängen machte mich fertig und zerrte an meinen Nerven. Und dass er weder gestern noch heute auf meine Nachricht reagiert hatte, belastete mich zusätzlich – auch wenn ich sie in ziemlich beschwipstem Zustand geschrieben hatte. Ich fragte mich, ob ich etwas falsch gemacht hatte, weil es irgendwie seltsam zwischen uns war.

»Gut, sag dann einfach Bescheid. Wir würden uns sehr freuen. Ach, und liebe Grüße von Kirk soll ich dir ausrichten. Er macht wieder den Maissalat, den du so gerne isst.«

»Sag ihm, er ist ein Schatz, und ich komme auf jeden Fall. Ob mit oder ohne Begleitung kann ich leider gerade noch nicht sagen, aber ich melde mich rechtzeitig.«

Im Anschluss erzählte sie von ihrem letzten Spinningkurs und dass eine Frau vom Bike gefallen war – sie war wohl dehydriert gewesen und hatte sich völlig überanstrengt. Jedenfalls war die Aufregung groß gewesen und hatte in den Tagen danach zu ziemlich heftigen Diskussionen im Spinninggruppenchat geführt.

Im Anschluss musste ich mich von ihr verabschieden, da meine Mittagspause gleich vorbei war. Ich bezahlte und ging zurück ins Büro – in der Hoffnung, dass sich die seltsame Stimmung gelegt hatte. An meinem Schreibtisch angekommen, sah ich, dass Masons Zimmer noch leer und abgeschlossen war. Daher entschied ich, mir frischen Kaffee aus der Teeküche zu holen, in der ich auf Donna, Summer und Harper traf.

»Ah, gut, dass du hier bist. Wir haben gerade überlegt, am Donnerstag oder Freitag mal wieder gemeinsam zu Mittag zu essen. Bist du auch dabei?«, wandte sich Summer an mich.

»Äh … klar, gerne. Nehmen wir gleich den Freitag, okay? Am Donnerstag muss ich noch das Protokoll vom Onlinemeeting mit der *Carter-Wayne Group* schreiben und ich weiß nicht, ob ich am Vormittag damit fertig werde.« Wenn nicht, würde die Mittagspause warten müssen …

»Super, Freitag passt gut«, sagte Harper. »Bei euch auch?«

Donna und Summer nickten, dann verabschiedeten sie sich und gingen zurück zu ihren Arbeitsplätzen. Nur Harper blieb noch kurz und wartete, bis wir allein waren.

»Und? Gibt es was Neues in Sachen …« Sie machte mit dem Kopf eine Bewegung in Richtung Masons Büro.

Ich zog die Nase kraus. »Ja und nein. Ich war von Sonntag auf Montag bei ihm, deshalb war ich gestern auch nicht da. Aber … keine Ahnung, es fühlt sich gerade seltsam an.«

»Was meinst du?«

»Er, ich … alles irgendwie. Ich kann die Situation noch nicht einschätzen.«

»Denkst du, dass er es bereut?«, fragte sie und sprach damit aus, was ich auch schon überlegt hatte.

»Keine Ahnung. Wirklich. Vielleicht interpretiere ich einfach zu viel in die Sache rein. Ich meine, es ist gerade echt stressig bei uns, und mit den Bewerbungsgesprächen natürlich noch mehr als sonst. Bestimmt ist alles in Ordnung und mein Radar schlägt fälschlicherweise an.«

»Das wird schon gut werden«, sagte sie und schenkte mir ein aufmunterndes Lächeln.

Als Mason und die drei anderen Geschäftsführer später vom Essen zurückkamen, hatten sie gute Laune. Sie unterhielten sich und lachten und Kilian und Logan verschwanden belustigt in ihre Büros. Auch Mister Price lief an mir vorbei und grinste – etwas, was nun wirklich selten vorkam.

Als mein Blick jedoch zu Mason huschte, fiel mir auf, dass er mich gar nicht beachtete. Das hieß … doch. Er schielte kurz zu mir und sein Schmunzeln verrutschte minimal, aber dann war er schon an mir vorbei und schloss die Bürotür hinter sich.

Es dauerte ein paar Augenblicke, in denen ich einfach nur dasaß und zu verstehen versuchte, was da eben passiert war.

Doch da ich nicht schlau daraus wurde, drehte ich mich zu ihm um. Er saß an seinem Schreibtisch, den Blick auf den Monitor gerichtet. Als würde er merken, dass ich ihn anschaute, wandte er den Kopf in meine Richtung und sah mir direkt in die Augen. Eine Sekunde. Zwei. Drei. Kein Lächeln auf seinen Lippen. Dafür lag seine Stirn in Falten. Dann streckte er den Arm aus und drückte auf den Knopf für die Milchglasscheiben.

Zack – konnte ich ihn nicht mehr sehen.

Ungläubig klappte mein Mund auf.

Nein, das war definitiv nicht normal. Und es war nicht in Ordnung. Er hatte sich gestern nicht gemeldet, auch heute kam keine Antwort auf meine Nachricht. Er hatte mich den ganzen Tag weitestgehend ignoriert – und jetzt diese Milchglasaktion?

Ja, vielleicht reagierte ich gerade über. Aber ich hatte zumindest eine Erklärung von ihm verdient. Ein nettes Wort – von mir aus auch ein böses, damit ich wusste, wie ich bei ihm dran war. Denn es konnte nicht sein, dass wir Sex hatten – phänomenal guten Sex! – und er mich zwei Tage später so behandelte, als würden wir uns kaum noch kennen.

Ich stand auf, strich meinen Rock glatt, atmete tief durch und ging dann zu seiner Bürotür. Kurz klopfte ich gegen die Scheibe, wartete aber nicht auf ein *Herein*, sondern trat einfach ein.

»Was …? Joleen, ich hab zu arbeiten«, sagte er streng und vorwurfsvoll zugleich.

Schweigend schloss ich die Tür hinter mir und ging auf ihn zu. Vor dem Schreibtisch blieb ich stehen, denn ich war mir sicher, diese räumliche Trennung zu brauchen. »Ist alles zwischen uns in Ordnung?«

Er blinzelte kurz und nickte schließlich. »Natürlich, ich hab nur gerade viel zu tun.« Mit diesen Worten wandte er sich wieder dem Monitor zu und reizte mich nur noch mehr.

»Okay, hör zu. Ich will mich wirklich nicht wie eine zickige Freundin aufführen, aber es fühlt sich an, als würdest du mir aus dem Weg gehen. Gestern keine Reaktion auf meine Nachricht, heute auch nicht. Kaum ein Wort – von beruflichen Dingen abgesehen –, und jetzt … Was war das eben mit dem Blick, den du mir im Vorbeigehen zugeworfen hast? Und dann gleich danach die Milchglasscheibe? Ich möchte einfach nur sichergehen, dass ich nichts übersehen habe, Mason. Dass ich nicht unabsichtlich was zwischen uns kaputtgemacht habe, denn das will ich bei Gott nicht. Wenn dich also irgendwas stört oder dir was im Magen liegt, sag es mir bitte. Ich bin mir sicher, es ist nichts, was man nicht durch Reden aus der Welt schaffen könnte. Oder mit einem Kuss«, fügte ich leiser hinzu und wartete angespannt auf seine Reaktion.

Tief seufzend schloss er die Augen. Dann schaute er mich wieder an und winkte mich zu sich. »Komm her«, verlangte er und ich folgte seiner Bitte. Ich lehnte mich mit dem Hintern an die Tischkante, meine Hände in seinen. Er sah zu mir auf mit einem Blick, den ich nicht deuten konnte. Er wirkte … gestresst, besorgt, froh und doch so, als würde ihn etwas belasten.

Vielleicht ging es seiner Schwester wieder schlechter? Gott, wenn es wirklich so war, würde ich mich in den Boden schämen, dass ich dachte, es läge an mir. Denn ich hätte wirklich eine Spur feinfühliger sein können – zumindest hätte ich nachfragen können, wie es ihr inzwischen ging.

»Tut mir leid, dass ich dir das Gefühl gegeben habe. Ich will wirklich nicht, dass du dich so fühlst. Mach dir also bitte keinen Kopf, jetzt ist es erst mal wichtig, dass wir diese Woche hinter uns bringen. Die Jungs arbeiten daran, die Bugs zu beseitigen, aber du weißt, die Firmen werden ungemütlich. Das bedeutet zusätzlichen Druck, den wir im Moment nicht gebrauchen können. Dazu der Launch des Plug-ins und die Assistenzstelle, die besetzt werden soll.«

Als er das alles aufzählte, fühlte ich mich schlecht. Denn ich konnte nachvollziehen, warum er so war, wie er sich gerade gab.

»Tut mir leid, ich bin so egoistisch. Und … naiv. Es lastet eine so große Verantwortung auf dir und ich Idiotin habe deine Anspannung einfach auf mich persönlich bezogen.«

Er lächelte mich an und küsste dann meine Hände. »Mach dir keinen Kopf, ich bin nur etwas überarbeitet.«

»Ich hätte gestern doch nicht zu Hause bleiben sollen. Und wir hätten den Wecker nicht überhören dürfen.«

Mason winkte ab. »Es ist einfach gerade zu viel los.«

»Wie geht es eigentlich deiner Schwester?«, erkundigte ich mich besorgt, da er von sich aus nach wie vor nichts von ihrer Genesung erzählte.

»Sie ist auf dem Weg der Besserung, das wird schon.«

Ich nickte und drückte seine Hände. »Kann ich was für dich tun, damit es dir besser geht?« Egal, ob es Arbeit war, die ich ihm abnehmen konnte, oder eine Massage, Kuschelzeit, ein Abendessen … Ich war für alles offen.

»Danke. Ich brauche vermutlich bloß ein paar Tage Auszeit.«

Für einen Moment überlegte ich, ob er mit *Auszeit* uns beide meinte, verwarf diesen Gedanken jedoch sofort wieder. Er hatte mir immerhin klarzumachen versucht, dass seine Sorgen rein beruflicher Natur seien.

»Wenn du eine kleine Verschnaufpause brauchst … Meine Mom und ihr Freund Kirk haben mich für Samstag zum Barbecue eingeladen und … nun ja … Sie hat gefragt, ob du auch mitkommen möchtest. Ich würde mich freuen, aber falls du schon was anderes vorhast …«

»Genau«, fiel er mir ins Wort. »Da hab ich bereits was geplant. Sag deiner Mutter vielen Dank für die Einladung, doch ich kann nicht.«

Nicht der Umstand, dass er abgelehnt hatte, traf mich hart. Auch nicht sein Ton, denn er hatte es mit gewohnt sanfter Stimme gesagt. Sein Gesichtsausdruck oder eher seine Augen hatten mich zurückzucken lassen. In ihnen lag eine Kälte, wie ich sie bisher nicht an ihm erlebt hatte, und ich hatte keine Ahnung, woher diese Ablehnung mit einem Mal kam.

»Okay«, murmelte ich verunsichert, schaute ihn noch einen Moment lang an, doch er ließ meine Hände los und drehte sich erneut und fast demonstrativer als zuvor seinem Bildschirm zu.

Und da ich nicht wusste, wie ich darauf noch reagieren sollte, wandte ich mich von ihm ab und verließ reichlich verwirrt das Büro.

Dass etwas gewaltig schiefflief, wurde mir im Laufe der nächsten Tage klar. Mason ging mir mehr und mehr aus dem Weg. Genau genommen begrenzte sich unser Kontakt wirklich nur noch auf die beruflichen Themen. Gut, während der Arbeitszeit war das ja verständlich, doch dass er mich auf diese Weise aus seinem Leben ausschloss, tat weh.

Ich hatte nicht erwartet, dass er ab sofort seine ganze Freizeit mit mir absprechen würde, aber ich hatte zumindest gehofft, er würde mir erzählen, was er so vorhatte. Völlig egal, ob er mit Kumpels unterwegs war, seine Schwester besuchte oder ob er allein sein wollte – es wäre schön gewesen, wenn er es mir gesagt hätte. Doch so ließ er mich wieder außen vor, als sei ich nur seine Assistentin. Als hätte ich außerhalb des Büros keinen Anspruch auf ein Einbeziehen in sein Privatleben.

Beim Essen mit meinen Kolleginnen in unserer Mittagspause am Freitag klinkte ich mich weitestgehend aus. Ich hing meinen Gedanken nach und als sie mich darauf ansprachen, entschuldigte ich mich für meine Teilnahmslosigkeit an ihrer Unterhaltung und rechtfertigte es damit, dass im Büro gerade einfach so viel los war, was mich ziemlich beschäftigte. Und das war nicht einmal gänzlich gelogen …

Auch als ich am Wochenende – natürlich allein – bei Mom zum Barbecue war, hat sie versucht, mit mir darüber zu sprechen.

Sie musste gespürt haben, dass da etwas im Busch war, auch wenn ich wirklich versucht hatte, mir nichts anmerken zu lassen. Besonders neben ihren Freunden war ich jedoch nicht in der Stimmung, über mein gescheitertes Liebesleben zu reden. Zum Glück konnte ich ein peinliches Gespräch verhindern, indem ich sie beschwichtigte, dass alles nicht so schlimm sei.

Was natürlich gelogen war. Doch sie schenkte mir nur einen verständnisvollen Blick und ließ das Thema zumindest für diesmal fallen.

Was ich jedoch tat, war, den zerknitterten Zettel aus meiner Geldbörse zu holen, auf dem die Telefonnummer der Anwaltskanzlei stand, die Mason mir von Adrian gegeben hatte. Wenn ich mich schon sonst gerade in so vielen Dingen schwach fühlte, wollte ich zumindest in dieser einen Sache endlich stark sein, für mich einstehen und herausfinden, ob ich jetzt noch eine Chance habe, gegen die sexuelle Belästigung meines Ex-Bosses vorgehen zu können. Also rief ich am nächsten Tag in meiner Mittagspause an und vereinbarte einen Beratungstermin. Wenigstens etwas, was sich wie ein Schritt in die richtige Richtung anfühlte.

Je mehr Zeit verging, desto schlimmer wurde es mit Mason. So sehr ich versuchte, über dem Ganzen zu stehen, es gelang mir nur schlecht. Als ich am nächsten Mittwochabend nach meinem Zumbakurs auf dem Nachhauseweg war und in einem verzweifelten Moment Mason anrief, weil ich den Zustand zwischen uns nicht länger aushielt, erklärte er mir knapp und fast gehetzt, dass er gerade nicht reden könnte und dass er sich später melden würde – was er natürlich nicht tat.

Als ich am Freitag zufällig mit ihm allein im internen Aufzug war, erreichte die Stimmung zwischen uns einen neuen Tiefpunkt, als ich ihn fragte, ob er abends oder am Wochenende Zeit hätte. Ich wollte ihn sehen oder zumindest mit ihm reden – über

Dinge, die nicht die Projekte und die Terminkoordination auf der Arbeit betrafen.

»Joleen, nicht hier«, raunte er mir nur zu, dann öffneten sich die Fahrstuhltüren und er eilte davon, während ich ihm hinterhersah, als hätte er mir gerade einen Eimer eiskaltes Wasser über den Kopf gegossen. Oder ins Gesicht geschlagen. Oder beides.

Und in dem Moment verstand ich, dass er mich einfach nur noch abwimmeln wollte. Dass er mich abserviert hatte, jetzt, wo wir im Bett gewesen waren. Er hatte mich gehabt, und damit war das Thema für ihn erledigt.

Noch nie zuvor hatte ich mich so benutzt gefühlt. So schäbig. Und so naiv – denn er hatte mir nie etwas versprochen. Er hatte immer gemeint, wir würden warten, wohin uns das alles bringen würde.

Die Aufzugtüren glitten langsam wieder vor mir zu und es fühlte sich an, als würde mein Herz dazwischen eingequetscht werden, so sehr schmerzte es in meiner Brust. Meine Sicht verschwamm und mit aller Kraft kämpfte ich gegen die Tränen an. Gegen das Gefühl der Scham und gegen das Brennen des Verlustes in mir. Jedoch vergebens …

34

Joleen

Nach dem großen Schock am Freitag verlief das darauffolgende Wochenende besonders übel. Ich wollte Mason nicht anrufen, aus Angst, die Situation zwischen uns nur noch schlimmer zu machen. Irgendwas musste der Auslöser für seinen Stimmungswechsel gewesen sein, ich kam jedoch nicht dahinter. Immerhin schien doch an jenem Morgen bei ihm noch alles in Ordnung gewesen zu sein. In den letzten zwei Wochen hatte ich die gemeinsame Nacht und den Montagmorgen wieder und wieder in Gedanken durchgespielt. Jede unserer Begegnungen im Büro, jedes Wort, das ich an ihn und er an mich gerichtet hatte – viele waren es ja nicht gewesen.

Aber das Fragezeichen über meinem Kopf wollte nicht verschwinden.

Die einzig logische Erklärung für mich blieb nach wie vor, dass Mason wohl der Typ war, der das Interesse an einer Frau verlor, nachdem er mit ihr geschlafen hatte. Und dass ich mich jetzt ebenfalls zu dieser Kategorie zählen *durfte*, war ein herber Schock. Ich war davon ausgegangen, dass sich zwischen uns etwas Besonderes entwickelt hatte. Aber ganz offensichtlich hatten sich diese intensiven Gefühle nur auf meiner Seite abgespielt, während es für ihn einfach nur ein Abenteuer war, bei dem er leichtfertig seine Assistentin aufs Spiel gesetzt hatte. Und das nach all den Worten, es würde keine Auswirkungen auf meinen Job haben. Aber die hatte es, da unser Verhältnis nun mehr als angespannt war.

Immer wieder hallten die Worte meiner Mom in meinem Kopf wider, als sie ihre Sorgen ausgesprochen und mir gesagt hatte, dass dann doch *ich* diejenige sein würde, die sich einen neuen Job suchen müsste. Aber das wollte ich nach wie vor nicht. Ich würde über dem Ganzen stehen, das hatte ich mir geschworen. Weil ich es Mason nicht leicht machen wollte. Jeden Tag sollte er mich sehen und daran erinnert werden, was er hätte haben können, jedoch leichtfertig weggeworfen hatte. Und das hatte ich, selbst wenn es mir manchmal schwerfiel, die ganze Woche über relativ gut hinbekommen.

Jedoch lag mir die andauernde Suche nach einer neuen Assistenz schwer im Magen. Was, wenn Mason mich durch sie ersetzen wollte? Das wäre ein echt hartes Stück, was ich ihm bis vor kurzem nicht zugetraut hätte. Doch jetzt … Ich konnte ihn einfach nicht mehr einschätzen.

Als sich nun also auch dieses Wochenende dem Ende neigte, hatte ich mir diese Strategie zurechtgelegt – mit erhobenem Haupt durchzuhalten und weiterhin meiner Arbeit nachzugehen. Komme, was wolle.

Trotzdem wollte ich verstehen, warum er so war … Darauf hatte ich einfach ein Recht. Und da ich inzwischen so weit war, dass er die Eier in der Hose haben musste und es mir ins Gesicht sagen sollte, beschloss ich, spontan zu ihm zu fahren. Natürlich konnte ich Pech haben, und er war nicht zu Hause. Dann würde ich das schöne Wetter nutzen und eine Runde im Park spazieren gehen.

Doch als ich bei ihm klingelte – in einem kurzen sonnenblumengelben Sommerkleid, das ich mir kürzlich spontan gekauft hatte –, öffnete er mir mit überraschtem Gesichtsausdruck die Tür.

»Joleen …« Mit seinem Blick tastete er mich von oben bis unten ab, und ich bildete mir ein, das Verlangen darin zu erahnen, das ich in glücklichen Momenten immer in seinen Augen hatte erkennen können. Doch da war noch etwas anderes, was mich beunruhigte. Eine Kälte, eine Ablehnung, die sich auch in seinem Ton und seinen Worten widerspiegelte: »Was machst du hier?«

»Darf ich reinkommen?« Ich hatte nämlich nicht vor, dieses Gespräch zwischen Tür und Angel zu führen …

Mason warf einen Blick über seine Schulter und schüttelte den Kopf. »Ist gerade nicht so günstig.«

Mit aller Kraft kämpfte ich gegen die aufsteigenden Tränen, die Machtlosigkeit und die Scham an, die ich bei diesen Worten verspürte. »Gut, dann musst du es mir hier sagen, denn ich brauche Antworten: Was ist das mit uns beiden? Hast du uns aufgegeben? Ich möchte echt nicht nerven, Mason, aber seit jener Nacht … hat sich alles verändert und ich frage mich … ob du es nur darauf angelegt hast, mich einmal ins Bett zu bekommen. War es das? War das dein Ziel und nun bin ich uninteressant? Denn wenn es so ist, will ich, dass du weißt, dass du mir damit das Herz brichst. Ich hab immer mit offenen Karten gespielt. Du wusstest von Anfang an, was ich für dich empfinde. Und falls du nun …« Ich holte tief Luft. »Wenn du meine Gefühle jetzt dermaßen mit Füßen trittst, solltest du dir dessen bewusst sein, dass *du* mit den Folgen leben musst.«

Seine Augen weiteten sich. »Bist du schwanger?«

»Was?« Entsetzt starrte ich ihn an. »Nein, ich bin nicht schwanger, Mason! Herrgott! Ich war auch in diesem Punkt ehrlich zu dir, ich verhüte und hab nicht …« Schnell sah ich mich um. Genau aus dem Grund wollte ich dieses Gespräch nicht auf der Straße mit ihm führen, doch er bat mich nach wie vor nicht hinein. »Ich hab nicht gesagt, dass ich ohne Gummi mit dir schlafen will, nur um mich von dir schwängern zu lassen, du Idiot.« Ich schloss die Augen und schüttelte den Kopf. Nicht nur, weil seine Reaktion absurd war, sondern auch, um mich zu sammeln und zum Kern meiner Aussage zurückzukehren. »Was ich sagen wollte, ist, dass ich sicher nicht kündigen werde. Wenn du mich leiden lässt, indem du mir ab sofort eiskalt den Rücken zeigst, sollst du wissen, dass du mich trotzdem jeden Tag sehen wirst. Du wirst jeden Tag ertragen müssen, wie sehr mich dein Verhalten verletzt. Jeden einzelnen Arbeitstag wirst du dich damit auseinandersetzen dürfen. Wenn du das nicht mehr aushältst, musst du mich schon rauswerfen. Aber danach musst *du* mit deinem Gewissen leben, das geht dann doppelt auf deine Kappe.« Ich reckte mein Kinn nach oben, mit dem letzten bisschen Stolz, den ich hatte, um ihm zusätzlich zu zeigen, wie ernst es mir war.

In Masons Gesicht spiegelten sich eine Menge an Emotionen. Er wirkte verwirrt, überrascht, einsichtig. Und trotzdem lag auch jene Kälte darin, die ich zuvor noch nicht oft an ihm gesehen hatte. Er schloss die Augen, als würde er sich seine Worte genau zurechtlegen müssen. Oder als müsste er besonders um Beherrschung ringen. »Joleen, ich hab dir doch kürzlich schon gesagt, dass im Moment ziemlich viel los ist. Im Büro – und das weißt du – genauso wie in meinem Privatleben. Gerade habe ich einfach keine Zeit für dich, und das tut mir leid, aber ich kann es nicht ändern.«

Mich ärgerte, dass er mit mir redete, als sei ich ein dummes Kind, das um seine Aufmerksamkeit buhlte. »Und es ist so schwer, mir das zu sagen? *Bevor* du mich so kalt auf Distanz hältst? Ganz ehrlich, ich fühle mich nicht so, wie Frauen an meiner Stelle empfinden sollten, falls das hier noch irgendwie im Ansatz eine Beziehung sein soll – welcher Art auch immer. Du stößt mich von dir, nachdem du mich gehabt hast, und das tut verdammt noch mal richtig weh.«

Dass sich bei diesen Worten meine Stimme belegt anhörte

und sich Tränen in meinen Augen sammelten, ärgerte mich noch mehr. Andererseits sollte er ruhig mitbekommen, wie es in mir aussah.

Mason atmete tief ein und aus. »Hör zu, Joleen, lass uns ein anderes Mal darüber reden, okay? Es passt grad echt nicht.«

Er sagte nichts von wegen, ich hätte mir das alles nur eingebildet. Dass ich mich in etwas hineinsteigerte, was nicht so war. Dass ihm sein Verhalten leidtat und er mich nicht verletzen wollte. Ja, er nahm mich nicht einmal in den Arm oder berührte mich flüchtig mit den Fingern. Er stand vor mir, die Tür zuhaltend, als würde er dahinter eine …

»Hast du etwa eine andere Frau zu Besuch?« Mit einem Mal lagen Panik und Hysterie in meiner Stimme, aber ich konnte meine Gefühle nicht länger kontrollieren.

»Was? Nein! Joleen, du solltest jetzt wirklich besser gehen«, zischte er mir zu und wirkte nun nicht mehr nur kalt, sondern auch wütend. Seine Worte sagten das eine, jedoch konnte ich ihm gerade nicht trauen. Sein Verhalten war undurchsichtig, genau wie seine Gefühle mir gegenüber.

Ein Teil von mir wollte sich an ihm vorbei in seine Wohnung drängen und nachschauen, wen er vor mir zu verbergen versuchte. Aber ein anderer – vernünftiger – Teil erinnerte mich daran, dass ich immer noch für ihn arbeitete. Und dass es vermutlich für mein eh schon so verletztes Herz besser wäre, wenn ich es mir ersparte, was sich in seiner Wohnung abspielte. Zumindest trug er eine Chino und ein Hemd dazu und hatte mir nicht halb nackt die Tür geöffnet.

»Ja, vielleicht sollte ich wirklich gehen …« Tief in mir drin spürte ich, wie etwas zerbrach. Ein letztes Mal sah ich ihm in seine blauen Augen, in denen sich mir eine Flut an Gefühlen offenbarte, doch dazu war es jetzt zu spät. Ich drehte mich um und ging …

Eine Weile lief ich durch den *Central Park* und versuchte,

mich zu beruhigen. Meine Gedanken zu sortieren. Doch so wirklich wollte es mir nicht gelingen. Es herrschte ein Chaos in meinem Kopf, dem ich allein nicht gewachsen war. Irgendwann fand ich mich in der U-Bahn wieder, die mich zu meinem Dad brachte. Ich hätte zwar vorher anrufen sollen, aber ich traute meiner Stimme nicht. Dazu war ich zu aufgelöst.

Als ich bei ihm klingelte, fiel mir ein, dass er womöglich gar nicht zu Hause war. Immerhin war das Wetter schön und er war bestimmt mit Isaac unterwegs … Doch tatsächlich öffnete er – mit einem freudig überraschten Lächeln auf den Lippen, das erstarb, als er bemerkte, dass es mir nicht gut ging.

»Was ist passiert, Joleen?«

Mehr brauchte es nicht. Ich warf mich an seine Brust, als wäre ich noch ein kleines Mädchen, und konnte meine Tränen nicht länger im Zaum halten.

Beruhigende Laute zischend streichelte er mir über den Rücken. »Komm erst mal rein und setz dich, mein Schatz. Ich mach uns einen Kaffee und dann erzählst du mir, was los ist.«

Schniefend nickte ich und löste mich von Dad, der mir eine Taschentuchbox reichte, die auf der Kommode neben der Wohnungstür stand. Dankbar trocknete ich meine Wangen und putzte mir die Nase. Anschließend folgte ich ihm in sein Wohnzimmer – wo ich stockte und rot anlief.

Ein Mann Anfang bis Mitte fünfzig saß auf der Couch, und als er mich sah, stand er auf und lächelte freundlich. Er überragte meinen an sich schon großen Dad um mindestens einen halben Kopf, war schlank und trug enge Jeans zu einem weißen Hemd, dessen Ärmel er lässig hochgekrempelt hatte. Auf seiner Nase saß eine schwarze Brille mit dickem Rand und seine halblangen, durchaus gepflegten Haare hatten einen leichten Silberton.

»Darf ich dir Isaac vorstellen? Isaac, das ist meine Tochter Joleen.«

»Oh … hi! Freut mich, dich kennenzulernen«, sagte ich verlegen und wünschte mir, im Boden versinken zu können. Bestimmt sah ich gerade schrecklich aus mit meinem verheulten Gesicht und der verschmierten Mascara, die ich vorhin auf dem Taschentuch entdeckt hatte. »Wenn ich gewusst hätte, dass du Besuch hast …«

»Wärst du genauso willkommen«, fiel mir Dad ins Wort, der bereits in der Küche an der Kaffeemaschine herumhantierte.

»Ich … geh mal kurz ins Bad«, sagte ich und deutete über meine Schulter, jedoch nicht, ohne Isaac entschuldigend zuzulächeln.

Mein Spiegelbild sah nicht so schrecklich aus wie erwartet. Meine Wangen waren leicht gerötet und die Make-up-Spuren waren schnell beseitigt. Trotzdem fühlte ich mich wie ein Eindringling und ärgerte mich, dass ich schon zum zweiten Mal an diesem Sonntag mit meinem unangemeldeten Besuch den falschen Zeitpunkt erwischte.

Zurück im Wohnzimmer stellte ich fest, dass Dads Gast nicht mehr hier war. »O Gott, ich hab Isaac doch jetzt nicht in die Flucht geschlagen?«

»Keine Sorge, er wollte noch Wein und Salat fürs Abendessen holen. Also … was ist passiert? Muss ich wen verprügeln?«

Schmunzelnd schüttelte ich den Kopf. »Ich denke nicht. Oder … schon, aber das würde mich vermutlich den Job kosten.«

»Also auf die Geschichte bin ich jetzt gespannt«, meinte mein Dad und runzelte sorgenvoll die Stirn.

Daraufhin erzählte ich ihm von Masons Verhalten seit unserer gemeinsamen Nacht, ohne dabei ins Detail zu gehen. Je mehr ich sagte, desto trauriger und wütender wurde der Gesichtsausdruck meines Vaters und spiegelte nur wider, was ich schon vermutete: Dass es wohl besser war, mit Mason abzuschließen.

Irgendwann während meiner Erzählungen kam Isaac zurück. Dass er sich die Wohnungstür mit Dads Schlüssel aufsperrte, fiel mir am Rande auf. Er ging in der Zwischenzeit in die Küche und begann mit dem Kochen, ließ mir und Dad dadurch Privatsphäre, obwohl er natürlich trotzdem mitbekam, was ich berichtete. So groß war die Wohnung nicht. Aber es störte mich nicht, denn Isaac wirkte sympathisch auf mich.

Als ich mit meiner Erklärung fertig war, seufzte Dad und stand auf. Er ging zum Fenster und schaute erst eine Weile hinaus. Dann drehte er sich zu mir um und sah mich an. »Es tut mir so leid, dass dieser Mann dich nicht mit Respekt behandelt. Du hast definitiv Besseres verdient.«

»Tja, sag das meinem Herzen …«, erwiderte ich bedrückt. Der Schmerz darin saß einfach zu tief. Ich fühlte mich verletzt und verraten und war vor allem geschockt, dass ich mich so in Mason getäuscht hatte.

»Falls du einen neuen Job suchst, kann ich mich gerne umhören«, brachte sich nun erstmals Isaac ein. Er schenkte mir ein aufmunterndes Lächeln.

»Das ist echt nett, danke … Aber vorerst versuche ich, die Stellung zu halten. Das Problem ist nämlich, dass ich meinen Job mindestens genauso sehr liebe wie Mason.« Dieses Geständnis überraschte mich selbst, aber es war nur die Wahrheit, dass ich für Mason so viel empfand. Mehr als nur Zuneigung oder Anziehung. »Ich würde ihn wirklich nur ungern aufgeben müssen«, fügte ich noch hinzu – und war mir nicht sicher, ob ich nur meine Anstellung oder auch meinen Boss damit meinte.

Der Blickwechsel zwischen den beiden war interessant und brachte mich zu der Vermutung, dass die zwei auch keinen leichten Start ohne Hindernisse gehabt hatten. Immerhin kannten sie sich ebenfalls von der Arbeit, und solche Situationen waren vermutlich immer schwierig.

»Egal, wofür du dich entscheidest, Joleen, hör auf dein Herz *und* auf deine Seele. Schlussendlich muss es dir damit gut gehen und wenn die Gefühle nur einseitig vorhanden sind, kann es ein sehr langer und verdammt schmerzhafter Weg für dich werden. Oftmals ist es besser, einen klaren Cut zu machen. Manchmal aber … lohnt es sich auch, ein wenig durchzuhalten«, sagte Dad mit einem kurzen Seitenblick zu Isaac, der ihm ein warmes Lächeln schenkte.

Bei Gelegenheit musste ich wirklich mehr über ihre gemeinsame Geschichte erfahren.

»Danke, ich werde deine Worte definitiv beherzigen … und dein Angebot im Hinterkopf behalten«, wandte ich mich an Isaac. »Trotzdem versuche ich, nach vorne zu schauen und abzuschließen. Die Welt dreht sich immerhin weiter und … jeder Schmerz geht irgendwann vorbei.«

Darauf erwiderte keiner der beiden etwas. Aber das war auch nicht nötig.

35

Mason

In den ganzen Jahren, die unsere Firma schon existierte, hatte es nicht einen Tag gegeben, an dem ich nicht gern zur Arbeit gegangen war. Doch in den letzten Wochen hatte sich das Blatt gewendet. Und Schuld daran war ich. *Ich* war der Idiot, der sich Joleen gegenüber so bescheuert verhielt. Der alte Mason hätte der Frau einfach klipp und klar gesagt, dass es aus und vorbei war. Dass es kein Wiedersehen geben würde. Doch das konnte ich nicht. Weil ich sie *jeden verdammten Tag* sah. Weil ich mit ansehen musste, wie scheiße es ihr *meinetwegen* ging.

Joleen lächelte kaum noch. Ihre fröhliche, ja positive Art war verschwunden, genauso wie ihr Elan. Sie erledigte zwar weiterhin ihre Arbeit, aber ihre alte Energie war erloschen. Und das war meine Schuld.

Sie redete nur noch selten mit mir. Außer einem »Guten Morgen« in der Früh oder einem »Auf Wiedersehen« am Abend und gelegentlichen »Okays« und »Wird gemacht« schwieg sie.

Ich ertappte mich dabei, wie ich nach der Arbeit zu Hause auf das Handy starrte, den Nachrichtenverlauf geöffnet, in der Hoffnung, sie würde mir noch einmal etwas schreiben. Egal was. Doch es tat sich nichts mehr.

Als sie am Sonntag vor fast zwei Wochen so überraschend bei mir aufgetaucht war und mich zur Rede gestellt hatte, war ich im ersten Moment sauer gewesen. Und zwar, weil sie es getan hatte. Und ich hatte mich überrumpelt gefühlt.

In meinem Wohnzimmer hatte Logan gesessen, komplett fertig, weil Helene und er die ganze Nacht gestritten hatten. Irgendwann ist es ihm zu bunt geworden und er wollte abhauen, was ihr jedoch nicht gefallen hatte. Sie hatte Teller auf den Boden geschleudert und war völlig ausgeflippt. Danach hatte sie die Wohnung von innen zugesperrt und alles dafür getan, ihn nicht rauszulassen. Daraufhin war er über den Balkon zu den Nachbarn geklettert, die ihn nach dem ersten Schock in ihr Apartment und von dort rausgelassen hatten. Ihm gelang also die Flucht, blöderweise aber nicht, ohne von Helene im Treppenhaus noch einmal in einen lautstarken Streit verwickelt zu werden.

Anfangs war er eine Weile durch die Gegend spaziert, bis die Sonne aufging. Da er weder Geld, Telefon noch Schlüssel oder sonst was bei sich hatte, blieben ihm nicht viele Möglichkeiten, wo er hätte hinkönnen. Kilian hatte ihm nicht geöffnet, zu seinen Eltern wäre es zu weit gewesen und bei Adrian entschied er, nicht aufzukreuzen, weil er die beiden nicht an einem Sonntagmorgen wecken wollte. Also hatte er bei mir geklingelt.

Ich war gerade auf dem Weg in den Park zum Laufen gewesen, hatte dann aber natürlich meinen Plan verworfen. Wir hatten uns ins Wohnzimmer gesetzt, wo ich ihm Whiskey einschenkte. Aus Solidarität hatte ich mit ihm mitgetrunken, wenn auch bei Weitem nicht so viel wie er. Und als er schließlich betrunken und hundemüde war, hatte ich ihm das Gästezimmer angeboten.

Joleen hatte gerade in dem Moment vor der Tür gestanden, als Logan ein paar Stunden später völlig verkatert und nur in Boxershorts in meiner Küche gesessen und Kaffee getrunken hatte. Ein Anblick, den ich ihr vorenthalten und ein peinliches Erlebnis, das ich ihm ersparen wollte.

Mir war bewusst, dass sie die Situation fehlinterpretiert hatte.

Aber ich Vollidiot hatte alles so hingenommen und gehofft, dass ich mich durch Schweigen und Nichtaufklären des Missverständnisses aus der Affäre ziehen konnte. Im wahrsten Sinne des Wortes.

Ich hatte gedacht, mir würde es mit der Zeit leichter fallen, sie zu sehen und sie nicht in die Arme ziehen und trösten zu wollen. Dem Drang zu widerstehen, vor ihr auf die Knie zu sinken und um Verzeihung zu flehen. Aber dieses beschissene Gefühl, einen riesengroßen Fehler gemacht zu haben, war nach wie vor da. Unbarmherzig. Brutal. Und voll verdient.

Trotzdem änderte es nichts daran, dass ich ohne Beziehung besser dran war – wie die Situation von Logan und Helene sehr anschaulich zeigte.

Inzwischen redeten die beiden gar nicht mehr miteinander. Sie vermieden es, zur gleichen Zeit in der Wohnung zu sein, und Logan schlief mal bei mir, mal bei Adrian, mal bei Kil. Und wenn mich nicht alles irrte, wusch er seine Wäsche bei seinen Eltern.

Als ich an diesem Donnerstagnachmittag das traurige Häufchen Elend namens Joleen nebst Logan im Büro nicht mehr ertrug, packte ich früher als geplant meine Sachen und fuhr nach Hause. Erst wollte ich von dort aus den Rest meiner Arbeit erledigen, konnte mich jedoch nicht konzentrieren. Und als sich dann auch noch Vanessa meldete und sich erkundigte, wie es mir ging, beschloss ich, zu meinen Eltern zu fahren, wo sie gerade mit Mom im Garten saß.

Als das Uber mein Elternhaus erreichte, sah ich im Nachbarhaus bei den Cunninghams Logans Lexus LC, der dort in der Einfahrt stand. Einen Moment überlegte ich, bei ihnen zu klingeln und Hallo zu sagen. Doch ich war hier, um meine Familie zu besuchen, weshalb ich durch das Gartentor und den schmalen Weg zur Hinterseite des Hauses ging, wo ich meine Eltern und Vanessa unter dem Pavillon neben dem Zaun entdeckte. Dad hatte hier vor Jahren den Traum unserer Mom verwirklicht und ihr ein kleines romantisches Plätzchen gepflastert, das Ding aufstellen lassen und rundherum die schönsten Blumen gepflanzt. Nun saßen die beiden fast jeden Tag dort und genossen das Wetter und die Aussicht auf den *East Mill Basin* – auf dem eben Mister Montgomery, der ein paar Häuser weiter wohnte, mit seiner kleinen Motorjacht vorbeifuhr.

»Mason, du bist ja wirklich hier! Ich dachte schon, deine Schwester würde mich bloß aufziehen wollen, als sie erwähnte, du kämest uns besuchen.« Dad kam auf mich zu und zog mich in eine kurze Umarmung.

»Über so was macht man keine Scherze«, sagte ich schmunzelnd, während ich meine Mom drückte und Vanessa auf die Stirn küsste. »Wie geht es dir?«

Zumindest äußerlich war ihr der Überfall nicht mehr anzumerken.

Sie lächelte und nippte an der selbst gemachten Limonade, die Mom ihr in diesem Moment reichte. »Ganz gut so weit. Dir?«

»Jap. Alles cool.« Mom gab mir ebenfalls ein Glas, dann verschwand sie Richtung Küche. Auch Dad hatte sich wieder seinen Rosen gewidmet, die rund um das Haus wuchsen und die er bei jeder Gelegenheit hegte und pflegte.

Vanessa atmete geräuschvoll durch. »Mir gehts beschissen, aber sag das nicht den beiden. Ich will nicht, dass sie sich Sorgen machen.«

»Dito«, sagte ich und mühte mir ein Lächeln ab, das sie genauso gequält erwiderte. Sie streckte mir ihre Faust entgegen und ich stieß meine dagegen.

»Ich hab richtiggehend Probleme, allein das Haus zu verlassen. Klar weiß ich, dass das vom Überfall kommt und dass ich an mir arbeiten muss – ich hab eine tolle Therapeutin, die mir hilft, das Erlebte zu verarbeiten –, doch das dauert halt auch alles seine Zeit. Und mir geht es im Moment gefühlt zu langsam voran.« Erneut seufzte sie und schüttelte den Kopf. »Aber ich will ehrlich gesagt nicht mehr darüber reden. Dieses Thema ist die ganze Woche über viel zu präsent in meinem Leben, dass ich eigentlich gerade hier bin, um eine Auszeit davon zu genießen. Also erzähl, was läuft bei dir schief?«

Ich drehte mich um, um zu sehen, was Mom und Dad machten. Doch beide waren noch mit ihren Dingen beschäftigt, weshalb ich Vanessa auf den neuesten Stand brachte. Ich schüttete ihr mein Herz aus, erzählte ihr von Joleen und allem, was sich zwischen uns entwickelt hatte.

»Du bist ein Arsch, Mason. Sorry, wenn ich es dir so direkt sagen muss, aber die Frauenwelt hat dich nicht verdient.«

Autsch.

Klar hatte Vanessa recht, doch es von der eigenen Schwester zu hören, schmerzte.

»Was haltet ihr davon, wenn ihr zum Essen bleibt? Ich wollte das Fleisch eigentlich in der Pfanne machen, aber gegen ein kleines Barbecue hätte ich auch nichts einzuwenden.« Mom stand auf der Terrasse, energiegeladen und voller Freude, dass ihre Kinder zu Besuch waren. Und da konnte ich nicht einmal etwas dagegen erwidern.

»Klingt gut!«, rief ich zurück und auch Vanessa grinste breit und zeigte beide Daumen nach oben.

»Ich begleite dich später nach Hause, wenn du willst«, raunte ich ihr zu.

»Dad hat mich abgeholt und angeboten, mich wieder heimzufahren. Aber danke.« Sie lächelte mich an und hievte sich von der Liege hoch. »Brauchst du Hilfe in der Küche, Mom?«

»Du könntest den Salat machen.«

Einen Moment sah ich ihr hinterher, dann stand ich ebenfalls auf und half Dad, die Pflanzenabfälle zu verräumen, während er sich die Hände wusch und sich seine Schürze umhängte.

Tatsächlich genoss ich es in vollen Zügen, hier zu sein und

abzuschalten, auch wenn Vanessa mir vorhin ganz klar gesagt hatte, was sie von meiner Aktion mit Joleen hielt … Und damit hatte sie schließlich nicht unrecht.

Als ich Stunden später neben Dad im Auto saß, der darauf bestanden hatte, Vanessa *und* mich nach Hause zu fahren, erreichte mich eine Nachricht von Logan, kurz bevor wir vor meinem Apartment hielten.

Logan: Kann ich noch bei dir vorbeischauen?

Mason: Sicher. Jederzeit.

Keine fünfzehn Minuten, nachdem ich die Wohnung betreten hatte, klingelte er auch schon an der Tür.

»Das ging schnell. Warst du in der Nähe?«, sagte ich zur Begrüßung und ließ ihn in mein Wohnzimmer.

Er lachte und schüttelte dann den Kopf. »Ich hab nur drauf gewartet, bis du endlich von deinen Eltern nach Hause fährst.«

Fragend sah ich ihn an. »Du wusstest, dass ich bei ihnen bin?«

»Ich hab bei Mom und Dad auf der Terrasse gelegen. Direkt neben dem Zaun bei eurem Pavillon.«

Eine Weile schaute ich ihn an, doch dann sickerte zu mir durch, worauf er anspielte. »Du hast meine Unterhaltung mit Vanessa belauscht.«

»Hey, Mann, das war echt keine Absicht. Aber ich wollte auch nicht aufstehen und gehen, weil … na ja, da war es eh schon zu spät.«

Seufzend ging ich zum Kühlschrank und holte uns zwei Bier. Dann deutete ich auf die Couch im Wohnzimmer, und wir setzten uns. Die Flaschen ploppten, als wir den Verschluss lösten, und Stille hüllte uns ein, als wir tranken.

»Deine Schwester hat recht«, ergriff er schließlich als Erstes das Wort.

»Dass ich ein Arschloch bin?«

Er nickte.

»Ich weiß.«

»Gut. Ich kapiere nur nicht, warum du eins bist. Versteh mich nicht falsch, aber Joleen ist eine hübsche, mehr als attraktive Frau. Sicher, sie ist zurückhaltend und schüchtern, doch ich habe auch den Eindruck, dass sie gerade über sich selbst hinauswächst. Vermute, es liegt an dir oder an dem, was da läuft oder … lief. Jedenfalls ist mir jetzt klar, warum sie ihr Strahlen verloren hat und kaum noch lächelt. Und was die seltsame Spannung zwischen euch zu bedeuten hat. Ich dachte ja schon, dass es kriselt, aber dass du sie einfach eiskalt abservierst …« Ohne damit gerechnet zu haben, traf mich seine flache Hand am Hinterkopf. »Was zur Hölle hast du dir dabei gedacht, Mason?«

Schulterzuckend starrte ich mein Bier an. »Keine Ahnung. Also … schon, aber …«

»Aber? Hast du Schiss?«

Sofort sah ich ihn an und überlegte, was mich verraten hatte.

»Jep. Eindeutig. Der Kerl hat die Hosen voll.« Er lachte. »Ich weiß nur nicht, warum das so ist.«

Tief durchatmend sprang ich über meinen Schatten und sprach aus, was ich bisher nur für mich behalten hatte. »Weil ich nicht will, dass es mal so endet wie bei dir und Helene.«

Logan wollte gerade einen Schluck trinken, hielt aber mit dem Flaschenhals direkt vor seinem Mund inne. Schließlich stellte er das Bier auf den Couchtisch vor uns und wandte sich mir ganz zu. »Das ist jetzt nicht dein Ernst, oder? Du verzichtest auf … all das Schöne, das eine Beziehung zu bieten hat? Nur weil deine Hosen voll sind und du dich vor dem Tag fürchtest, der vielleicht eventuell irgendwann einmal eintreten wird, an dem ihr feststellt, dass ihr doch nicht zueinanderpasst?«

Erneut traf mich seine Hand am Hinterkopf und ich wurde sauer. »Hör auf mit der Scheiße, Mann!«

»Nein, hör du auf, Collins. Du brichst einer wunderbaren

Frau das Herz, weil du keine Eier in der Hose hast? Was bist du für ein Waschlappen geworden? Und ich wollte so sein wie du …« Entrüstet stand er auf und bewegte sich ein paar Schritte von mir weg, während ich ihm völlig entgeistert hinterherschaute. »Du hast echt keine Ahnung, was du verpasst. Dieses … unbeschreibliche Gefühl, das einen von innen wärmt, das den Wunsch in einem weckt, ständig zu grinsen und alles und jeden umarmen zu wollen, weil man so glücklich ist. Weil man liebt und geliebt wird. Diese Momente, wenn man mit der Frau seiner Träume nach bombastischem Sex einschläft und am nächsten Morgen neben ihr aufwacht – nur um wieder mit ihr zu schlafen. Jeden Tag. Immer. Wenn man weiß, dass da jemand ist, mit dem man lachen und weinen kann. Streiten und sich versöhnen. Jemand, der all deine Geheimnisse kennt und für dich da ist, egal wie gut oder schlecht deine Laune ist oder wie gesund oder krank du gerade bist.« Er schüttelte den Kopf und die Fassungslosigkeit, die ihm ins Gesicht geschrieben stand, machte mich sprachlos.

»Ich … Das kann man doch nicht mit Joleen und mir vergleichen«, protestierte ich, obwohl ich in dem Moment, in dem ich die Worte aussprach, bereits wusste, dass sie eine glatte Lüge waren.

Logan schnaubte auf. »Komm schon, das kannst du jemand anderem weismachen. Ich hab dich gesehen. Von meinem Platz aus habe ich dich und Joleen voll im Blick und glaub mir, ich bin weder blind noch blöd. Die Vibes zwischen euch machen Adrian und Harper Konkurrenz und zwischenzeitlich dachte ich, ihr würdet auch bald im Büro übereinander herfallen. Aber nicht nur für Sex. Euch verbindet … mehr, das kannst du nicht leugnen. Also … wem willst du was vormachen? Du bist bis über beide Ohren in sie verknallt.«

Als ich nicht sofort darauf reagierte, weil seine Worte ein Schock für mich waren, setzte er noch eins drauf.

»Ich hab heute mitbekommen, wie du Vanessa alles erzählt hast. Und ich hab Joleen gehört, als sie am Sonntag bei dir war und du sie abgewimmelt hast. Ihr liebt euch! Und du bist der größte Idiot, der auf dieser Welt herumläuft, wenn du die Sache so zu Ende gehen lässt, nur weil du so eine Memme bist und Angst vor den schlechten Tagen hast. Die werden kommen. Das ist so sicher wie das Amen im Gebet. Ich will nichts beschönigen, ich möchte jedoch auch, dass du checkst, dass es nicht immer so ist wie bei Helene und mir. Du weißt, ich hatte schon einige Beziehungen und keine hat auf so hässliche und unschöne Weise geendet wie die mit ihr. Ja, man streitet hin und wieder, aber normalerweise, ohne dass das Porzellan dabei zu Bruch geht. Man redet über die Missverständnisse, schafft die Probleme dadurch aus der Welt. Und danach versöhnt man sich. Scheiße, verdammt!«

Er hatte sich richtig in Rage geredet, während mein Puls mehr und mehr angestiegen war. Aber nicht, weil er mich aufregte, sondern einzig und allein, weil mir bewusst wurde, dass ich dabei war, alles zu verlieren, was mir etwas bedeutete.

»Fuck, du hast recht.« Verzweifelt fuhr ich mir mit beiden Händen durch die Haare. Womöglich hatte ich bereits alles verspielt, was mir wichtig war. »Ich bin ein Idiot. Ich … muss um sie kämpfen!«

»Ja, das solltest du wirklich.«

»Ich liebe sie«, sagte ich – mehr allerdings, um auszuprobieren, wie sich dieses Geständnis anfühlte.

Logan schmunzelte und nahm sich sein Bier. »Dann sag das ihr und nicht mir. Ich weiß es ja schon. Sie aber nicht. Und an deiner Stelle würde ich mich beeilen. Über kurz oder lang werden auch andere Kerle merken, wie …«

»Halt jetzt bloß die Klappe, Logan!« Drohend zeigte ich auf ihn. »Ich lasse mir sie nicht vor der Nase wegschnappen.«

»Dann unternimm endlich was!«

»Kannst du mich zu ihr fahren? Du bist doch mit deinem Auto da, richtig?«

Er runzelte die Stirn und warf einen Blick auf seine Uhr. »Jetzt? Es ist elf Uhr nachts, das weißt du, oder?«

Scheiße, ich hatte bis gerade eben keine Ahnung gehabt, wie spät es inzwischen war. »Egal. Ich *muss* mit ihr reden. Sofort.«

Logan grinste und stellte das Bier wieder auf den Couchtisch. »Dann komm, lass uns keine Zeit verlieren …«

36

Joleen

Ein nerviges Klingeln riss mich aus dem Schlaf, doch das Geräusch erstarb nicht, als ich den Snoozebutton des Weckers drückte. Stöhnend rieb ich mir über das Gesicht und fühlte mich wie von einem LKW erfasst, als ich mich aufrichtete und feststellte, dass es mein Handy war.

Als ich jedoch Masons Namen auf dem Display sah, war ich sofort hellwach. Noch mal mehr, als das Telefon verstummte, aber gleich darauf die Wohnungsklingel schrillte.

Scheiße, war er etwa hier?

Mit rasendem Herzen stand ich auf und zog mir einen Morgenmantel über. Verschlafen taumelte ich durch das Wohnzimmer zur Tür, im selben Moment, in dem mein Handy wieder klingelte. Doch diesmal ging ich sofort ran. »Mason? Es ist mitten in der Nacht!«

»Ich weiß«, hörte ich ihn an meinem Ohr. »Aber ich muss mit dir reden, ich muss dich einfach sehen.«

Verwirrt und völlig durch den Wind warf ich einen Blick durch den Türspion. Tatsächlich stand er dort. Die Haare waren zerzaust und er sah müde und verzweifelt aus. Keine Ahnung, was ich davon halten sollte …

»Bist du betrunken?«

»Nein, wieso?«, fragte er entrüstet.

»Weil du zu dieser unmenschlichen Zeit vor meiner Tür stehst, klingelst und mich anrufst, bis ich davon aufwache.«

»Ich muss mit dir reden«, wiederholte er und überging meine Worte einfach.

»Jetzt?«

»Ja, bitte. Es ist wichtig.«

Erneut schaute ich durch den Türspion und mein Herz zog sich schmerzhaft zusammen.

Unmöglich konnte ich ihm die Tür öffnen und ihn in meine Wohnung lassen. Seine Nähe würde mich in die Knie zwingen. Das wusste ich genau, denn jeder Tag auf der Arbeit war die reinste Qual für mich. Ihn jetzt auch noch hier in meinem Wohnzimmer zu haben, würde ich definitiv nicht gut überstehen.

»Dann rede«, sagte ich deshalb ins Telefon und ließ mich langsam an der Wand neben der Tür zu Boden sinken.

»Kann … ich nicht reinkommen?«

»Tut mir leid, aber das geht nicht.«

Ich biss mir auf die Zunge, weil mir klar war, was er womöglich gerade dachte. Nämlich, dass *ich* jemanden hier hatte. Einen Mann …

Nachdem er mich jedoch kürzlich ebenfalls dermaßen im Ungewissen gelassen und bis heute nicht aufgeklärt hatte, warum ich nicht in seine Wohnung durfte, brauchte ich auch kein schlechtes Gewissen zu haben.

»Joleen, ich … bin ein Idiot. Ein Riesenarschloch, um genau zu sein, und der größte Dummkopf, der in dieser Stadt herumläuft, noch dazu.«

Er klang aufrichtig und reuevoll. Aber das durfte ich nicht an mich heranlassen. *Er* hatte *mich* verletzt und ich war wirklich die Letzte, die sich jetzt schlecht fühlen sollte.

»Ich weiß, Mason.«

Er lachte leise, verzweifelt. »Hör zu, ich will ehrlich zu dir sein. Zu Beginn hab ich das zwischen uns nur als reinen Spaß gesehen. Als Abenteuer, auch wenn mir bewusst war, dass viel auf dem Spiel steht, weil du … meine Assistentin bist. Ich habe mit deinen Gefühlen gespielt und mit deinem Job. Das alles ist unverzeihlich. Was aber weit schlimmer ist, ich war nicht ehrlich zu dir.«

Mein Herz setzte für einen Schlag aus und ich überlegte kurz, ob er mir jetzt von einer anderen Frau erzählen würde …

»Ich hab mich in dich verliebt, Joleen.«

Sprachlos hielt ich mir eine Hand vor den Mund, um ihn nichts von meiner Überraschung und von meinem inneren Schmerz hören zu lassen.

»Und ich hätte es dir längst sagen sollen, aber …« Er lachte kurz auf. »Ich wusste es nicht. Ich hatte es gefühlt, tief in mir drin, doch ich … wollte nicht wahrhaben, dass das Liebe ist. Dieses Gefühl, diese Sehnsucht, dieses … Verlangen, jede freie Minute mit dir zu verbringen – aus der reinen Selbstsucht heraus, mehr von diesen Glücksgefühlen zu empfinden, die du in mir auslöst.«

Eine Träne löste sich aus meinen Wimpern und lief heiß über meine Wange.

»Und verdammt, ich hatte so Schiss davor, dass das, was ich fühle, nur noch mehr wird, wenn ich es zulasse. Dass irgendwann der Tag kommen würde, an dem einer von uns beiden feststellt, dass das, was wir haben, nicht genug ist, und dass wir damit dem anderen das Herz aus der Brust reißen. Dass es hässlich wird und dass wir uns gegenseitig Dinge an den Kopf werfen, die böse sind und die wir nicht so meinen und bereuen, jedoch nicht zurücknehmen können …«

»Diese Gefahr besteht immer, Mason«, sagte ich, auch wenn ich wusste, dass ich das Zittern in meiner Stimme nicht vor ihm verbergen konnte. »Aber wie dumm wäre es, nicht zu lieben, nur weil man Angst vor Herzschmerz hat?«

»So was Ähnliches hat Logan mir auch vorhin gesagt«, meinte

er und ich konnte ein trauriges Schmunzeln auf seinen Lippen hören.

»Logan Cunningham?«, fragte ich überrascht. »Ich dachte, er hätte eine Freundin?«

»Noch. Bei denen nimmt das Ganze jedoch gerade ein sehr unschönes Ende.«

Eine Weile grübelte ich über seine Worte nach. »Dann ist die gescheiterte Beziehung von den beiden also der Grund, weshalb du beschlossen hast, mich wie einen nervigen One-Night-Stand loszuwerden?«

»Autsch.« Er zog zischend die Luft ein, als hätte ich ihn wirklich gerade verletzt. Okay, womöglich hatte ich das auch. »Ja, das … hat unter anderem dazu beigetragen«, gestand er schließlich kleinlaut. »Aber jetzt bin ich hier, um dich um Verzeihung und um … eine zweite Chance zu bitten. Joleen, es tut mir so leid, wie ich zu dir war. Das hast du nicht verdient. Trotzdem hoffe ich, dass es noch nicht zu spät ist, weil ich … dich liebe.«

Mein Herz sprang fast aus der Brust und gleichzeitig verkrampfte es sich in mir. »Mason, ich … weiß nicht, ob …«

»Du musst jetzt nichts darauf sagen. Wirklich. Ich … bin nicht hier, um ein Liebesgeständnis von dir einzufordern. Aber ich will, dass du das weißt. Und ich hoffe einfach, dass du mich trotz allem nicht völlig abschreibst und ich vielleicht eines Tages die Chance bekomme, es wieder gutzumachen.«

Tränen verschleierten meine Sicht, als ich aufstand und mir mit dem Ärmel des Morgenmantels die Wangen trocknete. Erneut warf ich einen Blick durch den Türspion. Er stand davor, eine Hand an den Türrahmen gestützt, und Gott, er sah so gebrochen aus. Wie sehr er litt, konnte ich sogar jetzt erkennen, wo er durch die Linse so verzerrt aussah.

»Tut mir leid, dass ich dich geweckt habe«, sagte er leise. Dann drückte er sich von der Tür weg und hob den Kopf. Er sah mich an, ohne mich zu sehen, und ich legte die Hand auf den Schlüssel, der im Schloss steckte, bereit, ihn zu drehen und die Tür zu öffnen, doch da wandte Mason sich bereits um und ging. Ein Blick auf das Telefon zeigte mir, dass er aufgelegt hatte … und mich verließ der Mut.

Bestimmt bis vier Uhr morgens hatte ich in dieser Nacht noch wach gelegen und über seine Worte nachgedacht. Ich hatte mich von einer Seite auf die andere gewälzt und darüber gegrübelt, ob ich denn nicht vielleicht doch die Tür hätte öffnen und ihn in die Wohnung lassen sollen. Oder zumindest, ob ich ihn noch einmal hätte anrufen und etwas auf seine Rede erwidern müssen. Aber ich war noch immer so überrumpelt von seinem Geständnis, dass mir nach wie vor die Worte fehlten.

Ganz davon abgesehen, dass ich zutiefst verletzt war. Und ich wusste noch immer nicht, warum er mich an jenem Tag nicht in seine Wohnung gelassen hatte. Verdammt, ich stand da wie ein Depp auf der Straße und hatte mit ihm gesprochen wie ein ungebetener Gast.

Zudem hatte ich riesige Angst, er könnte schon bald wieder feststellen, dass das, was wir hatten, doch zu wenig für ihn war. Oder dass es ihn einengte, ihn enttäuschte. Seine großen Erwartungen an die Liebe und an eine Beziehung nicht erfüllten …

Bisher hatte ich es noch geschafft, mit erhobenem Haupt aus dem ganzen Schlamassel rauszukommen. Aber ein weiteres Mal, und er würde mich zerstören.

Müde machte ich mich auf den Weg ins Büro. Ich trug die Klamotten, die ich damals angehabt hatte, als wir bei mir im Aufzug stecken geblieben waren. Dass ich zu dem Rock gegriffen hatte, war Zufall gewesen. Doch dann hatte ich entschieden, mein Outfit mit der Bluse zu finalisieren.

Wenn Mason in Wunden bohren und mir auf der emotionalen Schiene kommen konnte, konnte ich das auch.

Als ich kurz nach sieben Uhr im siebenunddreißigsten Stockwerk aus dem Aufzug stieg, raste mein Herz wie irre. Keine Ahnung, wie er mir heute gegenübertreten würde, nach dem, was er mir gestern Nacht gestanden hatte. Er war noch nicht in seinem Büro, was mich erleichtert aufatmen ließ.

Ich holte Wasser und Kaffee aus der Teeküche, nachdem ich meinen Computer gestartet hatte, und sah ihn aus dem Aufzug kommen, als ich gerade wieder auf dem Weg zurück zum Schreibtisch war. Mason stockte kurz und lächelte mich unsicher an, ehe er mich begrüßte.

»Guten Morgen, Mister Collins«, antwortete ich standardgemäß.

Er verschwand mit einem Nicken in seinem Büro.

Als ich kurz darauf an meinem Platz saß, ging er an mir vorbei, um sich ebenfalls mit Getränken zu versorgen. Auf dem Weg zurück hielt er jedoch vor mir an. »Hast du einen Moment für mich?«

Räuspernd sah ich zu ihm auf und nickte. »Sicher.«

Nervös erhob ich mich und griff nach meinem Klemmbrett und einem Stift, doch er schüttelte nur den Kopf. »Das brauchst du nicht.«

Ich folgte ihm und sah noch aus dem Augenwinkel, dass Logan Cunningham aus dem Aufzug kam und uns beiden mit einem Grinsen auf den Lippen hinterherschaute, was mich verunsicherte und ein unangenehmes Gefühl in mir auslöste. Zu wissen, dass er über Mason und mich Bescheid wusste, sorgte nicht gerade dafür, dass ich innerlich ruhiger wurde.

Mason schloss die Tür hinter uns und lehnte sich an die Schreibtischkante. »Hast du gut geschlafen?«

Schnaubend schüttelte ich den Kopf. »Nicht wirklich. Und viel zu kurz.«

Zerknirscht sah er mich an. »Tut mir leid, das geht auf meine Kappe. Wie so vieles.« Abwartend schaute er mich an, doch ich hatte keine Ahnung, was er von mir wollte. Wenn er darauf warten würde, dass ich ihn nun einfach so zurücknahm – und alles wäre vergeben und vergessen –, musste ich ihm leider klarmachen, dass das so nicht funktionierte. Denn das, was er in mir zerbrochen hatte, war nicht so leicht wieder zusammenzuflicken. Das Vertrauen musste er sich erst erarbeiten.

»Gibt es etwas, was du wissen möchtest? Was du mir sagen willst. Was ich … tun kann, um das mit uns beiden …« Er ließ die restlichen Worte in der Luft schweben.

Ich merkte, wie meine Sicht schon wieder verschwamm. Aber heulend in seinem Büro zu stehen – ihn überhaupt wissen zu lassen, dass er mich zum Weinen brachte –, wollte ich gerade echt nicht. Also atmete ich tief ein und aus und nickte. »Wer war an jenem Sonntag in deiner Wohnung?«

Kurz blinzelte er, dann fiel bei ihm der Groschen. »Logan war bei mir.« Er erzählte von einem Streit mit Helene, davon, wie Logan frühmorgens bei ihm aufgekreuzt war und sich betrunken hatte. »Ganz ehrlich, es wäre in dem Moment für euch beide und für das Arbeitsverhältnis nicht gut gewesen, wenn du ihn verkatert und nur in Boxershorts in meiner Küche hättest sitzen sehen. Es tut mir wirklich leid, dass ich dich an der Tür abwimmeln musste, aber ich hab zu dem Zeitpunkt keinen anderen Weg gesehen.«

»Du hättest mir sagen müssen, dass er da ist. Ich hätte es dir geglaubt, ich … wäre nicht in deine Wohnung gestürmt, um es mit eigenen Augen zu sehen«, sagte ich leise.

»Ich weiß«, flüsterte er zurück und sah dabei wirklich gekränkt aus.

»Mason … lass mir bitte einfach Zeit. Ich … kann und will dir nichts versprechen. Du hast mich mies behandelt, hast mit meinen Gefühlen gespielt, obwohl du gewusst hast, was ich für dich empfinde.«

Seine Kiefer mahlten aufeinander. »Ich weiß«, wiederholte

er und wirkte noch zerknirschter als zuvor. »Aber ich will alles wiedergutmachen. Wenn du mich nur lässt.«

»Mason …«, setzte ich an, aber brach ab. Was konnte ich schon dazu sagen? Darauf konnte ich nichts erwidern.

Schweigend sahen wir uns an, und in meinem Gesicht tobte bestimmt die gleiche Menge an Emotionen wie in seinem.

Nach ein paar Sekunden atmete er geräuschvoll auf und schüttelte mit geschlossenen Augen den Kopf. Vielleicht hatte er aufgegeben oder … abgeschlossen. Womöglich brauchte er aber einfach nur einen Themenwechsel – oder bot mir einen an. »Nun gut, für heute um neun sind wieder Bewerbungsgespräche angesetzt. Denkst du, dass du in der Zwischenzeit die Powerpointpräsentation zum neuen Kundenauftrag fertig machen kannst? Ich bräuchte sie für das Meeting am Nachmittag, damit ich besprechen kann, ob wir die Idee auch für andere Firmen umsetzen wollen.«

Ich nickte nur. Und da von ihm nichts mehr kam, drehte ich mich um und ging zurück zu meinem Platz.

37

Mason

Auch die neuen Bewerber waren – gelinde gesagt – eine Katastrophe. Wenn ich bedachte, dass Carolyn bereits eine Vorselektion getroffen hatte, wollte ich nicht wissen, welche Leute sich sonst noch auf die Stelle beworben hatten.

Beim Gedanken daran, es mit Joleen komplett versaut zu haben und einen Ersatz für sie finden zu müssen, wurde mir übel. Vermutlich würde ich monatelang ohne Assistenz auskommen müssen. Wenn nicht sogar länger. Denn an sie kam niemand ran – ihr konnte keiner das Wasser reichen.

Dass sie mir nicht sofort freudestrahlend um den Hals gefallen war, war ernüchternd gewesen, aber ich hatte auch nichts anderes erwartet. Ich hatte sie gekränkt, verletzt und dass sie überhaupt noch in Erwägung zog, über das alles nachzudenken und mir vielleicht eine zweite Chance zu geben, war schon mehr, als ich verdient hatte.

Im Meeting am Nachmittag saß ich mit Kilian, Logan und Adrian beisammen und wir hatten die Pflichtpunkte schnell hinter uns gebracht. Jeder wollte schnellstmöglich ins Wochenende.

Als wir die entsprechenden Themen von heute abgehakt hatten – Joleens Präsentation war wie erwartet richtig gut geworden, die die drei anderen in Kombination meines Vortrags überzeugt hat –, brachte Kilian noch einen zusätzlichen Punkt auf die Agenda.

»Mit dem nahe gelegenen Sportzentrum habe ich alles geklärt. Der Selbstverteidigungskurs startet am Montag in zwei Wochen. Diejenigen, die sich bis dahin anmelden, sind dabei. Ab der Teilnahme von zehn Personen bekommen wir einen Rabatt von zehn, ab zwanzig von fünfzehn Prozent. Ich denke, dass wir die schaffen könnten. *Cunningham Solutions Inc.* übernimmt fünfzig Prozent der restlichen Kosten der Teilnehmer. Summer bereitet gerade noch die E-Mail vor, die nach diesem Meeting verschickt wird.«

Wir brummten und nickten zustimmend.

»Gut, wenn das alles ist, verabschiede ich mich jetzt von euch ins Wochenende«, sagte Logan und schaute uns nacheinander fragend an. »Ich hab nämlich gleich einen Besichtigungstermin für eine Wohnung. Die haben mich vorhin angerufen und ich würde das nur ungern verfallen lassen, weil die Fotos schon richtig genial aussehen. Wenn die in echt nur halb so gut ist und ich die Zusage bekomme, kann ich endlich neu durchstarten.«

»Worauf wartest du dann noch? Sieh zu, dass du hier rauskommst«, sagte Kil lachend, während Adrian und ich ihm gratulierten und versprachen, die Daumen zu drücken.

Auch ich erhob mich und war froh, diese Woche hinter mich gebracht zu haben. Gerade als ich mich zum Gehen wandte, hielt Kilian mich zurück. »Mason, warte …«

Ich stoppte, und als ich sah, dass zwischen Adrian und ihm ein Blickaustausch stattfand, wusste ich, dass etwas im Busch war. »Was ist los?«

Kilian schloss die Tür und automatisch wurde aus den durchsichtigen Scheiben wieder blickdichtes Milchglas. »Heute beim Mittagessen hat Logan das von Joleen und dir erzählt«, begann er ohne Umschweife.

Ich hatte das gemeinsame Essen ausfallen lassen, weil ich noch ein paar E-Mails und interne Besprechungen vor dem Meeting erledigen musste. Dass die drei jedoch hinter meinem Rücken über mich und mein Privatleben redeten, ja, dass Logan mein Vertrauen missbraucht und die Sache mit Joleen brühwarm den beiden anderen auf die Nase gebunden hatte, stieß mir übel auf.

Gut, Adrian wusste ebenfalls, dass zwischen ihr und mir was lief, aber erstens hatte ich ihm nicht von den jüngsten Problemen erzählt und zweitens war er nicht wie Kilian gegen eine Beziehung am Arbeitsplatz. Das Drama, das Kil wegen Harper und Adrian vor wenigen Monaten aufgeführt hatte, war in meinem Kopf noch ziemlich präsent. Mit ein Grund, weshalb ich die Affäre zwischen Joleen und mir nicht an die große Glocke hatte hängen wollen. Auch wenn mir klar war, dass es inzwischen viel mehr als eine *Affäre* war – vorausgesetzt, Joleen gab mir noch eine Chance.

»Das finde ich ja super, um nicht zu sagen, scheiße von euch, über mich und mein Privatleben zu reden, kaum dass ich mal nicht dabei bin.« Angepisst verschränkte ich die Arme vor der Brust, sah zwischen Kil und Adrian hin und her und wartete ab, was da noch kommen würde. Wenn Kilian dachte, er könne mir jetzt, wo ich Depp endlich begriffen hatte, dass ich Joleen liebte, verbieten, mit ihr zusammen zu sein, hatte er sich mächtig geschnitten. Das würde ich nicht zulassen.

»Und wir finden es scheiße von dir, dass du dich so bescheuert aufführst«, knurrte er angefressen, während Adrian nickte. »Ja, ich bin grundsätzlich gegen Beziehungen am Arbeitsplatz«, fuhr er fort, was ich gleich als Anlass nahm, mich zu verteidigen.

»Genau deshalb hab ich nichts gesagt. Weil ich auch immer im Hinterkopf hatte, dass du der Meinung bist, es werfe kein gutes Bild auf die Firma, wenn wir Geschäftsführer mit unseren Assistentinnen …«

»Aber«, fiel er mir lautstark ins Wort und ließ mich gar nicht erst weiterreden, »dass sich diese auch positiv auf die Arbeit auswirken können, sieht man bei Adrian und Harper. Die beiden harmonieren gut miteinander, sie erledigen ihre Jobs vorbildlich und wir sparen bei Geschäftsreisen die Kosten eines weiteren Zimmers, weil sie sich ein Bett teilen.« Dass der letzte Part zur Auflockerung der angespannten Stimmung beitragen sollte, war mir bewusst, aber ich konnte nicht darüber lachen. Im Gegenteil.

»Was willst du mir damit sagen? Dass ich euch früher hätte einweihen sollen? Glaub mir, ich hatte keinen Bock auf weitere Troubles. Für die hab ich selbst schon ausreichend gesorgt.« Mal davon abgesehen, dass es mir inzwischen am Arsch vorbeiging, was außenstehende Personen darüber dachten, was ich mit meiner Angestellten in meiner Freizeit tat. Zudem wusste ich, dass Joleen professionell genug war, unser Verhältnis bei geschäftlichen Terminen rein auf beruflicher Ebene zu halten. Wenn, dann würden nur die Leute intern davon erfahren …

»Das wissen wir«, brachte sich Adrian mit beruhigender Stimme ein. »Deshalb will dir Kilian auch etwas sagen.«

Ich schaute erneut zum Kopf des Unternehmens.

»Sieh zu, dass du die Scheiße mit ihr in Ordnung bringst, Mason. Klar geht es mir ebenfalls darum, dass sie in der Firma bleibt. Zufrieden und glücklich und nicht in dem Zustand, in dem sie seit Neuestem hier herumschleicht. Aber ich will außerdem, dass es dir wieder gut geht. Dass du mit dem Kopf bei der Sache bist und dich nicht ständig mit unnötigen Dingen quälst, für die sowieso du der Auslöser bist. Reiß dich am Riemen und kämpfe um sie. Nicht, weil sie eine ausgezeichnete Arbeitskraft ist. Gut, das auch, aber sie ist … das Beste, was dir seit Langem passiert ist. Jetzt, wo ich nämlich weiß, was in den letzten Wochen zwischen euch gelaufen ist, ist mir auch klar, warum du für kurze Zeit dermaßen gut drauf warst – und danach in ein Loch gefallen bist. Aber so solltest du immer sein: glücklich und zufrieden und … verliebt. Lass dir von Adrian helfen, wenn du Tipps brauchst, oder … Keine Ahnung. Rede mit ihr, kauf ihr Schmuck, fick sie, bis sie dich nicht mehr gehen lassen will … Was weiß ich, ich bin hier nicht der Beziehungsexperte. Sorg jedoch, verdammt noch mal, dafür, dass du sie nicht verlierst!«

Seine Ansprache überraschte und belustigte mich zugleich. Nie hätte ich erwartet, von ihm zu hören, dass ich meine Assistentin vögeln sollte. Aber ja, er hatte recht. Ich musste wirklich *alles* daransetzen, um sie zurückzugewinnen. »Ich bin dran, Mann. Danke … dafür, dass ich dein *Go* habe. Damit habe ich nicht gerechnet. Nicht so ganz ohne Widerstand.«

Kils Mundwinkel zuckten. »Come on, so ein Arsch bin ich dann auch wieder nicht. Ja, ich will nicht, dass das Unternehmen zu einer Partnerbörse wird und jeder mit jedem … Stell dir mal vor, unnötige Eifersuchts- und Trennungsszenarien würden die Existenz von *Cunningham Solutions Inc.* gefährden! Aber hier geht es ja nicht nur um puren Sex und Anziehung. Du liebst sie. Das kann ein Blinder sehen. Also beweise ihr, dass es so ist, und kämpfe um sie.«

Adrian nickte zustimmend und ich bedankte mich bei beiden für ihre Offenheit und ihre Unterstützung. Dann verließ ich den Besprechungsraum.

Joleen saß an ihrem Platz, aber sie räumte ihren Tisch auf und mir war klar, dass sie gleich für heute Schluss machen würde.

»Komm kurz in mein Büro«, raunte ich ihr im Vorbeigehen zu. Mir fielen ihre großen Augen auf, die sie bei meinen Worten bekam, doch sie stand auf und kam mit. »Schließ die Tür«, wies ich sie an und drückte auch gleich auf den Knopf für die Milchglasscheiben, jedoch nicht, ohne vorher noch Kilians Grinsen zu bemerken, das er mir zuwarf, als er auf dem Weg zurück zu seinem Office war.

»Was hast du vor?«, fragte sie leise, nachdem sie meiner Bitte Folge geleistet hatte und sich mir unsicher näherte.

Ich kam wieder um den Schreibtisch herum auf sie zu und blieb vor ihr stehen. »Hast du schon Pläne für das Wochenende?«

»Nur … vielleicht mit Georgia und Virginia um die Häuser ziehen. Und meine Eltern besuchen. Einkaufen muss ich noch und … Wäsche! Ich muss Wäsche waschen.«

Mutig ging ich einen weiteren Schritt auf sie zu. Zögernd berührte ich sie an der Schulter, streichelte langsam ihren Arm hinab, bis ich bei den Fingern ankam. Sie hielt die Luft an, doch ich ließ mich davon nicht beirren. »Was wäre, wenn ich überall dabei bin? Also nur, wenn du mich dabeihaben möchtest. Und … eventuell könnten wir auch meine Eltern besuchen. Bestimmt würden sie dich gerne kennenlernen, falls das zeitlich passt und du mich so lange an deiner Seite erträgst.«

Ihr Mund klappte auf und ich war mir sicher, ich hatte sie eben ziemlich überfordert. »Ich …«

»Sag Ja, Joleen. Oder sag Nein, jedoch nur dann, wenn du *wirklich* nicht willst. Ich möchte dich zu nichts zwingen, doch du sollst wissen, dass ich es ernst meine. Ich liebe dich und ich will es dir mit jeder Minute beweisen.«

Tränen glitzerten in ihren Augen. Schon wieder. »Aber ich kann das so nicht mehr, Mason. Dieses Geheimhalten, dieses Versteckspiel. Ja, du willst meine Eltern kennenlernen und mich deinen vorstellen. Was ist jedoch mit dem Rest unseres Lebens? Was ist mit … hier? Wir sind acht Stunden oder länger pro Tag in diesem Büro und …«

Noch während sie sprach, packte ich sie sanft am Handgelenk. »Komm mit.«

»Wohin?«

Ohne ihr eine Antwort zu geben, steuerte ich die Tür an, hielt jedoch kurz davor inne und drehte mich zu ihr um. »Es gibt keine Geheimniskrämerei mehr. Adrian weiß es schon lange, Logan ebenfalls und jetzt ist auch Kilian im Bilde. Sie alle wissen, wie verrückt ich nach dir bin, und haben mir gedroht, mich windelweich zu prügeln, wenn ich es mit dir versemmle.«

Geschockt schaute sie mich an.

»Das war ein Scherz. Wobei … wer weiß das bei den dreien schon so genau«, sagte ich grinsend. »Ich will, dass alle wissen, dass wir zusammen sind, Joleen. Und wenn du nichts dagegen hast, würde ich das gerne auch beweisen.«

»Wie?«, fragte sie atemlos.

»Indem wir jetzt da rausgehen und uns küssen, damit es jeder sieht.«

Ihre Wangen wurden rosig, als sie mich schweigend musterte. Ihr Blick huschte zwischen meinen Augen hin und her, als würde sie darin zu erkennen versuchen, ob ich die Wahrheit sprach. Doch es gab keinen Grund für mich, sie anzulügen.

»Bereit?« Meine Hand lag auf dem Türknauf, und als sie nickte und zögernd lächelte, überschwemmte mich eine Flut an warmen Gefühlen, wie ich sie vielleicht noch nie zuvor empfunden hatte. Nein, wie ich sie ganz sicher so noch nie verspürt hatte. Und es war wundervoll aufregend und neu zugleich.

Breit grinsend öffnete ich die Tür und zog sie hinter mir in den Flur, in dem Donna und Summer saßen. Adrian und Harper kamen gerade aus der Teeküche und Kilian sah von seinem Schreibtisch auf, als wir das Büro verließen. Die Aufzugtüren glitten auf und Carolyn kam gemeinsam mit Thomas und Mic vom unteren Empfang heraus.

Der perfekte Moment …

»Darf ich um eure Aufmerksamkeit bitten?«, sagte ich so laut, dass alle ihre Köpfe zu uns wandten. Nur das Klingeln eines Telefons war zu hören, doch niemand machte Anstalten, den Anruf anzunehmen. Er würde sowieso gleich unten bei Elli landen. »Joleen und ich möchten euch etwas mitteilen.«

Mit einem Lächeln auf den Lippen zog ich sie an mich. Ich war mir sicher, dass uns die Aufmerksamkeit aller gehörte. Zu gern hätte ich jetzt ihre Gesichter gesehen, doch das vor mir war viel besser.

»Bereit?«, raunte ich, sodass nur Joleen mich hören konnte. Ich spürte die Wärme, die von ihr ausging, und es tat so gut, sie endlich wieder in meinen Armen zu halten. Doch als sie nickte, bedeutete es die Welt für mich.

Ich senkte den Kopf und als sich unsere Lippen berührten, vergaß ich alles um uns herum. Mein Herz raste und ich hatte das Gefühl zu fliegen. Nur dumpf drang das Klatschen und Johlen der anderen zu mir durch. Für mich gab es nur noch Joleen.

Nie hätte ich gedacht, dass es sich so gut anfühlen würde, sie vor allen zu küssen. Keine Grenzen mehr zu haben, die uns einengten oder vorgaben, bis wohin wir mit unseren Gefühlen, unserer Anziehung gehen durften und vor wem wir sie versteckt halten mussten.

Als ich mich schwer atmend von ihr löste, lächelte sie.

»Darüber werden nächste Woche alle reden«, meinte sie mit rosa gefärbten Wangen.

»Und das ist gut so. Jeder soll wissen, dass diese scharfe Frau nur mir gehört.« Um meine Worte zu unterstreichen, küsste ich sie gleich noch einmal. »Ich hoffe nur, dass dieser Kuss bedeutet, dass du mir eine zweite Chance gibst. Sonst hab ich mich gerade ziemlich zum Affen gemacht.« Verlegen grinste ich und wartete trotz der Tatsache, dass ich glaubte, ihre Antwort zu kennen, auf eine Reaktion von ihr.

»Du bekommst die zweite Chance, Mason«, sagte sie endlich. »Aber versau sie nicht.«

»Keine Sorge, das habe ich nicht vor.«

38

Joleen

Vermutlich hatte ich mich zu schnell von Mason überzeugen lassen. Immerhin war das Risiko groß, dass er mir doch noch einmal das Herz brechen würde. Aber dadurch, dass er mich nicht länger als sein kleines Geheimnis zu betrachten schien, sondern ganz offen zu einer Beziehung mit mir stehen wollte, hatte er mich.

Es fühlte sich seltsam an, ihn mitten im Büro zu küssen, doch ab dem Zeitpunkt, als seine Lippen auf meine trafen, vergaß ich, wo wir waren. Die Begeisterung der anderen nahm ich nur am Rande wahr, so sehr beflügelte mich sein Kuss. Wie jedes Mal zuvor.

Nur widerwillig ließ ich zu, dass er sich von mir löste. Ich schaute von seinem zufriedenen Lächeln zu seinen blauen Augen, die mich überglücklich anstrahlten. Ob er so glücklich war, wie ich mich fühlte? Ich hoffte von ganzem Herzen, dass das nicht erneut eine Phase war.

»Das war gut«, raunte er und beugte sich erneut zu mir, um mir einen sanften Kuss auf den Mund zu geben. »Aber jetzt lass uns abhauen. Das Wochenende haben wir uns mehr als verdient. Ich begleite dich nach Hause, wenn es dich nicht stört.«

Zögernd blickte ich ihn an, während ich aus dem Augenwinkel mitbekam, dass sich die Aufregung um unseren Kuss gelegt hatte und die Leute sich wieder ihrer Arbeit widmeten oder den Aufzug und ihr Wochenende ansteuerten. »Mason, ich weiß nicht, ob ich schon …«

»Keine Sorge. Ich will nur noch etwas Zeit mit dir verbringen und mit dir darüber sprechen, wann wir uns das nächste Mal sehen. Und wie wir es in Zukunft unter der Woche handhaben wollen. Weil ich es vermeiden möchte, nach einer heißen Nacht mit dir wieder zu spät zur Arbeit zu erscheinen. Andererseits sollten wir aber nichts überstürzen, indem wir gleich gegenseitig die Badezimmer- und Kleiderschränke mit unseren Dingen befüllen, beim anderen halb einziehen und …«

Mit einem Kuss stoppte ich seinen Redefluss. »Das alles willst du auf dem Nachhauseweg mit mir besprechen?«, fragte ich verwirrt, beeindruckt und überrumpelt zugleich. So viele Gedanken hatte ich mir noch gar nicht gemacht. Nicht einmal vor dieser schrecklichen Zeit, die wir jetzt hoffentlich für immer hinter uns lassen konnten.

»Nicht zwingend alles auf einmal. Oder vielleicht doch. Ich weiß nur, dass ich nichts mehr falsch machen will, Joleen. Die letzten Tage und Wochen waren … richtig übel, dabei hätten sie so schön sein können. Das möchte ich kein weiteres Mal durchmachen müssen. Vor allem nehme ich mir ab jetzt fest vor, dir so was nie wieder anzutun.«

Mein Mund klappte auf, um etwas zu erwidern, doch er fiel mir ins Wort. »Nein, sag nichts. Ich weiß, es geht alles auf meine Kappe. Aber gerade deshalb will ich …«

Ich legte meinen Zeigefinger an seine Lippen. »Solange du mich nicht aus deinem Leben ausschließt und mir das Gefühl gibst, dass du dich für mich schämst oder dass ich nicht dazugehöre, machst du alles richtig, Mason.«

Geräuschvoll atmete er aus und schloss die Augen. »Ich habe nicht vor, noch einmal diesen Fehler zu begehen. Wenn doch, erlaube ich dir hiermit, Kilian, Logan und Adrian auf mich zu hetzen«, sagte er verhalten und mit einem jungenhaften Lächeln auf den Lippen.

Nachdenklich sah ich ihn an. »Hm, also von Summer weiß ich, dass der Selbstverteidigungskurs bald startet. Das solltest du unter Umständen im Hinterkopf behalten.«

Ein breites Grinsen trat auf sein Gesicht, als er sich zu mir beugte und mir ins Ohr hauchte: »Honey, wenn hier wer wen übers Knie legt, dann bin ich das. Und ich habe so eine Ahnung, dass es dir gefallen könnte.«

Feixend schlug ich gegen seine Brust. »Du lenkst vom Thema ab, Mister. Ich hoffe doch sehr, dass es gar nicht erst so weit kommen wird, dass ich meine neu erworbenen Kenntnisse anwenden muss.«

»Dafür werde ich alles tun«, hauchte er und sah mich jetzt wieder ernst an. Und ich glaubte ihm.

Tatsächlich bestellte Mason uns ein Uber, das erst mich nach Hause und schließlich ihn zurück zu seinem Apartment bringen sollte. Was verrückt war, da er vom Firmengebäude aus zu Fuß hätte heimgehen können, während man zu mir jedoch eine gute halbe Stunde mit dem Auto brauchte. Vom unnötigen CO_2-Ausstoß einmal abgesehen, fand ich es total romantisch … und notwendig.

Ich nutzte die Fahrt, um ihm von meinem Termin mit der Anwaltskanzlei zu erzählen. Dass es nicht unmöglich war, gegen meinen Ex-Boss vorzugehen, dass es sich aber unter Umständen ewig hinziehen konnte, bis sich hier endlich was in Bewegung setzte.

»Egal, wie lange es dauert, wie schwer es für dich wird oder … was auch immer dadurch noch auf dich zukommt – ich bin für dich da, Joleen. Du musst das nicht allein durchstehen. Du hättest nicht …« Er seufzte tief. »Fuck, ich hätte dabei sein müssen und dir zur Seite stehen. Ich Idiot habe echt viel zu viel falsch gemacht … Aber das werde ich ab sofort ändern. Ich bin immer an deiner Seite. Jederzeit.«

Gerührt schaute ich zu ihm. »Das ist wirklich lieb von dir, Mason. Ich weiß das sehr zu schätzen und ich verbringe wirklich gerne Zeit mit dir. Aber manchmal brauche auch ich ein bisschen Freiraum. Nur, falls du denkst, dass wir jetzt jeden Tag …«

»Was? Gott, nein, so hab ich das nicht gemeint.« Er lachte erleichtert auf, als ihm klar wurde, dass ich das nicht ganz ernst gemeint hatte.

»Gut. Denn mittwochs habe ich Zumba, und es ist zwar kein Problem, den Kurs mal ausfallen zu lassen, das sollte jedoch nicht zur Regel werden. Außerdem bin ich ab September wieder jeden Montagabend im Spanischkurs.«

»Das wusste ich nicht. Zumba, hm? Das erklärt einiges.« Er wackelte mit den Augenbrauen. »Davon abgesehen finde ich das gut. Wirklich. Ich brauche auch meinen Freiraum, wie du vielleicht bemerkt hast.« Er grinste schief. »Aber es wäre schön, wenn wir uns an drei oder vier Abenden in der Woche sehen könnten, meinst du nicht? Und was ich vorhin über Klamotten und so gesagt habe … Du kannst natürlich gern ein paar zu mir in den Schrank hängen. Und eine Zahnbürste in mein Bad, Tampons, Duschgel … Was auch immer du brauchst, um dich bei mir wohlzufühlen. Damit du auch spontan bei mir übernachten kannst, ohne vorher überlegen zu müssen.«

Ich hatte keine Ahnung, was mit diesem Mann geschehen war, aber jedes Wort, das er sagte, sorgte dafür, dass ich mich noch mehr in ihn verliebte. Dass er mich glauben ließ, dass es die richtige Entscheidung sei, ihm zu verzeihen.

»Das hat er nicht gesagt!« Virginia saß am Freitagabend darauf auf meiner Couch, mit offenem Mund, und streckte Georgia ihre Hand entgegen, die ihr gerade ein Glas Sekt reichte. Unter anderen Umständen hätten wir dieses Gespräch schon viel früher geführt, aber Georgia war mehrere Tage beruflich unterwegs gewesen und Virginia hatte mehrere Dates unter der Woche gehabt, sodass wir beschlossen hatten, uns heute zu treffen. Natürlich hatte ich ihnen in groben Zügen von den neuesten Entwicklungen berichtet, aber die Details hatte ich mir für heute aufgehoben.

An einem normalen Freitag wären wir eventuell durch die Clubs gezogen. Da sich aber so viel in meinem Leben getan hatte, hatten die beiden beschlossen, den Abend in meine Wohnung zu verlegen. Sie wollten Alkohol und was vom Thailaden um die Ecke mitbringen, während ich die zwei auf den neuesten Stand meines Liebeslebens brachte.

»Doch, hat er. Und ich hab auch schon ein paar persönliche Dinge bei ihm gelassen. Zahnbürste, Bodylotion, Gesichtscreme, Rasierer … Und natürlich einige Klamotten.« Die letzte Woche war wirklich verrückt gewesen und so anders und doch genau so, wie ich es mir immer gewünscht hatte. Mason hatte mich in so vielen Dingen überrascht. Zum Beispiel hatte er am Samstagvormittag seine Wohnung geputzt und gleichzeitig darauf bestanden, dass ich es mir auf seiner Couch gemütlich machte – was ich natürlich nicht ausgehalten hatte. Bestimmt hatte es ihn viel Überwindung gekostet, mich zumindest den Teppichen absaugen zu lassen, während er die Fliesen wischte und das Bad reinigte.

Georgia lachte auf. »Yes, Girl!«

»Immerhin musste ich ihn gleich testen, wie er darauf reagiert, wenn ich mit einer vollen Tasche bei ihm aufkreuze.«

»Wie hat er es hingenommen?«, wollte Virginia wissen.

»Sehr gut. Er hat übrigens auch zwei Anzüge und drei Hemden hier. Und Unterwäsche, Socken. Duschgel, Haargel, Rasierer, Rasierschaum.«

Meine beiden Freundinnen schauten sich an und lachten schon wieder.

»Ich feiere dich so sehr, Joleen, das glaubst du gar nicht.«

»Ach, Georgia, du tust fast so, als hätte ich sonst was geschafft. Dabei hab ich nur getan, worum er mich gebeten hat.«

»Du hast dich nicht unterkriegen lassen, Kleines«, meinte nun Virginia. »Glaub mir, ich kenne genug Frauen, die an deiner Stelle anders reagiert hätten. Von Anfang an.« Sie wies mit beiden Zeigefingern auf sich. »Wenn ein Kerl mich so behandelt wie Mason dich, dann hätte ich ihm die Hölle heißgemacht. Boss hin oder her.«

»Sie hat recht, Joleen. Ich wäre auch völlig ausgeflippt. Spätestens, als er dich nicht in seine Wohnung gelassen hat und es so wirkte, als hätte er eine Frau zu Besuch. Ich hätte seine vier Wände gestürmt und Terror gemacht. Aber du … Du hast das elegant und souverän gemeistert. Stillschweigend und trotzdem mit erhobenem Haupt. Kein Wunder, dass er dich zurückwollte.«

»Wir sollten von Joleen lernen, was meinst du?« Virginia stieß ihrer Cousine in die Seite. Diese grinste und nickte kräftig.

»Ihr übertreibt«, sagte ich, merkte jedoch, wie mir die Verlegenheit Hitze ins Gesicht steigen ließ.

»Nein, im Ernst. Wir freuen uns total für dich. Das alles klingt ja sehr vielversprechend. Und morgen seid ihr erst bei deiner Mom eingeladen und danach noch bei deinem Dad?«

Allein wenn ich daran dachte, begann mein Herz erneut zu rasen. »Ja. Und ich hoffe so sehr, dass alle nett zu ihm sind.«

Tatsächlich war meine größte Angst, Mom könnte Mason spüren lassen, dass es ein Fehler gewesen sei, ihre Tochter so mies zu behandeln. Immerhin hatte sie selbst in dieser Hinsicht nicht die besten Erfahrungen gemacht und war wirklich eine Löwenmama, was das betraf. Zwar hatte ich sie im Vorfeld über die neuesten Entwicklungen informiert und darum gebeten, Mason nicht in die Mangel zu nehmen, doch ich war mir nicht sicher, ob sie meiner Bitte auch Folge leisten würde.

Dementsprechend angespannt war ich, als am Samstag kurz vor Mittag vor dem Haus, in dem sie mit Kirk lebte, unser Uber hielt.

»Was denkst du, werde ich mit Nudelholz und Schrotflinte empfangen?« Tatsächlich wirkte Mason nervös, auch wenn er eben einen Scherz gemacht hatte.

»Keine Ahnung, aber wir werden es herausfinden.« Aufmunternd zwinkerte ich ihm zu, bevor wir ausstiegen.

Kirk kam gerade mit dem Rasenmäher um die Ecke und begrüßte uns freundlich. Er war das komplette Gegenteil meines Dads, überragte meine Mom nur ein kleines bisschen und hatte ein rundes Wohlstandsbäuchlein. Sein schütteres Haar hatte er abrasiert, dafür wucherte ein voluminöser Schnauzbart in seinem Gesicht. Er war manchmal ziemlich eigen, aber er behandelte meine Mom gut. Zudem war sie immer noch bis über beide Ohren in ihn verliebt, und das war schließlich das Wichtigste.

Ich stellte die zwei Männer einander vor und Kirk schüttelte Mason die Hand. Anschließend bedeutete er uns, in Richtung Haus vorzugehen.

»Deine Mutter ist in der Küche. Sag ihr, dass ich gleich komme. Ich bin jeden Moment mit dem Rasenmähen fertig.«

Meine Mom hatte Kichererbseneintopf mit gegrilltem Gemüse gemacht, und als wir das Haus betraten, lief mir beim Duft nach den Kräutern, die sie immer dazu verwendete, bereits das Wasser im Mund zusammen. Außerdem roch es nach gebratenem Fleisch, weil Kirk darauf bestand. Und ich war mir sicher, dass sie auch für Mason und sich selbst welches zubereitet hatte.

Auf dem Weg zur Küche sah Mason sich um und hielt vor einem Foto im Flur, das mich und Mom zeigte, als ich vielleicht vierzehn oder fünfzehn war, inne. »Wo ist das entstanden?«

»Wir haben damals meine Grandma in Pennsylvania besucht. Das hinter uns ist der Hühnerstall, aus dem wir immer unsere Frühstückseier geholt haben.«

»Klingt, als hättest du bei ihr eine schöne Zeit gehabt.«

»Das auf jeden Fall«, sagte ich und dachte wehmütig an die Wochenenden zurück, die wir dort regelmäßig in dem kleinen Ort knappe zwei Stunden von New York entfernt verbracht hatten.

»Mom, darf ich dir Mason vorstellen? Mason, das ist meine Mutter Adele.«

Sie wischte ihre Hände an einem Küchentuch ab, bevor sie ihn freundlich begrüßte. »Freut mich, dich endlich kennenzulernen.« Sie lächelte, doch ich wusste, dass sie nach wie vor Vorbehalte gegen ihn hatte. Was auch nachvollziehbar war, aber ich hoffte, dass sich diese im Laufe des Tages legten.

Wir aßen draußen auf der kleinen Terrasse im Schatten eines großen Sonnensegels, das Kirk erst kürzlich montiert hatte. Das Essen verlief zum Glück ohne irgendwelche Spannungen und ich war froh, dass Mason bisher gut aufgenommen wurde. Mom und Kirk fragten ihn über seinen Job und seine Familie aus, aber nicht auf unangenehme Art. Sie schienen sich wirklich für ihn und sein Leben zu interessieren, was mich freute.

Wenig später saßen wir alle pappsatt vor unseren leeren Tellern. Mom hatte sich heute selbst übertroffen. Ich konnte mich nicht daran erinnern, wann ich zuletzt so lecker gegessen hatte.

»Ich habe einen Zitronenkuchen gebacken. Ihr habt doch noch etwas Zeit, oder?«

Als sie uns für heute eingeladen hatte, hatte ich ihr bereits gesagt, dass wir später mit Dad zum Bowling verabredet waren. Dass er nun mit Isaac zusammen war, hatte ich nicht angesprochen, weil ich nicht wusste, wie sie zu dem Thema stand. Abgesehen davon hatte ich schon früh gelernt, dass es bei meinen Eltern besser war, einen neuen Partner dem anderen gegenüber nicht zu schnell zu erwähnen.

»Mit einer Kugel Mangosorbet«, brachte sich Kirk ein. »Das haben wir gestern selbst gemacht. Natürlich alles so, dass du es auch essen kannst, Joleen.«

»Kuchen geht immer«, sagte Mason und grinste.

Überrascht schaute ich ihn an, wohl wissend, dass er keinen Zucker aß und trotzdem zugesagt hatte. Als er mir dann auch noch zuzwinkerte, stieg der leise Verdacht in mir auf, dass er hin und wieder eine Ausnahme machte – in dem Fall, um bei meiner Mom Pluspunkte zu sammeln. Und vermutlich hatte ihn spätestens das Eis überzeugt.

»Ja, ich würde den auch gerne probieren, klingt beides gut«, sagte ich und entschuldigte mich kurz, um zur Toilette zu gehen.

Mason hier zu erleben, war ungewohnt, aber schön. Er wirkte entspannt und schien dieses Essen und das Kennenlernen sehr zu genießen. Mom und Kirk akzeptierten und mochten ihn offenbar ebenfalls.

Als ich aus dem Badezimmer zurückkam, verlangsamte ich meine Schritte im Wohnzimmer. Die Stimmen von Mason und Mom drangen aus der Küche zu mir. Ich wusste, dass man nicht lauschte, gerade war es jedoch einfach zu verlockend.

»… sollte ich vermutlich nicht sagen, aber Joleen ist meine Tochter und da *muss* ich dich das fragen … Ich kann doch sicher sein, dass du ihr nicht das Herz brechen wirst, oder?«

Mason atmete geräuschvoll aus und antwortete nicht sofort. Mein Puls stieg an und ich biss angespannt auf die Innenseite meiner Wange.

»Adele, ich liebe Ihre Tochter. Von ganzem Herzen. Wenn ihr Herz bricht, dann auch meines. Ich habe also nicht vor, sie zu verletzen, im Gegenteil.«

»Das hast du aber in den letzten Wochen getan.«

Bei diesen Worten riss ich meine Augen weit auf. Angespannt hielt ich die Luft an, um nichts zu verpassen.

»Das stimmt und ich bereue es zutiefst, so lange ein Brett

vor dem Kopf gehabt zu haben, um nicht zu merken, dass ich das Glück direkt vor mir hatte und habe. Dass ich Joleen so schlimme Wochen beschert habe, tut mir unglaublich leid. Ich kann die Zeit nicht zurückdrehen, aber ich hoffe sehr, dass ich alles wiedergutmachen kann.«

Ein paar Sekunden lang war es still, doch ich wagte es nicht, um die Ecke zu linsen.

»Ich glaube, du bist ein guter Mann. Einer, der seine Ziele konsequent verfolgt. Auch oder vor allem, was meine Tochter betrifft.«

»Worauf Sie sich verlassen können.«

Seine Worte zu hören und zu wissen, dass wir gerade von meiner Mom ihren Segen bekommen hatten, ließen das Herz in meiner Brust anschwellen und trieben mir die Freudentränen in die Augen. Und ich war so glücklich wie noch nie zuvor …

39

Mason

»Ich hab gehört, was du zu meiner Mom in der Küche gesagt hast.« Joleen saß neben mir im Uber auf dem Weg zu unserem nächsten Eltern-Kennenlern-Date.

»Du hast gelauscht?« Tadelnd schnalzte ich mit der Zunge.

»Ich konnte einfach nicht weitergehen«, erklärte sie mit einem entschuldigenden Schulterzucken.

»Sie ist nett«, sagte ich, »sie ist jedoch auch misstrauisch. Nach wie vor, schätze ich, aber das ist okay. Damit kann ich leben. Irgendwann wird sie schon merken, dass ich es wirklich ernst mit dir meine.«

»Also hast du keine Angst, eines Tages aufzuwachen und das Gefühl zu haben, du hättest was verpasst, weil du mit mir zusammen bist?«

»Ganz ehrlich, ich habe mich genug ausgelebt«, sagte ich und hoffte, dass ich sie damit nicht verletzte, auch wenn sie bestimmt wusste, dass es so war. »Ich will nicht mehr irgendwelche Frauen kennenlernen, die mich sowieso nach einer Nacht langweilen und nerven würden. Denn so und nicht anders war es die letzten Jahre über, nur dass ich es nicht als diese Tatsache erkannt hatte. Dass es auch anders geht, weiß ich erst seit dir – und ich wäre ein großer Idiot, wenn ich das, was wir haben, aufs Spiel setzen würde.«

Statt mir zu antworten, küsste mich Joleen. Stürmisch und intensiv und ich wusste, dass ich ihr nicht böse sein musste, weil sie die Unterhaltung mit ihrer Mutter mitbekommen hatte.

Das Kennenlernen mit ihrem Dad und dessen Freund Isaac verlief völlig anders. Die beiden Männer begrüßten uns locker, als würden wir uns schon ewig kennen.

Die Bowlinghalle empfing uns mit angenehmer Kühle, worüber wir uns alle sehr freuten. Die Hitze stand zwischen den Straßen von New York und drückte die Gerüche der Stadt unangenehm nach unten.

Isaac zahlte die erste Runde Bier, und als wir mit dem Spiel begannen, merkte ich schnell, dass es ein äußerst unterhaltsamer Nachmittag werden würde.

Mir fiel auf, dass Albert, ihr Dad, uns beide immer wieder zu beobachten schien. Bestimmt achtete er darauf, wie wir miteinander umgingen, doch sein Lächeln zeigte mir, dass ihm gefiel, was er sah.

Als wir uns drei Stunden später schließlich verabschiedeten und vereinbarten, bald wieder so einen Nachmittag oder Abend einzulegen, hatte ich nicht das Gefühl, dass er irgendwelche Vorbehalte gegen mich hatte.

»Dein Dad scheint mich zu mögen«, sagte ich zu Joleen, als wir auf dem Weg in meine Wohnung waren. Wir hatten beschlossen, ein Stück den Bus zu nehmen und den Rest zu Fuß zu gehen, um das warme abendliche Wetter noch zu nutzen.

»Und das wundert dich?«

»Na ja, sagen wir so, ich erachte es nicht als selbstverständlich. Besonders deswegen nicht, weil ich nicht so nett zu dir gewesen bin.«

Sie hakte sich nachdenklich bei mir unter. »Er weiß davon, das stimmt. Ich hab ihm jedoch auch erzählt, was du danach zu mir gesagt hast. Mein Dad hat selbst nicht immer alles richtig gemacht, aber er erkennt, wann man es ernst meint. Wann einem ein Mensch wichtig ist. Er hat heute *gesehen*, was du meiner Mom in der Küche anvertraut hast.«

»Und was ist das?«

»Dass du mich liebst, Mason. Und dass ich dich liebe.«

Bei ihren letzten Worten blieb ich stehen, mitten im *Central Park*, und zog sie in meine Arme. Eine Gruppe Jogger lief an uns vorbei und irgendwo weinte ein Baby, aber ich blendete das alles aus. Weil nur eines zählte: Joleen liebte mich!

Dieses wunderschöne Gefühl der Wärme durchflutete mich in einer Intensität, wie ich sie noch nie erlebt hatte.

»Warte … du musst das bitte wiederholen, damit ich sichergehen kann, dass das gerade wirklich passiert«, raunte ich, verwirrt und mit sausenden Gedanken, während es in meinem Brustkorb immer enger wurde und sich gleichzeitig alles in mir ausdehnte.

»Ich liebe dich, Mason Collins. Mehr als alles andere auf der Welt.«

»Ich liebe dich, Joleen Turner, und ich werde jeden Tag dafür sorgen, dass du das nicht vergisst.«

Nur widerwillig löste ich mich von ihr, aber ich wollte mit ihr allein sein. Wollte sie halten – ganz fest. Sie küssen – überall. Wollte ihr wieder und wieder sagen, wie sehr ich sie liebte.

Bei meiner Wohnung angekommen, atmete ich erleichtert auf, als ich die Tür hinter uns schloss. Ohne ein Wort zu sagen, ging ich direkt zum Schlafzimmer. Joleen folgte mir schweigend.

Wir hielten vor dem Bett und schauten uns tief in die Augen, die Hände ineinander verschränkt.

Ich intensivierte den Blick und in dem Moment wurde es auch mir klar. Ich erkannte es in ihrem Blick – Joleen liebte mich. Schon so lange.

Schnaubend schloss ich die Augen und schüttelte den Kopf, dann legte ich beide Hände an ihre Wangen und küsste sie.

Zärtlich, mit all den Gefühlen, die ich für sie empfand. Ohne die Lippen von ihren zu lösen, begann ich damit, sie auszuziehen. Ich zog ihr das Kleid über den Kopf, öffnete ihren BH und schob ihr den Tanga nach unten. Jeden freigelegten Zentimeter ihrer Haut übersäte ich mit Liebkosungen, bis Joleen nackt vor mir in meinem Bett lag und heftig atmete.

»Zieh dich aus«, bat sie mich, und ich leistete Folge. Genoss es, wie sie mich dabei beobachtete, während sie aufreizend auf meinem Laken lag und nur darauf wartete, dass ich zu ihr kam.

Ich knöpfte mein Hemd auf, das ich achtlos zu ihrem Kleid auf den Boden warf, und genoss ihren Blick, als ich meine Jeans aufknöpfte und diese mitsamt der Shorts nach unten schob.

Als ich endlich nackt war, kam ich zu ihr aufs Bett, beugte mich über sie und hauchte ihr zärtliche Küsse auf ihren Mund. Immer intensiver, immer verlangender neckte ich ihre Lippen, umspielte ihre Zunge mit meiner und entlockte ihr die süßesten Laute. Noch mehr, als ich meine Hände einsetzte und sie zu streicheln begann. Keuchend wand sie sich unter mir, schlang ihre Beine um meine, berührte mich. Am Bauch und an der Brust, am Rücken, an den Armen, während sie mich küsste, als würde sie ohne nicht mehr existieren können.

»Mason, ich liebe dich«, wiederholte sie ihre wundervollen Worte, von denen ich nicht gedacht hätte, dass sie so eine Auswirkung auf mich haben würden. Dass ich so intensiv fühlen könnte und ihr gleichzeitig so viel davon zurückgeben wollte.

»Und ich liebe dich, Joleen«, raunte ich wieder und wieder, während mein praller Schwanz über ihre feuchte Mitte rieb.

»Bitte«, wimmerte sie und hob ihr Becken an. »Bitte, ich will dich, ich … brauche dich.«

Ohne zu zögern, kam ich ihrem Wunsch nach. Ich glitt in sie hinein, versenkte mich in ihr und verharrte einen Moment, weil sie sich so gut anfühlte. So warm und weich und fest zugleich.

Als ich ihre Fingernägel an meinem Hintern spürte, stöhnte ich verhalten auf und drängte mich noch tiefer in sie.

»Gott, ja!« Auffordernd kam sie mir mit ihrem Becken entgegen.

Sie wollte mich, brauchte mich, wie ich sie.

Und ich gab nach, aber in meinem Tempo. Bedächtig bewegte ich mich in ihr. Zog mich aus ihr zurück, bevor ich in quälender Langsamkeit wieder in sie vordrang, während ich sie küsste und streichelte. An der Wange, am Schlüsselbein, rund um ihre Brust. Ich wusste, dass ich sie wahnsinnig machte, weil ich mich heute so zurückhielt, aber ich brauchte das. Ich musste sie genießen wie einen verdammt guten Bourbon.

Sie keuchte, stöhnte und wimmerte, drückte sich mir abermals entgegen, doch sie hatte sich mit der Geschwindigkeit abgefunden. Sie hatte sich mir angepasst, bewegte sich im Einklang mit mir, während ich nach wie vor zärtlich über ihren Oberkörper streichelte, gemächlich an ihren Brustwarzen zog und sie durch sanfte Berührungen zur Verzweiflung brachte.

»Mason«, wimmerte sie, als ich die Hand zwischen uns schob und ihren empfindlichsten Punkt berührte. Auch hier ließ ich mir Zeit, genoss es, wie sie die Augen schloss und ihren Rücken durchdrückte. Wie sie keuchte und sich über die Lippen leckte, wie sich ihre Haut rötete und ihre Atmung beschleunigte.

Sie krallte sich in meine Schultern, stöhnte bei jedem Stoß lauter und ich wusste, dass sie gleich so weit war. Trotzdem änderte ich nichts an meinem Tempo, sondern beobachtete sie dabei, wie wunderschön sie an diesem Punkt der Ekstase aussah.

Ganz sanft fing sie an, um mich zu pulsieren, ehe es immer kräftiger wurde und sie keuchte. Laute der Erregung ausstieß, während sie sich an mir festhielt, als würde sie fliegen und fallen zugleich.

Das war der Punkt, an dem ich mich nicht länger halten konnte. Ich wurde schneller, hatte mich nicht mehr unter Kontrolle. Drang tiefer in sie ein, während ich ihren Atem in mich aufsog, ihren Schweiß auf meinem fühlte, bis es in meinen Eiern zu kribbeln begann und ich explosionsartig kam. Ich stöhnte auf, hielt Joleen fest und ließ mich von ihr halten, während ich in harten Schüben heftig in ihr kam. Meine Kraft verließ mich und ich sank auf sie hinab, genoss das sanfte Streicheln ihrer Finger auf meinem Rücken. Liebte ihre Schenkel um meine Hüften und das zärtliche Lächeln auf ihren Lippen.

Dass sie heute in meinem Bett einschlief und am nächsten Morgen neben mir aufwachen würde, empfand ich als das größte Geschenk überhaupt.

»Okay, ich hab eine ungefähre Ahnung, wie du dich gestern gefühlt hast.« Joleen wirkte reichlich nervös, als sie Halt suchend nach meiner Hand tastete, während wir auf mein Elternhaus zugingen.

»Keine Sorge, sie werden dich lieben.« Ich zwinkerte ihr zu und sperrte mit meinem Schlüssel auf. »Wir sind da!«, rief ich und spürte, wie Joleens Griff fester wurde.

»Kommt in den Garten!«, antwortete Dad rufend.

Ich lotste meine Freundin – wie schön sich das anhörte – durch das geräumige Wohnzimmer und schließlich vorbei an der Küche, in der noch die letzten Reste vom Zubereiten von Soßen und Salaten herumstanden.

Wir traten durch die offene Terrassentür, wo Dad vor dem Grill stand. Er hatte seine Grillschürze übergezogen und lächelte Joleen an. »Wie schön, dass ihr hier seid. Joleen, ich freue mich, dich kennenzulernen. Ich bin Stephen.« Freundlich schüttelte er ihr die Hand. Immer noch wirkte sie verunsichert und verkrampft.

»Mom, Mason und Joleen sind hier!«

Ich entdeckte Vanessa beim Pavillon. Sie winkte und kam

auf uns zu, gefolgt von unserer Mutter, die gerade noch Gläser auf dem gedeckten Tisch zurechtgerückt hatte.

»Das sind meine Schwester Vanessa und meine Mom Bernadette«, stellte ich sie ihr vor.

Beide umarmten sie und hießen sie herzlich willkommen in der Familie. Zuerst war Joleen noch etwas überrumpelt, doch die Anspannung legte sich, als Vanessa sich einfach bei ihr unterhakte und sich mit ihr über den Selbstverteidigungskurs zu unterhalten begann. Sie wollte ihn ebenfalls – jedoch in Privatstunden – besuchen.

»Die ganzen Jahre über habe ich mich gefragt, was das für eine Frau sein wird, die Mason uns mal vorstellt«, meinte Mom etwas später, als wir unsere mit Gemüse, Lachs und Garnelen befüllten Teller vor uns hatten. »Als Mutter malt man sich ja manchmal die schlimmsten Dinge aus. Als er noch ein Teenager war, gab es mal eine Zeit, in der ich befürchtete, sie würde grüne Haare und zehn Piercings im Gesicht haben.«

Überrascht schaute mich Joleen an. »Okay, über diese Phase musst du mir später unbedingt mehr erzählen. Ich dachte, du wärst der totale Computernerd, so mit karierten Hemden und Stoffhosen. Wie passen da grüne Haare und Piercings dazu?«

Vanessa lachte. »Oh, ich erinnere mich noch gut daran. Das war dieses eine Jahr, als du angefangen hast, mit den Cunninghams und Price abzuhängen. Du musst wissen, Joleen, dass mir Jennifer Thompson die Freundschaft gekündigt hat, weil Mason ihr ganz in Schwarz gekleidet, mit Kajal umrahmten Augen und schwarzen Fingernägeln Angst eingejagt hat.«

Alle lachten und mir schob sich bei der Erinnerung an diese revolutionäre Zeit ein Schmunzeln ins Gesicht. »Du musst aber auch zugeben, dass Jennifer nicht die Einzige war, die mich gefürchtet hat.«

»Was war das für ein Jahr!« Mom seufzte theatralisch. »Erst die Sorgen um dich, weil dich diese Typen ständig gemobbt haben. Dann diese Schulhofprügelei, die diesen Stilwechsel mit sich gezogen hat. Und schließlich fast von einem Tag auf den anderen der Umschwung zu Anzug und Krawatte. Du musst wissen, Mason hatte darauf bestanden, gleich drei Anzüge auf einmal kaufen zu wollen. Und weil Stephen und ich so erleichtert waren, dass er doch nicht in ein zwielichtiges Milieu mit Drogen und Alkohol abrutschte, sind wir noch am selben Tag losgefahren und haben ihm seinen Wunsch erfüllt.«

Schmunzelnd stimmte mein Dad ihr zu. »Das ist richtig. Wir haben Peter Baker damals einen großen Geschenkkorb vorbeigebracht.«

»Echt? Das wusste ich gar nicht.« Überrascht schaute ich die beiden an.

»Hey, das war das Mindeste, nach allem, was er für dich, für euch alle getan hatte. Während ihr bei ihm wart, haben wir Eltern uns immer wieder getroffen. Wir waren erleichtert und begeistert von dem positiven Einfluss, den er auf euch hatte – und bis heute hat.« Dad zwinkerte mir zu.

»Wir sind wirklich stolz auf dich, was du – was ihr alle vier – geschaffen habt. Und dass dir diese Arbeit jetzt noch so eine großartige Frau in dein Leben gebracht hat, macht uns sehr glücklich.«

Nun war nicht nur ich verlegen, auch Joleens Wangen färbten sich rosa.

»Mich erst«, sagte ich mit belegter Stimme. Unter dem Tisch drückte ich ihre Hand und ihr Lächeln verriet mir, dass sie ebenfalls froh darüber war, wie sich alles entwickelt hatte.

Als wir Stunden später vor ihrer Wohnungstür hielten, schaute sie mir tief in die Augen. »Danke für diesen Tag. Für das Wochenende. Es war wirklich schön mit dir. Ich mag deine Familie und bin echt froh, dass sie mich gleichermaßen zu mögen scheinen.«

»Sie haben dich vom ersten Moment an in ihr Herz geschlossen. Aber das war auch klar, ich habe mit nichts anderem gerechnet.«

Ganz leicht knuffte sie mich in die Seite. »Kommst du noch mit rein?«

»Ich dachte schon, du fragst nie …«, antwortete ich mit rauer Stimme, ehe meine Lippen auf ihren landeten.

Im Büro hatte es sich schnell herumgesprochen, dass Joleen und ich nun ein Paar waren. Die meisten hatten entweder positiv oder gar nicht darauf reagiert. Den ein oder anderen blöden Kommentar hatte ich auch aufgeschnappt, aber die tangierten mich nicht. Womit ich jedoch nicht gerechnet hatte, war, wie normal es weiterhin für mich war, mit Joleen zusammenzuarbeiten. Keine Ahnung, welche Veränderung ich erwartet hatte, doch als nun schon die zweite Woche alles so weiterlief wie zuvor, hakte ich auch dieses Thema als erledigt ab.

Meistens waren wir nach der Arbeit bei mir gewesen. Es war einfach praktischer, weil mein Apartment in der Nähe des Büros lag und wir uns die Fahrtzeit sparen und somit mehr Zeit im Bett verbringen konnten. Und davon bekamen wir immer noch nicht genug.

Das kommende Wochenende wollten wir jedoch in Joleens Wohnung übernachten. Nicht nur, damit es eine ausgeglichene Verteilung zwischen unseren vier Wänden gab, sondern auch deshalb, weil wir angeboten hatten, Logan beim Umzug in sein neues Apartment zu helfen, das nicht weit von Joleens Zuhause entfernt lag.

Dass sie nervös war, als wir uns am Samstagvormittag auf den Weg machten, konnte sie nicht vor mir verbergen – auch wenn sie es versuchte. Aber immer wieder knetete sie ihre Finger und tippte mit den Fußspitzen im Fußraum des Ubers, das uns zu Logans alter Wohnung bringen sollte.

»Du wirst sehen, die drei sind auch privat völlig in Ordnung«, wollte ich sie beruhigen.

»Hm … ja, daran zweifle ich nicht. Trotzdem ist es seltsam und ungewohnt. Immerhin sind sie Geschäftsführer im Unternehmen, in dem ich arbeite. Und jetzt verbringe ich am Wochenende Zeit mit ihnen und weiß nicht einmal, ob ich sie mit dem Nachnamen oder mit dem Vornamen ansprechen soll. Noch dazu, wo ich gleich sehr tief in die Privatsphäre von Logan Cunningham eindringen werde.«

»Harper nennt uns privat alle beim Vornamen und ich glaube nicht, dass sie bei dir darauf bestehen, nach wie vor mit ihrem Nachnamen angesprochen zu werden. Du bist meine Freundin, Joleen. Wenn du nicht für die Firma arbeiten würdest, würden sie das auch nicht von dir verlangen, verstehst du?«

Sie nickte nur, wirkte aber nicht wirklich entspannter.

Als wir endlich ankamen, fiel mir sofort der Lieferwagen auf, der vor dem Gebäude parkte. Und Logan sowie Helene, die auf dem Gehsteig standen und heftig diskutierten. Doch noch bevor wir ausstiegen, drückte sie ihm irgendwas in die Hand, ehe sie sich auf dem Absatz umdrehte und davonstolzierte.

Stirnrunzelnd stieg ich aus und half Joleen aus dem Wagen. Anschließend gingen wir auf Logan zu. »Was war das denn eben?«

Seine Stirn war in Falten gelegt und seine Augenbrauen angepisst zusammengeschoben, als er ihr kopfschüttelnd hinterherschaute. »Nur ein weiterer Beweis für mich, dass es die richtige Entscheidung ist. Sie hat den Schrankraum abgeschlossen, ich konnte nicht mehr an meine Klamotten.« Er betrachtete den Schlüssel in seiner Hand, dann wandte er sich uns zu, um uns zu begrüßen. »Tut mir leid, dass du das eben mitbekommen hast, Joleen. Danke, dass ihr hier seid.«

»Hey, das ist doch selbstverständlich.« Freundschaftlich drückte ich seine Schulter.

»Kommt mit, die anderen sind schon da.«

Auf dem Weg hinein kamen uns Kil und Adrian mit großen Kisten entgegen und begrüßten uns. Die Tür stand offen und ich entdeckte Harper, die in der Küche lehnte und in einem Kochbuch blätterte. »Die Gläser hab ich jetzt alle eingepackt«, sagte sie erst zu Logan, ehe sie uns hinter ihm bemerkte. »Ah, wie schön, dass ihr auch da seid!« Sie umarmte Joleen und drückte mich kurz. Inzwischen war sie zu einem festen Bestandteil in Adrians Leben geworden und in unseren Freundeskreis integriert, als wäre sie schon immer hier gewesen.

»Und ich hab den Schlüssel!« Logan streckte ihn triumphierend in die Luft. »Jetzt können wir den Rest packen und dann fahren wir in mein neues Zuhause.« Er sagte das so entspannt und gelöst, als wäre ein ganzer Felsbrocken von seinen Schultern gefallen, seit er wusste, dass einem neuen Leben nichts mehr im Weg stand.

»Wenn wir in dem Tempo weitermachen, sind wir garantiert am Nachmittag fertig«, hörte ich Adrian, der hinter uns in der Tür auftauchte, gefolgt von Kilian. Die beiden gesellten sich gut gelaunt zu uns.

»Wenn wir sechs alle kräftig anpacken, auf jeden Fall«, meinte Logan und Erleichterung schwang in seiner Stimme mit. Bestimmt konnte er es nicht erwarten, diese Wohnung hinter sich zu lassen.

»Nun, das ist wohl der beste Zeitpunkt, euch zu sagen, dass ihr größtenteils ohne mich auskommen müsst«, ergriff nun Harper das Wort.

Adrian ging auf sie zu und legte einen Arm um sie. Beide hatten ein seltsames Grinsen auf den Lippen, das mich irritierte.

»Was meine Freundin damit sagen will, ist … dass sie eher fürs Einpacken der leichten Dinge verantwortlich sein wird. Und dass sie euch bittet, keinen Kaffee zu trinken, wenn es nicht unbedingt sein muss.«

»Zumindest nicht direkt neben mir«, unterbrach sie ihn.

»Und ich will keine blöde Bemerkung hören, wenn sie eine Pause braucht und mehr sitzt als alle anderen. Zudem muss ich noch einmal darauf hinweisen, dass wir spätestens jetzt eine zusätzliche Assistenz einstellen sollten.«

»Alter, was redest du da?«, fragte Logan, der mindestens so verwirrt war wie ich und Kilian – seinem Gesichtsausdruck nach zu urteilen.

»O Gott!«, hörte ich Joleen begeistert neben mir ausstoßen. »Wirklich?«

Harper nickte freudestrahlend und die beiden Frauen fielen sich in die Arme, während über unseren Köpfen immer noch ein großes Fragezeichen schwebte … ehe es langsam in mir dämmerte.

»Wir bekommen ein Baby!«, platzte es in dem Moment aus Adrian hervor.

»Scheiße, echt jetzt?« Kilian, war der Erste, der seine Fassung zurückerlangte. Begeistert klopfte er Adrian auf die Schulter und zog dann Harper in eine Umarmung. »Ich freu mich für euch.«

»Herzlichen Glückwunsch! Wann ist es so weit?«, fragte ich, nachdem ich Adrian die Hand geschüttelt und Harper gedrückt hatte.

Sie lachte. »Ich bin gerade mal in der achten Woche, also … haben wir die kritische Zeit noch nicht überstanden. Deshalb bitte ich euch auch, nichts zu Donna oder Summer oder überhaupt zu wem in der Firma zu sagen. Ich möchte zumindest bis zur zwölften Woche damit warten, aber Adrian und ich waren der Meinung, dass ihr es wegen des Umzugs schon heute erfahren solltet.«

»Erfahren *müsst*! Immerhin will ich nicht erleben, dass du schwer hebst«, sagte Adrian und küsste Harper zärtlich.

»Ich freue mich für euch. Und natürlich achten wir darauf, dass du dich nicht überanstrengst. Mach Pausen, wann immer du sie brauchst. Und … du kannst ja gemeinsam mit Joleen meinen Kleiderschrank ausräumen, während wir die letzten Kisten nach unten schleppen.«

»Ähm … ich weiß nicht, ob das so eine gute Idee ist«, brachte sich Joleen mit hochrotem Kopf ein.

Überrascht schaute Logan sie an. »Wieso? Weil du gleich meine Unterhosen in deinen Händen halten wirst?«

Wenn es überhaupt möglich war, lief sie noch roter an, ehe sie nickte.

»Okay, nur um das klarzustellen: Dadurch, dass Mason dir kürzlich vor uns seine Zunge in den Hals gesteckt hat, bist du automatisch vom Angestelltenstatus in den Freundschaftsstatus übergegangen. Ehrlich gesagt warten wir nur darauf, euch auch mal beim Vögeln im Büro zu hören. Es laufen schon Wetten deshalb.«

Harper schaute Adrian mit großen Augen an, der entschuldigend grinste und sich von ihr einen Schlag gegen den Hinterkopf einfing.

»Jedenfalls, was ich damit sagen will … Ach verdammt, du gehörst jetzt zu uns dazu, Joleen. Auf einer Ebene. In unserer Freizeit bin ich Logan und das sind Kil und Adrian für dich. Wir sind deine Freunde und wir sind froh, dass du an Masons Seite bist.«

Nie hätte ich erwartet, so große Worte aus Logans Mund zu hören. Ein kurzer Blick zu Joleen verriet mir, dass Tränen in ihren Augen schimmerten, während sie glücklich lächelte. »Danke. Das bedeutet mir wirklich viel«, sagte sie leise.

»Und mir erst«, brachte ich endlich hervor, weil meine Kehle bei seinen Worten eng geworden war. Ich schlang meinen Arm um seine Schultern und drückte ihn, Kilian, Adrian und schließlich noch einmal Harper an mich, ehe sich alle an die Arbeit machten.

Alle, bis auf Joleen und ich.

Sie wandte sich mir zu, während ich das unbändige Bedürfnis verspürte, sie in meine Arme zu schließen und für einen Moment festzuhalten. »Siehst du? Kein Grund, sich Sorgen zu machen. Du gehörst jetzt zu unserer Truppe dazu.«

Sie atmete geräuschvoll aus und nickte schließlich. »Du hast wirklich wundervolle Freunde.«

»Ich weiß. Und jetzt sind es auch deine. Aber an dich kommt trotzdem keiner ran.«

»Weil ich nicht nur deine Freundin, sondern auch deine Assistentin bin?«

Schmunzelnd schüttelte ich den Kopf. »Weil ich dich liebe, Joleen.«

Sie sah mir in die Augen, glücklich und mit diesem Lächeln auf den Lippen, das mich an dieser einen Stelle tief in mir drin berührte. »Und ich liebe dich, Mason.«

Völlig überwältigt von meinen Gefühlen zog ich sie an mich und wirbelte sie herum.

Überrascht keuchte sie auf und lachte.

»Danke«, flüsterte ich in ihr Ohr, als wir wieder zum Stehen kamen, und hatte den Eindruck, dass dieses Wort nicht einmal ansatzweise das ausdrückte, was ich sagen wollte.

»Wofür denn?« Ihr Blick wirkte fragend und neugierig.

»Einfach so. Weil du mich glücklich machst.«

Einen Moment schaute sie mich an, und ich hätte zu gern gewusst, was in ihrem Kopf vorging. Doch sie schwieg, lächelte und küsste mich zärtlich. Da wusste ich, dass mit dem Tag, an dem sie mich im Club das erste Mal geküsst hatte, die beste Zeit meines Lebens eingeläutet worden war.

Du willst noch mehr von Joleen und Mason lesen?

Hol dir den Bonus-Epilog hier:
www.sarahsaxx.com/bonus-boss2

Danke

Wenn du diese Zeilen liest, hast du genau wie ich mit Mason und Joleen mitgefiebert. Die beiden zu begleiten, hat mir unglaublich viel Spaß bereitet und ich habe mit ihnen mitgeliebt und mitgelitten.

Das Schreiben ist für mich seit über acht Jahren mein Beruf, meine Leidenschaft, meine tägliche Dosis Zucker, nach der ich süchtig bin. Danke also zuallererst an dich. Ohne dich, ohne all meine Leser*innen und Blogger*innen würde ich meinen Traum nicht leben können.

Dass dieses Buch überhaupt so schön geworden ist, habe ich der Hilfe und Unterstützung ganz vieler großartiger Menschen zu verdanken. Unter anderem meiner wunderbaren Lektorin Jil Aimée Bayer, die die Texte auseinandernimmt und mich zu Höchstleistungen antreibt, damit auch wirklich alles rund und schlüssig ist – für das perfekte Lesevergnügen für dich.

Danke an meine Testleser Andra, Kate C., Kate F. und Lalu – euer Feedback ist so unglaublich wertvoll für mich und die beste Motivation, um weiterzuschreiben. Ihr seid die Besten und ich bin so froh über eure Hilfe!

Anne und Astrid – ich danke euch dafür, dass ihr ein letztes Mal vor dem Release und noch vor allen anderen die Story von Joleen und Mason gelesen und die Geschichte auf vergessene Fehler durchsucht habt.

Großen Applaus an meine lieben Kolleg*innen aus der #frühschreiben- und an die Mädels meiner Baumpflanzgruppe – ihr seid einfach großartig! Der Austausch mit euch bedeutet mir so viel und wenn jemand einen Orden für die beste Motivation verdient hat, dann ihr.

Sabrina Cremer – tut mir ehrlich leid, dass ich weder für den Begriff Niveaulimbo noch für Ringelpiez mit Anfassen den richtigen Platz in der Story gefunden habe. Aber wer weiß … womöglich passt es ja beim nächsten Mal. ;) Und da noch Kilian und Logan darauf warten, ihre Geschichte zu erzählen, findet sich ja vielleicht doch irgendwo eine passende Stelle im Universum der *Cunningham Solutions Inc.*!

Nicht zu vergessen, meine Familie: Danke für eure Liebe, eure Unterstützung und euer Verständnis dafür, dass ich an manchen Wochenenden vorm Computer sitze, weil mir die ein oder andere Person in meinem Kopf so dringend ihre Geschichte erzählen will. Danke, dass ihr auch an all meinen verrückten Tagen für mich da seid. Ich liebe euch.

Über Sarah Saxx

Ihre Liebe zu romantischen Romanen brachte Sarah Saxx vor Jahren zum Schreiben. Seither hat die 1982 geborene Tagträumerin erfolgreich eine Vielzahl an Geschichten veröffentlicht, die tief im Herzen berühren und dieses gewisse Kribbeln auslösen. Sarah schreibt, liebt und lebt in Oberösterreich und verbringt ihre freie Zeit am liebsten mit ihrem Mann, ihren beiden Töchtern und Labrador Buddy.

Mehr Sarah Saxx:

Website: www.sarahsaxx.com
E-Mail: buch@sarahsaxx.com
Instagram: www.instagram.com/sarahsaxx
Facebook: www.facebook.com/Sarah.Saxx.Autorin

Mehr Sarah Saxx:

Don’t play with your Boss
Don’t kiss your Boss
Don't mess with your Boss – ab 31. Dezember 2021

My Christmas Wish – ab 12. Oktober 2021

Speed me up (Supercross Love 1)
Speed my heart (Supercross Love 2)

Liebe, als wäre dein Herz nie gebrochen

Plötzlich geküsst (Greenwater Hill 1)
Ein bisschen mehr als Liebe (Greenwater Hill 2)
Ein Kuss für Clara (Greenwater Hill 3)
Zweimal mitten ins Herz (Greenwater Hill 4)
Außergewöhnlich verliebt (Greenwater Hill 5)
Küssen verboten, lieben erlaubt (Greenwater Hill 6)
Harte Schale, weiches Herz (Greenwater Hill 7)
Love Him: Verbotene Liebe (Greenwater Hill 8)
Kuss ins Glück (Greenwater Hill 9 – Novella)
Unerwartet geliebt (Greenwater Hill 10)

Greenwater Hill: Sammelband 1
Greenwater Hill: Sammelband 2

Dangerous gift

DIRTY Neighbor

EXTENDED trust (EXTENDED-Reihe 1)
EXTENDED hope (EXTENDED-Reihe 2)
EXTENDED love (EXTENDED-Reihe 3)

Das Licht in meiner Dämmerung

DIRTY – In seiner Gewalt (Dirty, Rich & Thug 1)
RICH – In seinem Bann (Dirty, Rich & Thug 2)
THUG – In seinen Fängen (Dirty, Rich & Thug 3)

KING of Chicago – Verliebt in einen Millionär (KINGs of Hearts 1)
KING of Los Angeles – Verliebt in einen Rockstar (KINGs of Hearts 2)

Threesome: Wo die Liebe hinfällt

Das Leben und sein hinterhältiger Plan

Auf Umwegen ins Herz (Auf Umwegen 1)
Mit Verzögerung ins Glück (Auf Umwegen 2)
Auf Irrwegen zu Dir (Auf Umwegen 3)

Ein kleiner Funken Hoffnung

* * *

Alle Romane der Autorin können unabhängig voneinander gelesen werden.

Weitere Storys befinden sich bereits in Planung.

Keine Neuerscheinung verpassen?
Abonniere Sarahs Post für Leser, folge ihr auf ihren Kanälen, lies und bewerte ihre Bücher. Damit unterstützt du deine Autorin und ermöglichst, dass sie dich auch weiterhin mit bewegenden Geschichten versorgen kann.

www.sarahsaxx.com/newsletter/

Kennst du schon …

»Don't play with your Boss«:

Über das Buch:

»Er ist der Typ Mann, von dem ich besser die Finger lassen sollte. Aus mehreren Gründen. Und doch kann ich mich nicht gegen seine Anziehungskraft wehren.«

Adrian Price ist arrogant, unfassbar gutaussehend – und Harper Mackenzies neuer Boss. Schnell stellt sie fest, dass sie ihn mit ihren weiblichen Waffen aus dem Konzept bringen und seine schlechten Launen zumindest kurzzeitig vertreiben kann. Dabei beginnt sie jedoch ein Spiel mit dem Feuer und riskiert, sich zu verbrennen.
Dass ihm seine neue Assistentin regelmäßig heiße Träume beschert – und das nicht nur nachts –, ärgert Adrian Price. Harper ist nämlich verdammt gut in ihrem Job und nur ungern würde er ihre Stelle neu besetzen müssen. Deshalb versucht er mehrfach, ihr klarzumachen, dass sich an ihrem Verhältnis nichts ändern wird. Dabei übersieht er jedoch, dass er damit nur Öl in die lodernden Flammen gießt.
Denn Harper ist nicht die einzige Frau, die den sexy Anwalt in ihrem Bett und ihrem Leben sieht …

Zum Buch: http://bit.ly/DpwyB-eB

Freue dich auf …

»Don't mess with your Boss«:

Über das Buch:

»Ein Blick von diesem Mann, und ich spüre das Feuer in mir. Eine Berührung von ihm, und ich stehe lichterloh in Flammen … bis nichts als Asche von mir übrig bleibt.«

Als Haushälterin zu arbeiten, stand nicht auf dem Plan der Studentin Paulina Moreno. Doch als ihre Tante zu einem familiären Notfall gerufen wird, springt sie trotzdem ein und findet sich in der Wohnung des attraktiven Geschäftsmannes Kilian Cunningham wieder. Dieser bringt sie mit seiner sturen und selbstgefälligen Art auf die Palme. Dennoch kann sie ihm unmöglich widerstehen. Und schon bald steigt sie ein in dieses Spiel, bei dem sie sich nur die Finger verbrennen kann …
Dass sich nun diese unwiderstehliche Schönheit um seinen Haushalt kümmert, gefällt Kilian Cunningham gar nicht. Denn er ertappt sich regelmäßig dabei, wie Paulina Moreno seine Gedanken beherrscht und ihn ins Schwitzen bringt. Zumal es für den CEO völlig außer Frage steht, sich von seiner Angestellten fernzuhalten. Aber wie lange kann er sich etwas einreden, bevor er einsehen muss, dass er gegen die Anziehungskraft zwischen ihnen machtlos ist?

Zum Buch: http://bit.ly/DmwyB-eB
Ab 31. Dezember 2021

Impressum:

Sarah Saxx
c/o A. Zwölfer
Linzerstraße 16
A-4283 Bad Zell
Österreich

www.sarahsaxx.com
buch@sarahsaxx.com

Printed in Poland
by Amazon Fulfillment
Poland Sp. z o.o., Wrocław

12303198R00202